El
atraco

Daniel Silva

El atraco

📖 HarperCollins *Español*

EL ATRACO © 2015 por Two Joeys Productions
Publicado por HarperCollins Español® en Nashville, Tennessee, Estados Unidos de América.
HarperCollins Español es una marca registrada de HarperCollins Christian Publishing.

Título en inglés: *The Heist*
© 2014 por Two Joeys Productions
Publicado por HarperCollins Publishers

Editora en Jefe: *Graciela Lelli*
Traducción: *Victoria Horrillo*
Diseñado por: *Leah Carlson-Stanisic*
Adaptación del diseño al español: *M.T. Color & Diseño, S. L.*

ISBN: 978-0-8297-0248-4

CATEGORÍA: Ficción / Acción y Suspenso / Espionaje

Impreso en Estados Unidos de América
15 16 17 18 19 DCI 9 8 7 6 5 4 3 2 1

Como siempre, para mi mujer, Jamie,
y mis hijos, Nicholas y Lily

La mayoría de los cuadros robados se pierden para siempre [...].
La buena noticia es que, cuanto mejor es el cuadro,
mayores son las posibilidades de que reaparezca algún día.
Edward Dolnick, *The Rescue Artist*

El que cava un hoyo caerá en él; y al que abre brecha en un muro,
lo morderá la serpiente.
Eclesiastés 10:8

EL ATRACO

PREFACIO

El 18 de octubre de 1969, la *Natividad con san Francisco y san Lorenzo* de Caravaggio desapareció del Oratorio di San Lorenzo de Palermo (Sicilia). *La Natividad*, como se la conoce comúnmente, es una de las últimas grandes obras maestras de Caravaggio, quien la pintó en 1609 cuando, prófugo de la justicia, las autoridades pontificias de Roma lo reclamaban por haber matado a un hombre en el transcurso de una reyerta. Durante más de cuatro décadas esta pieza de altar ha sido de los cuadros robados más buscados del mundo. Su paradero exacto, sin embargo, al igual que la suerte que había corrido, seguían siendo un misterio. Hasta ahora...

PRIMERA PARTE

CHIAROSCURO

SAINT JAMES'S, LONDRES

OMENZÓ CON UN ACCIDENTE. Claro que todo cuanto incumbía a Julian Isherwood empezaba invariablemente así. De hecho, tenía una fama tan acendrada de disparatado y gafe que el mundillo del arte londinense, de haberse enterado del asunto —que no se enteró—, no habría esperado otra cosa. Isherwood era, afirmaba una lumbrera del departamento de Maestros Antiguos de Sotheby's, el santo patrón de las causas perdidas, un funambulista con debilidad por las maquinaciones que, planeadas con esmero, acababan en desastre, a menudo no por culpa suya. De ahí que fuera a un tiempo objeto de admiración y de lástima, rasgo este poco frecuente en un hombre de su posición. Gracias a Julian Isherwood, la vida era un poco menos tediosa. Y por ello la sociedad elegante de Londres sentía adoración por él.

Su galería, situada en un rincón del patio adoquinado conocido como Mason's Yard, ocupaba tres plantas de un tambaleante almacén victoriano que en tiempos había pertenecido a Fortnum & Mason. A un lado tenía las oficinas de una pequeña empresa naviera griega; al otro, un *pub* cuya clientela se componía principalmente de guapas oficinistas que se movían por la ciudad montadas en vespas. Muchos años atrás, antes de que las oleadas sucesivas de dinero ruso y árabe anegaran el mercado inmobiliario londinense, la galería había estado situada en la elegante y exclusiva New Bond Street, o New Bondstrasse, como se la conocía en el gremio. Luego llegaron Hermès, Burberry, Chanel, Cartier y compañía, y a Isherwood y a otros como él (marchantes independientes especializados en cuadros de Maestros Antiguos dignos de figurar en colecciones museísticas) no les quedó otro remedio que buscar cobijo en Saint James's.

No fue esa la primera vez que se vio abocado al exilio. Nacido en París en vísperas de la Segunda Guerra Mundial, hijo único del afamado marchante Samuel Isakowitz, tras la invasión alemana fue llevado a través de los Pirineos e introducido clandestinamente en Inglaterra. Su infancia parisina y su origen judío eran dos fragmentos más de su enmarañado pasado que Isherwood mantenía en secreto, a buen recaudo de la notoria malicia que caracterizaba al mundillo del arte de la capital británica. Que se supiera, era inglés por los cuatros costados: tan inglés como el té de última hora de la tarde y la mala dentadura, como él mismo gustaba decir. Era el incomparable Julian Isherwood: Julie para sus amigos, Julian el Jugoso para sus compañeros de francachela ocasional, y Su Santidad para los historiadores del arte y los conservadores que, de manera rutinaria, recurrían a su ojo infalible. Era tan leal como ancho es el mar, confiado hasta el exceso, de modales impecables y no tenía verdaderos enemigos, un logro singular teniendo en cuenta que llevaba siglos navegando por las procelosas aguas del mundo del arte. Isherwood era, ante todo, un hombre decente, y la decencia escasea mucho en estos tiempos, en Londres y en todas partes.

En Bellas Artes Isherwood dominaba la verticalidad: atestados almacenes en la planta baja, despachos en la primera y una sala de exposiciones formal en la segunda. La sala de exposiciones, considerada por muchos la más ilustre de todo Londres, era una réplica exacta de la famosa galería de Paul Rosenberg en París donde, de niño, Isherwood había pasado muchas horas felices, a veces en compañía del mismísimo Picasso. La oficina era una conejera dickensiana llena hasta los topes de catálogos y monográficos amarillentos. Para llegar hasta ella, el visitante debía atravesar un par de puertas de cristal reforzado: la primera era la que daba a Mason's Yard; la segunda se alzaba en lo alto de un estrecho tramo de escaleras cubiertas con una manchada moqueta marrón. Allí, el visitante se encontraba con Maggie, una rubia de mirada soñolienta incapaz de distinguir un Tiziano de un rollo de papel higiénico. Isherwood había cometido la estupidez de intentar seducirla tiempo atrás y, a falta de otros recursos, había acabado por contratarla como recepcionista. En ese momento Maggie estaba sacándose brillo a las uñas sin hacer caso del teléfono que berreaba sobre su mesa.

—¿Te importa contestar, Mags? —preguntó Isherwood con benevolencia.

—¿Por qué? —repuso ella sin atisbo de ironía.

—Puede que sea importante.

Maggie puso los ojos en blanco antes de levantar el aparato con aire resentido, acercárselo a la oreja y ronronear:

—Bellas Artes Isherwood.

Unos segundos después colgó sin decir nada y siguió con su manicura.

—¿Y bien? —preguntó Isherwood.

—No contestaban.

—Sé buena, tesoro, y mira el identificador de llamadas.

—Ya volverán a llamar.

Isherwood arrugó el ceño y volvió a fijar la mirada en el cuadro apoyado en el caballete de bayeta verde que ocupaba el centro de la habitación: una escena de Cristo apareciéndose a María Magdalena, seguramente de un discípulo de Francesco Albani, que se había agenciado hacía poco en una casa solariega de Berkshire a cambio de una miseria. El cuadro necesitaba restauración urgente, igual que el propio Isherwood. Había alcanzado esa edad que los gestores de patrimonio denominan «el otoño de su vida». Y no era un otoño dorado, pensó sombríamente. Estaban a finales de la estación, el viento cortaba como un cuchillo y las luces navideñas brillaban en Oxford Street. Aun así, con su traje de Savile Row hecho a mano y sus abundantes mechones grises, lucía una figura elegante aunque frágil, una apariencia que él mismo describía como de «depravación dignificada». En aquella etapa de su vida, no podía aspirar a otra cosa.

—Creía que un ruso espantoso iba a pasarse por aquí a las cuatro para ver un cuadro —dijo de repente mientras su mirada vagaba aún por el deteriorado lienzo.

—El ruso espantoso canceló la cita.

—¿Cuándo?—Esta mañana.

—¿Por qué?

—No me lo dijo.

—¿Por qué no me lo has dicho?

—Te lo dije.

—Tonterías.

—Debes de haberlo olvidado, Julian. Te pasa mucho últimamente.

Isherwood clavó en Maggie una mirada fulminante, sin dejar de preguntarse cómo podía haberse sentido atraído alguna vez por una criatura tan repulsiva. Luego, como no tenía más citas en su agenda ni nada mejor que hacer, se puso el abrigo y se fue al restaurante-marisquería Green's, poniendo así en marcha la cadena de acontecimientos que lo conduciría a otra calamidad, no por culpa suya. Eran las cuatro y veinte de la tarde, un poco temprano para los parroquianos habituales, y el bar estaba vacío salvo por Simon Mendenhall, el subastador jefe de Christie's. Mendenhall, dueño de un eterno bronceado, había desempeñado una vez, inadvertidamente, un pequeño papel en una operación conjunta americano-israelí que buscaba infiltrarse en una red de terrorismo yihadista cuyos atentados estaban dejando k.o. a Europa Occidental. Isherwood lo sabía porque él también había tenido un papelito en dicha operación. Pero él no se dedicaba al espionaje. Se limitaba a prestar ayuda a los espías, especialmente a uno.

—¡Julie! —exclamó Mendenhall. Luego, con esa voz seductora que reservaba para los postores poco entusiastas, añadió—: Estás verdaderamente estupendo. ¿Has adelgazado? ¿Has estado en un balneario caro? ¿Tienes novia nueva? ¿Cuál es tu secreto?

—El vino de Sancerre —contestó Isherwood antes de acomodarse en su mesa de costumbre junto a la cristalera que daba a Duke Street.

Y allí, como no le bastaba con una copa, pidió una botella brutalmente fría. Mendenhall se marchó al poco rato con sus aspavientos de costumbre, e Isherwood se quedó a solas con sus cavilaciones y su vino, una combinación peligrosa para un hombre de edad avanzada y con una carrera profesional en franco declive.

Pasado un tiempo, sin embargo, se abrió la puerta y de la calle oscura y húmeda surgieron un par de conservadores de la National

Gallery. A continuación entró uno de los mandamases de la Tate seguido por una delegación de Bonhams encabezada por Jeremy Crabbe, el rancio director del departamento de pintura de Maestros Antiguos de la casa de subastas. Casi pisándole los talones llegó Roddy Hutchinson, considerado en general como el marchante con menos escrúpulos de todo Londres. Su llegada era un mal presagio, porque allá donde iba Roddy aparecía sin falta el rechoncho Oliver Dimbleby. Como era de esperar, un par de minutos después entró anadeando en el bar con toda la discreción del silbato de un tren a medianoche. Isherwood agarró su móvil y fingió que estaba manteniendo una conversación urgente, pero Oliver no se lo tragó. Se fue derecho a su mesa (como un sabueso enfilando a un zorro, recordaría después Isherwood) y acomodó su amplio trasero en la silla vacía.

—Domaine Daniel Chotard —dijo con admiración al sacar la botella de vino del cubo de hielo—. No te importa, ¿verdad?

―――――――――

Llevaba un imponente traje azul que embutía su oronda figura como una tripa a una salchicha y grandes gemelos de oro del tamaño de chelines. Sus mejillas eran redondas y rosadas, y el brillo de sus ojos azules claros daba a entender que dormía a pierna suelta por las noches. Oliver Dimbleby era un sinvergüenza de marca mayor, pero su conciencia no le quitaba el sueño.

—No te lo tomes a mal, Julie —dijo mientras se servía una generosa cantidad de vino—, pero pareces un montón de ropa sucia.

—No es eso lo que me ha dicho Simon Mendenhall.

—Simon se gana la vida embaucando a la gente para quedarse con su dinero. Yo, en cambio, soy una fuente de verdad incorruptible, incluso cuando esa verdad duele.

Dimbleby fijó en él una mirada de sincera preocupación.

—Venga, Oliver, no me mires así.

—¿Así? ¿Cómo?

—Como si estuvieras buscando algo amable que decir antes de que el médico tire del enchufe.

—¿Te has mirado al espejo últimamente?

—En estos momentos procuro evitar los espejos.

—No me extraña nada.

Dimbleby añadió otro centímetro de vino a su copa.

—¿Se te ofrece algo más, Oliver? ¿Un poco de caviar?

—¿No correspondo yo siempre?

—No, Oliver, no correspondes. De hecho, si llevara la cuenta, que no la llevo, llevarías varios miles de libras de retraso.

Dimbleby hizo caso omiso del comentario.

—¿Qué pasa, Julian? ¿Qué te preocupa esta vez?

—En este momento, tú, Oliver.

—Es esa chica, ¿verdad, Julie? Eso es lo que te tiene hundido. ¿Cómo dices que se llamaba?

—Cassandra —contestó Isherwood mirando hacia la ventana.

—Te ha roto el corazón, ¿a que sí?

—Siempre te lo rompen.

Dimbleby sonrió.

—Tu capacidad para el amor no deja de sorprenderme. ¡Qué no daría yo por enamorarme aunque solo fuera una vez!

—Eres el mayor mujeriego que conozco, Oliver.

—Ser un mujeriego tiene muy poco que ver con enamorarse. Amo a las mujeres, a todas las mujeres. Ahí radica el problema.

Isherwood se quedó mirando la calle. Estaba empezando a llover otra vez, justo a tiempo para la hora punta de la tarde.

—¿Has vendido algún cuadro últimamente? —preguntó Dimbleby.

—Varios, de hecho.

—Ninguno del que yo me haya enterado.

—Eso es porque son ventas privadas.

—Bobadas —contestó Oliver con un resoplido—. Hace meses que no vendes nada, pero eso no te ha impedido comprar género nuevo, ¿verdad? ¿Cuántos cuadros tienes guardados en el almacén? Suficientes para llenar un museo, y todavía te sobrarían varios miles. Y están todos calcinados, más tiesos que la mojama, como aquel que dice.

Isherwood se limitó a frotarse los riñones. Aquella molestia había ocupado el lugar de una tos perruna como su achaque físico más persistente. Imaginaba que era una mejoría. El dolor de espalda no molestaba a los vecinos.

—Mi oferta sigue en pie —añadió Dimbleby.

—¿Qué oferta es esa?

—Venga, Julie. No me hagas decirlo en voz alta.

Isherwood giró la cabeza un par de grados y miró fijamente la cara carnosa e infantil de Dimbleby.

—No estarás hablando otra vez de comprarme la galería, ¿verdad?

—Estoy dispuesto a ser más que generoso. Te daré un precio justo por la pequeña parte de tu colección que es vendible y usaré el resto para calentar el edificio.

—Es muy caritativo por tu parte —respondió Isherwood sardónicamente—, pero tengo otros planes para la galería.

—¿Planes realistas?

Isherwood guardó silencio.

—Muy bien —dijo Dimbleby—. Ya que no permites que tome posesión de ese naufragio en llamas al que tu llamas galería, al menos deja que haga algo para ayudarte a salir de tu actual Periodo Azul.

—No quiero a una de tus chicas, Oliver.

—No estoy hablando de una chica. Estoy hablando de un bonito viaje que te ayudará a distraerte de tus problemas.

—¿Adónde?

—Al lago Como. Con todos los gastos pagados. Billete de avión de primera clase y dos noches en una *suite* de lujo del Villa d'Este.

—¿Y qué tengo que hacer a cambio?

—Un pequeño favor.

—¿Cómo de pequeño?

Dimbleby se sirvió otra copa de vino y le contó el resto.

Por lo visto, Oliver Dimbleby había conocido hacía poco a un expatriado inglés que coleccionaba con avidez pero sin la ayuda de un asesor experto que le sirviera de guía. Parecía, además, que estaba atravesando un bache financiero y tenía urgencia por vender parte de sus obras. Dimbleby había accedido a inspeccionar con calma la colección, pero ahora que había llegado el momento de emprender el viaje no soportaba la idea de subirse a otro avión. O eso decía. Isherwood sospechaba que sus verdaderos motivos para escaquearse eran muy otros. A fin de cuentas, Oliver Dimbleby era la personificación misma del disimulo.

Con todo, la idea de un viaje inesperado atraía a Isherwood y, a pesar de que el sentido común dictaba lo contrario, aceptó la oferta en el acto. Esa misma noche metió algunas cosas en la maleta y a las nueve de la mañana siguiente se estaba arrellanando en su asiento de primera clase del vuelo 576 de British Airways con servicio ininterrumpido, rumbo al aeropuerto milanés de Malpensa. Bebió una sola copa de vino durante el vuelo (por el bien de su corazón, se dijo) y a las doce y media, al montar en un

Mercedes de alquiler, se hallaba en pleno dominio de sus faculta-
des. Hizo el trayecto hacia el lago Como, en dirección norte, sin
ayuda de mapas ni dispositivos de navegación. Era un reputado
historiador del arte especializado en pintores venecianos y había
hecho innumerables viajes a Italia para recorrer sus iglesias y
museos. Aun así, aprovechaba cada oportunidad de volver, sobre
todo si era otro quien corría con los gastos. Julian Isherwood era
francés de nacimiento e inglés de adopción, pero dentro de su
pecho hundido latía el corazón romántico e indisciplinado de
un italiano.

El expatriado inglés de tambaleante fortuna lo esperaba a las
dos. Vivía a lo grande, según el *e-mail* que Dimbleby había redactado a toda prisa, en la punta suroeste del lago, cerca del pueblo de
Laglio. Isherwood llegó con unos minutos de antelación y encontró la imponente verja abierta para darle la bienvenida. Más allá se
extendía una avenida recién pavimentada que lo condujo amablemente hasta una explanada de gravilla. Aparcó junto al embarcadero privado de la villa y se dirigió a pie a la puerta principal, pasando
junto a varias estatuas hechas en molde. Nadie contestó al timbre
cuando llamó. Consultó su reloj y llamó una segunda vez. El resultado fue el mismo.

Llegado a ese punto habría hecho bien en volver a subirse a su
coche alquilado y abandonar Como a todo correr. Pero probó a
abrir la puerta y, por desgracia, descubrió que no estaba cerrada
con llave. La abrió unos centímetros, gritó un «hola» dirigiéndose
hacia el interior en penumbra y entró, indeciso, en el espléndido
vestíbulo. Vio al instante el lago de sangre sobre el suelo de mármol, los dos pies descalzos suspendidos en el aire y la cara hincha-
da y negra azulada que miraba desde lo alto. Sintió que se le afloja-
ban las rodillas y vio levantarse el suelo para recibirlo. Se quedó
arrodillado allí un momento hasta que remitieron las náuseas.

Luego se levantó temblequeando y, tapándose la boca con la mano, salió de la villa y se dirigió a su coche a trompicones. Y aunque no se diera cuenta en aquel momento, fue maldiciendo al gordinflón de Oliver Dimbleby cada paso del camino.

2

VENECIA

A LA MAÑANA SIGUIENTE, TEMPRANO, VENECIA perdió otra escaramuza en su ancestral guerra contra el mar. La inundación arrastró toda clase de criaturas marinas hasta el vestíbulo del hotel Cipriani e inundó el Harry's Bar. Unos turistas daneses fueron a darse un baño matutino en la Plaza de San Marcos. Las mesas y las sillas del Caffè Florian se mecían sobre los escalones de la basílica como despojos de un lujoso transatlántico hundido. Por una vez, no había ni rastro de las palomas. Habían tenido la sensatez de huir de la ciudad sumergida en busca de terreno seco.

Había, no obstante, zonas de Venecia en las que el *acqua alta* era más un incordio que una calamidad. De hecho, el restaurador logró encontrar un archipiélago de terreno razonablemente seco que se extendía desde la puerta de su apartamento en el *sestiere* de Cannaregio hasta Dorsoduro, en el extremo sur de la ciudad. El restaurador no había nacido en Venecia, pero conocía sus callejones y plazas mejor que la mayoría de los venecianos. Allí había estudiado su oficio, allí había amado y sufrido y de allí, en cierta ocasión, cuando se le conocía por un nombre que no era el suyo, había tenido que escapar perseguido por sus enemigos. Ahora, tras una larga ausencia, había vuelto a su amada ciudad de aguas y lienzos, la única donde había experimentado algo parecido a la felicidad. A la paz no, sin embargo. Para el restaurador, la paz era solo el periodo que mediaba entre una guerra y la siguiente. Era fugaz, una quimera. Los poetas y las viudas soñaban con ella, pero los hombres como él no se dejaban seducir por la esperanza de que la paz fuera de veras posible.

Se detuvo en un quiosco para ver si lo seguían y continuó luego en la misma dirección. Era de estatura inferior a la media (un metro sesenta, quizá, no más) y tenía el físico enjuto de un ciclista, la cara larga y el mentón estrecho, los pómulos anchos y una nariz fina que parecía labrada en madera. Los ojos que asomaban por debajo de la visera de su gorra de paño eran extrañamente verdes y el cabello de sus sienes del color de la ceniza. Llevaba un chubasquero y botas de goma, pero no un paraguas con el que protegerse de la lluvia constante. Tenía la costumbre de no cargarse nunca en público con ningún objeto que pudiera estorbar el veloz movimiento de sus manos.

Cruzó a Dorsoduro, el punto más elevado de la ciudad, y se dirigió a la iglesia de San Sebastiano. En la entrada principal, cerrada a cal y canto, un cartel de aspecto oficial informaba de que el edificio permanecería cerrado al público hasta el otoño siguiente. El restaurador se acercó a la puerta más pequeña del lado derecho de la iglesia y la abrió con una pesada llave de hierro. De dentro salió una vaharada de aire fresco que acarició su mejilla. Humo de velas, incienso, moho ancestral: había algo en aquel olor que le hacía pensar en la muerte. Cerró con llave, sorteó una pila llena de agua bendita y se adentró en la iglesia.

La nave, desprovista de bancos, estaba a oscuras. El restaurador pisó con sigilo las tersas baldosas desgastadas por el paso de los siglos y se deslizó por la cancela abierta de la barandilla del altar. En lugar de la ornamentada mesa eucarística, que había sido retirada para su limpieza, se alzaba un andamio de aluminio de seis metros de alto. Subió por él con la agilidad de un gato doméstico y, atravesando una cubierta de lona, entró en su plataforma de trabajo. Sus útiles estaban tal y como los había dejado la tarde anterior: frascos de productos químicos, una pelota de algodón, un montón de tacos de madera, una lupa, dos potentes lámparas halógenas y un equipo de música portátil manchado de pintura. También el retablo, *La Virgen y el Niño en la gloria con los santos*, de Paolo Veronese, estaba como lo había dejado. Formaba parte de un conjunto de cuadros notables que Veronese había pintado para la iglesia de San Sebastiano entre 1556 y 1565. La tumba del artista, con su ceñudo busto de mármol, se hallaba en el lado izquierdo del presbiterio. En momentos como aquel, cuando la iglesia estaba vacía y en penumbra, el restaurador casi podía sentir cómo lo observaba el espectro del pintor mientras trabajaba.

Encendió las lámparas y permaneció un rato inmóvil ante el retablo. En lo más alto se veía a María y al Niño Jesús sentados sobre nubes de gloria y rodeados de ángeles músicos. Bajo ellos, con la mirada levantada en éxtasis, había un grupo de santos entre los que figuraba san Sebastián, el patrón de la iglesia, al que Veronese había representado como mártir. Durante las tres semanas anteriores, el restaurador había ido quitando con meticuloso esmero el barniz resquebrajado y amarillento con una mezcla cuidadosamente calculada de acetona, metil proxitol y alcoholes minerales. Quitar el barniz a una pintura barroca, le gustaba explicar, no era como lijar un mueble. Se parecía más bien a fregar la cubierta de un portaaviones con un cepillo de dientes. Primero tenía que fabricarse una muñequilla con algodón y un taco de madera. Tras mojar la muñequilla en disolvente, lo aplicaba a la superficie del lienzo e iba girándolo con suavidad para no descascarillar más aún la pintura. Con cada muñequilla podía limpiar cerca de una pulgada cuadrada de lienzo. Después quedaban demasiado manchadas para seguir utilizándolas. De noche, cuando no soñaba con sangre y fuego, el restaurador soñaba con quitar el barniz amarillento de un lienzo del tamaño de la plaza de San Marcos.

Una semana más, pensó, y estaría listo para pasar a la segunda fase de la restauración: el retoque de aquellas partes del lienzo en las que la pintura original de Veronese se había desprendido. Las figuras de María y el Niño Jesús apenas estaban dañadas, pero el restaurador había descubierto grandes desperfectos a lo largo de la parte de arriba y la parte inferior del lienzo. Si todo salía conforme a lo previsto, acabaría la restauración cuando su mujer entrara en las últimas semanas de embarazo. Si todo salía conforme a lo previsto, se repitió.

Metió un CD de *La Bohème* en el equipo de música y un momento después los primeros compases de «*Non sono in vena*» inundaron el templo. Mientras Rodolfo y Mimí se enamoraban en una minúscula buhardilla de París, el restaurador, solo ante el Veronese, comenzó a retirar meticulosamente el barniz amarillento y la mugre acumulada en la superficie del cuadro. Trabajó con ritmo constante y fluido (mojar, girar, desechar, mojar, girar, desechar) hasta que la plataforma estuvo cubierta de bolas de algodón manchado que desprendían un olor acre. Veronese había perfeccionado la fórmula para conseguir pigmentos que no perdían el color con el paso del tiempo y, a medida que el restaurador iba quitando trocitos de barniz marrón tabaco, los colores que había debajo afloraban con un brillo intenso. Era casi como si el maestro hubiera aplicado la pintura el día anterior y no cuatro siglos y medio antes.

El restaurador tuvo la iglesia para él otras dos horas más. Luego, a las diez, oyó el estruendo de unas botas en el suelo de piedra de la nave. Las botas pertenecían a Adrianna Zinetti, limpiadora de altares y seductora de hombres. Después llegó Lorenzo Vasari, un dotado restaurador de frescos que había devuelto a la vida *La última cena* de Leonardo prácticamente en solitario. A continuación se oyó el sigiloso arrastrar de pies de Antonio Politi, a quien, para su fastidio, le habían asignado los paneles del techo en vez del retablo principal. Como resultado de ello se pasaba el día tendido boca arriba como un Miguel Ángel moderno, mirando con resentimiento la plataforma envuelta en lonas del restaurador, situada muy por encima del presbiterio.

No era la primera vez que el restaurador y los otros miembros del equipo trabajaban juntos. Varios años antes habían llevado a cabo importantes labores de restauración en la iglesia de San Giovanni Crisostomo de Cannaregio y, antes de eso, en la iglesia de San Zaccaria de Castello. En aquel momento conocían al restaurador por el nombre de Mario Delvecchio, un hombre brillante pero extremadamente hermético. Más tarde descubrirían, junto con el resto del mundo, que Delvecchio era en realidad Gabriel Allon, un legendario asesino y agente de inteligencia israelí. Adrianna Zinetti y Lorenzo Vasari habían conseguido perdonarle su engaño, pero Antonio Politi no. Una vez, en su juventud, había acusado a Mario Delvecchio de ser un terrorista, y lo mismo opinaba de Gabriel Allon. En su fuero interno sospechaba que era culpa suya que se pasara el día en el techo de la nave, retorcido y en posición supina, aislado del contacto humano y con disolvente y pintura goteándole en la cara. Los paneles representaban la historia de la reina Ester.

Sin duda, le decía Politi a quien quisiera escucharlo, no era por azar.

En realidad, Gabriel no había tenido nada que ver con aquella decisión, que había tomado Francesco Tiepolo, propietario de la empresa de restauración más destacada del Véneto y director del proyecto San Sebastiano. De enredada barba gris y negra y figura semejante a la de un oso, Tiepolo era hombre de pasiones y apetitos desmedidos, capaz de una ira inmensa y de un afecto aún más inmenso. Cuando avanzó por el centro de la nave vestía, como de costumbre, una vaporosa camisola parecida a una túnica y fular de seda anudado alrededor del cuello. Con aquella indumentaria parecía estar supervisando la construcción de la iglesia en lugar de su renovación.

Tiepolo se detuvo un momento para lanzar una mirada llena de admiración a Adrianna Zinetti, con la que en tiempos había tenido una aventura que figuraba entre los secretos peor guardados de Venecia. Se encaramó después al andamio de Gabriel y pasó bruscamente por el hueco de la lona. La plataforma de madera pareció combarse bajo su enorme peso.

—Cuidado, Francesco —dijo Gabriel arrugando el ceño—. El suelo del altar es de mármol, y hay una buena caída.

—¿Qué dices?

—Digo que quizá te convendría perder unos kilos. Estás empezando a desarrollar tu propio campo gravitacional.

—¿Y de qué me serviría adelgazar? Podría perder veinte kilos y seguiría siendo gordo. —El italiano dio un paso adelante y examinó el retablo por encima del hombro de Gabriel—. Muy bien —dijo con burlona admiración—. Si sigues a este rimo, acabarás a tiempo para el primer cumpleaños de tus hijos.

—Puedo hacerlo rápido —repuso Gabriel— o puedo hacerlo bien.

—Son dos cosas que no se excluyen mutuamente, ¿sabes? Aquí, en Italia, nuestros restauradores trabajan deprisa. Pero tú no —añadió Tiepolo—. Hasta cuando fingías ser uno de los nuestros siempre eras muy lento.

Gabriel preparó una muñequilla nueva, la mojó en disolvente y la pasó con un movimiento circular por el torso lacerado de Sebastián. Tiepolo estuvo observándolo un momento con interés. Luego se hizo otra muñequilla y se puso a trabajar en el hombro del santo. El barniz amarillento se disolvía al instante, dejando al descubierto la pintura original de Veronese.

—Tu mezcla de disolvente es perfecta —comentó Tiepolo.

—Siempre lo es —dijo Gabriel.

—¿Qué solución usas?

—Es un secreto.

—¿Es que contigo todo tiene que ser un secreto?

Como Gabriel no contestó, Tiepolo miró los frascos de productos químicos.

—¿Cuánto metil proxitol le has puesto?

—La cantidad justa, exactamente.

Tiepolo arrugó el entrecejo.

—¿Acaso no te busqué trabajo cuando tu mujer decidió que quería pasar el embarazo en Venecia?

—Sí, Francesco.

—¿Y no te pago mucho más que a los demás —susurró—, a pesar de que me dejas plantado cada vez que tus amos requieren de tus servicios?

—Siempre has sido muy generoso.

—Entonces, ¿por qué no me dices la fórmula de tu disolvente?

—Porque Veronese tenía su fórmula secreta y yo tengo la mía.

Tiepolo hizo un ademán desdeñoso con su enorme manaza. Luego tiró la muñequilla sucia y preparó otra nueva.

—Anoche recibí una llamada de la jefa de la oficina del *New York Times* en Roma —comentó en tono indiferente—. Está interesada en escribir un artículo sobre la restauración para la sección de arte del dominical. Quiere venir el viernes a echar un vistazo.

—Si no te importa, Francesco, creo que me tomaré el viernes libre.

—Ya me imaginaba que dirías eso. —Tiepolo lo miró de soslayo—. ¿Ni siquiera te tienta la idea?

—¿La idea de qué?

—De mostrarle al mundo al verdadero Gabriel Allon. El Gabriel Allon que mima las obras de los grandes maestros. El Gabriel Allon que pinta como los ángeles.

—Solo hablo con periodistas cuando no me queda más remedio. Y jamás se me ocurriría hablar con un periodista de mí mismo.

—Has llevado una vida muy interesante.

—Por decirlo suavemente.

—Puede que sea hora de que salgas de detrás de la lona.

—¿Y luego qué?

—Puedes pasar el resto de tu vida aquí, en Venecia, con nosotros. Tú siempre has sido veneciano de corazón, Gabriel.

—Es tentador.

—¿Pero?

Gabriel dejó claro con su expresión que no quería seguir hablando del tema. Luego, volviéndose hacia el lienzo, preguntó:

—¿Has recibido alguna otra llamada telefónica que pueda interesarme?

—Solo una —respondió Tiepolo—. El general Ferrari, de los *carabinieri*, va a venir a la ciudad a última hora de la mañana. Le gustaría hablar contigo en privado.

Gabriel se volvió bruscamente y miró a Tiepolo.

—¿De qué?

—No me lo dijo. Al general se le da mucho mejor hacer preguntas que responderlas. —Escudriñó un momento a Gabriel—. No sabía que erais amigos.

—No lo somos.

—¿Cómo es que lo conoces?

—Una vez me pidió un favor y no tuve más remedio que acceder.

Tiepolo hizo como que reflexionaba.

—Debió de ser ese asunto en el Vaticano, hace un par de años, esa chica que se cayó de la cúpula de la basílica. Que yo recuerde, estabas restaurando su Caravaggio cuando sucedió.

—¿Sí?

—Eso se rumoreó.

—No deberías hacer caso de los rumores, Francesco. Casi siempre se equivocan.

—Menos cuando tú estás de por medio —respondió Tiepolo con una sonrisa.

Gabriel dejó que el comentario quedara sin respuesta, resonando en las alturas del presbiterio. Luego retomó su trabajo. Un momento antes había usado la mano derecha. Ahora usó la izquierda con igual destreza.

—Eres como Tiziano —comentó Tiepolo mientras lo observaba—. Un sol entre estrellitas.

—Si no me dejas en paz, el sol no acabará nunca esta pintura.

Tiepolo no se movió.

—¿Seguro que no eres él? —preguntó pasado un momento.

—¿Quién?

—Mario Delvecchio.

—Mario está muerto, Francesco. Nunca existió.

3

VENECIA

L a sede regional de los *carabinieri*, el cuerpo nacional de policía italiano, estaba en el *sestiere* de Castello, no muy lejos del Campo San Zaccaria. El general Cesare Ferrari salió del edificio a la una en punto. Había prescindido de su uniforme azul, con sus muchas medallas e insignias, y vestía traje de civil. Agarraba con una mano un maletín de acero inoxidable. La otra, en la que le faltaban dos dedos, la llevaba metida en el bolsillo de un abrigo bien cortado. La sacó el tiempo justo para tendérsela a Gabriel. Su sonrisa fue breve y formal. Como de costumbre, no afectó a su ojo postizo, el derecho, cuya mirada inflexible e inerme resultaba difícil de soportar incluso para Gabriel. Era como sentirse observado por el ojo omnisciente de un Dios implacable.

—Tienes buen aspecto —comentó el general Ferrari—. Está claro que te sienta bien haber vuelto a Venecia.

—¿Cómo has sabido que estaba aquí?

La segunda sonrisa del general duró apenas un poco más que la primera.

—Hay pocas cosas que pasen en Italia de las que yo no me entere, sobre todo si te conciernen.

—¿Cómo lo has sabido? —insistió Gabriel.

—Cuando pediste permiso a nuestros servicios de inteligencia para volver a Venecia, se lo comunicaron a todos los organismos y divisiones de las fuerzas de seguridad relevantes. Entre ellos, el *palazzo*.

El *palazzo* al que se refería el general dominaba la Piazza di Sant'Ignazio, en el centro histórico de Roma. Albergaba la División para la Defensa del Patrimonio Cultural, más conocida como Brigada Arte. El general Ferrari era su jefe. Y tenía razón en lo que decía, pensó Gabriel: pocas cosas pasaban en Italia sin que él se enterase.

A Ferrari, originario de la empobrecida región de Campania e hijo de maestros, se le consideraba desde hacía tiempo uno de los mandos más competentes y avezados de la policía italiana. Durante la década de 1970, época de atentados terroristas en Italia, había ayudado a neutralizar las Brigadas Rojas comunistas. Más tarde, durante las guerras de la Mafia de los años ochenta, trabajó como comandante en la circunscripción de Nápoles, infestada por la Camorra. El puesto era tan peligroso que la esposa y las tres hijas de Ferrari se veían obligadas a vivir con escolta las veinticuatro horas del día. El propio Ferrari había sido objeto de numerosos intentos de asesinato, entre ellos la carta bomba que le había costado el ojo derecho y dos dedos.

Su asignación a la Brigada Arte era presuntamente una recompensa en pago a su larga y distinguida carrera. Se daba por sentado que Ferrari se limitaría a seguir los pasos de su anodino predecesor, que revolvería papeles, almorzaría sin prisas, a la romana, y de vez en cuando encontraría uno o dos de los cuadros dignos de figurar en un museo que se robaban al año en Italia. Pero Ferrari se había puesto de inmediato a modernizar una unidad que, aunque eficiente tiempo atrás, había caído en la atrofia debido al paso de los años y a la desidia. A los pocos días de su llegada despidió a la mitad de la plantilla y rellenó rápidamente sus filas con agentes jóvenes y agresivos que de verdad sabían algo de arte. Les dio una sola consigna: no le interesaban especialmente los delincuentes callejeros que de vez en cuando probaban suerte con el robo de obras de arte; quería a los peces gordos, a los jefazos que sacaban los bienes robados al mercado. La nueva política de Ferrari no tardó en rendir dividendos. Más de una docena de ladrones importantes estaban ahora entre rejas, y las estadísticas relativas al robo de obras de arte, aunque seguían siendo asombrosamente altas, empezaban a mostrar cierta mejoría.

—Bueno, ¿qué te trae por Venecia? —preguntó Gabriel mientras guiaba al general por entre las lagunas efímeras del Campo San Zaccaria.

—Tenía cosas que hacer en el norte. En el lago Como, concretamente.

—¿Algún robo?

—No —contestó el general—. Un asesinato.

—¿Desde cuándo se ocupa la Brigada Arte de los cadáveres?

—Desde que el difunto está relacionado con el mundo del arte.

Gabriel se detuvo y se volvió par mirar al general.

—Todavía no has contestado a mi pregunta —dijo—. ¿Por qué has venido a Venecia?

—Por ti, claro está.

—¿Qué tengo yo que ver con un fiambre de Como?

—Tienes que ver con la persona que lo encontró.

El general sonrió otra vez, pero su ojo postizo siguió mirando inexpresivamente a lo lejos. Era el ojo de un hombre que lo sabía todo, pensó Gabriel. Un hombre que no estaba dispuesto a aceptar un no por respuesta.

Entraron en la iglesia por la puerta principal, la que daba al *campo*, y se dirigieron al famoso retablo de San Zaccaria de Bellini. Delante había un grupo de turistas a los que un guía aleccionaba estentóreamente acerca de la reciente restauración de la pintura sin saber que el hombre que la había llevado a cabo se hallaba entre su público. Hasta al general Ferrari pareció hacerle gracia, aunque al cabo de un momento su mirada monocular comenzó a distraerse. El Bellini era la pieza más importante de San Zaccaria, pero la iglesia contenía también otros cuadros notables, entre ellos obras de Tintoretto, Palma el Viejo y Van Dyke. Era solo un ejemplo de por qué los *carabinieri* mantenían una unidad formada por detectives del arte. Italia tenía dos cosas en abundancia: arte y delincuentes profesionales. Gran parte del arte, como los cuadros de aquella iglesia, estaba mal protegido. Y gran parte de los delincuentes estaban empeñados en robar hasta la última pieza.

Al otro lado de la nave había una capillita que albergaba la cripta de su patrono y un lienzo de un pintor veneciano de segunda fila que nadie se había molestado en limpiar desde hacía más de un siglo. El general Ferrari se sentó en uno de los bancos, abrió su maletín metálico y sacó una carpeta. Extrajo de ella una sola fotografía de veinte por veinticinco que pasó a Gabriel. Mostraba a un hombre de edad madura colgado por las muñecas de una lámpara de araña. La causa de la muerte no quedaba clara, pero era evidente que la víctima había sido salvajemente torturada. La cara era un amasijo hinchado y sanguinolento, y le habían arrancado del pecho varias tiras de piel y carne.

—¿Quién era? —preguntó Gabriel.

—Se llamaba James Bradshaw, más conocido como Jack. Era súbdito británico, pero pasaba casi todo su tiempo en Como, junto con varios miles de compatriotas suyos. —El general hizo una pausa, pensativo—. A los británicos no parece gustarles mucho vivir en su país últimamente, ¿no crees?

—Sí, así es.

—¿Por qué será?

—Tendrás que preguntárselo a ellos. —Gabriel miró la fotografía y torció el gesto—. ¿Estaba casado?

—No.

—¿Divorciado?

—No.

—¿Tenía pareja?

—Por lo visto, no.

Gabriel le devolvió la fotografía y preguntó a qué se dedicaba Jack Bradshaw.

—Se describía a sí mismo como «consultor».

—¿De qué tipo?

—Trabajó unos años como diplomático en Oriente Medio. Se retiró pronto y montó su propia empresa. Al parecer aconsejaba a empresas británicas que querían hacer negocios en el mundo árabe. Debía de ser bastante bueno en lo suyo —añadió el general—, porque su villa es una de las más caras de esa parte del lago. Tenía, además, una colección bastante impresionante de arte italiano y antigüedades.

—Lo que explica el interés de la Brigada Arte en su muerte.

—En parte sí —repuso el general—. A fin de cuentas, tener una bonita colección no es un delito.

—A no ser que la colección haya sido adquirida soslayando las leyes italianas.

—Siempre vas un paso por delante de los demás, ¿verdad, Allon? —El general miró el cuadro oscurecido que colgaba de la pared de la capilla—. ¿Por qué no se limpió este en la última restauración?

—No había dinero suficiente.

—El barniz está casi negro del todo. —Ferrari se detuvo. Luego agregó—: Igual que Jack Bradshaw.

—Descanse en paz.

—Es poco probable, después de una muerte así. —Miró a Gabriel y preguntó—: ¿Alguna vez has tenido ocasión de ver de cerca tu propia muerte?

—Varias veces, por desgracia. Pero, si no te importa, preferiría hablar de los hábitos de coleccionista de Jack Bradshaw.

—El difunto señor Bradshaw tenía reputación de adquirir cuadros que en realidad no estaban a la venta.

—¿Cuadros robados?

—Son palabras tuyas, amigo mío, no mías.

—¿Lo estabais vigilando?

—Digamos que la Brigada Arte se mantenía al tanto de sus actividades lo mejor que podía.

—¿Cómo?

—De la manera habitual —contestó el general esquivamente.

—Imagino que tus hombres están haciendo un inventario completo y exhaustivo de su colección.

—En estos mismos momentos.

—¿Y?

—Hasta ahora no han encontrado nada que figure en nuestras bases de datos de obras perdidas o robadas.

—Entonces supongo que tendrás que retirar esas cosas tan feas que has dicho de Jack Bradshaw.

—El hecho de que no haya pruebas no significa que no exista delito.

—Hablas como un auténtico policía italiano.

Quedó claro por la expresión de Ferrari que el general se tomaba su comentario como un cumplido. Luego, pasado un momento, dijo:

—Uno ha oído otras cosas sobre el difunto Jack Bradshaw.

—¿Qué clase de cosas?

—Que no era solo un coleccionista privado, que estaba metido en la exportación ilegal de cuadros y otras obras de arte de suelo italiano. —Bajó la voz y añadió—: Lo que explica por qué tu amigo Julian Isherwood está metido en un buen lío.

—Julian Isherwood no trafica con obras robadas.

El general no se molestó en responder. A su modo de ver, todos los marchantes de arte eran culpables de algo.

—¿Dónde está? —preguntó Gabriel.

—Bajo mi custodia.

—¿Se le acusa de algo?

—Todavía no.

—Según la ley italiana, no puedes retenerlo más de cuarenta y ocho horas sin llevarlo ante el juez.

—Lo encontraron delante de un cadáver. Ya se me ocurrirá algo.

—Tú sabes que Julian no tiene nada que ver con el asesinato de Bradshaw.

—Descuida —contestó el general—, no pienso recomendar su imputación, de momento. Pero si se hiciera público que tu amigo iba a reunirse con un conocido contrabandista, su carrera se iría a pique. Verás, Allon, en el mundo del arte la percepción equivale a la realidad.

—¿Qué tengo que hacer para evitar que el nombre de Julian aparezca en la prensa?

El general no respondió enseguida. Seguía escrutando la fotografía del cadáver de Jack Bradshaw.

—¿Por qué crees que lo torturaron antes de matarlo? —preguntó por fin.

—Puede que les debiera dinero.

—Puede —convino el general—. O puede que tuviera algo que querían los asesinos, algo más valioso que el dinero.

—Estabas a punto de decirme qué tengo que hacer para salvar a mi amigo.

—Averigua quién mató a Jack Bradshaw. Y qué estaban buscando.

—¿Y si me niego?

—El mundillo del arte de Londres será un hervidero de rumores desagradables.

—Es usted un chantajista barato, general Ferrari.

—«Chantaje» es una palabra muy fea.

—Sí —repuso Gabriel—. Pero en el mundo del arte, la percepción equivale a la realidad.

4

VENECIA

Gabriel conocía un buen restaurante no muy lejos de la iglesia, en un rincón tranquilo de Castello en el que los turistas rara vez se aventuraban. El general Ferrari pidió generosamente. Gabriel removió la comida alrededor de su plato y bebió una copa de agua mineral con limón.

—¿No tienes hambre? —inquirió el general.

—Esperaba poder pasar un par de horas más con mi Veronese esta tarde.

—Pues entonces deberías comer algo. Necesitas fuerzas.

—No funciona así.

—¿No comes cuando estás restaurando?

—Café y un poco de pan.

—¿Qué clase de dieta es esa?

—La que me permite concentrarme.

—No me extraña que estés tan flaco.

El general Ferrari se acercó al carrito de los *antipasti* y llenó su plato por segunda vez. No había nadie más en el restaurante, nadie salvo el propietario y su hija, una chica morena y guapa de doce o trece años. La chica se parecía extrañamente a la hija de Abú Yihad, el lugarteniente de la OLP al que Gabriel había asesinado en su villa de Túnez una cálida tarde de primavera de 1988. El asesinato había tenido lugar en el despacho de Abú Yihad en la primera planta, donde estaba viendo unos vídeos de la Intifada palestina. La chica lo había visto todo: dos disparos al pecho para inmovilizarlo, dos impactos letales a la cabeza, todo ello al compás de la música de la rebelión árabe. Gabriel no recordaba ya la máscara mortuoria de Abú Yihad, pero el retrato de la joven, sereno pero rebosante de rabia, colgaba en un lugar destacado de las salas de exposición de su memoria. Cuando el general volvió a tomar asiento, Gabriel ocultó la cara de la muchacha detrás de una capa de pintura opaca. Luego se inclinó hacia la mesa y preguntó:

—¿Por qué yo?

—¿Y por qué no?

—¿Debo empezar por las razones obvias?

—Si hace que te sientas mejor...

—No soy un policía italiano. De hecho, soy más bien lo contrario.

—Tienes una larga historia aquí, en Italia.

—No toda agradable.

—Cierto —convino Ferrari—. Pero por el camino has hecho contactos importantes. Tienes amigos en las altas esferas, en el Vaticano, por ejemplo. Y también en los bajos fondos, lo que tal vez sea más importante. Conoces el país de cabo a rabo, hablas nuestra lengua como un nativo y estás casado con una italiana. Eres prácticamente uno de los nuestros.

—Mi mujer ya no es italiana.

—¿Qué idioma habláis en casa?

—Italiano —reconoció Gabriel.

—¿Hasta cuando estáis en Israel?

Gabriel asintió con la cabeza.

—Ahí lo tienes. —El general se sumió en un silencio pensativo—. Puede que esto te sorprenda —dijo por fin—, pero cuando desaparece una pintura o alguien resulta herido suelo tener una idea bastante precisa de quién está detrás. Tenemos más de un centenar de informadores en nómina, y hemos pinchado más teléfonos y cuentas de correo electrónico que la NSA. Cuando pasa algo en el lado criminal del mundillo del arte, siempre hay rumores. Como dicen los que se dedican a la lucha antiterrorista, se encienden los nodos.

—¿Y ahora?

—El silencio es atronador.

—¿Qué crees que significa?

—Significa que con toda probabilidad los hombres que mataron a Jack Bradshaw no eran italianos.

—¿Alguna idea de su procedencia?

—No —contestó el general sacudiendo la cabeza lentamente—, pero me preocupa el grado de violencia. He visto muchos cadáveres a lo largo de mi carrera, pero esto es distinto. Las cosas que le hicieron a Jack Bradshaw son... —Su voz se apagó. Luego dijo—: Medievales.

—Y tú quieres que yo me meta en eso.

—Me da la impresión de que eres un hombre que sabe cuidar de sí mismo.

Gabriel hizo caso omiso del comentario.

—Mi mujer está embarazada. No puedo dejarla sola.

—Nosotros la vigilaremos. Ya la estamos vigilando —añadió el general en voz baja.

—Me alegra saber que el gobierno italiano nos espía.

—No esperarías otra cosa, ¿verdad?

—Por supuesto que no.

—Eso me parecía. Además, Allon, es por vuestro bien. Tienes muchos enemigos.

—Y ahora quieres que tenga uno más.

El general dejó su tenedor y miró contemplativamente por la ventana, al estilo del *Dogo Leonardo Loredan* de Bellini.

—Resulta irónico —dijo al cabo de un momento.

—¿Qué?

—Que un hombre como tú decida vivir en un gueto.

—Yo no vivo en un gueto.

—Pues se le parece mucho —repuso el general.

—Es un barrio bonito. El más bonito de Venecia, en mi opinión.

—Está lleno de fantasmas.

Gabriel miró a la muchacha.

—Yo no creo en fantasmas.

Ferrari se limpió la comisura de la boca con aire escéptico.

—¿Cómo se organizaría el asunto? —preguntó Gabriel.

—Considérate uno de mis informadores.

—¿Qué significa eso?

—Tú introdúcete en los bajos fondos del mundillo del arte y averigua quién mató a Jack Bradshaw. Yo me ocuparé del resto.

—¿Y si vuelvo con las manos vacías?

—Confío en que no será así.

—Eso suena a amenaza.

—¿Sí?

El general no dijo nada más. Gabriel exhaló un profundo suspiro.

—Voy a necesitar unas cuantas cosas.

—¿Cuáles?

—Lo normal —contestó Gabriel—. Registros telefónicos, tarjetas de crédito, *e-mails*, historiales de búsqueda en Internet y una copia del disco duro de su ordenador.

Ferrari señaló su maletín con la cabeza.

—Está todo ahí —dijo—, junto con todos los rumores desagradables que hemos oído sobre él.

—También tendré que echar un vistazo a su villa y a su colección.

—Te daré una copia del inventario cuando esté acabado.

—No quiero un inventario. Quiero ver los cuadros.

—De acuerdo —dijo el general—. ¿Algo más?

—Supongo que alguien debería decirle a Francesco Tiepolo que voy a ausentarme de Venecia unos días.

—Y a tu mujer también.

—Sí —contestó Gabriel en tono distante.

—Quizá deberíamos repartirnos el trabajo. Yo se lo diré a Francesco. Tú díselo a tu mujer.

—¿Cabría la posibilidad de hacerlo al revés?

—Me temo que no. —El general levantó la mano derecha, en la que le faltaban los dos dedos—. Ya he sufrido bastante.

Quedaba únicamente, pues, Julian Isherwood. Resultó que estaba detenido en la sede regional de los *carabinieri*, en una estancia sin ventanas que no era ni una celda, ni tampoco una sala de espera. La entrega tuvo lugar en el Ponte della Paglia, a la vista del Puente de los Suspiros. Al general no pareció contrariarle en absoluto verse libre de su prisionero. Se quedó en el puente, con su mano mutilada metida en el bolsillo del abrigo y el ojo postizo mirando fijamente, sin pestañear, cuando Gabriel e Isherwood se alejaron por el Molo San Marco camino del Harry's Bar. Isherwood se bebió dos *bellinis* a toda prisa mientras Gabriel se ocupaba en silencio de los preparativos de su viaje de regreso a Inglaterra. Había un vuelo de British Airways que salía de Venecia esa tarde, a las seis, y llegaba a Heathrow unos minutos después de las siete.

—Así tendré tiempo de sobra —dijo Isherwood sombríamente— de matar a Oliver Dimbleby y estar en la cama cuando empiecen las noticias de las diez.

—Como representante tuyo oficioso en este asunto —comentó Gabriel—, no te lo aconsejo.

—¿Crees que debería esperar a mañana para matarlo?

Gabriel sonrió a su pesar.

—El general ha accedido generosamente a mantener tu nombre al margen de este asunto —explicó—. Yo que tú no diría nada en Londres sobre tu breve encontronazo con la policía italiana.

—No ha sido lo bastante breve —repuso Isherwood—. Yo no soy como tú, tesoro. No estoy acostumbrado a pasar la noche en la cárcel. Y menos aún a tropezarme con cadáveres. Dios mío, deberías haberlo visto. Estaba literalmente hecho picadillo.

—Razón de más para que no digas nada cuando llegues a casa —dijo Gabriel—. Lo que menos te conviene es que los asesinos de Jack Bradshaw lean tu nombre en los periódicos.

Isherwood se mordisqueó el labio y asintió lentamente con la cabeza.

—El general parecía creer que Bradshaw estaba traficando con cuadros robados —comentó al cabo de un momento—. También parecía creer que yo estaba metido en ese asunto. Me dio un buen repaso.

—¿Y es cierto, Julian?

—¿Que tenía negocios con Jack Bradshaw?

Gabriel hizo un gesto afirmativo.

—No voy a dignarme a responder a esa pregunta.

—Tenía que preguntártelo.

—He hecho muchas barbaridades a lo largo de mi carrera, normalmente por petición tuya, pero nunca, insisto, nunca he vendido un cuadro que supiera que era robado.

—¿Y un cuadro de contrabando?

—Define «de contrabando» —repuso Isherwood con una sonrisa maliciosa.

—¿Qué me dices de Oliver?

—¿Me estás preguntando si Oliver Dimbleby está vendiendo cuadros robados?

—Supongo que sí.

Isherwood tuvo que pensárselo un momento antes de responder.

—Hay pocas cosas de las que no crea capaz a Oliver Dimbleby —dijo por fin—. Pero no, no creo que esté comerciando con cuadros robados. Ha sido solo cuestión de mala suerte, una coincidencia. —Hizo una seña al camarero y pidió otro *bellini*. Por fin empezaba a relajarse—. Tengo que reconocer —añadió— que eras la última persona a la que esperaba ver hoy.

—Lo mismo digo, Julian.

—Deduzco que el general y tú os conocéis.

—Hemos intercambiado nuestras tarjetas.

—Es uno de los seres más desagradables que he conocido nunca.

—No está tan mal cuando se le conoce mejor.

—¿Qué sabe de nuestra relación?

—Sabe que somos amigos y que te he limpiado unos cuantos cuadros. Pero imagino —agregó Gabriel— que seguramente está al corriente de tus tratos con King Saul Boulevard.

King Saul Boulevard era la dirección del servicio de espionaje exterior de Israel. Dicho servicio tenía un nombre largo y premeditadamente engañoso que guardaba poca o ninguna relación con la verdadera índole de su labor. Quienes trabajaban allí se referían a él como «la Oficina», nada más. Y lo mismo hacía Julian Isherwood, que, aunque no trabajaba directamente para la Oficina, pertenecía a los *sayanim*, una red global de colaboradores voluntarios. Eran banqueros que procuraban dinero en efectivo a los agentes israelíes en caso de emergencia; médicos que los atendían en secreto cuando estaban heridos; hoteleros que les daban alojamiento bajo nombre falso y empleados de agencias de alquiler de coches que les proporcionaban vehículos imposibles de rastrear. A Isherwood lo habían reclutado a mediados de la década de 1970, durante una oleada de atentados terroristas palestinos contra objetivos israelíes en Europa. Le habían encomendado una sola misión: ayudar a construir y mantener la tapadera operativa de un joven restaurador de cuadros y asesino llamado Gabriel Allon.

—Imagino que mi liberación no habrá sido gratis —comentó.

—No —contestó Gabriel—. De hecho, ha sido bastante costosa.

—¿Cómo de costosa?

Gabriel se lo dijo.

—Adiós a tu año sabático en Venecia —comentó Isherwood—. Parece que lo he echado todo a perder.

—Es lo menos que puedo hacer por ti, Julian. Te debo mucho.

Isherwood sonrió melancólicamente.

—¿Cuánto tiempo hace ya? —preguntó.

—Cien años.

—Y ahora vas a volver a ser padre, y por partida doble, además. Nunca pensé que viviría para ver este día.

—Yo tampoco.

Isherwood lo miró.

—No parece que te haga mucha ilusión la perspectiva de tener hijos.

—No digas tonterías.

—¿Pero?

—Soy mayor, Julian. —Gabriel se detuvo y luego añadió—: Demasiado, quizá, para fundar otra familia.

—La vida te repartió muy malas cartas, hijo mío. Tienes derecho a un poco de felicidad en tu vejez. Debo reconocer que te envidio. Estás casado con una joven hermosa que va a darte dos hijos preciosos. Ojalá estuviera yo en tu pellejo.

—Ten cuidado con lo que deseas.

Isherwood bebió despacio de su *bellini* pero no dijo nada.

—No es demasiado tarde, ¿sabes?

—¿Para tener hijos? —preguntó incrédulo.

—Para encontrar a alguien con quien pasar el resto de tu vida.

—Me temo que mi fecha de caducidad pasó hace tiempo —respondió el inglés—. En estos momentos estoy casado con mi galería.

—Véndela —dijo Gabriel—. Retírate a una villa en el sur de Francia.

—Me volvería loco en una semana.

Salieron del bar y caminaron unos pasos, hasta el Gran Canal. Un aerodinámico taxi acuático de madera brillaba al borde del muelle abarrotado. Isherwood pareció reacio a subir a bordo.

—Yo que tú —dijo Gabriel—, me marcharía de la ciudad antes de que el general cambie de idea.

—Buen consejo —contestó Isherwood—. ¿Puedo darte yo uno?

Gabriel se quedó callado.

—Dile al general que se busque a otro.

—Me temo que es demasiado tarde para eso.

—Entonces ándate con mucho ojo. Y no vuelvas a hacerte el héroe. Tienes muchas cosas por las que vivir.

—Vas a perder el avión, Julian.

Isherwood montó torpemente en la lancha. Mientras el taxi se alejaba del embarcadero, se volvió hacia Gabriel y gritó:

—¿Qué le digo a Oliver?

—Ya se te ocurrirá algo.

—Sí —dijo Isherwood—. Siempre se me ocurre.

Luego se metió en la cabina y desapareció.

5

VENECIA

Gabriel siguió trabajando en el Veronese hasta que el anochecer oscureció las ventanas de la nave. Luego llamó a Francesco Tiepolo a su *telefonino* para decirle que iba a tener que hacer un recado confidencial para el general Cesare Ferrari de los *carabinieri*. No le dio ningún detalle.

—¿Cuánto tiempo vas a estar fuera? —preguntó Tiepolo.

—Un día o dos —respondió—. Puede que un mes.

—¿Qué les digo a los demás?

—Diles que me he muerto. Así se animará Antonio.

Gabriel recogió su plataforma de trabajo con más esmero que de costumbre y salió a la fría noche. Siguió su ruta de siempre hacia el norte, cruzando San Polo y Cannaregio hasta que llegó a un puente de hierro, el único puente de hierro de toda Venecia. En la Edad Media había habido una reja en el centro del puente, y de noche un centinela cristiano montaba guardia para que no pudieran escapar quienes se hallaban presos al otro lado. Ahora el puente estaba vacío, con excepción de una gaviota que miró malévolamente a Gabriel cuando pasó a su lado sin apresurarse.

Entró en un *sottoportego* en penumbra. Al final del pasadizo se abrió ante él una ancha plaza cuadrada, el Campo di Ghetto Nuovo, el corazón de la antigua judería de Venecia. Cruzó la plaza y se detuvo en la puerta del número 2899. En una plaquita de latón se leía *COMUNITÀ EBRAICA DI VENEZIA*. Pulsó el timbre y apartó instintivamente la cara de la cámara de seguridad.

—¿Qué se le ofrece? —preguntó en italiano una familiar voz de mujer.

—Soy yo.

—¿Quién es «yo»?

—Abre la puerta, Chiara.

Zumbó el timbre, se abrió una cerradura con un chasquido. Gabriel entró en un pasillo atestado de cosas y avanzó hasta otra puerta que se abrió automáticamente al acercarse él. Daba a una oficinita en la que Chiara estaba primorosamente sentada detrás de un escritorio impoluto. Llevaba un jersey de invierno blanco, mallas de color pardo y botas de cuero. El cabello castaño rojizo le caía revuelto sobre los hombros, por encima de un pañuelo de seda que Gabriel había comprado en la isla de Córcega. Gabriel se resistió al impulso de besar su ancha boca. No le parecía apropiado expresar afecto físico hacia la recepcionista del principal rabino de Venecia, aunque esa recepcionista fuera, casualmente, la devota hija del rabino.

Chiara estaba a punto de decirle algo cuando la interrumpió el sonido del teléfono. Gabriel se sentó en el borde del escritorio y escuchó mientras su mujer resolvía una pequeña crisis surgida en el seno de una comunidad de fieles cada vez más reducida. Chiara seguía pareciéndose asombrosamente a la bella joven a la que había conocido diez años atrás, cuando fue a ver al rabino Jacob Zolli para pedirle información sobre la suerte que habían corrido los judíos italianos durante la Segunda Guerra Mundial. Gabriel ignoraba entonces que Chiara era una agente de la inteligencia israelí, y que King Saul Boulevard le había ordenado que lo mantuviera vigilado durante la restauración del retablo de San Zaccaria. Ella misma se lo confesó poco tiempo después, en Roma, tras un incidente que acabó en tiroteo y en el que intervino la policía italiana. Atrapado a solas con Chiara en un piso franco, Gabriel había deseado desesperadamente tocarla. Esperó hasta que se resolvió el caso y pudieron volver a Venecia. Allí, en una casa de Cannaregio, junto al canal, hicieron el amor por primera vez en una cama hecha con sábanas limpias. Fue como hacer el amor con una figura pintada por Veronese.

El día de su primer encuentro, Chiara le había ofrecido café. Ya no lo bebía, solo tomaba agua y zumo de fruta que sorbía constantemente de una botella de plástico. Era el único indicio visible de que, tras una larga lucha con la infertilidad, por fin estaba embarazada de gemelos. Había prometido no resistirse al inevitable aumento de peso haciendo dieta o ejercicio, dos cosas que, a su modo de ver, eran otra obsesión impuesta al mundo por los americanos. Chiara era veneciana de corazón, y las venecianas no echaban el bofe subidas en bicicletas estáticas ni levantaban objetos pesados para echar músculo. Comían y bebían bien, hacían el amor y, cuando necesitaban un poco de ejercicio, iban a pasear por las arenas del Lido o se acercaban andando al Zattere para comerse un *gelato*.

Colgó el teléfono y fijó en su marido una mirada juguetona. Sus ojos eran de color caramelo con pintas doradas, una combinación que Gabriel jamás había logrado plasmar con precisión sobre lienzo. En aquel momento brillaban intensamente. Era feliz, se dijo

Gabriel, más feliz de lo que la había visto nunca. De pronto no tuvo valor para decirle que el general Ferrari se había presentado como la inundación para echarlo todo a perder.

—¿Cómo te encuentras? —preguntó.

Ella puso los ojos en blanco y bebió de su botella de agua.

—¿He dicho algo malo?

—No tienes que preguntarme cómo me encuentro constantemente.

—Quiero que sepas que me preocupo por ti.

—Sé que te preocupas, cariño, pero no tengo una enfermedad terminal. Solo estoy embarazada.

—¿Qué debería preguntarte?

—Deberías preguntarme qué quiero cenar.

—Estoy hambriento —repuso él.

—Yo lo estoy siempre.

—¿Quieres que salgamos?

—La verdad es que me apetece cocinar.

—¿Crees que podrás?

—¡Gabriel!

Comenzó a ordenar innecesariamente los papeles de su mesa. No era buena señal. Siempre le daba por ordenar cosas cuando estaba molesta.

—¿Qué tal tu trabajo? —preguntó.

—Superemocionante.

—No me digas que te aburres con el Veronese.

—Quitar barniz sucio no es lo más gratificante de la restauración.

—¿No ha habido ninguna sorpresa?

—¿Con el cuadro?

—En general —respondió.

Era una pregunta extraña.

—Adrianna Zinetti ha venido a trabajar vestida como Groucho Marx —contestó Gabriel—, pero por lo demás ha sido un día normal en la iglesia de San Sebastiano.

Chiara lo miró arrugando el ceño. Luego abrió un cajón con la puntera de la bota y metió distraídamente unos papeles en una carpetilla de color marrón. A Gabriel no le habría sorprendido que aquellos papeles no tuvieran nada que ver con el resto de los que había en el archivo.

—¿Estás molesta por algo? —preguntó.

—No irás a preguntarme otra vez si me encuentro bien, ¿verdad?

—Ni se me pasaría por la cabeza.

Ella cerró el cajón con más fuerza de la necesaria.

—Me he pasado por la iglesia a la hora de comer para darte una sorpresa —dijo pasado un momento—. Pero no estabas. Francesco me dijo que habías tenido visita. Me aseguró que no sabía quién era.

—Y tú sabías que estaba mintiendo, por supuesto.

—No hacía falta ser un espía experto para darse cuenta.

—Continúa —dijo Gabriel.

—Llamé a Operaciones para ver si había alguien de King Saul Boulevard en la ciudad, pero me dijeron que no había nadie buscándote.

—Para variar.

—¿Quién ha venido a verte hoy, Gabriel?

—Esto empieza a parecerse a un interrogatorio.

—¿Quién era? —preguntó otra vez.

Él levantó la mano derecha y bajó dos dedos.

—¿El general Ferrari?

Gabriel asintió con un gesto. Chiara se quedó mirando su mesa como si buscara algo que estuviera descolocado.

—¿Cómo te encuentras? —preguntó Gabriel en voz baja.

—Estoy bien —contestó ella sin levantar la vista—. Pero si me lo vuelves a preguntar una vez más...

———————

Era cierto que Gabriel y Chiara no vivían en la antigua judería de Venecia. El apartamento que tenían alquilado estaba en la primera planta de un viejo *palazzo* descolorido, en un apacible barrio de Cannaregio en el que nunca se había prohibido la entrada a los judíos. A un lado había una plaza tranquila; al otro, un canal en el que King Saul Boulevard mantenía un barquito veloz por si acaso Gabriel tenía que huir de Venecia por segunda vez en su accidentada carrera. Tel Aviv tenía motivos sobrados para preocuparse de su seguridad. Tras resistirse durante muchos años, Gabriel había accedido por fin a convertirse en el siguiente jefe de la Oficina. Faltaba un año para que se incorporara al puesto. A partir de ese momento, consagraría cada segundo que pasara despierto a proteger al Estado de Israel de quienes deseaban destruirlo. Se acabarían las restauraciones y las largas estancias en Venecia con su joven y bella esposa. Al menos, sin un batallón de escoltas para vigilarlos.

El apartamento estaba provisto de un sofisticado sistema de seguridad que gorjeó benévolamente cuando Gabriel abrió la puerta. Nada más entrar descorchó una botella de bardolino y se sentó junto a la encimera de la cocina para escuchar las noticias en la BBC mientras Chiara preparaba un plato de *bruschetta*. Una comisión de Naciones Unidas predecía un calentamiento apocalíptico del clima global, un coche bomba había matado a cuarenta personas en un barrio chiita de Bagdad y el presidente sirio, el carnicero de Damasco, había vuelto a usar armas químicas contra su propio pueblo. Chiara torció el gesto y apagó la radio. Luego miró con anhelo la botella de vino abierta. Gabriel lo sintió por ella. Siempre le había encantado beber bardolino en primavera.

—No va a pasarles nada porque bebas un sorbito —dijo.

—Mi madre no tocó jamás el vino cuando estaba embarazada de mí.

—Y mira cómo saliste.

—Perfecta en todos los sentidos.

Sonrió y puso la *bruschetta* delante de Gabriel. Él eligió dos rebanadas (una con aceitunas picadas, la otra con judías blancas y romero) y se sirvió un poco de bardolino. Chiara le quitó la piel a una cebolla y, con unas cuantas pasadas rápidas de cuchillo, la convirtió en un montón de perfectos cubitos blancos.

—Más te vale tener cuidado —comentó Gabriel mientras la observaba— o acabarás como el general.

—No me des ideas.

—¿Qué querías que le dijera, Chiara?

—Podías haberle dicho la verdad.

—¿Qué versión de la verdad?

—Que te queda un año para jurar el cargo, cariño. Después estarás constantemente a disposición del primer ministro y serás responsable de la seguridad del Estado. Tu vida será una larga reunión jalonada por crisis ocasionales.

—Por eso rechacé el puesto varias veces antes de aceptarlo por fin.

—Pero ahora es tuyo, y esta es tu última oportunidad de disfrutar de unas merecidas vacaciones antes de que volvamos a Israel.

—Intenté explicárselo al general sin entrar en sórdidos detalles. Fue entonces cuando amenazó con dejar que Julian se pudriera en una cárcel italiana.

—No tenía nada contra él. Era un farol.

—Puede que sí —reconoció Gabriel—, pero ¿y si un reportero británico con ánimo emprendedor decidiera indagar un poco en el pasado de Julian? ¿Y si ese mismo reportero descubriera de algún modo que ha trabajado para la Oficina? No me lo habría perdonado nunca a mí mismo si hubiera permitido que arrastraran su nombre por el fango. Julian siempre ha estado ahí cuando lo he necesitado.

—¿Te acuerdas de la vez que le pediste que cuidara del gato de aquel desertor ruso?

—¿Cómo iba a olvidarlo? No sabía que era alérgico a los gatos. Tuvo una erupción cutánea que le duró un mes.

Chiara sonrió. Puso la cebolla en una sartén gruesa con aceite de oliva y mantequilla, picó rápidamente una zanahoria y la añadió también a la sartén.

—¿Qué vas a hacer?

—Un plato de carne veneciano llamado *calandraca*.

—¿Dónde aprendiste a hacerlo?

Chiara miró al techo como si aquel saber pudiera encontrarse en el aire y en el agua de Italia. No se alejaba mucho de la verdad.

—¿Puedo ayudarte en algo? —preguntó Gabriel.

—Puedes dejar de atosigarme.

Gabriel llevó el plato de *bruschetta* y el vino al cuartito de estar. Antes de sentarse en el sofá sacó la pistola que llevaba a la altura de los riñones y la depositó con cuidado sobre la mesa baja, encima de un montón de revistas satinadas relacionadas con el embarazo y el parto. Era una Beretta de nueve milímetros con la empuñadura de nogal manchada de pintura: una pincelada de Tiziano, un poquitín de Bellini, una gota de Rafael y de Tintoretto. Pronto ya no tendría que llevar pistola: otros las llevarían por él. Se preguntó qué se sentiría yendo por el mundo desarmado. Se parecería, pensó, a salir de casa sin ponerse primero unos pantalones. Algunos hombres llevaban corbata para ir a trabajar. Gabriel Allon llevaba una pistola.

—Sigo sin entender por qué te necesita a ti el general para averiguar quién mató a Jack Bradshaw —gritó Chiara desde la cocina.

—Parece creer que estaban buscando algo —contestó Gabriel mientras hojeaba una revista—. Le gustaría que lo encontrara antes que ellos.

—¿Buscando qué?

—No entró en detalles, pero sospecho que sabe más de lo que dice.

—Suele pasar.

Chiara puso en la sartén unos dados de ternera ligeramente sazonada y poco después el olor de la carne dorándose se extendió por el apartamento. Añadió unas cucharadas de salsa de tomate, vino blanco y hierbas que midió en la palma de la mano. Gabriel observó las luces de una barca que avanzaba lentamente por las negras aguas del canal. Luego le dijo a Chiara en tono cauteloso que pensaba salir para el lago Como a primera hora de la mañana.

—¿Cuándo volverás? —preguntó ella.

—Eso depende.

—¿De qué?

—De lo que encuentre dentro de la villa de Jack Bradshaw.

Su mujer estaba troceando patatas en una tabla de madera. Debido al tamborileo del cuchillo, apenas se la oyó cuando dijo que pensaba acompañarle. Gabriel apartó los ojos de la ventana y fijó en ella una mirada de reproche.

—¿Qué pasa? —preguntó Chiara al cabo de un momento.

—No vas a ir a ninguna parte —contestó él con firmeza.

—Es el lago Como. ¿Qué podría pasar?

—¿Quieres que te ponga un par de ejemplos?

Se quedó callada. Gabriel se volvió para observar de nuevo la barca que avanzaba por el canal, pero los recuerdos de una carrera larga y turbulenta asaltaron sus pensamientos. Curiosamente, era una carrera que se había desarrollado en algunos de los escenarios más glamurosos de Europa. Había matado en Cannes y en Saint-Tropez y luchado por su vida en las calles de Roma y en las montañas de Suiza. Y una vez, muchos años antes, había perdido una esposa y un hijo por culpa de un coche bomba en una pintoresca calle del elegante Distrito Uno de Viena. No, pensó, Chiara no iría con él al lago Como. La dejaría allí, en Venecia, al cuidado de su familia y bajo la protección de la policía italiana. Y que Dios se apiadara del general si permitía que le ocurriera algo.

Ella se puso a cantar en voz baja, para sí, una de esas bobas canciones pop italianas que tanto le gustaban. Añadió las patatas cortadas a la sartén, bajó el fuego y se reunió con Gabriel en el cuarto de estar. El expediente de Jack Bradshaw que le había dado el general Ferrari yacía sobre la mesa baja, junto a la Beretta. Chiara fue a echar mano de él, pero Gabriel la detuvo. No quería que viera lo que los asesinos de Jack Bradshaw habían hecho con su cuerpo. Ella apoyó la cabeza en su hombro. Su pelo olía a vainilla.

—¿Cuánto falta para que esté lista la *calandraca*? —preguntó Gabriel.

—Una hora o así.

—No puedo esperar tanto.

—Cómete otra *bruschetta*.

Eso hizo. Y también Chiara. Luego se acercó la copa de bardolino a la nariz pero no bebió.

—No va a hacerles daño que bebas solo un sorbito.

Chiara volvió a dejar la copa sobre la mesa y posó la mano sobre su vientre. Gabriel puso la suya al lado y por un instante le pareció sentir el aleteo de colibrí de dos latidos fetales. «Son míos», pensó aferrándose a ellos con fuerza. «Y que Dios se apiade de quien intente hacerles daño».

6

LAGO COMO, ITALIA

A la mañana siguiente, la población británica se despertó con la noticia de que uno de sus compatriotas, el empresario expatriado James «Jack» Bradshaw, había sido hallado, en su villa con vistas al lago Como, brutalmente asesinado. Las autoridades italianas apuntaban a un posible robo como móvil del asesinato, a pesar de que no había pruebas de que los responsables se hubieran llevado algo. El nombre del general Ferrari no salió a relucir. Tampoco se mencionó que había sido Julian Isherwood, el afamado marchante londinense, quien había descubierto el cadáver. A los periodistas les costó encontrar a alguien que pudiera decir una palabra amable sobre el fallecido. El *Times* consiguió dar con un antiguo compañero suyo del Foreign Office que lo describió como «un buen funcionario», pero por lo demás la vida de Bradshaw no parecía digna de ningún elogio. La fotografía que difundió la BBC parecía hecha veinte años antes, como mínimo. Mostraba a un hombre al que no le gustaba hacerse fotos.

Había otro dato crucial que no figuraba en las informaciones periodísticas acerca del asesinato de Jack Bradshaw: la Brigada Arte había reclutado en secreto a Gabriel Allon, el legendario hijo pródigo de la inteligencia israelí, para que investigara el caso. Sus pesquisas dieron comienzo a las siete y media, cuando conectó una tarjeta de memoria de gran capacidad a su pequeño ordenador portátil. El disco duro, que le había dado el general Ferrari, contenía los archivos del ordenador personal de Jack Bradshaw. La mayoría de los documentos estaban relacionados con su empresa, Meridian Global Consulting Group: un nombre curioso, pensó Gabriel, dado que la empresa no parecía tener ningún empleado más. Había más de veinte mil documentos en el disco duro, además de varios miles de números de teléfono y direcciones de correo electrónico que había que comprobar y cotejar. Era demasiado material para que Gabriel lo revisara solo. Necesitaba un ayudante, un investigador eficiente que supiera algo de asuntos criminales y, preferiblemente, de arte italiano.

—¿Yo? —preguntó Chiara con incredulidad.

—¿Se te ocurre una idea mejor?

—¿Seguro que quieres que conteste a eso?

Gabriel no respondió. Notaba que había algo en aquella idea que atraía a su mujer. Tenía talento natural para resolver problemas y rompecabezas.

—Sería más fácil si pudiera cotejar los números de teléfono y las direcciones de correo en los ordenadores de King Saul Boulevard —comentó tras pensárselo un momento.

—Evidentemente —repuso Gabriel—. Pero no pienso decirle a la Oficina que estoy investigando un caso para los italianos.

—Acabarán por enterarse. Siempre se enteran.

Gabriel copió los archivos de Bradshaw en el disco duro del portátil y se guardó la tarjeta de memoria. Luego llenó una bolsita de viaje con dos mudas y dos juegos de documentación mientras Chiara se duchaba y se vestía para ir a trabajar. La acompañó hasta la judería y en el umbral del centro hebreo puso la mano sobre su vientre una última vez. Al marcharse, no pudo evitar fijarse en un joven italiano muy guapo que estaba tomando café en la cafetería *kosher*. Llamó al general Ferrari al *palazzo* de Roma. El general le confirmó que el joven italiano era un agente de los *carabinieri* especializado en protección personal.

—¿No podías haber encontrado a alguien para vigilar a mi mujer que no pareciera una estrella de cine?

—No me digas que el gran Gabriel Allon está celoso.

—Asegúrate de que no le pase nada. ¿Me oyes?

—Solo tengo un ojo —respondió el general—, pero sigo teniendo las dos orejas y funcionan bastante bien.

Como muchos vecinos de Venecia, temporales o no, Gabriel tenía un coche, un Volkswagen sedán que guardaba en un garaje cerca del Piazzale Roma. Cruzó el viaducto en sentido tierra firme y se dirigió luego hacia la *autostrada*. Cuando el tráfico comenzó a despejarse, pisó a fondo el acelerador y vio como subía lentamente la aguja del velocímetro hasta alcanzar los ciento sesenta. Llevaba semanas moviéndose a pie y en barco a paso de tortuga. El ronroneo de un motor de combustión interna se le antojó de pronto un placer pecaminoso. Llevó el coche hasta el límite y vio como las planicies del Véneto pasaban a toda velocidad por su ventanilla en un gratificante borrón verde y parduzco.

Se dirigió hacia el oeste, dejó atrás Padua, Verona y Bérgamo y llegó a las afueras de Milán treinta minutos antes de lo que preveía. Desde allí enfiló hacia el norte, hacia Como. Siguió luego la orilla sinuosa del lago hasta llegar a la verja de la villa de Jack Bradshaw.

A través de los barrotes vio un coche de los *carabinieri* aparcado en la explanada. Llamó al general a Roma, le dijo dónde estaba y cortó rápidamente la comunicación. Treinta segundos después, la verja se abrió.

Gabriel arrancó y avanzó despacio por la empinada avenida, hacia la casa de un hombre cuya vida había quedado resumida en una sola frase hueca: «un buen funcionario». De una cosa estaba seguro, y era de que Jack Bradshaw, diplomático retirado, consultor de empresas que operaban en Oriente Medio y coleccionista de arte italiano, había sido un mentiroso profesional. Lo sabía porque él también lo era. Así pues, al salir del coche sintió cierta camaradería hacia el hombre cuya vida estaba a punto de registrar minuciosamente. No iba como enemigo, sino como amigo, el aliciente perfecto para un trabajo ingrato. En la muerte no hay secretos, se dijo mientras cruzaba la explanada. Y si había un secreto escondido en aquella hermosa villa junto al lago, iba a encontrarlo.

Un *carabiniere* vestido de paisano esperaba en la entrada. Se presentó como Lucca (sin apellido ni rango, solo Lucca) y ofreció a Gabriel un par de guantes de goma y unos protectores de plástico para los pies, nada más. Gabriel se los puso encantado. Lo último que le hacía falta en aquella etapa de su vida era dejar su ADN en otra escena de un crimen, en Italia.

—Dispone de una hora —dijo el *carabiniere*—. Y tengo que acompañarlo.

—Voy a quedarme todo el tiempo que necesite —contestó Gabriel—. Y usted no va a moverse de aquí.

Como el agente no dijo nada, Gabriel se puso los guantes y los protectores para los pies y entró en la villa. Lo primero que vio fue la sangre. Habría costado no verla: había ennegrecido todo el suelo de piedra del vestíbulo. Se preguntó por qué el asesinato había tenido lugar allí y no en una parte más retirada de la casa. Cabía la posibilidad de que Bradshaw se hubiera encarado con sus asesinos cuando habían irrumpido en su casa, pero no había pruebas de que hubieran forzado la puerta, ni la reja exterior. La explicación más lógica era que Bradshaw les había dejado entrar. Los conocía, pensó Gabriel. Y había cometido la necedad de confiar en ellos hasta el punto de permitirles entrar en su casa.

Entró en el salón desde el vestíbulo. Estaba elegantemente amueblado con sofás y sillones tapizados en seda y adornado con mesas caras, lámparas y fruslerías de todas clases. Una pared estaba ocupada enteramente por ventanales con vistas al lago. En las demás colgaban cuadros de Maestros Antiguos italianos, casi todos ellos piezas menores de arte sacro o retratos pergeñados a toda prisa por asalariados o discípulos de conocidos pintores de Venecia o Florencia. Uno, sin embargo, era un *capricchio* arquitectónico romano salido sin duda de la paleta de Giovanni Paolo Panini. Gabriel se chupó un dedo enguantado y lo pasó por la superficie del lienzo. El Panini, al igual que los otros cuadros de la habitación, necesitaba urgentemente una buena limpieza.

Se secó el dedo manchado en la pernera del pantalón y se acercó al escritorio antiguo. Sobre él había dos fotografías enmarcadas en plata de Jack Bradshaw en tiempos más felices. En la primera aparecía posando ante la Gran Pirámide de Giza, con un mechón de pelo cayéndole puerilmente sobre una cara rebosante de esperanza e ilusiones. El fondo de la segunda era la antigua ciudad de Petra, en Jordania. Había sido tomada, dedujo Gabriel, cuando Bradshaw trabajaba en la embajada británica en Ammán. Parecía mayor, más duro, más sabio, quizá. Oriente Medio era así: convertía la esperanza en desesperación, a los idealistas en maquiavélicos.

Abrió el cajón del escritorio pero no encontró nada de interés. Luego comprobó el directorio de llamadas perdidas del teléfono. Había un número, el 6215845, que aparecía siete veces: cinco antes de la muerte de Bradshaw y dos después. Gabriel levantó el aparato, pulsó el botón de marcado automático y unos segundos después oyó el pitido lejano de una línea telefónica. Tras varios pitidos oyó una serie de chasquidos y roces que indicaban que la persona del otro lado de la línea había respondido y colgado rápidamente. Gabriel marcó otra vez con el mismo resultado. Pero cuando probó una tercera vez, una voz de hombre contestó en italiano:

—Aquí el padre Marco. ¿En qué puedo ayudarlo?

Gabriel colgó suavemente sin responder. Junto al teléfono había un bloc de notas. Arrancó la primera hoja, garabateó el número en la siguiente y se guardó ambas en el bolsillo del abrigo. Luego se dirigió al piso de arriba.

———

Los cuadros jalonaban el ancho pasillo central y cubrían las paredes de dos dormitorios que, por lo demás, estaban completamente vacíos. Un tercer dormitorio había servido a Bradshaw de almacén. Apoyadas contra las paredes como sillas plegables tras un banquete había varias docenas de pinturas, algunas enmarcadas y otras solo con su bastidor. Eran en su mayoría italianas, pero había también algunas telas de pintores alemanes, flamencos y holandeses. Una de ellas, una escena costumbrista que mostraba a varias lavanderas holandesas trabajando en un patio, probablemente obra de un imitador de Willem Kalf, parecía haber sido restaurada recientemente. Gabriel se preguntó por qué Bradshaw había encargado que limpiaran precisamente aquel cuadro mientras otras obras de su colección, algunas de ellas más valiosas, languidecían bajo varias capas de barniz amarillento. Y por qué, tras su restauración, había dejado el cuadro apoyado contra una pared del almacén.

El dormitorio de Bradshaw y su despacho estaban al otro lado del pasillo central. Gabriel los registró rápidamente, con la minuciosidad de quien sabe esconder cosas. En el dormitorio, escondido debajo de un montón de camisas de colores digno del Gran Gatsby, encontró un sobre marrón y arrugado que contenía varios miles de euros. Por la razón que fuera, los hombres del general Ferrari lo habían pasado por alto. En el despacho encontró carpetas llenas hasta reventar de documentos empresariales, junto con una colección impresionante de catálogos y monográficos. Descubrió además diversos papeles que sugerían que Meridian Global Consulting tenía alquilada una cámara de seguridad en la Zona Franca de Ginebra. Se preguntó si los hombres del general también habían pasado por alto aquellos documentos.

Se guardó los papeles de la Zona Franca en el bolsillo de la chaqueta y, tras cruzar el pasillo, entró en la habitación que Bradshaw usaba como almacén. Las tres lavanderas holandesas seguían atareadas en su patio adoquinado, ajenas a su presencia. Gabriel se agachó delante del cuadro y examinó detenidamente la pincelada. Saltaba a la vista que era obra de un imitador, pues carecía por completo de aplomo o espontaneidad. Según su opinión de experto, daba la impresión de haber sido pintado siguiendo un patrón numérico, como si el artista hubiera estado mirando el original mientras trabajaba. Y quizás así había sido.

Se dirigió a la planta de abajo y, bajo la atenta mirada del *carabiniere*, sacó de su bolsa de viaje una lámpara ultravioleta de mano. Cuando se enfocaba con ella un lienzo antiguo en una habitación a oscuras, la lámpara revelaba el alcance de su última restauración al mostrar los retoques como manchas negras. Lo normal en un cuadro holandés de ese periodo era que hubiera sufrido desperfectos moderados o muy escasos, lo que significaba que los retoques (o *inpainting*, como se la llamaba en el oficio) aparecerían en forma de motas negras.

Gabriel regresó a la habitación de la primera planta, cerró la puerta y bajó del todo las persianas. A continuación encendió la lámpara ultravioleta y la dirigió hacia el cuadro. Las tres lavanderas holandesas dejaron de verse. El lienzo era todo él negro como el betún.

7

LAGO COMO, ITALIA

En una empresa de productos químicos de una zona industrial de Como compró acetona, alcohol, agua destilada, unas gafas protectoras, un vaso de precipitados de cristal y una mascarilla. Paró luego en una tienda de pintura y manualidades del centro de la ciudad donde se hizo con varios tacos de madera y un paquete de algodón. Al regresar a la villa a orillas del lago se encontró al *carabiniere* esperándolo en la entrada con un juego nuevo de guantes y protectores para el calzado. Esta vez, el italiano ni siquiera mencionó que disponía de una hora. Se daba cuenta de que Gabriel iba a tardar un rato.

—No irá a contaminar nada, ¿verdad?

—Solo mis pulmones —respondió Gabriel.

En la planta de arriba, sacó el lienzo de su marco, lo apoyó en una silla sin brazos y alumbró su superficie con todas las luces que pudo encontrar. Luego mezcló a partes iguales acetona, alcohol y agua destilada en el vaso de precipitados y se fabricó una muñequilla con un taco de madera y algodón. Actuando con rapidez, quitó el barniz reciente y los retoques de un pequeño rectángulo de unos cinco centímetros por dos y medio en la esquina inferior izquierda del lienzo. Los restauradores llamaban a esta técnica «abrir una ventana». Normalmente se hacía para probar la fuerza y la eficacia de una solución disolvente. En este caso, sin embargo, Gabriel abrió una ventana para retirar las capas superficiales de la pintura y ver lo que había debajo. Lo que descubrió fueron los opulentos pliegues de una prenda de vestir de color carmesí. Evidentemente, había una pintura intacta bajo las tres lavanderas holandesas atareadas en su patio: una pintura que, en opinión de Gabriel, era obra de un verdadero Maestro Antiguo dotado de considerable talento.

Abrió rápidamente tres ventanas más, una en la parte inferior derecha del lienzo y dos más en la parte de arriba. Abajo a la derecha encontró también tejido pintado, más oscuro y menos nítido, pero arriba a la derecha el lienzo era casi negro. Arriba a la izquierda, encontró un arco romano de color ocre que parecía formar parte de un fondo arquitectónico. Con aquellas cuatro ventanas abiertas se hizo una idea general de cómo estaban dispuestas las figuras en el lienzo. Y lo que era más importante, supo que, con toda probabilidad, aquella pintura era obra de un italiano y no de un pintor de la escuela flamenca u holandesa.

Abrió una quinta ventana unos centímetros por debajo del arco romano y sacó a la luz una calva de hombre. Al ampliar la ventana, encontró el puente de una nariz y un ojo que miraba fijamente al espectador. Acto seguido abrió otra ventana unos centímetros a la derecha y descubrió la frente pálida y luminosa de una mujer joven. Amplió también aquella ventana y encontró un par de ojos que miraban hacia abajo. A continuación afloró una nariz larga, seguida por unos labios pequeños y rojos y una barbilla delicada. Tras un minuto más de trabajo, Gabriel vio la mano tendida de un niño. *Un hombre, una mujer, un niño...* Observó detenidamente la mano del niño, sobre todo la forma en que el pulgar y el índice tocaban la barbilla de la mujer. Aquella pose le resultaba familiar. Igual que la pincelada.

Cruzó el pasillo, entró en el despacho de Jack Bradshaw, encendió el ordenador y se metió en la página web del Registro de Obras Perdidas, la mayor base de datos privada del mundo dedicada a obras de arte robadas, desaparecidas y saqueadas. Tras pulsar unas cuantas teclas, en la pantalla apareció la fotografía de un cuadro: el mismo que en esos momentos estaba apoyado en una silla en la habitación del otro lado del pasillo. Debajo de la foto había una breve descripción:

La Sagrada Familia, *óleo sobre lienzo, Parmigianino (1503-1540). Robado de un laboratorio de restauración del histórico Hospital de Santo Spirito de Roma el 31 de julio de 2004.*

La Brigada Arte llevaba más de una década buscando aquel cuadro, y ahora Gabriel lo había encontrado en la villa de un inglés asesinado, escondido bajo una copia de una pintura holandesa de Willem Kalf. Empezó a marcar el número del general Ferrari pero se detuvo. Donde había una, pensó, sin duda habría más. Se levantó del escritorio del muerto y empezó a buscar.

Descubrió en el almacén otros dos cuadros que, al aplicarles la luz ultravioleta, aparecieron completamente negros. Uno era un paisaje costero de la Escuela Holandesa que recordaba a la obra de Simón de Vlieger; el otro, un jarrón de flores que parecía una copia de un cuadro del pintor vienés Johann Baptist Drechsler. Gabriel comenzó a abrir ventanas.

Mojar, girar, desechar...

Un árbol abultado, con un cielo surcado de nubes de fondo, los pliegues de una falda extendida sobre un prado, el flanco desnudo de una mujer corpulenta...

Mojar, girar, desechar...

Un trozo de fondo verde azulado, una blusa floreada, un ojo ancho y soñoliento sobre una mejilla rosada...

Gabriel reconoció ambas pinturas. Se sentó delante del ordenador y volvió a la página del Registro de Obras Perdidas. Tras teclear un momento, apareció otra fotografía en la pantalla:

Muchachas en el campo, *óleo sobre lienzo, Pierre-Auguste Renoir (1841-1919), 41 x 50 cm, desaparecido el 13 de marzo de 1981 del Musée de Bagnols-sur-Cèze, Gard, Francia. Valor actual estimado: desconocido.*

Más teclas, otro cuadro, otra historia de desapariciones:

Retrato de mujer, *óleo sobre lienzo, Gustav Klimt (1862-1918), 81,5 x 54 cm, desaparecido el 18 de febrero de 1997 de la Galleria Ricci Oddi, Piacenza, Italia. Valor actual estimado: 4 millones de dólares.*

Gabriel colocó el Renoir y el Klimt junto al Parmigianino, hizo una fotografía con su teléfono móvil y la envió rápidamente al *palazzo*. El general Ferrari lo llamó treinta segundos después. Los refuerzos iban de camino.

Gabriel llevó los tres cuadros abajo y los apoyó en uno de los sofás del salón. *Parmigianino, Renoir, Klimt...* Tres telas desaparecidas pintadas por tres artistas célebres, todas ellas ocultas bajo copias de obras menores. Aun así, las copias eran de enorme calidad. Parecían obra de un falsificador magistral, pensó Gabriel. Quizás incluso de un restaurador. Pero ¿por qué tomarse la molestia de encargar una copia para ocultar una obra robada? Estaba claro que Jack Bradshaw estaba vinculado a una sofisticada red delictiva que traficaba con cuadros robados y sacados ilegalmente de su país de origen. Donde había tres, se dijo Gabriel sin apartar la mirada de las pinturas, habría más. Muchas más.

Tomó una de las fotografías en las que Jack Bradshaw aparecía de joven. Su currículum parecía sacado de una época ya periclitada. Educado en Eton y Oxford, hablaba con fluidez árabe y farsi y había salido al mundo para cumplir los dictados de un imperio antaño poderoso que se hallaba en la fase terminal de su declive. Tal vez había sido un diplomático mediocre, un expendedor de visados, un estampador de pasaportes, un redactor de considerados telegramas que nadie se molestaba en leer. O tal vez había sido otra cosa enteramente distinta. Gabriel conocía a una persona en Londres que podía rellenar las muchas lagunas del currículum de Jack Bradshaw, cuya delgadez resultaba sospechosa. La verdad, naturalmente, llevaría aparejado un precio. En el mundo del espionaje rara vez sucedía lo contrario.

Gabriel dejó a un lado la fotografía y usó su móvil para reservar billete en el vuelo de la mañana con destino a Heathrow. Luego tomó la hoja de papel en la que había escrito el número que había encontrado en el historial de llamadas entrantes del teléfono de Bradshaw.

6215845...

Aquí el padre Marco. ¿En qué puedo ayudarlo?

Marcó otra vez el número, pero nadie contestó. Después, de mala gana, lo mandó por vía segura a la sección de Operaciones de King Saul Boulevard y pidió que hicieran una comprobación de rutina. La respuesta llegó diez minutos después: el 6215845 era un número privado perteneciente a la rectoría de la iglesia de San Giovanni Evangelista de Brienno, un pueblo situado a unos kilómetros de allí, lago arriba.

Tomó la otra hojita de papel que había arrancado, la que, la noche del asesinato, era la primera en el bloc de notas donde Jack Bradshaw apuntaba sus mensajes telefónicos. Inclinándola hacia la lámpara, observó los surcos que había dejado la pluma estilográfica de Bradshaw. Sacó luego un lápiz del cajón de arriba del escritorio y frotó suavemente con la punta la superficie de la hoja hasta que apareció una filigrana de líneas. Formaban en su mayoría una maraña impenetrable: el número 4, el 8, las letras C, V y O. Al pie de la página, sin embargo, se veía claramente una sola palabra.

Samir...

8

STOCKWELL, LONDRES

a calle se llamaba Paradise, pero era un paraíso perdido: andrajosos bloques de pisos de protección oficial construidos en ladrillo rojo, un recuadro de hierba pisoteada, un parque sin niños en el que un pequeño carrusel giraba lentamente empujado por el viento. Gabriel permaneció allí el tiempo justo para cerciorarse de que no lo habían seguido. Tiritando, se subió el cuello de la chaqueta alrededor de las orejas. La primavera aún no había llegado a Londres.

Más allá del parque, un sucio pasadizo conducía a Clapham Road. Torció a la izquierda y cruzó hacia la boca de metro de Stockwell entre el resplandor del tráfico. Torciendo de nuevo, entró en una calle tranquila jalonada por una hilera de casas construidas en la posguerra, todas idénticas y cubiertas de hollín. La del número 8 tenía una torcida valla de hierro negro y un jardincillo de cemento sin más decoración que un cubo de reciclaje de color azul real. Gabriel levantó la tapa del cubo, vio que estaba vacío y subió los tres peldaños que llevaban a la puerta. Un cartel declaraba que los pedigüeños, fueran de la clase que fueran, no eran bien recibidos. Haciendo caso omiso del cartel, Gabriel pulsó el timbre: dos timbrazos breves y uno más largo, como le habían dicho.

—Señor Baker —dijo el hombre que salió a la puerta—, cuánto me alegra que haya venido. Soy Davies. Estoy aquí para atenderle.

Gabriel entró en la casa y esperó a que la puerta se cerrara antes de volverse hacia el hombre que le había dado la bienvenida. Tenía el cabello suave y claro y la cara inocente de un párroco rural. No se llamaba Davies. Se llamaba Nigel Whitcombe.

—¿A qué viene tanto misterio? —preguntó Gabriel—. No voy a desertar. Solo necesito hablar un momento con el jefe.

—El Servicio de Inteligencia no ve con buenos ojos que usemos nombres reales en los pisos francos. Davies es mi apodo profesional.

—Es pegadizo —comentó Gabriel.

—Lo elegí yo mismo. Siempre me han gustado los Kinks.

—¿Quién es Baker?

—Tú eres Baker —respondió Whitcombe sin asomo de ironía.

Gabriel entró en el cuartito de estar. Estaba amueblado con todo el encanto de la sala de embarque de un aeropuerto.

—¿No podíais haber buscado un piso franco en Mayfair o en Chelsea?

—En el West End no había ni una sola finca libre. Además, esto está más cerca de Vauxhall Cross.

Vauxhall Cross era la sede central del Servicio Secreto de Inteligencia británico, conocido también como MI6. En otros tiempos, el servicio operaba desde un lúgubre edificio de Broadway y a su director general se lo conocía simplemente como «C». Ahora los espías tenían sus oficinas en uno de los edificios más llamativos de Londres y el nombre de su jefe aparecía con regularidad en la prensa. Gabriel prefería los viejos tiempos. En materia de espionaje, como en arte, era un tradicionalista por naturaleza.

—¿El Servicio de Inteligencia permite el café en los pisos francos en estos tiempos? —preguntó.

—El verdadero café, no —contestó Whitcombe con una sonrisa—. Pero puede que haya un tarro de Nescafé en la despensa.

Gabriel se encogió de hombros como diciendo que podía ser mucho peor y siguió a Whitcombe a la estrecha cocina. Daba la impresión de pertenecer a un hombre que se había separado hacía poco y que confiaba en llegar a una rápida reconciliación con su mujer. Había, en efecto, un frasco de Nescafé y una lata de Twinings que parecía estar allí desde la época en que Edward Heath era primer ministro. Whitcombe llenó de agua la tetera eléctrica mientras Gabriel registraba los armarios en busca de una taza. Había dos, una con el logotipo de los Juegos Olímpicos de Londres y otra con la cara de la reina. Whitcombe sonrió al ver que elegía la de la reina.

—No sabía que eras admirador de Su Majestad.

—Tiene buen gusto para la pintura.

—Puede permitírselo —comentó Whitcombe, no como una crítica, sino como una simple constatación.

Él era así: cuidadoso, astuto, opaco como una pared de cemento. Había empezado su carrera en el MI5, donde hizo sus primeros pinitos como espía trabajando con Gabriel en una operación contra un oligarca ruso y traficante de armas llamado Ivan Kharkov. Poco después se convirtió en el principal lugarteniente y recadero oficioso de Graham Seymour, el subdirector general del MI5. Hacía poco que Seymour había sido nombrado jefe del MI6, un ascenso que había sorprendido a todo el mundo dentro del oficio, menos a Gabriel. Whitcombe seguía cumpliendo las mismas labores para su amo, lo que explicaba su presencia en el piso franco de Stockwell. Puso una cucharada de Nescafé en la taza y vio cómo empezaba a salir el vapor por la boquilla de la tetera.

—¿Qué tal la vida en el Seis? —preguntó Gabriel.

—Al principio, cuando llegamos, hubo mucha desconfianza entre las tropas. Supongo que tenían motivos para estar nerviosos. A fin de cuentas, veníamos del otro lado del río, de un servicio rival.

—Pero Graham no era del todo un desconocido. Su padre era una leyenda del MI6. Prácticamente se crio dentro del servicio.

—Por eso, entre otras cosas, la preocupación duró poco. —Whitcombe sacó un dispositivo móvil del bolsillo de la pechera de su traje y miró la pantalla—. Está llegando. ¿Puedes apañártelas con el café tú solo?

—Servir el agua y remover, ¿no?

Whitcombe salió. Gabriel preparó el café y se dirigió al cuarto de estar. Al entrar vio un figura alta, vestida con traje gris oscuro de corte impecable y corbata azul de rayas. Con su cara fina y de facciones regulares y su hermoso pelo plateado, parecía un modelo de los que anunciaban costosas pero innecesarias bagatelas. En la mano izquierda, pegado a la oreja, sostenía un teléfono móvil. Le tendió la derecha a Gabriel con gesto distraído. Su apretón era firme, seguro de sí mismo, preciso en su duración: un arma injusta que desplegar ante oponentes de inferior categoría, la afirmación inequívoca de que su dueño había asistido a los mejores colegios, pertenecía a los mejores clubes y dominaba deportes señoriales como el tenis o el golf, todo lo cual era, casualmente, cierto. Graham Seymour era una reliquia del pasado glorioso de Inglaterra, un hijo de los estamentos administrativos criado, educado y programado para mandar. Unos meses antes, cansado de llevar años intentando proteger a su país de las fuerzas del extremismo islamista, le había confesado a Gabriel sus planes de abandonar el espionaje y retirarse a su villa de Portugal. Después, inesperadamente, le habían entregado las llaves del servicio donde antaño había trabajado su padre. Gabriel se sintió de pronto culpable por haber ido a Londres. Estaba a punto de hacerle entrega a Seymour de la que posiblemente sería su primera crisis en el MI6.

Seymour masculló unas palabras, cortó la llamada y le entregó el teléfono móvil a Nigel Whitcombe. Luego se volvió hacia Gabriel y lo miró con curiosidad un instante.

—Dada nuestra larga historia juntos —dijo por fin—, me inquieta un poco preguntarte qué te trae por la ciudad. Pero imagino que no tengo elección.

Gabriel respondió contándole una pequeña parte de la verdad: que había ido a Londres porque estaba buscado al asesino de un expatriado inglés residente en Italia.

—¿Tiene nombre ese expatriado inglés? —preguntó Seymour.

—James Bradshaw —contestó Gabriel. Hizo una pausa y añadió—: Pero sus amigos lo llamaban Jack.

El semblante de Seymour permaneció inexpresivo como una máscara.

—Me parece que he leído algo sobre ese asunto en los periódicos —dijo—. Había trabajado para el Foreign Office, ¿verdad? Y se dedicaba a labores de asesoramiento en Oriente Medio. Lo asesinaron en su villa de Como. Por lo visto fue una carnicería.

—Ya lo creo —convino Gabriel.

—¿Qué tengo yo que ver con eso?

—Jack Bradshaw no era un diplomático, ¿verdad, Graham? Era del MI6. Era un espía.

Seymour consiguió mantener la compostura un momento más. Luego entornó los ojos y preguntó:

—¿Qué más tienes?

—Tres pinturas robadas, una cámara de seguridad en la Zona Franca de Ginebra y alguien llamado Samir.

—¿Eso es todo? —Seymour meneó la cabeza lentamente y se volvió hacia Whitcombe—. Cancela mis citas de esta tarde, Nigel. Y ve a buscarnos algo de beber. Esto nos va a llevar un rato.

9

STOCKWELL, LONDRES

Whitcombe salió a buscar los ingredientes para preparar unos *gin-tonics* mientras Gabriel y Graham Seymour se acomodaban en el desangelado cuartito de estar. Gabriel se preguntó qué clase de despojos del mundo del espionaje habían pasado flotando por aquel lugar antes que él. ¿Un desertor del KGB dispuesto a vender su alma por treinta monedas de plata occidental? ¿Un científico nuclear iraquí con un maletín lleno de mentiras? ¿Un agente doble yihadista que aseguraba saber la fecha y el lugar del siguiente bombazo de Al Qaeda? Miró la pared y, por encima del fuego eléctrico, vio dos jinetes con chaquetilla roja guiando a sus monturas por un verde prado inglés. Miró luego por la ventana y vio que en el patio en penumbra montaba guardia un orondo y solitario angelote de jardín. Graham Seymour parecía ajeno al decorado. Se miraba las manos como si intentara decidir por dónde empezar su relato. No se molestó en bosquejar las normas de partida. No era necesario. Gabriel y él eran tan amigos como podían serlo dos espías de servicios rivales, lo que significaba que solo desconfiaban un poco el uno del otro.

—¿Los italianos saben que estás aquí? —preguntó por fin.

Gabriel negó con la cabeza.

—¿Y la Oficina?

—No les he dicho que iba a venir, pero eso no significa que no estén vigilando cada uno de mis movimientos.

—Te agradezco la franqueza.

—Contigo soy siempre franco, Graham.

—Por lo menos cuando te conviene.

Gabriel no se molestó en contestar. Escuchó atentamente mientras Seymour, con el tono crispado de quien preferiría hablar de otros asuntos, relataba la breve vida y la carrera de James «Jack» Bradshaw. Para un hombre como él, que había llevado una vida parecida a la de Bradshaw, era terreno trillado. Ambos eran producto de hogares de clase media moderadamente felices, ambos habían estudiado en internados costosos pero crueles y conseguido plaza en universidades elitistas, aunque Seymour había ido a Cambridge y Bradshaw a Oxford. Allí, siendo todavía estudiante, atrajo la atención de un profesor de la Facultad de Estudios Orientales. El profesor era en realidad un ojeador del MI6. Graham Seymour también lo conocía.

—¿Ese ojeador era tu padre? —preguntó Gabriel.

Seymour asintió con un gesto.

—Fue en el ocaso de su carrera. Estaba demasiado agotado para servir de gran cosa en las operaciones de campo y no quería ni oír hablar de trabajar en las oficinas. Así que lo mandaron a Oxford y le dijeron que se mantuviera alerta en busca de posibles reclutas. Jack Bradshaw fue uno de los primeros estudiantes en los que se fijó. Era difícil no fijarse en Jack —añadió Seymour rápidamente—.

Era como un meteoro. Pero sobre todo era seductor, un embaucador nato, falto por completo de moral y de escrúpulos.

—En otras palabras, que tenía todos los ingredientes del espía perfecto.

—En la mejor tradición inglesa —agregó Seymour con una sonrisa irónica.

Y así fue, continuó, como Jack Bradshaw emprendió el mismo camino que tantos otros habían tomado antes que él: el camino que llevaba desde los apacibles patios de Cambridge y Oxford a la puerta cifrada del Servicio Secreto de Inteligencia. Corría el año 1985. La Guerra Fría estaba tocando a su fin y el MI6 seguía buscando un motivo para justificar su existencia después de que Kim Philby y los demás miembros de la red de espionaje de Cambridge lo deshicieran desde dentro. Tras pasar dos años en el programa de entrenamiento del MI6, Jack Bradshaw partió hacia El Cairo en calidad de aprendiz. Se convirtió en un experto en extremismo islámico y predijo con acierto el ascenso de una red internacional de terrorismo yihadista dirigida por veteranos de la guerra de Afganistán. Recaló luego en Ammán, donde estableció estrechos vínculos con el jefe del GID, el todopoderoso servicio de seguridad e inteligencia jordano. Al poco tiempo se le consideraba el principal agente del MI6 en Oriente Medio. Bradshaw daba por sentado que sería el siguiente jefe de división, pero le dieron el puesto a un rival que de inmediato ordenó su traslado a Beirut, uno de los destinos más peligrosos e ingratos de la región.

—Y ahí fue —concluyó Seymour— donde empezaron los problemas.

—¿De qué tipo?

—Del de siempre: empezó a haraganear y a beber demasiado. Y desarrolló una elevadísima opinión de sí mismo. Llegó a creerse que era el tipo más listo de cualquier habitación en la que entraba y que sus superiores de Londres eran unos perfectos incompetentes. ¿Cómo, si no, se explica que no lo ascendieran cuando era a todas luces el candidato más cualificado para el puesto? Entonces conoció a una mujer llamada Nicole Devereaux y la situación fue de mal en peor.

—¿Quién era ella?

—Una fotógrafa de France Presse, la agencia de noticias francesa. Conocía Beirut mejor que la mayoría de sus competidores porque estaba casada con un empresario libanés, un tal Alí Rashid.

—¿Cómo la conoció Bradshaw? —preguntó Gabriel.

—En un sarao de la embajada británica, un viernes por la noche: periodistas de poca monta, diplomáticos y espías intercambiando cotilleos y espeluznantes anécdotas sobre Beirut mientras tomaban cerveza tibia y entremeses rancios.

—¿Y tuvieron una aventura?

—Una aventura bastante tórrida, sí. Según dicen, Bradshaw estaba enamorado de ella. Empezaron a correr rumores, claro, y al poco tiempo llegaron a oídos del *rezident* del KGB en la embajada soviética, que se las arregló para fotografiar a Nicole en el dormitorio de Bradshaw. Y entonces hizo su jugada.

—¿Reclutó a Bradshaw?

—Es un modo de decirlo —respondió Seymour—. En realidad, fue un chantaje en toda regla.

—La especialidad del KGB.

—Y también la tuya.

Gabriel ignoró el comentario y preguntó en qué había consistido el trato.

—El *rezident* le planteó una elección muy sencilla —contestó Seymour—. Podía empezar a trabajar como agente a sueldo del KGB, o los rusos harían llegar discretamente las fotos de Nicole Devereaux pillada en flagrante delito a su marido.

—Imagino que Alí Rashid no se habría tomado muy bien la noticia de que su esposa estaba liada con un espía británico.

—Rashid era un hombre peligroso. —Seymour hizo una pausa y añadió—: Y tenía muchos contactos.

—¿Qué clase de contactos?

—Con el servicio secreto sirio.

—Así que Bradshaw temía que Rashid la matara.

—Y tenía buenos motivos para temerlo. Huelga decir que aceptó cooperar.

—¿Qué les dio?

—Nombres del personal del MI6, operaciones en marcha, datos confidenciales sobre la política británica en la región. En resumen, el guion completo de nuestra actuación en Oriente Medio.

—¿Cómo lo averiguasteis?

—No lo averiguamos nosotros —respondió Seymour—. Los estadounidenses descubrieron que Bradshaw tenía una cuenta en Suiza con medio millón de dólares y nos lo comunicaron con grandes alharacas durante una reunión bastante desagradable en Langley.

—¿Por qué no fue detenido Bradshaw?

—Tú eres un hombre de mundo —dijo Seymour—. Dímelo tú.

—Porque habría producido un escándalo que el MI6 no podía permitirse en ese momento.

Seymour se tocó la nariz.

—Incluso dejaron el dinero en la cuenta suiza porque no se les ocurrió un modo de apropiarse de él sin que saltara la alarma. Aquel fue posiblemente el despido más lucrativo en la historia del MI6. —Meneó la cabeza lentamente—. No puede decirse que fuera nuestro momento más estelar.

—¿Qué fue de Bradshaw después de dejar el MI6?

—Se quedó unos meses en Beirut lamiéndose las heridas y luego regresó a Europa y montó una consultoría. Dicho sea de paso

—añadió Seymour—, el servicio de inteligencia británico nunca tuvo muy buena opinión de Meridian Global Consulting Group.

—¿Sabíais que Bradshaw traficaba con obras de arte robadas?

—Sospechábamos que estaba metido en negocios algo turbios, pero casi siempre hacíamos la vista gorda y confiábamos en que todo saliera bien.

—¿Y cuándo descubristeis que había sido asesinado en Italia?

—Nos ceñimos a la historia de que era un diplomático, pero el Foreign Office dejó claro que se desentendería del asunto al primer indicio de problemas. —Seymour se detuvo un momento. Luego preguntó—: ¿Me he dejado algo en el tintero?

—¿Qué fue de Nicole Devereaux?

—Al parecer alguien le contó a su marido lo del lío que había tenido con Bradshaw. Desapareció una noche al salir de la oficina de France Presse. Encontraron su cuerpo unos días después, en el valle de la Bekaa.

—¿La mató el propio Rashid?

—No —contestó Seymour—. Se lo encargó a los sirios. Se divirtieron un poco con ella antes de colgarla de una farola y degollarla. Todo muy truculento. Pero supongo que era de esperar. A fin de cuentas —añadió sombríamente—, eran sirios.

—Me pregunto si es una coincidencia —dijo Gabriel.

—¿Qué?

—Que a Jack Bradshaw lo hayan matado de la misma manera.

Seymour no respondió. Se limitó a consultar su reloj de pulsera con el aire de quien llega tarde a una cita a la que preferiría no acudir.

—Helen me está esperando para cenar —dijo con profunda falta de entusiasmo—. Me temo que está atravesando una etapa de pasión por África. No estoy seguro, pero es posible que la semana pasada comiera cabra.

—Eres un hombre con suerte, Graham.

—Eso dice Helen. Mi médico no está tan seguro.

Dejó su copa y se levantó. Gabriel permaneció inmóvil.

—Imagino que tienes una pregunta más —dijo Seymour.

—Dos, en realidad.

—Te escucho.

—¿Cabría la posibilidad de que echara un vistazo al historial de Bradshaw?

—Siguiente pregunta.

—¿Quién es Samir?

—¿Apellido?

—Todavía estoy en ello.

Seymour levantó la mirada al techo.

—Hay un Samir que regenta un colmado cerca de mi piso, a la vuelta de la esquina. Es un miembro devoto de los Hermanos Musulmanes que cree que Gran Bretaña debería estar gobernada por la *shari'a*. —Miró a Gabriel y sonrió—. Por lo demás es un tipo bastante simpático.

La embajada israelí estaba situada al otro lado del Támesis, en un apacible rincón de Kensington, cerca de High Street. Gabriel entró en el edificio por una puerta sin distintivos de la parte de atrás y bajó a las habitaciones forradas de plomo cuyo uso se reservaba a la Oficina. El jefe local no estaba, había solo un joven agente llamado Noah que se puso en pie de un salto al ver entrar por la puerta, sin anunciarse, a su futuro jefe. Gabriel entró en la cabina blindada de comunicaciones (el Sanctasanctórum, lo llamaban en la jerga de la Oficina) y mandó un mensaje a King Saul Boulevard pidiendo acceso a cualquier expediente relacionado con un empresario libanés llamado Alí Rashid. No se molestó en explicar el motivo de su solicitud. Privilegios del rango que ocuparía dentro de poco.

Veinte minutos después llegó el expediente a través de un enlace de seguridad: tiempo suficiente, pensó Gabriel, para que el director de la Oficina aprobara su envío. Era breve, tenía una extensión de unas mil palabras y estaba redactado en el estilo lacónico que exigían los analistas de la Oficina. Afirmaba que Alí Rashid era un conocido agente del espionaje sirio, que actuaba como tesorero de una amplia red siria en el Líbano y que había muerto en Beirut en 2011 en un atentado con coche bomba de autoría desconocida. Al final del expediente figuraba el código de seis dígitos que identificaba al agente encargado de su redacción. Gabriel lo reconoció: se trataba de una analista que había sido en tiempos la principal experta de la Oficina en Siria y el Partido Baaz. Ahora se la conocía por otros motivos: era la esposa del que pronto sería el director cesante.

Como la mayoría de las delegaciones de la Oficina alrededor del mundo, la de Londres contenía un pequeño dormitorio para situaciones de emergencia. Gabriel lo conocía bien, había dormido muchas veces en él. Se tendió en la incómoda cama individual e intentó conciliar el sueño, pero no le sirvió de nada, el caso no se le iba de la cabeza. Un prometedor espía británico echado a perder, un agente de la inteligencia siria al que un coche bomba hacía saltar por los aires, tres cuadros robados ocultos tras falsificaciones de primera calidad, una cámara de seguridad en la Zona Franca de Ginebra... Las posibilidades, pensó, eran infinitas. No serviría de nada intentar ensamblar las piezas de momento. Tendría que abrir otra ventana (una ventana al tráfico internacional de cuadros robados) y para eso necesitaba la ayuda de un ladrón de arte magistral.

Y así permaneció despierto sobre la rígida camita, pugnando con los recuerdos y pensando en su futuro, hasta las seis de la mañana siguiente. Tras ducharse y cambiarse de ropa, salió de la embajada a oscuras y tomó el metro para ir a Saint Pancras Station. A las siete y media salía un Eurostar hacia París. Compró un montón de periódicos antes de embarcar y acabó de leerlos cuando el tren se detuvo suavemente en la Gare du Nord. Partió entonces hacia el octavo *arrondissement*, hacia una calle llamada Rue de Miromesnil.

10

RUE DE MIROMESNIL, PARÍS

En el mundo del espionaje, como en la vida, a veces es necesario tratar con individuos cuyas manos distan mucho de estar limpias. El mejor modo de atrapar a un terrorista es emplear a otro terrorista como informante. Gabriel sabía que el mismo principio podía aplicarse cuando se trataba de atrapar a un ladrón. De ahí que a las 9:55 estuviera sentado a una mesa junto al escaparate de una excelente *brasserie* en la Rue de Miromesnil con un ejemplar de *Le Monde* desplegado ante él y un *café crème* a su lado. A las 9:58 vio que una figura cubierta con abrigo y sombrero avanzaba enérgicamente por la acera procedente de la zona del Palacio del Elíseo. Estaban dando las diez cuando el individuo en cuestión entró en una tiendecita llamada Antiquités Scientifiques, encendió las luces y cambió el letrero de la puerta de FERMÉ a OUVERT. Maurice Durand, pensó Gabriel con una sonrisa, siempre tan cumplidor. Apuró su café y cruzó la calle desierta hasta la entrada de la tienda. El portero automático chilló como un niño inconsolable cuando pulsó el botón. Pasaron veinte segundos sin que le invitaran a entrar. Luego la cerradura se abrió con un chasquido y un golpe sordo y hostil y Gabriel se deslizó rápidamente en la tienda.

La pequeña sala de exposición era un dechado de orden y precisión, lo mismo que el propio Durand. Alineados pulcramente en las estanterías se veían microscopios y barómetros antiguos cuyas piezas de latón brillaban como los botones de la casaca de gala de un soldado. Cámaras y telescopios miraban, ciegos, hacia el pasado. El centro del local lo ocupaba un globo terráqueo italiano del siglo XIX cuyo precio estaba disponible previa petición. La minúscula mano derecha de Durand descansaba sobre Asia Menor. Lucía traje oscuro, corbata dorada como el envoltorio de un bombón y la sonrisa más falsa que Gabriel hubiera visto nunca. Su calva relucía bajo la luz del techo. Sus ojillos miraban fijamente hacia delante, atentos como los de un terrier.

—¿Qué tal va el negocio? —preguntó Gabriel cordialmente.

Durand se acercó a los aparatos fotográficos y escogió una cámara de principios del siglo XX con una lente dorada fabricada por la firma parisina Poulenc.

—Voy a mandarle esto a un coleccionista australiano —dijo—. Seiscientos euros. No tanto como esperaba, pero el tipo sabía regatear.

—No me refería a ese negocio, Maurice.

Durand no contestó.

—Tus hombres y tú hicisteis un buen trabajo en Múnich el mes pasado —comentó Gabriel—. Un retrato de El Greco desaparece de la Alte Pinakothek y desde entonces nadie lo ha visto ni ha tenido noticias suyas. No se ha pedido rescate. La policía alemana no ha dado muestras de estar próxima a cerrar el caso. Nada, excepto silencio y un hueco vacío en la pared de un museo donde antes colgaba una obra maestra.

—Tú no me preguntas por mis negocios —repuso Durand— y yo no te pregunto por los tuyos. Esas son las reglas de nuestra relación.

—¿Dónde está El Greco, Maurice?

—En Buenos Aires, en manos de uno de mis mejores clientes. Tiene una debilidad —añadió Durand—: un apetito insaciable que solo yo puedo satisfacer.

—¿Y cuál es?

—Le gusta poseer lo que no puede poseerse. —Devolvió la cámara a su estante—. Imagino que esto no es una visita de cortesía.

Gabriel negó con la cabeza.

—¿Qué quieres esta vez?

—Información.

—¿Sobre qué?

—Sobre un inglés llamado Jack Bradshaw.

El semblante de Durand permaneció inexpresivo.

—¿Lo conocías, imagino? —preguntó Gabriel.

—Solamente de oídas.

—¿Tienes idea de quién lo hizo trizas?

—No —contestó Durand negando lentamente con la cabeza—. Pero quizá pueda darte alguna indicación que te lleve por buen camino.

Gabriel se acercó a la puerta y cambió el letrero de *OUVERT* a *FERMÉ*. Durand exhaló un profundo suspiro y se puso el abrigo.

Formaban sin duda una de las parejas más pintorescas que podían encontrarse en París esa gélida mañana de primavera: el ladrón de cuadros y el agente de inteligencia caminando codo con codo por las calles del octavo *arrondissement*. Maurice Durand comenzó, con la misma meticulosidad que ponía en todo, con una breve exposición acerca del tráfico ilegal de obras de arte. Cada año desaparecían miles de pinturas y otras piezas artísticas de museos, galerías, organismos públicos y residencias privadas. Su valor se estimaba en unos 6.000 millones, lo que convertía su comercio ilegal en la cuarta actividad delictiva más lucrativa del mundo por detrás del tráfico de drogas, el blanqueo de dinero y el tráfico de armas. Maurice Durand se hallaba detrás de buena parte de aquellos robos. Ayudado por una banda estable de ladrones profesionales radicada en Marsella, había llevado a cabo algunos de los mayores golpes de la historia. Ya no se consideraba un simple ladrón de cuadros. Era un empresario global, una especie de marchante especializado en la adquisición discreta de lienzos que, de hecho, no estaban en venta.

—En mi humilde opinión —prosiguió sin rastro de humildad—, hay cuatro tipos distintos de ladrones de arte. El primero es el que busca la emoción, el apasionado del arte que roba para conseguir algo que jamás podría permitirse. Se me viene a la cabeza Stéphane Breitwieser. —Miró a Gabriel de soslayo—. ¿Te suena el nombre?

—Era el camarero que robó obras de arte por valor de más de mil millones de dólares para su colección privada.

—Incluida la *Sibila de Cleves* de Lucas Cranach el Viejo. Cuando lo detuvieron, su madre cortó las telas en trocitos y las tiró a la basura. —El francés meneó la cabeza con pesar—. Yo disto mucho de ser perfecto, pero jamás he destruido un cuadro. —Lanzó otra mirada a Gabriel—. Ni siquiera cuando debería haberlo hecho.

—¿Y la segunda categoría?

—Es la del incompetente. Roba un cuadro, no sabe qué hacer con él y le entra el pánico. A veces consigue cobrar un pequeño rescate o una recompensa. A menudo lo detienen. Francamente —añadió Durand—, su existencia me repatea. Da mala fama a personas como yo.

—¿Profesionales que llevan a cabo robos de encargo?

Durand asintió con la cabeza. Iban caminando por la Avenue Matignon. Pasaron frente a las oficinas de Christie's en París y torcieron hacia los Campos Elíseos. Las ramas de los castaños se recortaban, desnudas, contra el cielo gris.

—Entre las fuerzas de la ley hay quienes se empeñan en que no existo —concluyó Durand—. Creen que soy una fantasía, una quimera. No comprenden que en el mundo hay personas extremadamente ricas que ansían poseer grandes obras de arte y que no reparan en que sean robadas o no. De hecho, hay algunas personas que desean una obra maestra precisamente porque es robada.

—¿Cuál es la cuarta categoría?

—La del crimen organizado. Se les da muy bien robar cuadros, pero no tan bien sacarlos al mercado. —Durand hizo una pausa. Luego añadió—: Ahí es donde entraba Jack Bradshaw. Actuaba como intermediario entre los ladrones y los compradores: un perista de primera categoría, si se quiere. Y muy bueno en lo suyo.

—¿Qué clase de compradores?

—De vez en cuando vendía directamente a coleccionistas —contestó Durand—. Pero casi siempre hacía llegar las obras robadas a una red de marchantes aquí, en Europa.

—¿Dónde?

—París, Bruselas y Ámsterdam son caladeros estupendos para las obras de arte robadas. Pero, cuando lo que se quiere es sacar al mercado una obra con la que puedes quemarte los dedos, Suiza sigue siendo la Meca del negocio por su Derecho privado y sus leyes de propiedad.

Cruzaron la plaza de la Concordia y entraron en los Jardines de las Tullerías. A su izquierda quedaba el Jeu de Paume, el pequeño museo que los nazis habían usado como almacén de clasificación cuando saquearon las obras de arte francesas. Durand pareció hacer un esfuerzo consciente por no mirarlo.

—Tu amigo Jack Bradshaw se dedicaba a un oficio peligroso —prosiguió—. Tenía que tratar con personas que no tienen empacho en recurrir a la violencia cuando no se salen con la suya. Las bandas serbias son especialmente activas en Europa occidental. Las rusas también. Es posible que Bradshaw muriera a causa de un trato que salió mal, o...

—¿O qué?

Durand vaciló antes de contestar.

—Hay rumores —dijo por fin—. Nada concreto, ojo. Solo conjeturas bien fundadas.

—¿Qué clase de conjeturas?

—Se dice que Bradshaw estaba adquiriendo gran número de cuadros en el mercado negro por encargo de un individuo concreto.

—¿Sabes el nombre de ese individuo?

—No.

—¿Me estás diciendo la verdad, Maurice?

—Puede que esto te sorprenda —repuso Durand—, pero cuando uno colecciona cuadros robados no suele publicar a bombo y platillo lo que hace.

—Continúa.

—Corrían también otro tipo de rumores en torno a Bradshaw. Se decía que estaba intentando encontrar comprador para una obra maestra. —Miró casi imperceptiblemente a su alrededor antes de continuar.

Un gesto, pensó Gabriel, propio de un espía profesional.

—Una obra maestra que lleva varias décadas desaparecida.

—¿Sabes qué cuadro era?

—Claro que sí. Y tú también. —Durand se detuvo y se volvió para mirarlo—. Una *Natividad* pintada por un artista barroco al final de su carrera. Se llamaba Michelangelo Merisi, pero la mayoría de la gente lo conoce por el nombre del pueblecito de su familia, cerca de Milán.

Gabriel pensó en las tres letras que había encontrado en el bloc de notas de Bradshaw: C, V, O.

No eran letras al azar.

Querían decir «Caravaggio».

11

JARDINES DE LAS TULLERÍAS, PARÍS

Dos siglos después de su muerte había caído prácticamente en el olvido. Sus lienzos acumulaban polvo en los almacenes de museos y galerías, a menudo atribuidos por error a otros autores, y sus figuras teatralmente iluminadas iban poco a poco hundiéndose en el vacío de su característico fondo negro. Finalmente, en 1951, el afamado historiador del arte italiano Roberto Longhi reunió sus obras conocidas y las expuso ante el mundo en el Palazzo Reale de Milán. Muchos de quienes visitaron aquella exposición memorable nunca habían oído hablar de Caravaggio.

Los detalles de sus primeros años de vida son, como mínimo, esquemáticos, tenues líneas de carboncillo sobre un lienzo por lo demás en blanco. Nació el 29 de septiembre de 1571, seguramente en Milán, donde su padre era un próspero arquitecto y maestro albañil. En el verano de 1576 la peste azotó de nuevo la ciudad.

Cuando por fin remitió había perecido un quinto de la población de la diócesis, incluidos el padre, el abuelo y un tío del joven Caravaggio. En 1584, a la edad de trece años, ingresó en el taller de Simone Peterzano, un manierista anodino pero competente que aseguraba ser discípulo de Tiziano. El contrato, que se ha conservado, obligaba a Caravaggio a practicar «noche y día» durante cuatro años. Se desconoce si cumplió sus condiciones o si llegó siquiera a completar su periodo de aprendizaje. Evidentemente, la obra insulsa y carente de vida de Peterzano ejerció escasa influencia sobre su pintura.

Las circunstancias exactas que rodearon su partida de Milán, como casi todo lo que atañe a su vida, se pierden en el tiempo y permanecen envueltas en el misterio. Los archivos indican que su madre murió en 1590 dejando una modesta fortuna de la que su hijo heredó la suma de seiscientos escudos de oro. Al cabo de un año el dinero se había esfumado. Nada indica que aquel joven voluble que se había formado como pintor aplicara jamás un pincel a un lienzo durante sus últimos años en Milán. Estaba, al parecer, demasiado ocupado en otros quehaceres. Giovanni Pietro Bellori, autor de una biografía temprana, sugiere que tuvo que huir de la ciudad, quizá tras un incidente en el que tomaron parte una prostituta y una navaja, quizá tras el asesinato de un amigo. Viajó hacia el este, a Venecia, escribió Bellori, donde cayó bajo el hechizo de la paleta de Giorgione. Más tarde, en el otoño de 1592, partió hacia Roma.

Allí, la vida de Caravaggio comienza a cobrar contornos más definidos. Entró en la ciudad, como todos los inmigrantes procedentes del norte, por las puertas de Porto del Popolo y se dirigió al barrio de los artistas, un laberinto de sucias callejuelas en torno al Campo Marzio. Según el pintor Baglione compartió aposentos con un artista de Sicilia, aunque otro biógrafo temprano, un médico que conoció a Caravaggio en Roma, informa de que encontró alojamiento en casa de un cura que lo obligaba a hacer tareas domésticas y solo le daba verduras para comer. Caravaggio, que apodaba al cura «monsignor Insalata», abandonó su casa pasados unos meses. Durante sus primeros años en Roma vivió hasta en diez sitios distintos, entre ellos el taller de Giuseppe Cesari, donde dormía en un colchón de paja. Se paseaba por las calles con unas andrajosas calzas negras y un raído jubón del mismo color, el cabello negro revuelto en una maraña indomable.

Cesari solo le permitía pintar flores y frutas, la tarea más nimia que podía hacer el aprendiz de un taller de pintura. Aburrido y convencido de poseer un talento sobresaliente, Caravaggio comenzó a pintar sus propios cuadros. Algunos los vendió en los callejones que rodeaban Piazza Navona. Uno, sin embargo (una luminosa imagen de un acaudalado muchacho al que timaban un par de tahúres), se lo vendió a un marchante cuya tienda se hallaba frente al *palazzo* que ocupaba el cardenal Francesco del Monte. Aquella transacción cambiaría drásticamente el curso de la vida de Caravaggio, pues el cardenal, mecenas de las artes y buen conocedor de la pintura, se sintió subyugado por el cuadro, que compró por unos pocos escudos. Poco después adquirió una segunda obra de Caravaggio que representaba a una risueña pitonisa robándole un anillo a un joven mientras le leía la palma de la mano. En algún momento, el joven artista y el cardenal se conocieron, aunque se desconoce de quién fue la iniciativa del encuentro. El cardenal le ofreció comida, ropa, techo y un estudio en su *palazzo*. A cambio solo le pidió que pintara. Caravaggio, que por entonces tenía veinticuatro años, aceptó la propuesta. Fue una de las pocas decisiones sensatas que tomó a lo largo de su vida.

Tras instalarse en sus habitaciones del *palazzo*, pintó varias obras para el cardenal y su círculo de acaudaladas amistades, entre ellas *El tañedor de laúd, Los músicos, Baco, Marta y María Magdalena* y *San Francisco de Asís en éxtasis*. En 1599 recibió su primer encargo público: dos telas representando escenas de la vida de san Mateo para la capilla Contarelli en la iglesia de San Luigi dei Francesi. Los cuadros, aunque controvertidos, convirtieron de inmediato a Caravaggio en el pintor más solicitado de Roma. Siguieron otros encargos, entre ellos *La crucifixión de san Pedro* y *La conversión de san Pablo* para la capilla Cerasi de la iglesia de Santa Maria del Popolo, *La cena de Emaús, Juan el Bautista, El prendimiento de Cristo, Incredulidad de santo Tomás* y *El sacrificio de Isaac*. No todas sus obras tuvieron buena acogida. *La Virgen con el Niño y santa Ana* fue retirada de la basílica de San Pedro porque al parecer el amplio escote de María escandalizó a la jerarquía eclesiástica. Su retrato con las piernas desnudas en *Muerte de la Virgen* se consideró tan ofensivo que el templo para el que se había encargado la obra, Santa Maria della Scala, en el Trastevere, se negó a aceptarlo. Rubens lo consideró una de las mejores obras de Caravaggio y ayudó al maestro a encontrar comprador.

Su éxito como pintor no trajo la calma a su vida privada, que siguió siendo tan caótica y pendenciera como siempre. Fue arrestado por llevar espada sin permiso en el Campo Marzio. Estrelló un plato de alcachofas en la cara de un camarero en la Osteria del Moro. Fue encarcelado por arrojar piedras a los *sbirri*, la policía papal, en la Via dei Greci. Este incidente ocurrió a las nueve y media de una noche de octubre de 1604. Caravaggio vivía en aquel momento en una casa alquilada con la única compañía de Cecco, su aprendiz y modelo ocasional. Su apariencia física se había deteriorado: era de nuevo el artista desarrapado y andrajoso que solía vender sus cuadros en la calle. Aunque recibía encargos constantes, trabajaba de manera irregular. Se las ingenió de algún modo para entregar un retablo de grandes dimensiones titulado *El descendimiento de Cristo* que se consideró de manera unánime su mejor obra.

Tuvo algunos roces con las autoridades (su nombre aparece cinco veces en los archivos policiales romanos solo en el año 1605), pero ninguno tan grave como el acaecido el 28 de mayo de 1606. Era domingo y, como tenía por costumbre, Caravaggio fue a jugar al tenis a los campos de pelota de la Via della Pallacorda. Allí se encontró con Ranuccio Tomassoni, un matón callejero rival suyo por los afectos de una bella y joven cortesana que había servido de modelo para varios cuadros de Caravaggio. Tuvieron unas palabras, desenvainaron las espadas. Los pormenores de la reyerta no están claros, pero acabó con Tomassoni tendido en el suelo con una herida profunda en la parte superior del muslo. Murió poco después, y esa misma noche Caravaggio se convirtió en objeto de una persecución que se extendió a toda Roma. Buscado por asesinato, un crimen que solo tenía un castigo posible, huyó a los montes Albanos. No volvería a ver Roma.

Se dirigió hacia el sur, hacia Nápoles, donde, pese al asesinato, llegó precedido por su fama de gran pintor. Allí dejó *Las siete obras de misericordia* antes de zarpar hacia Malta, donde fue admitido en la Orden de los Caballeros de Malta, un costoso honor por el que pagó en cuadros. Durante una breve temporada llevó la vida regalada de un noble. Después, una riña con otro miembro de la orden lo condujo de nuevo a prisión. Logró escapar y huir a Sicilia, donde según todas las crónicas actuaba como un loco furioso y dormía con un puñal a su lado. Aun así, siguió pintando. En Siracusa dejó *El entierro de santa Lucía*. En Mesina creó dos piezas monumentales: *La resurrección de Lázaro* y la conmovedora *Adoración de los pastores*. Y para el Oratorio di San Lorenzo de Palermo pintó *La*

Natividad con san Francisco y san Lorenzo. Trescientos cincuenta y nueve años después, la noche del 18 de octubre de 1969, dos hombres entraron en la capilla por una ventana y extrajeron el lienzo del marco cortándolo con una cuchilla. Una copia del cuadro colgaba detrás de la mesa del general Cesare Ferrari en el *palazzo* de Roma. Era el objetivo número uno de la Brigada Arte.

—Sospecho que el general ya conoce el vínculo entre Caravaggio y Jack Bradshaw —comentó Maurice Durand—. Eso explicaría por qué estaba empeñado en que te hicieras cargo del caso.

—Conoces bien al general —repuso Gabriel.

—No, nada de eso —contestó el francés—. Pero coincidí con él una vez.

—¿Dónde?

—Aquí, en París, en un simposio sobre delitos relacionados con el arte. El general participaba en una mesa redonda.

—¿Y tú?

—Yo estaba presente.

—¿En calidad de qué?

—De marchante de antigüedades valiosas, naturalmente. —Durand sonrió—. El general me pareció un tipo serio y muy capaz. Hace mucho tiempo que no robo un cuadro en Italia.

Iban caminando por el sendero de grava del *allée centrale*. Las nubes plomizas habían sorbido el color a los jardines. Era un paisaje de Sisley, más que de Monet.

—¿Es posible? —preguntó Gabriel.

—¿Que de verdad se trate del Caravaggio?

Gabriel hizo un gesto afirmativo con la cabeza. Durand pareció sopesar seriamente la pregunta antes de responder.

—He oído todo tipo de historias —dijo por fin—. Que el coleccionista que encargó el robo se negó a aceptar el cuadro porque quedó muy dañado cuando lo cortaron del marco. Que los jefes de la Mafia siciliana solían sacarlo durante sus reuniones como una especie de trofeo. Que quedó destruido por una inundación. Que se lo comieron las ratas. Pero también he oído rumores —añadió— de que no es la primera vez que sale al mercado.

—¿Cuánto costaría en el mercado negro?

—Los cuadros que pintó Caravaggio mientras estuvo huido carecen de la profundidad de sus grandes obras romanas. Aun así —agregó Durand—, un Caravaggio es un Caravaggio.

—¿Cuánto, Maurice?

—La regla de oro es que un cuadro robado conserva un diez por ciento de su valor en el mercado negro. Si el Caravaggio costara cincuenta millones en el mercado libre, valdría cinco en el mercado negro.

—No hay mercado libre para un Caravaggio.

—Lo que significa que es verdaderamente único en su especie. Hay personas en el mundo que pagarían casi cualquier cosa por él.

—¿Tú podrías moverlo?

—Con una sola llamada telefónica.

Llegaron al estanque de las barcas, donde varios veleros en miniatura bogaban por un minúsculo mar tormentoso. Gabriel se detuvo al borde del estanque y contó a Durand que había encontrado tres cuadros robados (un Parmigianino, un Renoir y un Klimt) ocultos bajo copias de obras menores en la villa de Jack Bradshaw en el lago Como. Durand asintió meditabundo mientras contemplaba las embarcaciones.

—Me da la impresión de que estaban preparándolos para trasladarlos y venderlos.

—¿Por qué pintar encima?

—Para poder venderlos como obras auténticas. —Durand hizo una pausa. Luego añadió—: Obras auténticas de valor inferior, naturalmente.

—¿Y cuando se hubiera completado la venta?

—El comprador contrataría a una persona como tú para que retirara la pintura de encima y preparara los cuadros para colgarlos.

Al otro lado del estanque de las barcas, un par de turistas, dos chicas jóvenes, posaban para una fotografía. Gabriel agarró a Durand del codo y lo condujo hacia la Pirámide del Louvre.

—El que pintó esas falsificaciones es bueno —comentó—. Tan bueno como para engañar a alguien como yo a primera vista.

—Hay por ahí muchos pintores con talento dispuestos a vender sus servicios a quienes, como yo, trabajamos en el lado sucio del negocio. —El francés miró a Gabriel y preguntó—: ¿Alguna vez has tenido ocasión de falsificar un cuadro?

—Puede que una vez falsificara un Cassatt.

—Por una buena causa, sin duda.

Siguieron caminando, haciendo crujir la gravilla bajo sus pies.

—¿Y qué me dices de ti, Maurice? ¿Alguna vez has necesitado los servicios de un falsificador?

—Estamos entrando en terreno peligroso —le previno Durand.

—Tú y yo cruzamos esa frontera hace mucho tiempo.

Llegaron a la Place du Carrousel, torcieron a la derecha y se dirigieron hacia el río.

—Siempre que es posible —respondió Durand—, prefiero crear la ilusión de que un cuadro robado no ha sido robado en realidad.

—Dejas una copia en su lugar.

—Nosotros lo llamamos «sustitución».

—¿Cuántas «sustituciones» cuelgan en museos y casas de toda Europa?

—Preferiría no decírtelo.

—Continúa, Maurice.

—Hay un hombre que me hace todos esos trabajos. Es rápido, fiable y bastante bueno.

—¿Tiene nombre?

Durand titubeó antes de contestar. El falsificador se llamaba Yves Morel.

—¿Dónde estudió?

—En la École Nationale des Beaux-Arts de Lyon.

—Un centro muy prestigioso —comentó Gabriel—. ¿Por qué no se hizo pintor?

—Lo intentó. Las cosas no le salieron como estaba previsto.

—¿Y se vengó del mundillo del arte convirtiéndose en falsificador?

—Algo así.

—Cuánta nobleza.

—Quien esté libre de culpa que tire la primera piedra.

—¿Vuestra relación es exclusiva?

—Ojalá lo fuera, pero no puedo darle suficiente trabajo. De vez en cuando acepta encargos de otros clientes. Uno de ellos era un perista ya fallecido de nombre Jack Bradshaw.

Gabriel se detuvo y se volvió hacia él.

—Por eso sabes tanto sobre cómo trabajaba Bradshaw —dijo—. Compartíais los servicios del mismo falsificador.

—Era todo muy *caravaggiesco* —contestó Durand con un gesto de asentimiento.

—¿Dónde trabajaba Morel para Bradshaw?

—En un local de la Zona Franca de Ginebra donde Bradshaw tenía una galería de arte única. Yves solía llamarla «la galería de los perdidos».

—¿Dónde está ahora?

—Aquí, en París.

—¿Dónde, Maurice?

Durand sacó la mano del bolsillo de su abrigo para indicar que podía encontrarse al falsificador en algún lugar cercano al Sacré-Coeur. Entraron en el metro, el ladrón de cuadros y el agente de inteligencia, y se dirigieron a Montmartre.

MONTMARTRE, PARÍS

Yves Morel vivía en un edificio de apartamentos en la Rue Ravignon. Cuando Durand pulsó el botón del portero automático, no hubo respuesta.

—Estará seguramente en la Place du Tertre.

—¿Haciendo qué?

—Vendiendo copias de cuadros impresionistas famosos a los turistas para que el fisco francés piense que tiene una fuente legal de ingresos.

Se acercaron caminando hasta la plaza, un batiburrillo de terrazas de cafés y artistas callejeros próximo a la basílica, pero Morel no estaba en su sitio de costumbre. Fueron a su bar favorito en la Rue Norvins, pero tampoco había ni rastro de él allí. Durand llamó a su móvil, pero no obtuvo respuesta.

—*Merde* —dijo en voz baja al volver a guardarse el teléfono en el bolsillo del abrigo.

—¿Y ahora qué?

—Tengo una llave de su apartamento.

—¿Por qué?

—De vez en cuando me deja cosas en su estudio para que las recoja.

—Parece muy confiado.

—Contrariamente a lo que afirma el mito popular —repuso Durand—, existe el honor entre ladrones.

Regresaron al edificio de apartamentos y llamaron por segunda vez al portero automático. Como no respondió nadie, Durand se sacó un llavero del bolsillo y usó una llave para abrir el portal. Utilizó la misma llave para abrir la puerta del apartamento de Morel. Los recibió la oscuridad. Durand pulsó el interruptor de la pared, iluminando una amplia habitación diáfana que servía como estudio y cuarto de estar. Gabriel se acercó a un caballete en el que había apoyada una copia sin acabar de un paisaje de Pierre Bonnard.

—¿Este piensa vendérselo a los turistas de la Place du Tertre?

—Ese es para mí.

—¿Para qué?

—Utiliza tu imaginación.

Gabriel examinó el cuadro más de cerca.

—Si tuviera que hacer una conjetura —comentó—, diría que piensas colgarlo en el Musée des Beaux-Arts de Niza.

—Tienes buen ojo.

Gabriel se apartó del caballete y se acercó a la gran mesa de trabajo rectangular que ocupaba el centro del estudio. Estaba cubierta por una lona manchada de pintura. Debajo había un objeto de aproximadamente un metro ochenta de largo por sesenta de ancho.

—¿Morel es escultor?

—No.

—Entonces, ¿qué hay debajo de la lona?

—No lo sé, pero más vale que eches un vistazo.

Gabriel levantó el borde de la lona y miró debajo.

—¿Y bien? —preguntó Durand.

—Me temo que vas a tener que buscarte a otro para que acabe el Bonnard, Maurice.

—Déjame verlo.

Gabriel retiró la lona.

—*Merde* —dijo Durand en voz baja.

SEGUNDA PARTE

GIRASOLES

Capítulo 13

SAN REMO, ITALIA

La tarde siguiente, a las dos y media, el general Ferrari esperaba cerca de las murallas de la antigua fortaleza de San Remo. Vestía traje, abrigo de lana y gafas oscuras que ocultaban aquel ojo postizo suyo que todo lo veía. Gabriel, vestido con vaqueros y chaqueta de cuero, parecía su hermano menor, el conflictivo, el que siempre se equivocaba en todas sus decisiones y otra vez necesitaba dinero. Mientras caminaban por el sucio paseo marítimo, informó al general de sus hallazgos con cuidado de no divulgar sus fuentes. A Ferrari no pareció sorprenderle nada de lo que le dijo.

—Te has dejado una cosa en el tintero —comentó.

—¿Cuál?

—Que Jack Bradshaw no era diplomático. Era espía.

—¿Cómo lo has sabido?

—En el oficio todo el mundo estaba al tanto del pasado de Bradshaw. Era por eso, entre otros motivos, por lo que era tan bueno en su trabajo. Pero descuida —añadió el general—, no voy a meterte en líos con tus amigos de Londres. Yo solo quiero mi Caravaggio.

Dejaron el paseo marítimo y enfilaron la cuesta que llevaba al centro de la ciudad. Gabriel se preguntó por qué alguien querría pasar sus vacaciones allí. La ciudad le recordaba a una mujer antaño bella que se preparara para que pintaran su retrato.

—Me mandaste tras una pista falsa —dijo.

—En absoluto —contestó el general.

—¿Cómo lo describirías tú?

—Omití ciertos datos para no acotar tus pesquisas.

—¿Sabías que estaba en juego el Caravaggio cuando me pediste que investigara la muerte de Bradshaw?

—Había oído rumores al respecto.

—¿También has oído rumores sobre un coleccionista poseído por el furor de comprar cuadros robados?

El general asintió con un gesto.

—¿Quién es?

—No tengo ni la menor idea.

—¿Me estás diciendo la verdad esta vez?

Ferrari se puso la mano buena sobre el corazón.

—Desconozco la identidad de la persona que ha estado comprando cada cuadro robado que cae en sus manos. Y tampoco sé quién está detrás del asesinato de Jack Bradshaw. —Hizo una pausa y agregó—: Aunque sospecho que son la misma persona.

—¿Por qué mataron a Bradshaw?

—Supongo que había dejado de ser útil.

—¿Porque ya había entregado el Caravaggio?

El general cabeceó ambiguamente.

—Entonces, ¿por qué lo torturaron antes de matarlo?

—Porque sus asesinos querían que les diera un nombre.

—¿El de Yves Morel?

—Bradshaw debió de pedirle a Morel que adecentara el cuadro para poder venderlo. —Miró muy serio a Gabriel y preguntó—: ¿Cómo lo mataron?

—Le rompieron el cuello. La médula espinal parecía rota por completo.

El general hizo una mueca.

—Limpio y silencioso.

—Y muy profesional.

—¿Qué hiciste con el pobre diablo?

—Se ocuparán de él —contestó Gabriel quedamente.

—¿Quién?

—Es mejor que no sepas los detalles.

Ferrari meneó la cabeza despacio. Ahora era cómplice de un delito. No era la primera vez.

—Confiemos —dijo al cabo de un momento— en que la policía francesa no descubra nunca que estuviste en el apartamento de Morel. Teniendo en cuenta tu historial, podrían llevarse la impresión equivocada.

—Sí —contestó Gabriel con calma—. Confiemos en que así sea.

Entraron en Via Roma, donde retumbaba el rugido de un centenar de vespas. Gabriel tuvo que levantar la voz para hacerse oír cuando volvió a hablar.

—¿Quién fue su último dueño? —preguntó.

—¿Del Caravaggio?

Gabriel hizo un gesto afirmativo.

—Ni siquiera estoy seguro —reconoció el general—. Cada vez que detenemos a un mafioso, por insignificante que sea, nos ofrece información sobre el paradero de *La Natividad* a cambio de una reducción de condena. Lo llamamos la «carta Caravaggio». Ni que decir tiene que hemos desperdiciado innumerables horas de trabajo investigando pistas falsas.

—Creía que hace un par de años estuviste a punto de dar con él.

—Y así fue, pero se me escapó entre los dedos. Empezaba a pensar que no volvería a tener oportunidad de recuperarlo. —Sonrió a su pesar—. Y ahora surge esto.

—Si el cuadro se ha vendido, lo más probable es que ya no esté en Italia.

—Estoy de acuerdo. Pero sé por experiencia —agregó el general— que el mejor momento para encontrar un cuadro robado es justo después de que cambie de manos. Tenemos que actuar con rapidez. Si no, tal vez tengamos que esperar otros cuarenta y cinco años.

—¿Tengamos?

El general se detuvo, pero no dijo nada.

—Mi implicación en este asunto —dijo Gabriel por encima del rumor del tráfico— ha terminado oficialmente.

—Prometiste averiguar quién mató a Jack Bradshaw a cambio de que el nombre de tu amigo no apareciera en la prensa. A mi modo de ver, no has completado tu misión.

—Te he dado una pista importante, eso por no hablar de tres cuadros robados.

—Pero no el cuadro que yo quiero. —Ferrari se quitó las gafas de sol y fijó en Gabriel su mirada monocular—. Tu implicación en este asunto no ha terminado, Allon. De hecho, solo acaba de empezar.

Fueron a un pequeño bar con vistas al puerto. Estaba vacío, salvo por dos jóvenes que se quejaban del triste estado de la economía, una escena muy común en la Italia de los últimos años. No había trabajo, ni perspectivas de futuro: solo los hermosos vestigios del pasado que el general y su equipo de la Brigada Arte habían jurado proteger. Ferrari pidió un café y un sándwich y llevó a Gabriel fuera, a una mesa a la fría luz del sol.

—Francamente —dijo cuando estuvieron de nuevo solos—, no sé cómo se te ocurre siquiera que puedas desentenderte ahora del caso. Sería como dejar un cuadro inacabado.

—Mi cuadro inacabado está en Venecia —repuso Gabriel—, junto con mi esposa embarazada.

—Tu Veronese está a salvo. Y tu esposa también.

Gabriel miró un cubo rebosante de basura que había al borde del puerto y meneó la cabeza. Los antiguos romanos habían inventado la calefacción central, pero en algún punto del camino sus descendientes habían olvidado cómo sacar la basura.

—Podría llevar meses encontrar ese cuadro —dijo.

—No tenemos meses. Yo diría que tenemos un par de semanas, como máximo.

—Entonces supongo que tus hombres y tú tendréis que poneros manos a la obra.

El general meneó la cabeza con tristeza.

—Se nos da bien pinchar teléfonos y hacer tratos con la escoria de la Mafia. Pero las operaciones encubiertas no se nos dan tan bien, y menos aún fuera de Italia. Necesito a alguien que eche el cebo a las aguas del mercado negro, a ver si conseguimos tentar a ese pez gordo para que compre otro cuadro. Está ahí, en alguna parte. Solo tienes que encontrar algo que le interese.

—Las obras maestras multimillonarias no se encuentran. Se roban.

—Y espectacularmente, además —añadió el general—. Lo que significa que no puede ser un cuadro procedente de una casa, ni de una galería privada.

—¿Te das cuenta de lo que estás sugiriendo?

—Sí, me doy cuenta. —El general le dedicó una sonrisa cómplice—. En la mayoría de las operaciones secretas es imprescindible introducir a un falso comprador en el mercado. Esta será distinta. Te harás pasar por un ladrón con un lienzo candente que vender. Pero el cuadro tiene que ser auténtico.

—¿Por qué no me prestas alguno bonito de la Galleria Borghese?

—Porque el museo no lo admitiría bajo ningún concepto. Además —continuó el general—, el cuadro no puede proceder de Italia. En caso contrario, la persona que tiene el Caravaggio podría sospechar que estoy metido en el asunto.

—Después de algo así, no podrás imputar a nadie.

—La imputación ocupa un lugar muy secundario en mi lista de prioridades. Quiero recuperar el Caravaggio.

Ferrari guardó silencio. Gabriel tenía que reconocer que le intrigaba aquella idea.

—Es imposible que asuma el papel protagonista de la operación —dijo al cabo de un momento—. Mi cara es demasiado conocida.

—Entonces supongo que tendrás que encontrar a un buen actor para que haga ese papel. Y si yo fuera tú, también contrataría algún que otro guardaespaldas. El submundo puede ser muy peligroso.

—No me digas.

El general no contestó.

—Los guardaespaldas no son baratos —dijo Gabriel—. Ni tampoco los ladrones competentes.

—¿No puedes pedir prestado alguno a tu organización?

—¿Guardaespaldas o ladrones?

—Ambas cosas.

—Ni pensarlo.

—¿Cuánto dinero necesitas?

Gabriel fingió pensar.

—Dos millones, mínimo.

—Puede que tenga un millón en la lata de café de debajo de mi mesa.

—Lo acepto.

—La verdad es —dijo el general con una sonrisa— que el dinero está en un maletín en el maletero de mi coche. También tengo una copia del expediente del Caravaggio. Así tendrás algo que leer mientras esperas a que el pez gordo pique el anzuelo.

—¿Y si no pica?

—Supongo que tendrás que robar otra cosa. —El general se encogió de hombros—. Eso es lo maravilloso de robar obras maestras. Que en realidad no es tan difícil.

El dinero estaba, en efecto, en el maletero del coche oficial de Ferrari: un millón de euros en billetes muy usados cuyo origen el general se negó a concretar. Gabriel puso el maletín en el asiento del copiloto de su coche y se marchó sin decir palabra. Cuando llegó a las afueras de San Remo, había acabado de bosquejar los preparativos de su operación para recuperar el Caravaggio perdido. Tenía fondos y acceso al ladrón de arte más eficaz del mundo. Lo único que le faltaba era alguien que sacara a la venta el cuadro robado. No le serviría un aficionado. Necesitaba a un agente con experiencia, bregado en las turbias artes del engaño. Alguien que se sintiera a gusto en presencia de criminales y que supiera valerse solo si las cosas se torcían. Gabriel conocía a la persona indicada al otro lado del charco, en la isla de Córcega. Era un poco como Maurice Durand: un antiguo adversario reconvertido en cómplice. Pero ahí acababa el parecido.

14

CÓRCEGA

Era casi medianoche cuando el ferry atracó en el puerto de Calvi, mala hora para hacer una visita de cortesía en Córcega. Gabriel se registró en un hotel cerca de la terminal y se echó a dormir. Por la mañana desayunó en un cafetín del paseo marítimo, subió a su coche y emprendió el camino siguiendo la abrupta costa occidental de la isla. La lluvia arreció durante un tiempo, pero poco a poco el cielo fue clareando y el mar cambió de granito a turquesa. Paró en el pueblo de Porto a comprar dos botellas de vino rosado corso bien frío y se dirigió luego tierra adentro siguiendo una estrecha carretera flanqueada por olivares y sotos de pinos *laricio*. El aire olía a *macchia* (el denso sotobosque de romero, jara y lavanda que cubría gran parte de la isla) y en los pueblos vio a muchas mujeres enlutadas, señal de que habían perdido a algún hombre de la familia a causa de una *vendetta*. En otro tiempo podrían haberle señalado a la manera corsa para ahuyentar los efectos del *occhju*, el mal de ojo. Ahora, sin embargo, evitaban mirarlo mucho tiempo. Sabían que era amigo de don Anton Orsati, y los amigos del don podían viajar por Córcega a su antojo sin temor a represalias.

Durante más de dos siglos, el clan de los Orsati había estado ligado a dos cosas en la isla de Córcega: el aceite de oliva y la muerte. El aceite procedía de los olivares que crecían en sus grandes fincas. La muerte llegaba a manos de sus asesinos. Los Orsati mataban en nombre de quienes no podían matar por sí mismos: personajes notables demasiado escrupulosos para ensuciarse las manos; mujeres que no tenían parientes varones que pudieran cobrarse venganza. Nadie sabía cuántos corsos habían muerto a manos de los asesinos de los Orsati, y menos aún los propios Orsati, pero el folclore local situaba su número en varios millares, una cifra que podría haber sido mucho mayor de no ser por las rigurosas exigencias del clan. Los Orsati se ceñían a un código muy estricto. Se negaban a llevar a cabo un asesinato a menos que la parte contratante hubiera sido, en efecto, ultrajada y fuera necesaria una venganza de sangre.

Eso cambió, no obstante, con don Anton Orsati. Cuando se hizo con el control de la familia las autoridades francesas habían erradicado las luchas intestinas y la práctica de la *vendetta* en toda la isla salvo en sus rincones más aislados, y quedaban pocos corsos que necesitaran los servicios de sus *taddunaghiu*. Con la demanda local en franco declive, a Orsati no le quedó más remedio que buscar oportunidades en otra parte, a saber, al otro lado del mar, en la Europa continental. Ahora aceptaba casi cada oferta que le ponían sobre la mesa por ingrata que fuera, y a sus asesinos se les consideraba los más fiables y profesionales del continente. De hecho, Gabriel era una de las dos únicas personas que habían sobrevivido a un encargo de la familia Orsati.

Don Anton Orsati vivía en las montañas del centro de la isla, rodeado por muros de *macchia* y sucesivos perímetros de guardaespaldas. Dos montaban guardia ante la verja. Al ver a Gabriel se apartaron y lo invitaron a entrar. Una pista de tierra lo condujo, atravesando un olivar digno de los pinceles de Van Gogh, hasta la explanada de grava de la inmensa villa del don. Fuera esperaban más guardaespaldas. Registraron sucintamente las posesiones de Gabriel y luego uno de ellos, un sicario moreno y de cara chupada que rondaba los veinte años, lo acompañó al piso de arriba, al despacho del don. Era una habitación espaciosa, con rústicos muebles corsos y una terraza que daba al valle privado de Orsati. La madera de *macchia* que chisporroteaba en la chimenea de piedra perfumaba el aire con olor a romero y a salvia.

El centro de la estancia estaba ocupado por la gran mesa de roble en la que trabajaba el don. Sobre ella había una botella decorativa de aceite de oliva Orsati, un teléfono que rara vez se usaba y un libro de cuentas encuadernado en piel que guardaba los secretos de su particular negocio. Todos sus *taddunaghiu* eran empleados de la Compañía Olivarera Orsati, y los asesinatos que perpetraban se anotaban como pedidos de aceite, lo que significaba que, en el mundo de Orsati, el aceite y la sangre fluían juntos en una sola empresa común. Todos sus sicarios eran de origen corso, excepto uno que, debido a su amplia formación, se encargaba de los casos más difíciles y servía, además, como director de ventas del lucrativo mercado de Europa central.

El don era un hombre grande para ser corso: medía mucho más de metro ochenta y era ancho de espaldas y hombros. Vestía pantalones holgados, polvorientas sandalias de cuero y una tiesa camisa blanca que su mujer le planchaba sin falta cada mañana y luego otra vez por la tarde, cuando se levantaba de la siesta. Tenía el pelo negro, igual que los ojos. Cuando se estrecharon las manos, a Gabriel le pareció que la del don estaba tallada en piedra.

—Bienvenido de nuevo a Córcega —dijo Orsati al tomar las dos botellas de vino que le había llevado Gabriel—. Sabía que no podías tardar mucho en volver. No te lo tomes a mal, Gabriel, pero siempre me ha parecido que tienes una pizca de sangre corsa en las venas.

—Le aseguro, don Orsati, que no es así.

—Es igual. Eres prácticamente uno de los nuestros. —El don bajó la voz al añadir—: Entre los hombres que matan juntos se crea un vínculo que no puede romperse.

—¿Es otro de sus refranes corsos?

—Nuestros refranes son sagrados y correctos, lo cual es un refrán en sí mismo. —El don sonrió—. Creía que estabas en Venecia con tu mujer.

—Y allí estaba —repuso Gabriel.

—Entonces, ¿qué te trae por Córcega? ¿Vienes por negocios o por placer?

—Por negocios, me temo.

—¿De qué se trata esta vez?

—De un favor.

—¿Otro?

Gabriel asintió con la cabeza.

—Aquí en Córcega —dijo Orsati arrugando el ceño con gesto de reproche—, creemos que el destino de un hombre ya está escrito cuando nace. Y tú, amigo mío, pareces destinado a pasarte la vida resolviendo problemas ajenos.

—Hay destinos peores, don Orsati.

—Dios ayuda a quienes se ayudan a sí mismos.

—Qué caritativo —comentó Gabriel.

—La caridad es para los curas y los tontos. —El corso miró el maletín que Gabriel llevaba en la mano—. ¿Qué hay ahí?

—Un millón de euros en billetes usados.

—¿De dónde lo has sacado?

—De un amigo de Roma.

—¿Un italiano?

Gabriel hizo un gesto afirmativo.

—Detrás de muchos desastres —comentó don Orsati hoscamente—, siempre hay un italiano.

—Da la casualidad de que estoy casado con una italiana.

—Por eso siempre enciendo una vela en tu honor.

Gabriel intentó sofocar una sonrisa, pero no lo consiguió.

—¿Cómo está tu mujer? —preguntó el don.

—Por lo visto la saco de quicio. Por lo demás, está bastante bien.

—Es el embarazo —repuso Orsati con gesto pensativo—. En cuanto nazcan los niños será todo distinto.

—¿Y eso?

—Será como si no existieras. —El corso miró de nuevo el maletín—. ¿Por qué vas por ahí con un millón de euros en billetes usados?

—Me han pedido que encuentre una cosa valiosa y va a costar mucho dinero recuperarla.

—¿Otra chica desaparecida? —preguntó el don.

—No —contestó Gabriel—. Esto.

Le pasó una fotografía de un marco vacío colgado encima del altar del Oratorio di San Lorenzo. Una expresión de sorpresa se reflejó en las toscas facciones del corso.

—¿La *Natividad*? —preguntó.

—No sabía que era usted aficionado a la pintura, don Orsati.

—No lo soy —reconoció—, pero he seguido el caso con atención estos años.

—¿Por alguna razón en particular?

—Dio la casualidad de que estaba en Palermo la noche que robaron el Caravaggio. De hecho —añadió don Orsati con una sonrisa—, estoy casi seguro de que fui yo quien descubrió que faltaba.

En la terraza que daba al valle, don Anton Orsati relató como, a fines del verano de 1969, llegó a Córcega un empresario siciliano llamado Renato Francona. Quería vengar a su joven y bella hija, asesinada unas semanas antes por Sandro di Luca, un miembro importante de la Cosa Nostra. Don Carlu Orsati, que era por entonces jefe del clan Orsati, no quiso saber nada del asunto, pero su hijo, un dotado asesino llamado Anton, convenció por fin a don Carlu de que le permitiera cumplir el encargo personalmente. Esa noche todo transcurrió como estaba previsto, salvo por el tiempo, que impidió a Anton abandonar Palermo. Como no tenía nada mejor que hacer, el joven Anton se fue en busca de una iglesia en la que confesar sus pecados. La iglesia en la que entró era el Oratorio di San Lorenzo.

—Y esto —concluyó Orsati, levantando la fotografía del marco vacío— es exactamente lo que vi esa noche. Como puedes imaginar, no denuncié el robo ante la policía.

—¿Qué fue de Renato Francona?

—La Cosa Nostra lo mató un par de semanas después.

—¿Supusieron que estaba detrás del asesinato de Di Luca?

Orsati asintió con la cabeza, muy serio.

—Pero al menos murió con honor.

—¿Por qué?

—Porque había vengado la muerte de su hija.

—Y uno se pregunta por qué Sicilia no es el motor económico e intelectual del Mediterráneo.

—No se gana dinero cantando —afirmó el don.

—¿Qué quiere decir?

—La *vendetta* ha sido el sustento de esta familia durante generaciones —respondió el don—. Y la muerte de Sandro di Luca demostró que podíamos actuar fuera de Córcega sin que nos detectaran.

Mi padre siguió oponiéndose hasta su muerte. Pero cuando falleció, yo amplié el negocio de la familia y lo hice internacional.

—Si no se está creciendo, se está muriendo.

—¿Es un refrán judío?

—Seguramente —contestó Gabriel.

Se sirvió un almuerzo tradicional corso condimentado con los sabores de la *macchia*. Gabriel se sirvió verduras y quesos, pero no tocó el embutido.

—Es *kosher* —dijo el don poniéndole varias lonchas en el plato.

—No sabía que había rabinos en Córcega.

—Muchos —le aseguró el don.

Gabriel apartó el embutido y preguntó al don si todavía iba a la iglesia después de segar una vida.

—Si lo hiciera —contestó el corso—, estaría más tiempo de rodillas que una lavandera. Además, a estas alturas ya no tengo salvación. Dios puede hacer conmigo lo que quiera.

—Me encantaría ver la conversación entre usted y Él.

—Ojalá pudiera ser tomando un almuerzo corso. —Orsati sonrió y volvió a llenar la copa de Gabriel con vino rosado—. Voy a contarte un secreto —dijo al devolver la botella al centro de la mesa—. La mayoría de la gente a la que matamos merece morir. A nuestra humilde manera, el clan Orsati ha hecho del mundo un sitio mucho mejor.

—¿Sentiría lo mismo si me hubiera matado?

—No seas tonto —respondió el don—. Permitirte vivir fue la mejor decisión que he tomado nunca.

—Que yo recuerde, don Orsati, usted no tuvo nada que ver con la decisión de dejarme vivir. De hecho —añadió Gabriel con énfasis—, se opuso tajantemente.

—Hasta yo, el infalible don Anton Orsati, cometo errores de vez en cuando, aunque nunca he hecho nada tan absurdo como comprometerme a buscar un Caravaggio para los italianos.

—La verdad es que no tuve elección.

—Es una empresa descabellada.

—Mi especialidad.

—Los *carabinieri* llevan más de cuarenta años buscando ese cuadro y no han podido encontrarlo. En mi opinión, seguramente lleva mucho tiempo destruido.

—No es eso lo que se dice por ahí.

—¿Y qué es lo que se dice por ahí?

Gabriel respondió con un resumen de los hechos idéntico al que había ofrecido al general Ferrari en San Remo. Luego le explicó su plan para recuperar el cuadro. El don estaba visiblemente intrigado.

—¿Qué tiene eso que ver con los Orsati? —preguntó.

—Necesito que me preste a uno de sus hombres.

—¿Alguno en particular?

—El director de ventas para Europa central.

—Menuda sorpresa.

Gabriel no dijo nada.

—¿Y si accedo?

—Una mano lava a la otra —repuso Gabriel— y las dos manos lavan la cara.

El don sonrió.

—Puede que seas corso, después de todo.

Gabriel miró hacia el valle y sonrió.

—No tengo esa suerte, don Orsati.

15

CÓRCEGA

Se daba la circunstancia de que el hombre al que necesitaba Gabriel para encontrar el Caravaggio estaba fuera de la isla por trabajo. Don Orsati no le dijo dónde estaba ni si los asuntos que había ido a atender tenían relación con el aceite o con la sangre, solo le dijo que tardaría dos días en volver, tres a lo sumo. Dio a Gabriel una pistola Tanfoglio y las llaves de una villa situada en el valle contiguo para que esperara allí entre tanto. Gabriel conocía bien la villa. Se había alojado en ella con Chiara después de su última operación y había sido allí, en su terraza moteada de sol, donde había descubierto que estaba embarazada. La casa tenía una sola pega: para llegar hasta ella, había que pasar por los tres antiquísimos olivos en los que la condenada cabra de don Casabianca montaba guardia día y noche, desafiando a todos aquellos que osaban invadir su territorio. Aquella vieja cabra era, en general, una criatura malintencionada, pero parecía sentir una particular aversión por Gabriel, con quien había tenido numerosos enfrentamientos llenos de amenazas e insultos mutuos. Don Orsati, al acabar el almuerzo, prometió hablar con don Casabianca en nombre de Gabriel.

—Tal vez él pueda razonar con esa bestia —añadió el don con escepticismo.

—O quizá pueda convertirla en un bolso y un par de zapatos.

—No te hagas ilusiones —le advirtió el don—. Si le tocas un pelo a esa cabra miserable, tendremos una riña entre familias.

—¿Y si simplemente desaparece?

—La *macchia* no tiene ojos —le avisó Orsati—, pero lo ve todo.

Dicho esto, el don bajó con Gabriel y lo acompañó hasta su coche. Gabriel siguió la carretera hasta que esta se convirtió en una pista de tierra. Avanzó un poco más y, al llegar a una curva muy cerrada, a la izquierda, vio a la cabra de don Casabianca atada a uno de los tres olivos. Su cara hirsuta y gris tenía una expresión humillada. Gabriel bajó la ventanilla y le lanzó una sarta de insultos en italiano relativos a su apariencia, su linaje y su penosa situación. Luego, riendo, enfiló la cuesta que llevaba hacia la villa.

La casa, pequeña y pulcra, tenía tejado rojo y grandes ventanas con vistas al valle. Gabriel comprendió nada más entrar que Chiara y él habían sido sus últimos ocupantes. Su cuaderno de dibujo estaba aún sobre la mesa baja del cuarto de estar, y en la nevera encontró una botella sin abrir de Chablis que le había regalado el director de ventas, ahora ausente, de don Orsati. Las estanterías de la despensa estaban, por lo demás, vacías. Gabriel abrió las puertas cristaleras para que entrara la brisa de la tarde, se sentó en la terraza y estuvo leyendo el expediente que le había dado el general hasta que el frío lo obligó a entrar de nuevo. Eran poco más de las cuatro de la tarde y el sol parecía suspendido en equilibrio sobre el borde del valle. Se duchó rápidamente, se puso ropa limpia y se fue al pueblo a comprar algo antes de que cerraran las tiendas.

Aquel remoto rincón de Córcega estaba poblado desde los oscuros tiempos que siguieron a la caída del Imperio Romano, cuando los vándalos saqueaban tan brutalmente las costas que los isleños, aterrorizados, no tuvieron más remedio que buscar refugio en las montañas para sobrevivir. Una sola y vetusta calle discurría serpenteando entre casas bajas y edificios de apartamentos hasta desembocar en una espaciosa plaza, en el punto más elevado del pueblo. Tres de sus lados estaban ocupados por tiendas y cafés; el cuarto lo ocupaba la vieja iglesia. Gabriel encontró aparcamiento y se encaminó hacia el mercado, pero decidió que primero necesitaba un café para reponer fuerzas. Entró en una de las cafeterías y se sentó a una mesa desde donde podía ver a los hombres jugando a la petanca en la plaza, a la luz de una farola de hierro. Uno de ellos, sabedor de que era amigo de don Orsati, lo invitó a unirse a la partida. Gabriel fingió que le dolía el hombro y le dijo en francés que prefería seguir mirando. No mencionó que tenía que ir a la compra. En Córcega, ir al mercado seguía siendo cosa de mujeres.

Justo entonces las campanas de la iglesia dieron las cinco. Unos minutos después, sus pesadas puertas de madera se abrieron y un cura con sotana negra salió a las gradas. Se quedó allí, sonriendo con benevolencia, mientras los feligreses, mujeres ancianas en su mayoría, salían en fila a la plaza. Una de las mujeres, tras saludar distraídamente al cura con una inclinación de cabeza, se detuvo en seco como si hubiera percibido de pronto un peligro. Luego echó a andar otra vez y desapareció por la puerta de una casita torcida contigua a la rectoría.

Gabriel pidió otro café, pero un instante después cambió de idea y pidió un vaso de vino tinto. El atardecer era ya solo un recuerdo. Las luces brillaban cálidamente en las tiendas y en las ventanas de la casita torcida pegada a la rectoría. Un niño de diez años con el cabello largo y rizado se había parado junto a la puerta, entreabierta apenas unos centímetros. Una manita pálida apareció por la rendija sujetando una hoja de papel azul. El chico agarró el papel y lo llevó al café del otro lado de la plaza, donde lo puso sobre la mesa de Gabriel, junto al vaso de vino.

—¿Qué pasa esta vez? —preguntó Gabriel.

—No me lo ha dicho —contestó el chico—. Nunca me lo dice.

Gabriel le dio unas monedas para que se comprara un dulce y se bebió el vino mientras la noche caía a plomo sobre la plaza. Por fin tomó la hojita de papel y leyó su único renglón: *Puedo ayudarte a encontrar lo que estás buscando.*

Sonrió, se guardó la nota en el bolsillo y se quedó allí sentado apurando su vino. Luego se levantó y se dirigió al otro lado de la plaza.

Ella esperaba en el umbral para recibirlo, con un chal sobre los frágiles hombros. Sus ojos eran pozos de insondable negrura. Su cara, blanca como harina de panadero. Lo observó con desconfianza antes de ofrecerle la mano. Era cálida y ligera. Sostenerla era como sostener un pajarito.

—Bienvenido de vuelta a Córcega —dijo.

—¿Cómo has sabido que estaba aquí?

—Yo lo sé todo.

—Entonces dime cómo he llegado a la isla.

—No me ofendas.

El escepticismo de Gabriel era solo una pose. Hacía tiempo que había abandonado sus dudas acerca de la capacidad de aquella mujer para vislumbrar tanto el pasado como el futuro. Ella le apretó con fuerza la mano y cerró los ojos.

—Estabas viviendo en la ciudad del agua con tu mujer y trabajando en una iglesia en la que está enterrado un gran pintor. Eras feliz, verdaderamente feliz, por primera vez en tu vida. Entonces apareció un ser con un solo ojo llegado de Roma y...

—De acuerdo —dijo Gabriel—. Ya has demostrado lo que querías.

La anciana soltó su mano y le indicó la mesita de madera de su salón. Sobre ella había un plato poco profundo con agua y una vasija de aceite de oliva. Eran las herramientas de su oficio. La anciana era una *signadora*. Los corsos creían que tenía el poder de curar a los contagiados por el *occhju*, el mal de ojo. Gabriel había sospechado al principio que no era más que una farsante, pero ya no lo creía.

—Siéntate —dijo ella.

—No —contestó Gabriel.

—¿Por qué no?

—Porque nosotros no creemos en esas cosas.

—¿Los israelitas?

—Sí —contestó—. Los israelitas.

—Pero ya lo hiciste una vez.

—Me dijiste cosas sobre mi pasado, cosas que no podías saber.

—Entonces, ¿tenías curiosidad?

—Supongo que sí.

—¿Y ahora no la tienes?

Se sentó en su lugar de costumbre, a la mesa, y encendió una vela. Tras dudar un momento, Gabriel se sentó frente a ella. Empujó la vasija de aceite hacia el centro de la mesa y cruzó las manos con gesto obstinado. La anciana cerró los ojos.

—Ese ser de un solo ojo te ha pedido que encuentres algo de su parte, ¿verdad?

—Sí —contestó Gabriel.

—Es un cuadro, ¿a que sí? La obra de un loco, de un asesino. Se lo llevaron de una ermita hace muchos años, en una isla al otro lado del mar.

—¿Te lo ha dicho don Orsati?

La anciana abrió los ojos.

—Nunca he hablado de este asunto con el don.

—Continúa.

—El cuadro lo robaron hombres como el don, solo que mucho peores. Lo trataron muy mal. Está muy estropeado.

—Pero ¿sobrevive?

—Sí —contestó asintiendo lentamente con la cabeza—. Sobrevive.

—¿Dónde está ahora?

—Cerca.

—¿Cerca de qué?

—No está en mi poder decírtelo, pero si haces la prueba del aceite y el agua —añadió lanzando una mirada al centro de la mesa—, quizá pueda serte de ayuda.

Gabriel permaneció inmóvil.

—¿De qué tienes miedo? —preguntó la anciana.

—De ti —respondió Gabriel sinceramente.

—Tienes la fuerza de Dios. ¿Por qué ibas a tener miedo de alguien tan débil y vieja como yo?

—Porque tú también tienes poderes.

—Poderes de visión —repuso ella—. Pero no poderes terrenales.

—La capacidad de ver el futuro es una gran ventaja.

—Sobre todo para alguien que se dedica a lo que te dedicas tú.

—Sí —convino Gabriel con una sonrisa.

—Entonces, ¿por qué no quieres hacer la prueba del aceite y el agua?

Gabriel guardó silencio.

—Has perdido muchas cosas —añadió la anciana amablemente—. Una esposa, un hijo, tu madre... Pero tus días de tristeza ya han pasado.

—¿Intentarán mis enemigos matar a mi mujer algún día?

—Nada malo le ocurrirá a ella, ni a tus hijos.

La anciana señaló la vasija de aceite con una inclinación de cabeza. Gabriel mojó el dedo índice en el aceite y dejó que cayeran tres gotas al agua. Conforme a las leyes de la física, el aceite debería haberse juntado en una sola gota. Se dividió, sin embargo, en mil gotitas y a los pocos segundos no quedaba ni rastro de él.

—Estás infectado con el *occhju* —declaró la anciana en tono grave—. Convendría que me dejaras sacártelo del cuerpo.

—Prefiero tomarme dos aspirinas.

La anciana miró el plato con el aceite y el agua.

—El cuadro que estás buscando representa a Dios Niño, ¿verdad?

—Sí.

—Qué curioso que un hombre como tú busque a nuestro Señor y salvador. —Bajó de nuevo la mirada hacia el plato—. El cuadro se lo llevaron de esa isla del otro lado del mar. Ahora parece distinto.

—¿Cómo que distinto?

—Lo han reparado. El hombre que se encargó de hacerlo está muerto. Pero eso ya lo sabes.

—Algún día vas a tener que enseñarme cómo lo haces.

—No es algo que pueda enseñarse. Es un don de Dios.

—¿Dónde está el cuadro ahora?

—No puedo decírtelo.

—¿Quién lo tiene?

—No está en mi poder darte su nombre. La mujer puede ayudarte a encontrarlo.

—¿Qué mujer?

—No puedo decírtelo. Pero no dejes que le suceda nada malo o lo perderás todo.

La anciana ladeó la cabeza hacia el hombro. La profecía la había dejado exhausta. Gabriel deslizó varios billetes bajo el plato de agua y aceite.

—Tengo que decirte una cosa más antes de que te vayas —dijo la anciana cuando Gabriel se levantó.

—¿Qué?

—Tu mujer se ha ido de la ciudad de agua.

—¿Cuándo? —preguntó Gabriel.

—Mientras estabas en compañía del ser de un solo ojo, en la ciudad junto al mar.

—¿Dónde está ahora?

—Te está esperando —repuso la anciana— en la ciudad de la luz.

—¿Eso es todo?

—No —contestó mientras se le cerraban los párpados—. Al viejo no le queda mucho tiempo. Haz las paces con él antes de que sea demasiado tarde.

———————

Tenía razón al menos en una cosa: Chiara, en efecto, parecía haberse marchado de Venecia. Gabriel la llamó a su móvil, hablaron un momento y ella le dijo que se encontraba bien y que estaba lloviendo otra vez. Gabriel consultó enseguida el tiempo que hacía en Venecia y vio que desde hacía varios días lucía el sol. Llamó varias veces a su apartamento pero nadie contestó, y su suegro, el inescrutable rabino Zolli, parecía tener preparada una lista de excusas para explicar por qué su hija no estaba en su puesto de trabajo. Había salido a comprar, o estaba en la librería, o visitando a los ancianos de la residencia.

—Le diré que te llame en cuanto vuelva. *Shalom*, Gabriel.

Gabriel se preguntó si el guapo escolta del general era cómplice de la desaparición de Chiara o si a él también le había dado esquinazo. Sospechaba que era más bien esto último. Chiara tenía más experiencia y estaba mejor entrenada que cualquier cachas de los *carabinieri*.

Fue al pueblo dos veces cada día: una por la mañana para desayunar su café con pan y otra por la tarde para tomar un vaso de vino en el café cercano a la pista de petanca. En ambas ocasiones vio a la *signadora* saliendo de la iglesia después de misa. La primera tarde no le hizo caso, pero la segunda el chico de pelo rizado apareció otra vez junto a su mesa con otra nota. Al parecer, el hombre al que estaba esperando Gabriel llegaría a Calvi en ferry al día siguiente. Gabriel llamó a don Orsati, que le confirmó que era cierto.

—¿Cómo te has enterado? —preguntó Orsati.

—La *macchia* no tiene ojos —contestó Gabriel en tono misterioso, y colgó.

Pasó la mañana siguiente dando los últimos toques a su plan para encontrar el Caravaggio desaparecido. Luego, a mediodía, fue a pie hasta los tres olivos y desató a la cabra de don Casabianca. Una hora después vio un destartalado Renault subiendo por el valle entre una nube de polvo. Cuando se acercó a los tres olivos, la vieja cabra se interpuso desafiante en su camino. Sonó un claxon y un momento después resonaron en el valle insultos y amenazas de violencia indescriptible. Gabriel entró en la cocina y abrió el Chablis. El inglés había vuelto a Córcega.

16

CÓRCEGA

ocas veces se presenta la ocasión de estrechar la mano de un
muerto, pero eso es exactamente lo que ocurrió dos minutos
después, cuando Christopher Keller cruzó la puerta de la
villa. Según los archivos militares británicos, Keller había muerto en
enero de 1991, durante la primera Guerra del Golfo, cuando su escuadrón Sabre del SAS, el Servicio Aéreo Especial, cayó víctima de
un ataque aéreo de la Coalición, en un trágico error de la artillería
aliada. Sus padres, ambos reputados médicos de Harley Street, lo
lloraron como a un héroe en público, pero en privado se dijeron el
uno al otro que su hijo no habría muerto si se hubiera quedado en
Cambridge en lugar de huir para enrolarse en el ejército. Décadas
después, seguían sin saber que Keller era el único miembro de su
escuadrón que había sobrevivido al ataque. Tampoco sabían que,

tras salir de Irak disfrazado de árabe, habría cruzado Europa hasta llegar a Córcega, donde había caído en los acogedores brazos de don Anton Orsati. Gabriel había perdonado a Keller por intentar matarlo una vez, pero no soportaba que el inglés hubiera permitido que sus padres envejecieran creyendo que su único hijo había muerto.

Keller tenía buen aspecto para estar muerto. Tenía los ojos azules claros, el pelo muy corto y rubio, tan descolorido por el mar y el sol que parecía casi blanco, y la piel tersa y profundamente bronceada. Llevaba una camisa blanca de vestir con el cuello abierto y un traje algo arrugado por el viaje. Cuando se quitó la chaqueta, quedó al descubierto la cualidad letal de su físico. Todo en él, desde sus fuertes hombros a sus antebrazos nervudos, parecía diseñado expresamente para matar. Tiró la chaqueta sobre el respaldo de una silla y miró la pistola Tanfoglio que descansaba sobre la mesa baja, junto al expediente del general.

—Eso es mío —dijo.

—Ya no.

Keller se acercó a la botella abierta de Chablis y se sirvió una copa.

—¿Qué tal tu viaje? —preguntó Gabriel.

—Triunfal.

—Temía que fueras a decir eso.

—Es mejor que lo contrario.

—¿Qué clase de trabajo era?

—Fui a entregar comida y medicinas a viudas y huérfanos.

—¿Dónde?

—En Varsovia.

—Mi ciudad favorita.

—Dios, qué estercolero. Y hace un tiempo ideal en esta época del año.

—¿Qué hacías allí en realidad, Christopher?

—Fui a ocuparme de un problema en nombre de un banquero suizo.

—¿Un problema de qué tipo?

—Del tipo ruso.

—¿Tenía nombre el ruso?

—Llamémosle Igor.

—¿Igor era un tipo legal?

—Ni por asomo.

—¿*Mafiya*?

—Hasta las cachas.

—Imagino que Igor, el de la *mafiya*, había confiado algún dinero al banquero suizo.

—Un montón de dinero —repuso Keller—. Pero estaba descontento con los intereses que estaba rindiendo su inversión. Así que le dijo al banquero suizo que, o mejoraban las cosas, o mataba al banquero, a su mujer, a sus hijos y a su perro.

—Y el banquero suizo recurrió a don Orsati en busca de ayuda.

—¿Qué remedio le quedaba?

—¿Qué ha sido del ruso?

—Tuvo un percance después de una reunión con un posible socio. Prefiero no aburrirte con los detalles.

—¿Y su dinero?

—Una parte de él ha sido transferido a una cuenta controlada por la Compañía Olivarera Orsati. El resto sigue en Suiza. Ya sabes cómo son esos banqueros suizos —añadió Keller—. No les gusta desprenderse del dinero.

El inglés se sentó en el sofá, abrió el expediente del general y sacó la fotografía del marco vacío del Oratorio di San Lorenzo.

—Una lástima —dijo meneando la cabeza—. Esos cabrones de los sicilianos no tienen respeto por nada.

—¿Te ha contado don Orsati alguna vez que fue él quien descubrió que habían robado el cuadro?

—Puede que lo mencionara alguna noche que se le agotó su provisión de refranes corsos. Es una pena que no llegara al oratorio unos minutos antes —agregó—. Podría haber impedido que los ladrones robaran el cuadro.

—O los ladrones podrían haberlo matado antes de salir de la iglesia.

—Subestimas al don.

—No, nada de eso.

Keller devolvió la fotografía a la carpeta del expediente.

—¿Qué tiene esto que ver conmigo?

—Los *carabinieri* me han contratado para que recupere el cuadro. Necesito tu ayuda.

—¿Qué clase de ayuda?

—Poca cosa —respondió Gabriel—. Solo necesito que robes una obra maestra de valor incalculable y se la vendas a un hombre que ha matado a dos personas en menos de una semana.

—¿Eso es todo? —Keller sonrió—. Temía que fueras a pedirme algo difícil.

———

Gabriel le contó la historia al completo, desde la fatídica visita de Julian Isherwood al lago Como hasta la poco ortodoxa proposición del general Ferrari para recuperar el cuadro robado más buscado del mundo. Keller, entre tanto, permaneció inmóvil, con los brazos apoyados en las rodillas y las manos cruzadas, como un penitente reacio a colaborar. Su capacidad para permanecer en perfecta quietud durante largos periodos de tiempo ponía nervioso incluso a Gabriel. Mientras trabajaba en el SAS en Irlanda del Norte, Keller se había especializado en la observación a corta distancia, una técnica de vigilancia peligrosa que le exigía pasar semanas enteras en agobiantes «escondites» tales como desvanes y heniles. Se había infiltrado, además, en el IRA haciéndose pasar por un católico de la parte oeste de Belfast, razón por la cual Gabriel confiaba en que pudiera hacer el papel de un ladrón de cuadros con una tela muy codiciada de la que desprenderse. El inglés, sin embargo, no estaba tan seguro.

—Yo no me dedico a eso —dijo cuando Gabriel concluyó su relato—. Vigilo a gente, mato a gente, vuelo cosas. Pero no robo cuadros. Ni los vendo en el mercado negro.

—Si puedes pasar por un católico de los barrios pobres de Irlanda del Norte, puedes pasar por un ladrón del este de Londres. Si no recuerdo mal —añadió Gabriel—, se te dan bastante bien los acentos.

—Cierto —repuso Keller—, pero sé muy poco de pintura.

—Como la mayoría de los ladrones. Por eso son ladrones y no comisarios de exposiciones o historiadores del arte. Pero no te preocupes, Keller. Me tendrás susurrándote al oído.

—No sabes la ilusión que eso me hace.

Gabriel no dijo nada.

—¿Qué hay de los italianos? —preguntó el inglés.

—¿Qué pasa con ellos?

—Soy un asesino profesional que de vez en cuando actúa en suelo italiano. No podré volver a Italia si tu amigo el de los *carabinieri* averigua que he trabajado contigo.

—El general no sabrá nunca que has estado implicado.

—¿Cómo puedes estar tan seguro?

—Porque no quiere saberlo.

Keller no pareció muy convencido. Encendió un cigarrillo y exhaló pensativamente una nube de humo hacia el techo.

—¿Tienes que fumar? —preguntó Gabriel.

—Me ayuda a pensar.

—A mí me dificulta la respiración.

—¿Seguro que eres israelí?

—El don parece creer que en el fondo soy corso.

—Imposible —repuso Keller—. Ningún corso se habría comprometido a encontrar un cuadro que lleva más de cuarenta años perdido, y menos aún para un puñetero italiano.

Gabriel entró en la cocina, sacó un platillo del armario y lo puso delante de Keller. El inglés dio una última calada al cigarrillo antes de apagarlo.

—¿Qué dinero piensas usar?

Gabriel le habló del maletín con un millón de euros que le había dado el general.

—Con un millón no llegarás muy lejos.

—¿Tienes algo de cambio por aquí?

—Puede que me quede algo de calderilla del trabajo en Varsovia.

—¿Cuánto?

—Quinientos o seiscientos.

—Es muy generoso por tu parte, Christopher.

—Es mi dinero.

—¿Qué son quinientos o seiscientos entre amigos?

—Un montón de dinero. —Keller exhaló un largo suspiro—. Sigo sin estar seguro de poder hacerlo.

—¿Hacer qué?

—Fingir que soy un ladrón de cuadros.

—Matas a gente por dinero —replicó Gabriel—. No creo que te cueste tanto.

Vestir a Christopher Keller para el papel de ladrón de arte internacional resultó ser lo más fácil de su preparación: en el armario de su villa tenía una amplia selección de ropa para cualquier ocasión o asesinato. Estaba Keller el bohemio vagabundo, Keller el miembro de la alta sociedad y Keller el montañero amante de la naturaleza. Incluso estaba Keller el cura católico, provisto de un breviario y un *kit* de viaje para celebrar misa. Al final, Gabriel eligió el tipo de ropa que usaba Keller de manera natural: camisas blancas de vestir, trajes oscuros y zapatos elegantes. Completó su atuendo con varias cadenas y pulseras de oro, un vistoso reloj suizo, gafas tintadas azules y una peluca rubia con un espeso mechón de pelo que le caía sobre la frente. Keller aportó su pasaporte británico falso y varias tarjetas de crédito a nombre de Peter Rutledge. A Gabriel aquel nombre le sonaba demasiado a clase alta para ser el de un delincuente del East End, pero poco importaba: en el mundillo del arte, nadie llegaría a saber el nombre del ladrón.

17

RUE DE MIROMESNIL, PARÍS

Se reunieron en la atestada oficina de Antiquités Scientifiques a las once de la mañana del día siguiente: el ladrón de cuadros, el asesino profesional y el exagente y futuro jefe de los servicios secretos israelíes. El espía explicó rápidamente al ladrón cómo pensaba encontrar el retablo de Caravaggio desaparecido hacía décadas. El ladrón, al igual que el asesino antes que él, reaccionó, como poco, con escepticismo.

—Yo robo cuadros —señaló en tono enfático—. No los busco por encargo de la policía. De hecho, hago todo lo posible por evitar a la policía.

—Los italianos nunca sabrán que has participado en este asunto.

—Eso dices tú.

—¿Tengo que recordarte que la persona que compró el Caravaggio ha matado a tu amigo y colaborador?

—No, *monsieur* Allon, no tiene usted que recordármelo.

Sonó el timbre. Maurice Durand hizo oídos sordos.

—¿Qué tendría que hacer?

—Robar algo a lo que ningún coleccionista con las manos sucias pueda resistirse.

—¿Y luego?

—Cuando empiece a correr el rumor por el submundo del arte de que el cuadro está en París, tendrás que indicar a los buitres en la dirección correcta.

Durand miró a Keller.

—¿Para llevarlos hasta él?

Gabriel asintió con un cabeceo.

—¿Y por qué van a pensar los buitres que el cuadro está en París?

—Porque yo voy a decírselo.

—Piensa usted en todo, ¿verdad, *monsieur* Allon?

—El mejor modo de ganar en un juego de azar es eliminar el azar de la ecuación.

—Procuraré recordarlo. —Durand miró de nuevo a Keller y preguntó—: ¿Qué sabe del negocio del arte robado?

—Nada —reconoció Gabriel—. Pero aprende deprisa.

—¿Cómo se gana la vida?

—Cuidando de viudas y huérfanos.

—Sí —dijo Durand con aire escéptico—. Y yo soy el presidente de la República.

Pasaron el resto del día ultimando los pormenores de la operación. Luego, cuando cayó la noche sobre el octavo *arrondissement, monsieur* Durand dio la vuelta al letrero de la puerta, de OUVERT a FERMÉ, y salieron a la Rue de Miromesnil. El ladrón de cuadros se encaminó a la *brasserie* del otro lado de la calle para tomar, como cada noche, una copa de vino tinto; el asesino tomó un taxi para ir a un hotel de la Rue de Rivoli, y el exagente y futuro jefe de los servicios secretos israelíes fue a pie hasta el piso franco que la Oficina tenía frente al Pont Marie. Vio a un par de agentes de seguridad sentados en un coche aparcado frente al portal del edificio y, al entrar en el piso, sintió el aroma de un guiso y oyó a Chiara cantando en voz baja para sí misma. La besó en los labios y la llevó al dormitorio. No le preguntó cómo se encontraba. No le preguntó nada en absoluto.

—¿Te das cuenta —preguntó ella después— que es la primera vez que hacemos el amor desde que nos enteramos de que estaba embarazada?

—¿De veras?

—Gabriel, cuando alguien con tu inteligencia se hace el tonto, no resulta muy convincente.

Él dio vueltas lentamente a un mechón del pelo de su mujer alrededor del dedo pero no contestó. La barbilla de Chiara descansaba sobre su pecho. El resplandor de las farolas de París volvía su piel dorada.

—¿Por qué no has querido hacerme el amor hasta ahora? Y no me digas que has estado muy ocupado —añadió rápidamente—, porque eso nunca te ha detenido.

Gabriel soltó su pelo pero siguió sin responder.

—¿Te daba miedo que volviera a salir algo mal con el embarazo? ¿Es por eso?

—Sí —contestó él—. Supongo que sí.

—¿Por qué has cambiado de idea?

—Pasé un rato con una anciana en la isla de Córcega.

—¿Y qué te dijo?

—Que no iba a pasarles nada malo ni a mi mujer, ni a los niños.

—¿Y la creíste?

—Previamente me contó varias cosas que era imposible que supiera. Luego me dijo que te habías marchado de Venecia.

—¿Te dijo que estaba en París?

—No con esas mismas palabras.

—Esperaba darte una sorpresa.

—¿Cómo supiste dónde encontrarme?

—¿Tú qué crees?

—Llamaste a King Saul Boulevard.

—La verdad es que fueron ellos quienes me llamaron a mí.

—¿Por qué?

—Porque Uzi quería saber qué hacías en compañía de un hombre como Maurice Durand. Evidentemente, aproveché la ocasión.

—¿Cómo te escapaste del escolta del general?

—¿De Matteo? Fue muy fácil.

—No sabía que os tratabais por vuestro nombre de pila.

—Fue muy servicial en tu ausencia. Y no me preguntó ni una sola vez cómo me encontraba.

—No volveré a cometer ese error.

Chiara lo besó en los labios y le preguntó por qué había retomado su relación con el ladrón de cuadros más eficiente del mundo. Gabriel se lo contó todo.

—Ahora entiendo por qué el general Ferrari tenía tanto empeño en que investigaras la muerte de Bradshaw.

—Sabía desde el principio que Bradshaw no era trigo limpio —comentó Gabriel—. Y también había oído rumores de que el Caravaggio había pasado por sus manos.

—Supongo que eso explica una cosa curiosa que encontré en los archivos de facturación de Meridian Global Consulting Group.

—¿Qué cosa?

—En el último año, Meridian ha hecho un montón de trabajos para una empresa de Luxemburgo llamada LXR Investments.

—¿Quiénes son?

—Es difícil saberlo. Es una empresa bastante opaca, por decir algo.

Gabriel tomó otro mechón de su pelo y le preguntó qué más había descubierto entre los despojos electrónicos de Jack Bradshaw.

—Durante sus últimas semanas de vida, mandó varios *e-mails* a una cuenta de Gmail con un nombre de usuario autogenerado.

—¿De qué hablaban esos *e-mails*?

—De bodas, fiestas, del tiempo... De las cosas normales de las que habla la gente cuando en realidad está hablando de otra cosa.

—¿Alguna idea de dónde tiene su sede el corresponsal de Bradshaw?

—Cibercafés de Bruselas, Amberes y Ámsterdam.

—Cómo no.

Chiara se tumbó de espaldas. Gabriel puso la mano sobre su vientre mientras la lluvia golpeaba suavemente el cristal de la ventana.

—¿En qué piensas? —preguntó ella pasado un momento.

—Me estaba preguntando si ha sido real o solo imaginaciones mías.

—¿El qué?

—Es igual.

Ella dejó pasar el tema.

—Supongo que voy a tener que decirle algo a Uzi.

—Supongo que sí.

—¿Qué debo decirle?

—La verdad —contestó Gabriel—. Dile que voy a robar un cuadro que vale dos millones de dólares para ver si puedo vendérselo al Pez Gordo.

—¿Y después? ¿Qué vas a hacer?

—Tengo que ir a Londres a poner en circulación un feo rumor.

—¿Y luego?

—Luego iré a Marsella a hacer que se cumpla ese feo rumor.

18

HYDE PARK, LONDRES

Gabriel llamó a Bellas Artes Isherwood a la mañana siguiente, mientras cruzaba Leicester Square. Pidió a Isherwood que se vieran fuera de la galería y lejos de los abrevaderos habituales del mundillo del arte en Saint James's. Isherwood propuso el Lido Café Bar, en Hyde Park. Nadie del mundillo del arte, añadió, se dejaría sorprender allí ni muerto.

Llegó unos minutos después de la una, vestido para ir al campo, con chaqueta de *tweed* y botas impermeables. Parecía menos resacoso de lo normal a esa hora de la tarde.

—Lejos de mí ánimo el quejarme —comentó Gabriel al estrecharle la mano—, pero tu secretaria me tuvo casi diez minutos en espera antes de pasarme por fin contigo.

—Considérate afortunado.

—¿Cuándo vas a despedirla, Julian?

—No puedo.

—¿Por qué no?

—Es posible que siga enamorado de ella.

—Está abusando de ti.

—Lo sé. —Isherwood sonrió—. Ojalá nos acostáramos. Entonces sería perfecto.

Se sentaron a una mesa con vistas al Serpentine. Isherwood arrugó el ceño al echar un vistazo a la carta.

—No es precisamente el Wilton's, ¿no?

—Sobrevivirás, Julian.

Isherwood no parecía muy convencido. Pidió un sándwich de gambas y una copa de vino blanco para su presión arterial. Gabriel pidió té y una magdalena. Cuando estuvieron solos de nuevo, le contó a Isherwood todo lo ocurrido desde su marcha de Venecia. Luego le dijo lo que pensaba hacer a continuación.

—Pero qué malo eres —comentó Isherwood en voz baja—. Malo, malísimo.

—Fue idea del general.

—Es un cabrón con muy mala idea, ¿eh?

—Por eso es tan bueno en lo suyo.

—Tiene que serlo. Pero, como director del Comité para la Protección del Arte —añadió Isherwood en tono ceremonioso—, estaría incurriendo en falta si no expresara mi desacuerdo con cierto aspecto de tu astuto proyecto.

—No hay otra forma de hacerlo, Julian.

—¿Y si el cuadro resulta dañado durante el robo?

—Estoy seguro de que podré encontrar a alguien que lo arregle.

—No seas tan frívolo, chico. No te sienta bien.

Un denso silencio se hizo entre ellos.

—Valdrá la pena si consigo recuperar el Caravaggio —repuso Gabriel por fin.

—Si lo consigues —añadió Isherwood con una nota de escepticismo. Dejó escapar un largo suspiro—. Siento haberte metido en todo esto. Y pensar que nada de esto habría pasado si no fuera por ese condenado Oliver Dimbleby.

—La verdad es que se me ha ocurrido una idea para que Oliver pague por sus pecados.

—No estarás pensando en utilizarlo para algo, ¿verdad?

Gabriel asintió lentamente con la cabeza.

—Pero esta vez no se enterará.

—Mejor —contestó Isherwood—. Porque Oliver Dimbleby es uno de los mayores bocazas del mundo del arte.

—Exactamente.

—¿Qué estás tramando?

Gabriel se lo dijo. Isherwood esbozó una sonrisa traviesa.

—Pero qué malo eres —repitió—. Malo, malísimo.

Cuando acabaron de comer, Gabriel había conseguido convencer a Isherwood de la eficacia de su plan. Solventaron los últimos detalles mientras cruzaban Hyde Park y se separaron en las aceras atestadas de gente de Piccadilly. Isherwood volvió a su galería en Mason's Yard. Gabriel, a la estación de Saint Pancras, donde a última hora de la tarde tomó un Eurostar con destino a París. Esa noche, en el piso franco frente al Pont Marie, hizo el amor con Chiara por segunda vez desde que sabían que estaba embarazada.

Por la mañana desayunaron en un café cerca del Louvre. Luego, tras acompañar a Chiara al piso franco, Gabriel tomó un taxi para ir a la Gare de Lyon. A las nueve subió a un tren con destino a Marsella y a las 12:45 bajaba las escaleras de la Gare

Saint-Charles, que lo depositaron al pie del Boulevard d'Athènes. Siguió luego el bulevar hasta La Canebière, la ancha calle comercial que discurría entre el centro de la ciudad y el Puerto Viejo. Los barcos pesqueros ya habían vuelto de faenar. Sobre las mesas de acero colocadas a lo largo del flanco oriental del puerto yacían animales marinos de toda especie. Detrás de una de ellas había un hombre de pelo gris vestido con un raído jersey de lana y delantal de goma. Gabriel se detuvo un momento a inspeccionar sus capturas. Dobló luego la esquina hacia el extremo sur del puerto y subió al asiento del copiloto de un destartalado Renault sedán. Sentado tras el volante, con la colilla de un cigarrillo entre los dedos, estaba Christopher Keller.

—¿Tienes que fumar? —preguntó Gabriel cansinamente.

Keller apagó el cigarrillo y acto seguido encendió otro.

━━━━━━━━

—No puedo creer que estemos otra vez aquí.

—¿Dónde?

—En Marsella —contestó Keller—. Aquí fue donde empezamos a buscar a la chica inglesa.

—Y donde te cargaste a alguien innecesariamente —añadió Gabriel en tono sombrío.

—Ese litigio ya estaba resuelto. No volvamos sobre él.

—Esa no es forma de hablar para un ladrón, Christopher.

—¿No te parece mucha coincidencia que estemos sentados en el mismo coche, en el mismo lado del Puerto Viejo?

—No.

—¿Por qué no?

—Porque es en Marsella donde están los delincuentes.

—Como él.

Keller señaló con la cabeza hacia el hombre del jersey de lana que seguía de pie junto a su mostrador de pescado, al borde del puerto.

—¿Lo conoces?

—Todo el mundo en este oficio conoce a Pascal Rameau. Sus hombres y él son los mejores ladrones de la Costa Azul. Lo roban todo. Corre el rumor de que una vez intentaron robar la Torre Eiffel.

—¿Qué ocurrió?

—Que el comprador se echó para atrás. Al menos, eso es lo que le gusta contar a Pascal.

—¿Alguna vez has tenido tratos con él?

—No le hace falta gente como yo.

—¿Qué quieres decir?

—Pascal dirige su negocio con mano de hierro. —Keller exhaló una nube de humo de tabaco—. Entonces, Maurice hace un pedido y Pascal entrega la mercancía. ¿Es así como funciona?

—Igual que en Amazon.

—¿Qué es Amazon?

—Tienes que salir de tu valle un poco más a menudo, Christopher. El mundo ha cambiado desde que te moriste.

Keller se quedó callado. Gabriel apartó la mirada de Pascal Rameau y la dirigió hacia el abrupto barrio de Marsella cercano a la basílica. Los recuerdos del pasado asaltaron su memoria: la puerta de un lujoso edificio de apartamentos en el Boulevar Saint-Rémy, un hombre caminando deprisa entre las frescas sombras de la mañana, una chica árabe de implacables ojos marrones de pie en lo alto de una tramo de escalones de piedra. *Disculpe*, monsieur. *¿Se ha perdido?* Parpadeó para ahuyentar aquel recuerdo y metió la mano en el bolsillo de su chaqueta para sacar el móvil, pero se detuvo. Había un equipo de seguridad frente al piso franco de París. A Chiara no iba a sucederle nada malo.

—¿Pasa algo? —preguntó Keller.

—No —contestó Gabriel—. Va todo bien.

—¿Seguro?

Gabriel volvió a mirar a Pascal Rameau. Keller sonrió.

—Es un poco raro, ¿no te parece?

—¿El qué?

—Que un hombre como tú pueda asociarse con un ladrón de cuadros.

—O con un asesino profesional —añadió Gabriel.

—¿Qué has querido decir con eso?

—Que la vida es complicada, Christopher.

—Dímelo a mí.

Aplastó su cigarrillo y empezó a encender otro.

—Por favor —dijo Gabriel en voz baja.

Keller volvió a guardar el cigarrillo en el paquete.

—¿Cuánto tiempo más tenemos que esperar?

Gabriel consultó su reloj.

—Veintiocho minutos.

—¿Por qué estás tan seguro?

—Porque su tren llega a Saint-Charles a la una treinta y cuatro. A pie, tardará veinte minutos en llegar al puerto desde la estación.

—¿Y si se para por el camino?

—No se parará —contestó Gabriel—. *Monsieur* Durand es muy cumplidor.

—Si es tan cumplidor, ¿qué hacemos otra vez en Marsella?

—Porque tiene un millón de euros de los *carabinieri* y quiero asegurarme de que acaba en el lugar correcto.

—En el bolsillo de Pascal Rameau.

Gabriel no contestó.

—Es un poco raro, ¿no te parece?

—La vida es complicada, Christopher.

Keller encendió un cigarrillo.

—Dímelo a mí.

Era la 1:45 cuando lo vieron bajar por la cuesta de La Canebière: llegaba con un minuto de adelanto respecto al horario previsto. Vestía traje de estambre de color gris pedernal y un pulcro sombrero de fieltro, y en la mano derecha llevaba un maletín con un millón de euros en metálico. Se acercó a los pescaderos y avanzó sin prisas entre las mesas, hasta detenerse frente al puesto de Pascal Rameau. Cambiaron unas palabras, inspeccionaron diligentemente la frescura del género y por último se hizo una selección. Durand entregó un solo billete, recogió una bolsa de plástico llena de calamares y partió hacia el lado sur del puerto. Un momento después pasó junto a Gabriel y Keller sin dirigirles la mirada.

—¿Adónde va ahora?

—A un barco llamado *Mistral*.

—¿De quién es el barco?

—De René Monjean.

Keller levantó una ceja.

—¿Cómo es que conoces a Monjean?

—Otro día te lo cuento.

Durand caminaba ahora por uno de los muelles flotantes, entre hileras de blancas embarcaciones de recreo. Como había predicho Gabriel, subió a bordo de un yate a motor llamado *Mistral* y entró en la cabina. Estuvo allí exactamente diecisiete minutos y, cuando volvió a aparecer, ya no llevaba el maletín ni los calamares. Pasó junto al vapuleado Renault de Keller y se encaminó hacia la estación de ferrocarril.

—Felicidades, Christopher.

—¿Por qué?

—Ya eres el orgulloso propietario de una obra maestra de Van Gogh valorada en dos millones de dólares.

—Todavía no.

—Maurice Durand es muy cumplidor —repitió Gabriel—. Igual que René Monjean.

19

ÁMSTERDAM

Durante los nueve días siguientes el mundo del arte siguió girando con tersura sobre su eje dorado, felizmente ajeno a la bomba de relojería que, oculta en su seno, marcaba el paso de los segundos. Comió bien, bebió hasta muy entrada la noche, se deslizó osadamente por las laderas de Aspen y Saint Moritz aprovechando la última buena nevada de la estación. Luego, el tercer viernes de abril, despertó con la noticia de que una calamidad había golpeado el Rijksmuseum Vincent van Gogh de Ámsterdam: *Los girasoles* (óleo sobre lienzo, 95 por 73 centímetros) habían desaparecido.

La técnica empleada por los ladrones no estaba a la altura de la sublime belleza de su objetivo. Prefirieron la porra al florete, la rapidez al sigilo. El jefe del cuerpo de policía de Ámsterdam diría después que había sido el ejemplo más claro de «agárralo y corre» que había visto nunca, aunque tuvo buen cuidado de no desvelar demasiados detalles, no fuera a ponérselo aún más fácil a la siguiente banda de ladrones dispuesta a robar otra obra de arte icónica e irremplazable. Solo se alegró de una cosa: los ladrones no utilizaron una navaja para sacar el lienzo de su marco. De hecho, dijo, habían tratado la pintura con una ternura rayana en la adoración. Numerosos expertos en el campo de la seguridad en el arte consideraron, sin embargo, que el cuidado con que habían tratado la tela era una señal preocupante. Según ellos, indicaba que se trataba de un robo por encargo llevado a cabo por delincuentes profesionales extremadamente competentes. Un detective retirado de Scotland Yard especializado en robos de obras artísticas se mostró escéptico respecto a las posibilidades de recuperar el lienzo. Con toda probabilidad, afirmó, *Los girasoles* colgaban ya en el museo de las obras perdidas y el público no volvería a verlos.

El director del Rijksmuseum compareció ante los medios de comunicación para pedir públicamente la devolución del cuadro. En vista de que su ruego no parecía conmover a los ladrones, ofreció una sustanciosa recompensa, lo que obligó a la policía holandesa a perder innumerables horas de trabajo investigando bulos y pistas falsas. El alcalde de Ámsterdam, un radical impenitente, pensó que aquello exigía una manifestación. Tres días después varios centenares de activistas de todo pelaje se congregaron en el Museumplein para exigir que los ladrones devolvieran el cuadro intacto. Exigieron, de paso, un trato ético a los animales, el fin del calentamiento global, la legalización de todas las drogas recreativas, el cierre del centro de detención estadounidense de bahía de Guantánamo y el fin de la ocupación de la Franja de Gaza y la Ribera Occidental. No hubo detenciones y todos pasaron un buen rato, sobre todo los que se surtieron de cannabis y condones gratis. Hasta los periódicos holandeses más liberales opinaron que la protesta carecía de sentido. *Si esto es lo mejor que podemos hacer*, afirmaba un editorial, *deberíamos prepararnos para el día en que las paredes de nuestros museos estén vacías.*

Entre bambalinas, sin embargo, la policía holandesa llevó a cabo un esfuerzo mucho más ortodoxo por recuperar la que era posiblemente la obra más famosa de Van Gogh. Hablaron con sus soplones, pincharon los teléfonos y las cuentas de correo electrónico de conocidos ladrones y mantuvieron vigiladas las galerías de Ámsterdam y Róterdam de las que se sospechaba que comerciaban con mercancía robada. Cuando pasó otra semana sin que hicieran ningún progreso, decidieron solicitar la colaboración de las fuerzas policiales europeas. Los belgas los mandaron a Lisboa siguiendo una pista falsa. Los franceses, por su parte, hicieron poco más que desearles buena suerte. La pista extranjera más interesante vino del general Cesare Ferrari, de la Brigada Arte, quien afirmó haber oído el rumor de que el robo había sido orquestado por la *mafiya* rusa. Los holandeses solicitaron información al Kremlin. Los rusos ni siquiera se molestaron en contestar.

Para entonces era ya principios de mayo y la policía holandesa seguía sin tener una sola pista sólida sobre el paradero del cuadro. El jefe de policía prometió públicamente redoblar sus esfuerzos. En privado, no obstante, reconoció que, a no ser que mediara la intervención divina, era más que probable que el Van Gogh se hubiera perdido para siempre. Dentro del museo se colgó un sudario negro en el lugar que antes ocupara la pintura. Un columnista británico imploró sardónicamente al director de la institución que aumentara las medidas de seguridad. Si no, añadió en tono de guasa, los ladrones robarían también el sudario.

En Londres hubo a quien la columna le pareció de mal gusto, pero en general el mundillo del arte se encogió de hombros colectivamente y siguió adelante. Se avecinaban importantes subastas de

Maestros Antiguos y se esperaba que la temporada fuera la más lucrativa desde hacía años. Había que ver cuadros, entretener a clientes e idear estrategias de puja. Julian Isherwood era un torbellino de actividad. El miércoles de esa semana se lo vio en la sala de ventas de Bonhams admirando un paisaje ribereño italianizante atribuido al círculo de Agostino Buonamico. Al día siguiente almorzó bien en el Dorchester con un expatriado turco de riqueza aparentemente ilimitada. Luego, el viernes, se quedó en Christie's después de la hora de cierre para informarse pormenorizadamente sobre un *San Juan Bautista* del siglo XVIII perteneciente a la Escuela Boloñesa. Como resultado de ello, el bar del Green's estaba lleno hasta la bandera cuando llegó. Se detuvo para hablar un momento en privado con Jeremy Crabbe antes de acomodarse en su mesa de costumbre con su acostumbrada botella de Sancerre. El rechoncho Oliver Dimbleby estaba coqueteando sin ningún pudor con Amanda Clifton, la nueva y deliciosa jefa del departamento de Impresionismo y Arte Moderno de Sotheby's. Le puso una de sus tarjetas de reborde dorado en la palma de la mano, lanzó un beso a Simon Mendenhall y a continuación se acercó a la mesa de Isherwood.

—Julie querido —dijo al dejarse caer en la silla vacía—, cuéntame algo absolutamente escandaloso. Un rumor perverso. Un cotilleo malicioso. Algo que me sirva de alimento el resto de la semana.

Isherwood sonrió, sirvió dos dedos de vino en la copa vacía de Oliver y se dispuso a alegrarle la noche.

—¿En París? ¿En serio?

Isherwood hizo un gesto afirmativo con aire cómplice.

—¿Quién lo dice?

—No puedo decírtelo.

—Vamos, corazón. Estás hablando conmigo. Tengo más secretos turbios que el MI6.

—Razón por la cual no voy a decirte ni una palabra más sobre este asunto.

Dimbleby pareció sinceramente dolido, cosa que hasta ese momento Isherwood creía imposible.

—Mi fuente está relacionada con la escena del arte parisina. Es todo lo que puedo decirte.

—Vaya, menuda revelación. Creía que ibas a decirme que era un pinche del Maxim's.

Isherwood no dijo nada.

—¿Forma parte del negocio o es un consumidor de arte?

—Lo primero.

—¿Un marchante?

—Utiliza tu imaginación.

—¿Y ha llegado a ver el Van Gogh?

—Mi informante no se dejaría sorprender ni muerto en la misma habitación que un cuadro robado —repuso Isherwood con la cantidad justa de gazmoña indignación—. Pero sabe de buena tinta que varios marchantes y coleccionistas poco recomendables han visto fotografías Polaroids del cuadro.

—No sabía que todavía existían.

—¿El qué?

—Las cámaras Polaroid.

—Por lo visto, sí.

—¿Y por qué una Polaroid?

—Porque no dejan huellas digitales que pueda rastrear la policía.

—Es bueno saberlo —comentó Dimbleby, lanzando una mirada al trasero de Amanda Clifton—. Entonces, ¿quién lo está vendiendo?

—Según dicen por ahí, es un inglés sin nombre.

—¿Un inglés? Qué sinvergüenza.

—Es un escándalo —convino Isherwood.

—¿Cuánto pide?

—Diez millones.

—¿Por un puñetero Van Gogh? Eso es un robo.

—Exactamente.

—No durará mucho a ese precio. Alguien se quedará con él y lo encerrará para siempre.

—Mi fuente opina que el tal inglés puede tener entre manos una guerra de pujas.

—Por eso mismo —dijo Dimbleby en tono repentinamente serio— no te queda más remedio que acudir a la policía.

—No puedo.

—¿Por qué no?

—Porque tengo que proteger a mi fuente.

—Estás obligado profesionalmente a decírselo a la policía. Y moralmente también.

—Me encanta que tú me des lecciones sobre moralidad, Oliver.

—No hace falta descalificar, Julie. Solo intentaba hacerte un favor.

—¿Como cuando me mandaste a un viaje con todos los gastos pagados al lago Como?

—¿Vamos a volver a hablar de ese asunto?

—Todavía tengo pesadillas en las que veo su cuerpo colgado de esa condenada lámpara. Parecía algo pintado por...

Isherwood se interrumpió. Dimbleby arrugó la frente, pensativo.

—¿Por quién?

—Es igual.

—¿Averiguaron quién lo mató?

—¿A quién?

—A Jack Bradshaw, cretino.

—Creo que fue el mayordomo.

Dimbleby sonrió.

—Ahora recuerda, Oliver: todo lo que te he contado sobre que el Van Gogh está en París debe quedar *entre nous*.

—No saldrá de mis labios.

—Júramelo, Oliver.

—Te doy mi palabra solemne —contestó Dimbleby.

Luego, tras apurar su copa, se lo contó a todos los presentes.

Al día siguiente, a la hora de comer, en Wilton's no se hablaba de otra cosa. Desde allí, el rumor llegó hasta la National Gallery, la Tate y, por último, a la Courtauld Gallery, donde todavía escocía el robo del *Autorretrato con la oreja vendada de Van Gogh*. Simon Mendenhall se lo contó a todo el mundo en Christie's. Amanda Clifton hizo lo propio en Sotheby's. Hasta Jeremy Crabbe, normalmente tan taciturno, se fue de la lengua. Se lo contó, charlando por *e-mail*, a una persona de la oficina de Bonhams en Nueva York, y al poco tiempo la noticia corría ya por las galerías de Midtown y Upper East Side. Nicholas Lovegrove, consultor de arte de los inmensamente ricos, se lo susurró al oído a una periodista del *New York Times* que ya lo había oído en otra parte. La periodista llamó al jefe de la policía holandesa, que también había oído el rumor.

El holandés llamó a su homólogo parisino, que no dio mucha importancia al asunto. Aun así, la policía francesa comenzó a buscar a un inglés fornido, de mediana edad pero joven todavía, con el cabello rubio, gafas de sol tintadas y un ligero acento del este de Londres. Encontraron a varios, pero ninguno resultó ser un ladrón de cuadros. Entre los que cayeron en la red estaba el sobrino del secretario de Interior británico, que tenía acento de Londres, aunque pijo, no del East End. El secretario llamó al ministro de Interior francés para quejarse, y el sobrino fue puesto en libertad discretamente.

Había un aspecto del rumor que era, no obstante, indiscutiblemente cierto: *Los girasoles* (óleo sobre lienzo, 95 por 73 centímetros) estaban, en efecto, en París. El cuadro había llegado la mañana después de su desaparición en el maletero de un Mercedes berlina. Pasó primero por Antiquités Scientifiques, donde, envuelto en papel vegetal, pasó dos noches de reposo en un armario con atmósfera controlada. Luego fue llevado a mano al piso franco de la Oficina con vistas al Pont Marie. Gabriel lo colocó de inmediato en otro bastidor y lo apoyó en un caballete, en el estudio improvisado que había preparado en la habitación libre. Esa noche, mientras Chiara cocinaba, selló la puerta con cinta aislante para evitar cualquier contaminación de su superficie. Y cuando durmieron, el cuadro durmió con ellos, bañado en el resplandor amarillo de las farolas del Sena.

A la mañana siguiente, Gabriel fue a una pequeña galería cerca de los Jardines de Luxemburgo, donde, haciéndose pasar por alemán, compró un paisaje urbano parisino obra de un impresionista de tercera fila que usaba el mismo tipo de lienzo que Van Gogh. Al volver al piso, borró la pintura sirviéndose de una potente solución de disolvente y retiró a continuación el lienzo del bastidor. Tras recortarlo para que tuviera las dimensiones adecuadas, lo fijó al mismo tipo de bastidor en el que había colocado *Los girasoles*: un bastidor de 95 por 73 centímetros. Acto seguido, aplicó una capa fresca de base. Doce horas después, cuando la base estuvo seca, preparó su paleta con amarillo cromo y ocre amarillo y comenzó a pintar.

Trabajó como había trabajado Van Gogh: rápidamente, mojado sobre mojado y con un toque de locura. Por momentos tenía la impresión de que el propio Van Gogh estaba detrás de él pipa en mano, guiando cada una de sus pinceladas. Otras veces lo veía en su estudio de la Casa Amarilla de Arles, apresurándose por plasmar sobre el lienzo la belleza de los girasoles antes de que se marchitaran y murieran. Fue en agosto de 1888 cuando Van Gogh pintó sus primeros estudios de girasoles en Arles. Los colgó en la planta de arriba, en el cuarto de invitados en el que, a finales de octubre y pese a sus muchos recelos, se instaló Paul Gauguin. El dominante Gauguin y el patético Vincent pintaron juntos el resto del otoño, a menudo trabajando codo con codo en los campos de los alrededores de Arles. Eran propensos, sin embargo, a enzarzarse en violentas disputas acerca de Dios y el arte. Una de esas disputas tuvo lugar la tarde del 23 de diciembre. Tras encararse con Gauguin armado con una navaja de afeitar, Vincent se fue al burdel de la Rue du Bout d'Aeles y se cortó parte de la oreja izquierda. Dos semanas después, cuando le dieron de alta en el hospital, regresó solo y vendado a la Casa Amarilla y creó tres réplicas deslumbrantes de los girasoles que había pintado para la habitación de Gauguin. Hasta hacía poco tiempo, una de esas telas había colgado en el Rijksmuseum Vincent van Gogh de Ámsterdam.

Es probable que Van Gogh pintara *Los girasoles* de Ámsterdam en cuestión de horas, como había hecho con sus predecesores el agosto anterior. Gabriel, en cambio, necesitó tres días para pintar la que después llamaría «la versión de París». Tras añadir al jarrón la firma característica de Van Gogh, la copia quedó idéntica al original en todos los aspectos menos en uno: no tenía *craquelure*, la fina maraña de grietas que aparece en la superficie de un cuadro con el paso del tiempo. Para inducirla rápidamente, Gabriel quitó el lienzo del bastidor y lo coció en el horno a 350 grados durante treinta minutos. A continuación, cuando el lienzo estuvo frío, lo estiró con las manos y lo pasó por el filo de la mesa del comedor, primero en horizontal y luego en vertical. El resultado fue una *craquelure* de aparición instantánea. Devolvió el lienzo al bastidor, le dio una mano de barniz y lo colocó junto al original. Chiara no supo distinguir uno del otro. Ni tampoco Maurice Durand.

—No creía que fuera posible —comentó el francés.

—¿Qué?

—Que pudiera haber alguien tan bueno como Yves Morel. —Pasó la yema de un dedo por las pinceladas en *impasto* de Gabriel—. Es como si lo hubiera pintado el propio Vincent.

—De eso se trataba, Maurice.

—Pero no es fácil de conseguir, ni siquiera para un restaurador profesional. —Durand se acercó un poco más al lienzo—. ¿Qué técnica has usado para hacer la *craquelure*?

Gabriel se lo dijo.

—El método Van Meegeren. Muy eficaz, siempre y cuando no quemes el cuadro.

Durand paseó la mirada entre la falsificación de Gabriel y el original de Van Gogh.

—No te hagas ideas, Maurice. Va a volver a Ámsterdam en cuanto acabemos con este asunto.

—¿Sabes cuánto podría conseguir por él?

—Diez millones.

—Veinte, como mínimo.

—Pero tú no lo has robado, Maurice. Lo ha robado un inglés rubio y con gafas de sol tintadas.

—Un conocido mío cree haberlo visto de verdad.

—Espero que no le hayas sacado de su error.

—En absoluto —contestó Durand—. El lado oscuro del oficio piensa que tu amigo tiene el cuadro en su poder y que ya está negociando con varios posibles compradores. Quien tú ya sabes no tardará mucho en entrar en escena.

—Puede que necesite un empujoncito.

—¿De qué tipo?

—Una advertencia ecuánime antes de que la maza dé el golpe final a la subasta. ¿Crees que podrías conseguirlo, Maurice?

Durand sonrió.

—Con una sola llamada.

20

GINEBRA

Había un aspecto de aquel asunto que desde el principio había inquietado a Gabriel: el almacén secreto de Jack Bradshaw en la Zona Franca de Ginebra. Por regla general, los empresarios utilizaban los servicios excepcionales de la Zona Franca bien porque no querían pagar impuestos, bien porque ocultaban algo. Gabriel sospechaba que los motivos de Bradshaw recaían en esta segunda categoría. Pero ¿cómo entrar en el almacén sin una orden judicial o acompañado por la policía? La Zona Franca no era el tipo de sitio donde uno entraba provisto de una ganzúa y una sonrisa rebosante de aplomo. Gabriel necesitaba un aliado, alguien que tuviera poder para abrir discretamente cualquier puerta dentro de Suiza. Conocía a la persona indicada. Habría que llegar a un acuerdo, pactar en secreto. Sería complicado, pero todo cuanto concernía a Suiza solía serlo.

El contacto inicial fue breve y poco prometedor. Gabriel llamó al individuo a su despacho de Berna y le contó lo que necesitaba y el porqué sin entrar en detalles. El sujeto de Berna, como era de esperar, no se mostró muy impresionado pero pareció sentir cierta curiosidad.

—¿Dónde está ahora? —preguntó.

—En Siberia.

—¿Cuándo puede estar en Ginebra?

—Puedo tomar el próximo tren.

—No sabía que hubiera un tren desde Siberia.

—La verdad es que pasa por París.

—Avíseme cuando llegue. Veré lo que puedo hacer.

—No puedo ir hasta Ginebra sin tener ninguna garantía.

—Si quiere garantías, llame a un banquero suizo. Pero si lo que quiere es echar un vistazo a ese almacén, va a tener que hacerlo a mi manera. Y ni se le ocurra acercarse a la Zona Franca sin mí —añadió el hombre de Berna—. Si lo hace, estará en Suiza una larguísima temporada.

Gabriel habría preferido tenerlas todas consigo antes de emprender el viaje, pero le pareció que aquel era tan buen momento como otro cualquiera. Estando terminada la copia del Van Gogh, no tenía nada más que hacer en París, salvo esperar. Podía pasarse el día mirando el teléfono, o podía invertir aquel periodo de calma en algo más productivo. Al final fue Chiara quien tomó la decisión por él. Gabriel guardó los dos cuadros en el armario del dormitorio, se fue a toda prisa a la Gare de Lyon y subió al TGV de las nueve en punto. Llegó a Suiza cuando pasaban pocos minutos de las doce del mediodía. Llamó al hombre de Berna desde un teléfono público del vestíbulo de la estación.

—¿Dónde está? —preguntó el suizo.

Gabriel le dijo la verdad.

—Veré qué puedo hacer.

La parte de Ginebra en la que estaba la estación parecía un desangelado *quartier* de una ciudad francesa. Gabriel se acercó al lago dando un paseo y cruzó el Pont du Mont-Blanc hasta la orilla sur. Comió parsimoniosamente una *pizza* en el Jardin Anglais y caminó luego por la umbrías calles del casco viejo del siglo xvi. A las cuatro de la tarde, al caer el día, comenzó a refrescar. Cansado de esperar y con los pies doloridos, llamó al hombre de Berna por tercera vez pero no obtuvo respuesta. Diez minutos más tarde, mientras paseaba junto a los bancos y las tiendas exclusivas de la Rue du Rhône, volvió a llamarlo. Esta vez contestó.

—Llámeme anticuado —dijo Gabriel—, pero la verdad es que no me gusta nada que me hagan esperar.

—No le he prometido nada.

—Podría haberme quedado en París.

—Habría sido una lástima. Ginebra está preciosa en esta época del año. Y habría perdido la oportunidad de echar un vistazo al interior de la Zona Franca.

—¿Cuánto tiempo más piensa tenerme esperando?

—Podemos hacerlo ya si quiere.

—¿Dónde está?

—Vuélvase.

Gabriel obedeció.

—Cabrón.

―――――――――

Se llamaba Christoph Bittel. Al menos ese era el nombre que había empleado la única vez que se habían visto con anterioridad. Trabajaba, o eso dijo en su momento, en la brigada contraterrorista del NDB, el competente servicio de inteligencia y seguridad interior suizo. Era alto y pálido, con una frente ancha que le daba, no sin motivo, un aire de elevada inteligencia. Su mano exangüe, cuando se la tendió a Gabriel por encima de la palanca de cambios de un deportivo de fabricación alemana, parecía recién desinfectada, limpia por completo de bacterias.

—Bienvenido de nuevo a Ginebra —dijo Bittel al volver a incorporarse al tráfico—. Me alegro de que haya hecho una reserva, para variar.

—Se acabaron los tiempos en que operaba sin autorización en Suiza. Ahora somos aliados, ¿recuerda, Bittel?

—No se deje llevar por el entusiasmo, Allon. No queremos estropear la diversión.

Bittel se puso unas gafas de sol envolventes que daban a sus rasgos el aspecto de una mantis religiosa. Conducía bien pero con cautela, como si llevara algo de contrabando en el maletero e intentara evitar cualquier roce con las autoridades.

—Como cabía esperar —dijo pasado un momento—, su confesión ha procurado muchas horas de interesante escucha a nuestros mandos y ministros.

—No fue una confesión.

—¿Cómo la calificaría usted?

—Les presenté un informe exhaustivo de mis actividades en territorio suizo —repuso Gabriel—. A cambio, estuvieron de acuerdo en no meterme en la cárcel para el resto de mi vida.

—Que era lo que se merecía. —Bittel meneó la cabeza lentamente mientras conducía—. Asesinatos, robos, secuestros, una operación antiterrorista en el cantón de Uri que se saldó con la muerte de varios miembros de Al Qaeda... ¿Me olvido de algo?

—Una vez soborné a uno de sus empresarios más destacados para tener acceso a la cadena de proveedores del programa nuclear iraní.

—Ah, sí. ¿Cómo he podido olvidarme de Martin Landesmann?

—Fue una de mis mejores actuaciones.

—¿Y ahora quiere acceder a un almacén de la Zona Franca de Ginebra sin una orden judicial?

—Seguro que tiene un amigo en la Zona Franca que de vez en cuando le deja echar una miradita al género, extraoficialmente, por supuesto.

—Seguramente —convino Bittel—. Pero por lo general me gusta saber con qué me voy a encontrar antes de abrir la cerradura.

—Cuadros, Bittel. Vamos a encontrar cuadros.

—¿Cuadros robados?

Gabriel asintió con la cabeza.

—¿Y qué pasa si el dueño descubre que hemos entrado?

—El dueño está muerto. No va a quejarse.

—Los almacenes están registrados a nombre de la empresa de Bradshaw. Y la empresa sigue existiendo.

—La empresa de una tapadera.

—Esto es Suiza, Allon. Las empresas tapadera son las que nos mantienen a flote.

Delante de ellos, un semáforo cambió de verde a ámbar. Bittel tenía tiempo de sobra para cruzar, pero levantó el pie del acelerador y detuvo el coche suavemente.

—Aún no me ha dicho de qué va todo esto —dijo empuñando la palanca de cambios.

—Tengo buenos motivos para no hacerlo.

—¿Y si consigo que entre? ¿Qué obtengo yo a cambio?

—Si no me equivoco —respondió Gabriel—, usted y sus amigos del NDB podrán anunciar próximamente la recuperación de varias obras de arte desaparecidas hace tiempo.

—Cuadros robados en la Zona Franca de Suiza. No deja en muy buen lugar a la Confederación.

—No se puede tener todo, Bittel.

Cambió el semáforo. Bittel soltó el freno y aceleró paulatinamente, como si intentara ahorrar combustible.

—Entramos, echamos un vistazo y nos vamos. Y todo lo que haya en la cámara se queda en la cámara. ¿Está claro?

—Lo que usted diga.

Bittel siguió conduciendo en silencio con una sonrisa.

—¿Qué le hace tanta gracia? —preguntó Gabriel.

—Creo que me gusta el nuevo Allon.

—No sabe cuánto significa eso para mí, Bittel. Pero ¿podría conducir un poco más deprisa? Me gustaría llegar a la Zona Franca antes de que amanezca.

Unos minutos después divisaron una hilera de anodinos edificios blancos coronados por un letrero rojo en el que se leía *PORTS FRANCS*. En el siglo XIX, había sido poco más que un granero en el que se almacenaban productos agrícolas camino del mercado. Ahora era un depósito de seguridad libre de impuestos donde los grandes millonarios mundiales guardaban tesoros de todo tipo: lingotes de oro, joyas, vinos añejos, automóviles y, cómo no, obras de arte. Nadie sabía exactamente cuántas de las mayores obras maestras del mundo albergaban las cámaras de seguridad de la Zona Franca de Ginebra, pero se creía que bastaban para crear varios grandes museos. Muchas de ellas no volverían a ver la luz del día y, si cambiaban de manos, sería en privado. Aquel no era arte para ser contemplado y admirado con veneración. Era el arte convertido en mercancía, en fondo de protección por si llegaban tiempos difíciles.

A pesar de la inmensa riqueza que contenía la Zona Franca, su seguridad se organizaba con discreción suiza. La valla que rodeaba el perímetro era, más que una barrera, una medida disuasoria, y la verja por la que Bittel condujo su coche tardó en cerrarse. Había, no obstante, cámaras de vídeo asomando desde cada edificio y, a los pocos segundos de su llegada, un agente de aduanas salió por una puerta sosteniendo un portafolios en una mano y un transmisor en la otra. Bittel bajó del coche y cambió con él unas palabras en francés fluido. El aduanero regresó a su oficina y un momento después apareció una esbelta morena vestida con blusa y falda ceñida. Entregó a Bittel una llave y señaló hacia el extremo del complejo.

—Deduzco que esa es su amiga —comentó Gabriel cuando Bittel regresó al coche.

—Nuestra relación es estrictamente profesional.

—Lamento saberlo.

Las direcciones de la Zona Franca estaban formadas por el número de edificio, el pasillo y la puerta de la cámara de seguridad. Bittel aparcó frente al Edificio 4 y condujo dentro a Gabriel. Del vestíbulo de entrada salía un pasillo aparentemente interminable, flanqueado por puertas. Una estaba abierta. Al asomarse dentro, Gabriel vio a un hombrecillo con gafas sentado detrás de una mesa china lacada, con un teléfono pegado a la oreja. La cámara de seguridad había sido reconvertida en galería de arte.

—Varios empresarios suizos se han trasladado a la Zona Franca estos últimos años —explicó Bittel—. El alquiler es más barato que en la Rue du Rhône y a los clientes parece gustarles las reputación de misterio de la Zona Franca.

—Una reputación bien merecida.

—Ya no.

—Eso ya lo veremos.

Entraron en una escalera y subieron a la segunda planta. La cámara de seguridad de Bradshaw estaba en el Pasillo 12, detrás de una puerta metálica gris que ostentaba el número 24. Bittel dudó antes de meter la llave.

—No irá a estallar, ¿verdad?

—Buena pregunta.

—No tiene gracia.

Bittel abrió la puerta, pulsó el interruptor de la luz y masculló un juramento en voz baja. Había cuadros por todas partes: en marcos, en bastidores y enrollados como alfombras en un bazar persa. Gabriel desplegó uno en el suelo para que lo viera Bittel. Representaba una casa de campo que se erguía sobre un acantilado cuajado de flores silvestres.

—¿Monet? —preguntó Bittel.

Gabriel asintió con la cabeza.

—Lo robaron en un museo polaco hará unos veinte años.

Desenrolló otro lienzo: una mujer sosteniendo un abanico.

—Si no me equivoco —dijo Bittel—, es un Modigliani.

—No, no se equivoca. Fue uno de los cuadros que se llevaron del Museo de Arte Moderno de París en 2010.

—El golpe del siglo. Lo recuerdo.

Bittel siguió a Gabriel por una puerta que daba a la sala interior de la cámara de seguridad. Contenía dos grandes caballetes, una lámpara halógena, varios frascos de medio y disolvente, botes de pigmentos, pinceles, una paleta muy usada y un catálogo de Christie's de la subasta de Maestros Antiguos celebrada en Londres en 2004. El catálogo estaba abierto por una crucifixión atribuida a un seguidor de Guido Reni, ejecutada con habilidad pero sin inspiración e indigna de la puja más alta.

Gabriel lo cerró y paseó la mirada por la sala. Aquel, pensó, era el taller secreto de un falsificador magistral en la galería de arte de los perdidos. Pero saltaba a la vista que Yves Morel no se había limitado a falsificar cuadros en aquella habitación: también había hecho, en cierta medida, labores de restaurador. Gabriel tomó la paleta y pasó el dedo por los pegotes de pintura que quedaban en la superficie. Ocre, oro y carmesí: los colores de *La Natividad.*

—¿Qué es eso? —preguntó Bittel.

—Una prueba de vida.

—¿De qué está hablando?

—Estuvo aquí —repuso Gabriel—. Existe.

Había ciento cuarenta y siete cuadros en las dos salas de la cámara de seguridad (de impresionistas y de Maestros Antiguos y Modernos), pero ninguno de ellos era un Caravaggio. Gabriel los fotografió todos sirviéndose de la cámara de su teléfono móvil. Aparte de los cuadros, en la cámara había únicamente otros dos objetos: un escritorio y una pequeña caja de caudales: demasiado pequeña, pensó Gabriel, para contener un retablo italiano que medía dos metros diez por dos cuarenta. Registró los cajones del escritorio, pero estaban vacíos. Se agachó luego delante de la caja de caudales y giró la rueda entre el índice y el pulgar. Dos giros a la derecha, dos a la izquierda.

—¿Qué está tramando? —preguntó Bittel.

—Me preguntaba cuánto tardaría en hacer venir a un cerrajero.

Bittel sonrió melancólicamente.

—Puede que la próxima vez.

Sí, pensó Gabriel. La próxima vez.

Volvieron a la estación de tren atravesando lo que pasaba por ser la hora punta ginebrina. Al cruzar el Pont du Mont-Blanc, Bittel presionó a Gabriel para que le explicara con más detalle el caso. Como sus preguntas no obtuvieron respuesta, insistió en que le notificara con antelación su llegada si alguna vez, en el curso de sus viajes, volvía a visitar Suiza. Gabriel se apresuró a asentir, a pesar de que ambos sabían que era una promesa vana.

—En algún momento —dijo Bittel— vamos a tener que vaciar esa cámara de seguridad y devolver los cuadros a sus legítimos propietarios.

—En algún momento —convino Gabriel.

—¿Cuándo?

—No está en mi poder decírselo.

—Yo diría que dispone usted de un mes. Después, tendré que trasladar la cuestión a la Policía Federal.

—Si lo hace —repuso Gabriel—, estallará un escándalo y Suiza volverá a salir malparada en la prensa.

—Estamos acostumbrados.

—Nosotros también.

Llegaron a la estación a tiempo para que tomara el tren de las cuatro y media de vuelta a París. Era ya de noche cuando llegó a su destino. Subió a un taxi y dio al conductor una dirección a escasa distancia del piso franco. Pero cuando el taxi estaba entrando en la calle, Gabriel sintió vibrar su teléfono móvil. Contestó, escuchó en silencio un momento y colgó.

—Cambio de planes —le dijo al taxista.

—¿Adónde vamos?

—A la Rue de Miromesnil.

—Como quiera.

Gabriel volvió a guardarse el móvil en el bolsillo y sonrió. La cosa marchaba, pensó. Marchaba, no había duda.

21

RUE DE MIROMESNIL, PARÍS

Al principio, Maurice Durand intentó reservarse la identidad de la persona que había llamado. Pero, sometido a presión, acabó por reconocer que se trataba de Jonas Fischer, un rico industrial y conocido coleccionista de Múnich que cada cierto tiempo recurría a los exclusivos servicios de *monsieur* Durand. *Herr* Fischer dejó muy claro desde el primer momento que el Van Gogh no le interesaba personalmente: se estaba limitando a actuar como intermediario para un conocido suyo, también coleccionista, cuyo nombre, por razones obvias, no podía mencionar. Al parecer, dicho coleccionista ya había enviado un comisionado a París, impulsado por ciertos rumores que circulaban por el mundillo del arte. *Herr* Fisher quería saber si Durand podía indicar al comisionado el camino a seguir.

—¿Y qué le dijiste? —preguntó Gabriel.

—Le dije que ignoraba el paradero del Van Gogh, pero que haría unas cuantas llamadas.

—¿Y en caso de que puedas serle de ayuda?

—Se supone que tengo que llamar directamente al comisionado.

—Imagino que no tiene nombre.

—Solo un número de teléfono —repuso Durand.

—Qué profesional.

—Lo mismo opino yo.

Estaban en el despachito que había al fondo de la tienda de Durand. Gabriel estaba apoyado en la puerta. Durand, sentado ante su pequeño escritorio dickensiano. Delante de él, sobre el vade de mesa, había un microscopio de latón de finales del siglo XIX fabricado por la casa parisina Vérick.

—¿Es el que estamos buscando? —preguntó Gabriel.

—Un hombre como *Herr* Fischer solo se mezcla con coleccionistas de peso. Además, me dio a entender que su amigo había hecho algunas adquisiciones muy importantes últimamente.

—¿Una de ellas es un Caravaggio?

—No se lo pregunté.

—Seguramente es mejor así.

—Seguramente —convino Durand.

Se hizo el silencio entre ellos.

—¿Y bien? —preguntó el francés.

—Dile que esté en la plazoleta de Saint-Germain-des-Prés mañana a las dos de la tarde, junto a la puerta roja. Que lleve el teléfono, pero no pistola. Sobre todo, no le des conversación. Dile lo que tiene que hacer y cuelga.

Durand levantó su teléfono y marcó.

Cinco minutos después, el ladrón de cuadros y el futuro jefe de los servicios secretos israelíes salieron de la tienda y se separaron sin apenas mirarse ni dirigirse la palabra. El ladrón de cuadros se dirigió a la *brasserie* del otro lado de la calle. El espía, a la embajada de Israel en el número tres de la Rue Rabelais. Entró en el edificio por la puerta de atrás, bajó a la sala de comunicaciones y llamó al jefe de Intendencia, el departamento de la Oficina encargado de los pisos francos. Le dijo que necesitaba una casa cerca de París pero aislada, preferiblemente al norte de la ciudad. No tenía que ser lujosa, añadió. No pensaba dar una fiesta.

—Lo siento —dijo el jefe de Intendencia—. Puedo dejar que se aloje en uno de los inmuebles que ya tenemos, pero no puedo comprar uno nuevo sin autorización de la planta de arriba.

—Puede que no me haya oído bien cuando le he dicho mi nombre.

—¿Qué se supone que debo decirle a Uzi?

—Nada, naturalmente.

—¿Para cuándo lo necesita?

—Para ayer.

A las nueve de la mañana siguiente, Intendencia había cerrado la compra de una bonita finca de recreo situada en la región francesa de Picardía, a las afueras de la localidad de Andeville. La entrada quedaba oculta a la vista por un seto muy alto, y los llanos campos de labor se extendían desde el borde del lindo jardín trasero como una colcha hecha de retales. Gabriel y Chiara llegaron a mediodía y ocultaron los dos Van Goghs en la bodega. Inmediatamente después, Gabriel volvió a París. Dejó su coche en un aparcamiento cerca de la boca de metro de Odéon y fue andando por el bulevar hasta la Place Saint Germain-des-Prés. En una esquina de la bulliciosa plaza había un café llamado Le Bonaparte. Sentado a una mesa, de cara a la calle, estaba Christopher Keller. Gabriel lo saludó en francés y se sentó a su lado. Consultó su reloj. Era la 1:55. Pidió un café y fijó la vista en la puerta roja de la iglesia.

No fue difícil localizarlo. Aquella perfecta tarde de primavera, mientras el sol relumbraba en un cielo sin nubes y un viento suave corría por las calles atestadas de gente, fue el único que llegó solo a la iglesia. Era de estatura media, en torno al metro setenta y cinco, y de complexión delgada. Sus movimientos eran ágiles y firmes, como los de un jugador de fútbol, pensó Gabriel, o un militar de élite. Vestía americana marrón de entretiempo, camisa blanca y pantalones grises de gabardina. Llevaba los ojos ocultos tras unas gafas de sol oscuras y la cara sombreada por el ala de un sombrero de paja. Se acercó a la puerta roja y fingió consultar una guía turística. Dos chicas jóvenes (una en pantalón corto, la otra con vestido sin hombreras) estaban sentadas en los escalones con las piernas desnudas estiradas hacia delante. Algo en aquel hombre las molestó visiblemente. Se quedaron un momento más. Luego se levantaron y comenzaron a cruzar la plaza.

—¿Qué opinas? —preguntó Keller.

—Opino que es nuestro hombre.

El camarero le llevó el café. Gabriel le añadió azúcar y lo removió pensativamente mientras observaba al hombre parado junto a la puerta roja de la iglesia.

—¿No vas a llamarlo?

—Todavía no son las dos, Christopher.

—Falta muy poco.

—No conviene parecer demasiado ansiosos. Recuerda que ya tenemos a un comprador en el bote. Aquí el amigo ha tardado mucho en levantar la mano en la subasta.

Gabriel permaneció en la mesa hasta que el reloj del campanario de la iglesia marcó las dos y dos minutos. Entonces se levantó y entró en el café. Estaba desierto, a excepción de los empleados. Se acercó a la cristalera, se sacó el teléfono del bolsillo de la chaqueta y marcó. Unos segundos después, el hombre parado delante de la iglesia contestó.

—*Bonjour.*

—No tiene que hablar francés solo porque estemos en París.

—Prefiero el francés si no le importa.

Tal vez lo prefiriera, pensó Gabriel, pero no era su lengua materna. Ya no fingía mirar su guía turística. Estaba recorriendo la plaza con la mirada, buscando a un hombre con un móvil pegado a la oreja.

—¿Ha venido solo? —preguntó Gabriel.

—Dado que me está observando, ya sabe que la respuesta es sí.

—Veo a un hombre parado donde se supone que debe estar, pero no sé si ha venido solo.

—Así es.

—¿Lo han seguido?

—No.

—¿Cómo puede estar tan seguro?

—Lo estoy.

—¿Cómo debo dirigirme a usted?

—Puede llamarme Sam.

—¿Sam?

—Sí, Sam.

—¿Va armado, Sam?

—No.

—Quítese la chaqueta.

—¿Por qué?

—Quiero ver si lleva algo debajo que no tendría que estar ahí.

—¿De veras es necesario?

—¿Quiere ver el cuadro o no?

El desconocido dejó la guía y el teléfono sobre los escalones, se quitó la americana y se la colgó del brazo. Luego recogió de nuevo el teléfono y dijo:

—¿Satisfecho?

—Dese la vuelta y mire hacia la iglesia.

El hombre giró unos cuarenta y cinco grados.

—Más.

Otros cuarenta y cinco.

—Muy bien.

Sam regresó a su posición inicial y preguntó:

—¿Y ahora qué?

—Dé un paseo.

—No me apetece pasear.

—No se preocupe, Sam. No va a ser un paseo muy largo.

—¿Dónde quiere que vaya?

—Baje por el bulevar hacia el Barrio Latino. ¿Sabe cómo se va al Barrio Latino, Sam?

—Naturalmente.

—¿Conoce bien París?

—Muy bien.

—No mire hacia atrás ni se detenga. Y tampoco use el teléfono. Podría perderse mi siguiente llamada.

Gabriel cortó la conexión y se reunió con Keller.

—¿Y bien? —preguntó el inglés.

—Creo que acabamos de encontrar a Samir. Y creo que es un profesional.

—¿La cosa marcha?

—Lo sabremos dentro de un minuto.

Al otro lado de la plaza, Sam se estaba poniendo su americana. Se guardó el móvil en el bolsillo de la pechera, tiró la guía a una papelera y se encaminó al bulevar Saint-Germain. Si torcía a la derecha, iría hacia Les Invalides; si a la izquierda, hacia el Barrio Latino. Dudó un momento y dobló a la izquierda. Gabriel contó despacio hasta veinte. Después se puso en pie y lo siguió.

Era capaz, como mínimo, de seguir instrucciones. Caminó en línea recta por el bulevar pasando por delante de tiendas y cafés llenos de gente sin detenerse ni una sola vez ni mirar hacia atrás. Ello permitió a Gabriel concentrarse en su tarea principal: la contravigilancia. No vio nada que sugiriera que Sam tenía un cómplice, ni parecía que estuviera siguiéndolo la policía francesa. Era legal, pensó Gabriel. Todo lo legal que podía ser un comprador de cuadros robados.

Cuando llevaba diez minutos caminando a ritmo constante, Sam se aproximó al punto en el que el bulevar desemboca en el Sena. Gabriel, que lo seguía a media manzana de distancia, se sacó del bolsillo el teléfono móvil y marcó. Sam contestó de inmediato con el mismo cordial «*bonjour*».

—Tuerza a la izquierda, hacia la Rue du Cardinal Lemoine y continúe hasta el Sena. Cruce el puente hasta la Île Saint Louis y siga caminando en línea recta hasta que vuelva a tener noticias mías.

—¿Es mucho más lejos?

—No mucho, Sam. Ya casi ha llegado.

Sam cambió de dirección siguiendo sus instrucciones y cruzó el Pont de la Tournelle hacia el islote que se alzaba en medio del Sena. Una serie de pintorescos muelles discurría alrededor del perímetro de la isla, pero una sola calle, la Rue Saint-Louis en l'Île, la cruzaba de un extremo a otro. Con una llamada telefónica, Gabriel indicó a Sam que virara de nuevo a la izquierda.

—¿Cuánto falta?

—Solo un poco más, Sam. Y no mire hacia atrás.

Era una calle estrecha, transitada por turistas que paseaban ociosamente ante los escaparates de las tiendas. En el extremo oeste había una heladería y, junto a ella, una *brasserie* con magníficas vistas a Notre Dame. Gabriel llamó a Sam y le dio las últimas instrucciones.

—¿Cuánto tiempo más piensa tenerme esperando?

—Me temo que no voy a reunirme con usted para comer, Sam. Solo soy un colaborador contratado.

Cortó la conexión sin añadir nada más y vio a Sam entrar en la *brasserie*. Un camarero lo saludó y le indicó una mesa en la acera ocupada por un inglés de cabello rubio y gafas de sol tintadas de azul. El inglés se levantó y le tendió la mano con una sonrisa.

—Soy Reg —le oyó decir Gabriel al doblar la esquina—. Reg Bartholomew. Y usted debe de ser Sam.

22

ÎLE SAINT—LOUIS, PARÍS

—Señor Bartholomew, me gustaría empezar esta conversación dándole la enhorabuena. Fue una transacción impresionante la que llevaron a cabo sus hombres y usted en Ámsterdam.

—¿Quién dice que no lo hice solo?

—No es una de esas cosas que uno suela hacer solo. Sin duda contó con ayuda —añadió Sam—. Como su amigo, con el que he hablado por teléfono. Habla muy bien francés, pero no es francés, ¿verdad?

—¿Qué más da eso?

—A uno le gusta hacerse una idea de con quién está tratando.

—Esto no es Harrod's, colega.

Sam contempló la calle con la languidez de un turista que hubiera visitado demasiados museos en muy poco tiempo.

—Está ahí, en alguna parte, ¿me equivoco?

—No sabría decirle.

—¿Y hay otros?

—Varios más.

—Y en cambio a mí me han pedido que venga solo.

—Es el vendedor quien manda.

—Eso me han dicho.

Sam siguió observando la calle. Llevaba aún el sombrero de paja y las gafas de sol, de modo que solo quedaba a la vista la mitad inferior de su cara, afeitada con esmero y juiciosamente perfumada. Los pómulos eran altos y prominentes; la barbilla, hendida por un hoyuelo; los dientes, regulares y muy blancos. No tenía cicatrices ni tatuajes en las manos. No llevaba anillos en los dedos, ni pulseras en las muñecas, solo un voluminoso Rolex de oro para indicar que era un hombre acaudalado. Mostraba los modales refinados de un árabe de clase alta, solo que con una nota de dureza.

—También me han dicho otras cosas —prosiguió al cabo de un momento—. Quienes han visto la mercancía afirman que logró sacarla de Ámsterdam con daños mínimos.

—Sin ningún daño, en realidad.

—También dicen que hay Polaroids.

—¿Quién le ha dicho eso?

Sam sonrió, molesto.

—Esto va a llevarnos mucho más tiempo del necesario si insiste en jugar a esos juegos, señor Bartholomew.

—A uno le gusta hacerse una idea de con quién está tratando —repuso Keller con énfasis.

—¿Me está pidiendo información sobre la persona a la que represento, señor Bartholomew?

—Ni se me pasaría por la imaginación.

Hubo un silencio.

—Mi cliente es un empresario —contestó Sam por fin—. Con bastante éxito, muy rico. También es un apasionado de las artes. Tiene una colección amplia, pero como muchos coleccionistas importantes se siente frustrado por el hecho de que haya tan pocos cuadros buenos a la venta. Hace muchos años que está interesado en adquirir un Van Gogh. En estos momentos, usted tiene en su poder uno muy bueno. Y a mi cliente le gustaría tenerlo.

—También le gustaría a mucha otra gente.

Sam no pareció inmutarse.

—¿Y usted? —preguntó pasado un momento—. ¿Por qué no me habla un poco de sí mismo?

—Me gano la vida robando cosas.

—¿Es inglés?

—Eso me temo.

—Siempre he sentido aprecio por los ingleses.

—No se lo tendré en cuenta.

Apareció un camarero y les entregó sendas cartas. Sam pidió una botella de agua mineral. Keller, una copa de vino que no tenía intención de beberse.

—Permítame dejar clara una cosa desde el principio —comentó cuando volvieron a quedarse solos—. No me interesan las drogas, ni las armas, ni las chicas, ni un apartamento en Boca Ratón, Florida. Para esta operación solo se admite el pago en efectivo.

—¿De cuánto efectivo estamos hablando, señor Bartholomew?

—Tengo sobre la mesa una oferta de veinte millones.

—¿En qué moneda?

—Euros.

—¿Es una oferta en firme?

—He pospuesto la venta para reunirme con usted.

—Qué halagador. ¿Por qué lo ha hecho?

—Porque tengo entendido que su cliente, sea quien sea, es un hombre de grandes recursos.

—Muy grandes, en efecto. —Otra sonrisa, solo ligeramente más amable que la primera—. Entonces, ¿cómo procedemos, señor Bartholomew?

—Necesito saber si está interesado en superar la oferta que tengo sobre la mesa.

—Lo estoy.

—¿En cuánto?

—Supongo que podría ofrecerle una cantidad trivial, como quinientos mil más, pero a mi cliente no le gustan las subastas. —Hizo una pausa y preguntó—: ¿Bastarían veinticinco millones para quitar el cuadro de la mesa?

—Bastarían, en efecto, Sam.

—Excelente —contestó—. Tal vez este sería buen momento para que me enseñara las Polaroids.

―――

Las Polaroids estaban en la guantera de un Mercedes de alquiler aparcado en una calle tranquila, detrás de Notre Dame. Keller y Sam fueron juntos a pie hasta allí y subieron al coche, Keller detrás del volante, Sam en el asiento del copiloto. Keller lo cacheó rápida pero exhaustivamente antes de abrir la guantera y sacar las fotografías. Eran cuatro en total: una del cuadro completo y tres de diversos detalles. Sam las hojeó con aire escéptico.

—Se parece un poco al Van Gogh que hay colgado sobre la cama de mi habitación de hotel.

—Nada de eso.

Sam hizo una mueca para indicar que no estaba convencido.

—El cuadro de estas fotografías podría ser una copia. Y usted podría ser un estafador muy listo que intenta hacerse de oro aprovechando el robo de Ámsterdam.

—Quítese las gafas y mire mejor, Sam.

—Eso pienso hacer. —Le devolvió las fotografías—. Necesito ver el cuadro, no fotografías.

—Yo no regento un museo, Sam.

—¿Y?

—No puedo enseñarle el Van Gogh a cualquiera que quiera verlo. Necesito saber que tiene el firme propósito de comprarlo.

—Acabo de ofrecerle veinticinco millones de euros en metálico por él.

—Ofrecer veinticinco millones es muy fácil, Sam. Entregarlos es cosa bien distinta.

—Mi cliente es un hombre extraordinariamente rico.

—Entonces estoy seguro de que no lo ha enviado a París con las manos vacías.

Keller devolvió las fotografías a la guantera y la cerró con firmeza.

—¿Es así como funciona su timo? ¿Exige dinero antes de enseñar el cuadro y luego lo roba?

—Si esto fuera un timo, su cliente y usted ya se habrían enterado.

No supo qué contestar a eso.

—No puedo conseguir más de diez mil en metálico con tan poca antelación.

—Voy a necesitar ver un millón.

Sam soltó un bufido como si dijera que eso estaba descartado.

—Si quiere ver un Van Gogh por menos de un millón —añadió Keller—, puede ir al Louvre o al Musée d'Orsay. Pero si quiere ver mi Van Gogh, va a tener que enseñarme el dinero.

—No es seguro ir por las calles de París con esa suma encima.

—Algo me dice que sabe valerse solo bastante bien.

Sam capituló dejando escapar una exhalación.

—¿Dónde y cuándo?

—Saint-Germain-des-Prés, mañana a las dos de la tarde. Sin amigos. Y sin armas.

Sam bajó del coche sin decir palabra y se alejó.

Cruzó el Sena hacia la orilla derecha y siguió por la Rue de Rivoli, pasó junto al ala norte del Louvre y se dirigió a las Tullerías. Pasó la mayor parte del tiempo hablando por teléfono, y en dos ocasiones fingió rudimentariamente que se interesaba por comprar algo para comprobar si lo seguían. Aun así no pareció advertir que Gabriel caminaba tras él, a una distancia de cincuenta metros.

Antes de llegar al Jeu de Paume cruzó a la Rue Saint-Honoré y entró en una lujosa tienda que vendía costosos artículos de cuero para hombres. Salió diez minutos después con un maletín nuevo que llevó a una sucursal del HSBC Private Bank en el bulevar Haussmann. Estuvo allí veintidós minutos exactamente y, cuando volvió a salir, el maletín parecía más pesado que cuando había entrado. Lo llevó rápidamente a la Place de la Concorde y entró por la suntuosa puerta del Hôtel de Crillon. Gabriel, que lo observaba desde lejos, sonrió. Para el delegado del Pez Gordo, solo lo mejor. Mientras se alejaba llamó a Keller y le contó las novedades. La cosa marchaba, le dijo. Marchaba, no había duda.

23

BULEVAR SAINT—GERMAIN, PARÍS

A las dos de la tarde siguiente estaba otra vez frente a la puerta roja de la iglesia, con el sombrero y las gafas de sol bien en su sitio y el maletín nuevo colgando de la mano derecha. Gabriel esperó cinco minutos antes de llamarlo.

—Usted otra vez —dijo Sam desganadamente.

—Me temo que sí.

—¿Y ahora qué?

—Vamos a dar otro paseo.

—¿Adónde esta vez?

—Siga la Rue Bonaparte hasta la Place Saint-Sulpice. Las mismas reglas que ayer. No se pare ni mire hacia atrás. Ni hable por teléfono.

—¿Cuánto tiempo piensa hacerme caminar esta vez?

Gabriel colgó sin responder. Al otro lado de la transitada plaza, Sam echó a andar. Gabriel contó lentamente hasta veinte y lo siguió.

Dejó que caminara hasta los Jardines de Luxemburgo antes de volver a llamarlo. Desde allí se dirigieron hacia el suroeste por la Rue de Vaugirard y luego hacia el norte por el bulevar Raspail, hasta la entrada del Hôtel Lutetia. Keller estaba sentado a una mesa, en el bar, leyendo el *Telegraph*. Sam se reunió con él, como le habían indicado.

—¿Qué tal se ha portado esta vez? —preguntó Keller.

—Tan minucioso como siempre.

—¿Quiere algo de beber?

—No bebo.

—Qué lástima. —Keller dobló su periódico—. Más vale que se quite esas gafas, Sam. Si no, la gerencia podría hacerse una idea equivocada sobre usted.

Hizo lo que le sugería Keller. Tenía los ojos marrones claros y grandes. Con la cara al descubierto parecía mucho menos amenazador.

—Ahora, el sombrero —dijo Keller—. Un caballero no lleva sombrero en el bar del Lutetia.

Se quitó el sombrero de paja dejando al descubierto una buena cabellera marrón, no negra, con una pizca de gris alrededor de las orejas. Si era árabe, no era de la Península, ni del Golfo. Keller miró el maletín.

—¿Ha traído el dinero?

—Un millón, como pidió.

—Déjeme echar un vistazo. Pero tenga cuidado —añadió Keller—. Hay una cámara de vigilancia encima de su hombro derecho.

Sam puso el maletín sobre la mesa, abrió los cierres y levantó la tapa unos cinco centímetros, lo justo para que Keller vislumbrara las prietas filas de billetes de cien euros.

—Ciérrelo —ordenó Keller en voz baja.

Sam echó los cierres al maletín.

—¿Satisfecho? —preguntó.

—Todavía no.

Keller se puso en pie.

—¿Adónde vamos ahora?

—A mi habitación.

—¿Habrá alguien más?

—Estaremos los dos solos, Sam. Muy romántico.

Sam se levantó y recogió el maletín.

—Creo que es importante que le aclare algo antes de que subamos.

—¿Qué, Sam?

—Si me sucede algo a mí o al dinero de mi cliente, su amigo y usted van a acabar muy mal. —Se puso las gafas de sol y sonrió—. Solo para que nos entendamos, colega.

En el vestíbulo de la habitación, fuera del alcance de las cámaras de seguridad del hotel, Keller cacheó de nuevo a Sam en busca de armas o dispositivos de grabación. Al no encontrar nada reprochable, puso el maletín a los pies de la cama y abrió los cierres. Sacó tres fajos de billetes y, de cada uno de ellos, un solo billete. Inspeccionó los billetes con una lupa de mano profesional. Luego, con la habitación a oscuras, los alumbró con la lámpara ultravioleta de Gabriel. Las bandas de seguridad emitían un brillo de color verde lima. Los billetes eran auténticos. Keller los devolvió a sus fajos y puso de nuevo estos en el maletín. Cerró la tapa y, asintiendo con la cabeza, indicó que podían pasar a la siguiente fase.

—¿Cuándo? —preguntó Sam.

—Mañana por la noche.

—Tengo una idea mejor —repuso Sam—. Esta misma noche. Si no, no hay trato.

Maurice Durand les había dicho que estuvieran preparados para algo así: una pequeña treta táctica, una rebelión testimonial que hiciera sentir a Sam que él, y no Keller, estaba al mando de las negociaciones. Keller insistió suavemente, pero Sam se mantuvo en sus trece. Quería tener delante el Van Gogh antes de medianoche. Si no, él y sus veinticinco millones desaparecerían. Así pues, Keller no tuvo más remedio que acceder a sus deseos. Lo hizo con una sonrisa conciliadora, como si el cambio de planes fuera poco más que un pequeño inconveniente. Luego, sin perder un instante, le explicó las normas para el encuentro de esa noche. Sam podía tocar el cuadro, podía olerlo o hacerle el amor. Pero bajo ningún concepto podía fotografiarlo.

—¿Dónde y cuándo? —preguntó Sam.

—Lo llamaremos a las nueve en punto para decirle lo que tiene que hacer.

—Muy bien.

—¿Dónde se aloja?

—Sabe perfectamente dónde me alojo, señor Bartholomew. Estaré en el vestíbulo del Crillon a las nueve de esta noche, sin amigos ni armas. Y dígale a su amigo que esta vez no me haga esperar.

Salió del hotel diez minutos después, con el sombrero y las gafas de sol, y fue a pie hasta el HSBC Private Bank del bulevar Haussmann, donde, era de suponer, devolvió el millón de euros a la caja de depósitos de su cliente. Se encaminó después al Musée d'Orsay y pasó las dos horas siguientes observando los cuadros de Vincent van Gogh. Cuando salió del museo eran casi las seis. Tomó una cena ligera en un bistró de los Campos Elíseos y regresó luego a su habitación del Crillon. Como había prometido, a las nueve en punto estaba en el vestíbulo del hotel, vestido con pantalones grises, jersey negro y chaqueta de cuero. Gabriel lo sabía porque estaba sentado a escasos metros de él, en el bar del vestíbulo. Esperó a que pasaran apenas dos minutos de las nueve para llamarlo.

—¿Sabe manejarse en el metro de París?

—Naturalmente.

—Vaya a pie hasta la estación de Concorde y tome la línea doce hasta Marx Dormoy. El señor Bartholomew lo estará esperando.

Sam salió del vestíbulo. Gabriel se quedó en el bar otros cinco minutos. Después recogió su automóvil, que el aparcacoches le había acercado a la puerta, y se dirigió a la finca de Picardía.

La estación de Marx Dormoy estaba situada en el octavo *arrondissement*, en la Rue de la Chapelle. Keller había aparcado al otro lado de la calle y estaba fumando un cigarrillo cuando Sam apareció en lo alto de las escaleras. Se acercó al coche y subió al asiento del copiloto sin decir palabra.

—¿Dónde está su teléfono? —preguntó Keller.

Sam lo sacó del bolsillo de su chaqueta y se lo enseñó.

—Apáguelo y quítele la tarjeta SIM.

Sam obedeció. Keller puso el coche en marcha y se incorporó suavemente al tráfico nocturno.

Dejó que Sam siguiera en el asiento del copiloto hasta que salieron de los barrios residenciales del norte de París. Luego, en una arboleda cercana a la localidad de Ézanville, le ordenó que se metiera en el maletero. Tomó el camino más largo para llegar a Picardía, sumando una hora, como mínimo, al viaje. De ahí que fuera casi medianoche cuando entró en el camino que llevaba a la granja. Cuando salió del maletero, Sam distinguió a la luz de la luna la silueta de un hombre parado al borde de la finca.

—Imagino que es su socio.

Keller no respondió. Lo condujo a través de la puerta trasera de la casa y bajaron por el tramo de escaleras que llevaba a la bodega. Apoyados contra una pared, iluminados con una bombilla pelada que colgaba de un cable, estaban *Los girasoles* de Vincent van Gogh, (óleo sobre lienzo, 95 por 73 centímetros). Sam estuvo un rato delante del cuadro sin decir nada. Keller se hallaba a su lado.

—¿Y bien? —preguntó por fin.

—Un momento, señor Bartholomew, un momento.

Por fin dio un paso adelante, levantó el cuadro por las barras verticales del bastidor y le dio la vuelta para examinar los sellos del museo en el dorso del lienzo. Miró luego los bordes del cuadro y arrugó el ceño.

—¿Pasa algo? —preguntó Keller.

—Vincent era notoriamente descuidado a la hora de manipular sus cuadros. Fíjese —añadió, volviendo el borde del bastidor hacia Keller—. Dejó sus huellas por todas partes.

Sonrió, acercó la pintura a la luz y pasó unos minutos examinando atentamente la pincelada. Devolvió luego el cuadro a su posición original y retrocedió un poco para mirarlo desde lejos. Esta vez, Keller no interrumpió su silencio.

—Espectacular —dijo Sam al cabo de un momento.

—Y auténtico —añadió Keller.

—Podría ser. O podría ser obra de un falsificador extremadamente hábil.

—No lo es.

—Voy a tener que hacer una prueba muy sencilla para cerciorarme, un análisis de una esquirla de pintura. Si la pintura es auténtica, hay trato. Si no lo es, no volverá a saber de mí y será libre de intentar endosárselo a un comprador menos exigente.

—¿Cuánto tardará?

—Setenta y dos horas.

—Dispone de cuarenta y ocho.

—No voy a permitir que me meta prisa, señor Bartholomew. Ni tampoco lo permitirá mi cliente.

Keller dudó antes de asentir una sola vez con la cabeza. Sirviéndose de un bisturí quirúrgico, Sam extrajo hábilmente dos minúsculas esquirlas de pintura del lienzo (una de la esquina inferior derecha, otra de la izquierda) y las depositó en un tubo de cristal. Se guardó el tubo en el bolsillo de la chaqueta y, seguido por Keller, subió las escaleras. Fuera, la figura silueteada seguía de pie al borde de la granja.

—¿Alguna vez voy a conocer a su socio? —preguntó Sam.

—Yo no se lo aconsejaría —repuso Keller.

—¿Por qué?

—Porque sería la última cara que viera.

Sam arrugó el ceño y volvió a meterse en el maletero del Mercedes. Keller cerró la puerta y emprendió el camino de vuelta a París.

Eran todos ellos agentes experimentados, cada uno a su manera única y peculiar, y pese a ello más adelante afirmarían que los tres días siguientes pasaron con la velocidad de un río helado. A Gabriel lo abandonó su paciencia de costumbre. Había ideado el robo de uno de los cuadros más célebres del mundo como parte de un complot para recuperar otro, pero su plan se quedaría en nada si el hombre que se hacía llamar Sam se desentendía del trato. Solo Maurice Durand, quizás el mayor experto mundial en el comercio ilegal de arte, conservó la calma. Sabía por experiencia que los coleccionistas como el Pez Gordo rara vez perdían la oportunidad de hacerse con un Van Gogh. Sin duda, afirmó, el tirón de *Los girasoles* sería demasiado poderoso para resistirse a él. A menos que Gabriel le hubiera enseñado la falsificación por error, cosa que no había hecho, el análisis de la esquirla de pintura daría un resultado positivo y el trato seguiría adelante.

Tenían otra alternativa si Sam daba marcha atrás: podían seguirlo e intentar averiguar la identidad de su cliente, aquel hombre tan rico que estaba dispuesto a pagar veinticinco millones de euros por un cuadro robado. Por esa razón, entre otras, Gabriel y Keller, dos de los especialistas en seguimiento de personas más experimentados del mundo, vigilaron cada paso que dio Sam durante los tres días de espera. Lo vigilaron por la mañana, cuando paseaba por los senderos de las Tullerías, por la tarde, mientras visitaba los monumentos turísticos para dar veracidad a su tapadera, y por la noche, cuando cenaba, siempre solo, en algún restaurante de los Campos Elíseos. Sacaron la conclusión de que era un hombre disciplinado. En algún momento de su vida, concluyeron ambos, Sam había formado parte de la hermandad secreta de los espías. O quizá, pensaron, seguía formando parte de ella.

La mañana del tercer día les dio un pequeño susto cuando no apareció para dar su paseo de costumbre. Su inquietud aumentó a las cuatro de esa tarde, cuando lo vieron salir del Crillon cargado con dos maletas de buen tamaño y subir a la parte de atrás de una limusina. Sus recelos se disolvieron al instante, sin embargo, cuando el coche lo llevó a la sucursal del HSBC en el bulevar Haussmann. Media hora más tarde estaba de vuelta en su habitación. Solo cabían dos posibilidades, comentó Keller. O bien había perpetrado el robo a un banco más sigiloso de la historia, o acababa de sacar una enorme suma en metálico de una caja fuerte. Keller sospechaba que era esto último. Y Gabriel también. Así pues, apenas quedaba suspense cuando por fin llegó la hora de llamar a Sam para conocer su respuesta. Keller hizo los honores. Al concluir la llamada, miró a Gabriel y sonrió.

—Puede que nunca encontremos el Caravaggio —dijo—, pero el Pez Gordo está a punto de regalarnos veinticinco millones de euros.

24

CHELLES, FRANCIA

Había, no obstante, una condición: Sam se reservaba el derecho a elegir la hora y el lugar de la transacción. La hora, dijo, serían las once y media de la noche siguiente. El lugar, un almacén de Chelles, una sombría *commune* al este de París. Keller fue hasta allí en coche a la mañana siguiente, mientras el resto del norte de Francia afluía como un torrente hacia el centro de la ciudad. El almacén estaba donde Sam había dicho que estaría, en la Avenue François Miterrand, justo enfrente de un concesionario de Renault. En un cartel descolorido se leía *Eurotranz*. Nada indicaba, sin embargo, qué clase de servicios ofrecía la empresa. Por las ventanas rotas entraban y salían las palomas, y una sabana de hierbajos florecía detrás de los barrotes de la verja de hierro. Keller salió del coche para inspeccionar la puerta automática. Hacía mucho tiempo que no se abría.

Pasó una hora haciendo un reconocimiento rutinario de las calles contiguas al almacén. Después se dirigió hacia el norte, hacia la granja de Andeville. Cuando llegó, encontró a Gabriel y a Chiara en el jardín, relajándose al sol. Los dos Van Goghs estaban apoyados contra la pared del cuarto de estar.

—Todavía no sé cómo los distingues —comentó Keller.

—Es bastante evidente, ¿no crees?

—No, nada de eso.

Gabriel inclinó la cabeza hacia el cuadro de la derecha.

—¿Estás seguro? —preguntó Keller.

—Esas huellas de los lados del bastidor son las mías, no las de Vincent. Y luego está esto.

Gabriel encendió la Blackberry que le había proporcionado la Oficina y la acercó a la esquina superior derecha del lienzo. La pantalla se puso en rojo, lo que indicaba la presencia de un transmisor oculto.

—¿Estás seguro de su alcance? —preguntó Keller.

—Volví a comprobarlo esta mañana. Funciona a la perfección a diez kilómetros.

Keller miró el Van Gogh auténtico.

—Lástima que a nadie se le haya ocurrido ponerle un transmisor a este.

—Sí —contestó Gabriel distraídamente.

—¿Cuánto tiempo piensas quedártelo?

—Ni un día más de lo necesario.

—¿Quién va a guardarlo mientras le seguimos la pista a la copia?

—Confiaba en poder dejarlo en la embajada de París —repuso Gabriel—, pero el jefe de la delegación no quiere ni oír hablar del asunto. Así que he tenido que encontrar otra solución.

—¿Qué solución?

Cuando Gabriel respondió, Keller meneó la cabeza lentamente.

—Es un poco raro, ¿no crees?

—La vida es complicada, Christopher.

Keller sonrió.

—Dímelo a mí.

———————

Abandonaron definitivamente la pintoresca granja francesa a las ocho de esa misma tarde. La copia de *Los girasoles* iba en el maletero del Mercedes de Keller. El Van Gogh auténtico, en el de Gabriel. Tras entregárselo a Maurice Durand en su tienda de la Rue de Miromesnil, dejó a Chiara en el piso franco con vistas al Pont Marie y partió hacia la *commune* de Chelles.

Llegó minutos antes de las once y se dirigió al almacén de la avenida François Miterrand. En las calles de aquella zona había poca actividad después del anochecer. Rodeó dos veces la finca buscando pruebas de que estaban vigilando el lugar, o algún indicio de que Keller estaba a punto de meterse en una trampa. Al no encontrar nada fuera de lo corriente, se fue en busca de un puesto de observación adecuado, donde un hombre sentado a solas no atrajera la atención de los gendarmes. La única alternativa era un parque parduzco en el que una docena de chavales aficionados al *skateboard* estaban bebiendo cerveza. A un lado del parque había una fila de bancos iluminados por la luz amarilla de una farola. Gabriel aparcó en la calle y se sentó en el banco más próximo a la entrada de Eurotranz. Los chavales lo miraron intrigados un momento. Después, retomaron su conversación acerca de los asuntos urgentes del día. Gabriel echó una ojeada a su reloj. Eran las once y cinco. A continuación consultó su Blackberry. El transmisor aún no estaba dentro del alcance del radar.

Cuando levantó de nuevo la vista, vio los faros de un coche en la avenida. Un pequeño Citroën rojo pasó a gran velocidad frente a la entrada de Eurotranz y bordeó el parque, dejando a su paso, como una estela, el ritmo machacón de un *hip-hop* francés. Detrás iba otro coche, un BMW negro tan limpio que parecía expresamente lavado para la ocasión. Se detuvo delante de la verja y salió el conductor. En la oscuridad era imposible verle la cara, pero su complexión y su forma de moverse eran idénticos a los de Sam.

Pulsó varias veces el panel de la puerta con el aplomo de quien conoce la combinación desde hace tiempo. Volvió a sentarse detrás del volante, esperó a que se abriera la verja y entró en la finca. Esperó mientras la puerta se cerraba a su espalda. Después, se acercó a la entrada del almacén. Salió nuevamente del coche y pulsó las teclas del panel de seguridad con una rapidez que evidenciaba hasta qué punto estaba familiarizado con él. Cuando se abrió la puerta, metió el coche y desapareció de la vista.

En el parquecillo parduzco, la llegada de un coche de lujo al almacén abandonado de la Avenue François Miterrand pasó desapercibida, salvo para el hombre de mediana edad sentado a solas en un banco. Miró su reloj de pulsera y vio que eran las 11:08. Miró luego su Blackberry. La luz roja había empezado a parpadear. Se dirigía hacia allí.

———————

Keller llegó a las once y media en punto. Llamó al móvil de Sam y se abrió la verja. Un tramo de asfalto agrietado se extendía ante él, vacío y negro. Hizo avanzar el coche lentamente y, siguiendo las instrucciones de Sam, lo metió de frente en el almacén. Al fondo de la nave, del tamaño de un campo de fútbol, brillaban las luces de posición de un BMW. Keller distinguió la figura de un hombre apoyado contra el capó con un teléfono pegado a la oreja y dos grandes maletas a sus pies. No se veía a nadie más.

—Pare ahí —ordenó Sam.

Keller pisó el freno.

—Apague el motor y las luces.

Keller obedeció.

—Salga del coche y quédese donde pueda verlo.

El inglés salió lentamente del coche y se detuvo delante del capó. Sam metió la mano dentro de su BMW y encendió los faros.

—Quítese la chaqueta.

—¿De veras es necesario?

—¿Quiere el dinero o no?

Keller se quitó la chaqueta y la dejó sobre el capó del coche.

—Dese la vuelta y mire hacia el coche.

Vaciló. Luego dio la espalda a Sam.

—Muy bien.

Keller se giró lentamente para mirarlo cara a cara de nuevo.

—¿Dónde está el cuadro?

—En el maletero.

—Sáquelo y póngalo en el suelo, cinco metros delante del coche.

Keller abrió el maletero usando el tirador interior y sacó el cuadro. Estaba envuelto en una capa protectora de papel vegetal y tapado por una bolsa de basura de tamaño industrial. Lo depositó sobre el suelo de cemento del almacén, a unos cinco metros delante del Mercedes, y esperó las instrucciones de Sam.

—Vuelva al coche —dijo la voz del otro lado del almacén.

—Ni lo sueñe —contestó Keller dirigiéndose al resplandor de los faros de Sam.

Hubo una breve pausa. Luego, Sam se adelantó entre la luz. Se detuvo a escasos pasos de Keller, miró hacia abajo y arrugó el ceño.

—Necesito verlo una vez más.

—Entonces le sugiero que le quite el envoltorio de plástico. Pero hágalo con cuidado, Sam. Si le ocurre algo a ese cuadro, le haré responsable a usted.

Sam se agachó y sacó el lienzo de la bolsa. Lo giró hacia los faros de su coche y escudriñó la firma y la pincelada.

—¿Y bien? —preguntó Keller.

Sam miró las huellas de los lados del bastidor, luego los sellos del museo del dorso.

—Un momento —dijo con calma—. Un momento.

El coche de Keller salió del almacén a las 11:40. La verja ya estaba abierta cuando llegó. Torció a la derecha y pasó velozmente frente al banco donde estaba sentado Gabriel. Gabriel no le hizo caso: estaba vigilando las luces traseras de un BMW que se alejaba por la avenida François Miterrand. Miró su Blackberry y sonrió. La cosa marchaba, pensó. Marchaba, no había duda.

La luz roja del transmisor parpadeaba con la regularidad del latido de un corazón. Cruzó el extrarradio de París y se dirigió luego hacia el este por la A4 en sentido Reims. Gabriel la siguió a un kilómetro de distancia, y Keller siguió a Gabriel un kilómetro más atrás. Hablaron por teléfono una sola vez, una conversación breve durante la cual Keller confirmó que la transacción se había efectuado sin contratiempos. Sam tenía el cuadro, y Keller tenía el dinero de Sam. Estaba escondido en el maletero del coche, dentro de la bolsa de basura con la que Gabriel había tapado la copia de *Los girasoles*. Todo, excepto un fajo de billetes de cien euros que estaba dentro del bolsillo de la chaqueta de Keller.

—¿Qué hace en tu bolsillo? —preguntó Gabriel.

—Es para gasolina —respondió Keller.

Ciento veinte kilómetros separaban los suburbios del este de París de Reims, una distancia que Sam recorrió en poco más de una hora. Nada más pasar la ciudad, la luz roja se detuvo de pronto junto a la A4. Gabriel se acercó rápidamente y vio que Sam estaba repostando en una gasolinera contigua a la carretera. Llamó enseguida a Keller y le dijo que se parara en el arcén. Esperó hasta que Sam salió de nuevo a la carretera. Al poco rato, los tres coches volvieron a ocupar sus posiciones iniciales: Sam en cabeza, Gabriel un kilómetro por detrás y Keller otro kilómetro por detrás de Gabriel.

Desde Reims siguieron hacia el este atravesando Verdún y Metz. Más allá, la A4 viraba hacia el sur, hacia Estrasburgo, la capital de la región francesa de Alsacia y sede del Parlamento Europeo. Bordeando la ciudad fluían las aguas de color gris verdoso del Rin. Pocos minutos después del amanecer, veinticinco millones de euros en metálico y una copia de una obra maestra robada de Vincent van Gogh entraron en Alemania sin que nadie lo advirtiera.

La primera ciudad del lado alemán de la frontera era Kehl, más allá de la cual se encontraba la *autobahn* A5. Sam la siguió hasta Karlsruhe. Se desvió luego hacia la A8 y puso rumbo a Stuttgart. Cuando llegó a los barrios residenciales del sureste de la ciudad, la hora punta de la mañana estaba en su apogeo. Entró en la ciudad avanzando penosamente por la Hauptstätterstrasse y se dirigió hacia Stuttgart-Mitte, un agradable distrito de oficinas y tiendas situado en el corazón de la inmensa metrópoli. Intuyendo que Sam se estaba acercando a su destino, Gabriel se acercó hasta que estuvo a unos doscientos metros del BMW. Entonces sucedió lo que menos se esperaba.

La luz roja intermitente desapareció de la pantalla.

Según su Blackberry, el transmisor había emitido su último impulso electrónico en el número ocho de Böheimstrasse. La dirección correspondía a un hotel de estuco gris que parecía importado del Berlín Este durante los tiempos más siniestros de la Guerra Fría. En su parte trasera, a la que se llegaba a través de un callejón, había un aparcamiento subterráneo. El BMW estaba en el nivel inferior, en un rincón en el que alguien había roto a golpes la luz del techo. Sam estaba echado sobre el volante, con los ojos abiertos e inmóviles. La parte interior del parabrisas estaba salpicada de sangre y tejido cerebral. Y *Los girasoles* de Gabriel Allon, óleo sobre lienzo, 95 centímetros por 73, habían desaparecido.

25

GINEBRA

Salieron de Stuttgart siguiendo la misma ruta que al entrar en la ciudad y cruzaron de nuevo a Francia por Estrasburgo. Keller se dirigió a Córcega. Gabriel, a Ginebra. Llegó a media tarde y llamó de inmediato a Christoph Bittel desde un teléfono público a orillas del lago. El agente de la policía secreta no pareció alegrarse de oír su voz tan pronto. Y aún menos se alegró cuando Gabriel le explicó el motivo de su visita.

—Eso está descartado —dijo.

—Entonces supongo que tendré que informar al mundo de todos esos cuadros robados que encontré en la cámara de seguridad.

—Y yo que creía que había cambiado.

—¿A qué hora debo esperarlo, Bittel?

—Veré lo que puedo hacer.

Bittel tardó una hora en concluir los asuntos que lo retenían en la sede del NDB y otras dos en llegar en coche de Berna a Ginebra. Gabriel estaba esperándolo en una esquina muy transitada de la Rue du Rhône. Pasaban escasos minutos de las seis. Pulcros oficinistas suizos salían de los hermosos bloques de oficinas mientras un torrente de chicas guapas y extranjeros elegantes entraba en los resplandecientes cafés. Era todo muy ordenado. Hasta los genocidas cuidaban sus modales cuando iban a Ginebra.

—Estaba a punto de decirme por qué se supone que debo abrir esa caja fuerte para usted —dijo Bittel cuando volvió a incorporarse al tráfico de la tarde con su exagerada cautela de costumbre.

—Porque la operación que estoy llevando a cabo ha tenido un tropiezo y de momento no encuentro otra salida.

—¿Qué clase de tropiezo?

—Un cadáver.

—¿Dónde?

Gabriel vaciló.

—¿Dónde? —insistió Bittel.

—En Stuttgart —contestó Gabriel.

—Imagino que es ese árabe al que pegaron un tiro en la cabeza esta mañana en el centro de la ciudad.

—¿Quién dice que era árabe?

—El BfV.

El BfV era el servicio de seguridad interior alemán. Mantenía estrechas relaciones con sus hermanos teutones de Berna.

—¿Qué saben de él? —preguntó Gabriel.

—Casi nada. Por eso nos han pedido ayuda. Por lo visto los asesinos se llevaron su cartera después de dispararle.

—No fue lo único que se llevaron.

—¿Es usted responsable de su muerte?

—No estoy seguro.

—Permítame expresarlo de otro modo, Allon. ¿Le acercó la pistola a la cabeza y apretó el gatillo?

—No sea ridículo.

—No es una pregunta tan descabellada. A fin de cuentas, tiene un historial impresionante en lo relativo a muertes en territorio europeo.

Gabriel no contestó.

—¿Conoce la identidad del hombre del coche?

—Se hacía llamar Sam, pero tengo la sensación de que su verdadero nombre era Samir.

—¿Samir qué más?

—No lo sé.

—¿Pasaporte?

—Hablaba muy bien francés. Si tuviera que adivinar, diría que era de Oriente Próximo.

—¿Del Líbano?

—Puede ser. O de Siria, quizá.

—¿Por qué lo mataron?

—No estoy seguro.

—Puede hacerlo mejor, Allon.

—Es posible que estuviera en posesión de un cuadro que se parecía mucho a *Los girasoles* de Vincent van Gogh.

—¿El que robaron de Ámsterdam?

—El que tomaron prestado —repuso Gabriel.

—¿Quién pintó la falsificación?

—Yo mismo.

—¿Por qué la tenía Sam?

—Se la vendí por veinticinco millones de euros.

Bittel masculló una maldición.

—Usted ha preguntado, Bittel.

—¿Dónde está el cuadro?

—¿Qué cuadro?

—El verdadero Van Gogh —le espetó Bittel.

—En buenas manos.

—¿Y el dinero?

—En mejores manos aún.

—¿Por qué robó un Van Gogh y le vendió una copia a un árabe llamado Samir?

—Porque estoy buscando un Caravaggio.

—¿Para quién?

—Para los italianos.

—¿Por qué un agente de la inteligencia israelí está buscando un cuadro para los italianos?

—Porque le cuesta decir no.

—¿Y si consigo abrirle esa caja fuerte? ¿Qué espera encontrar?

—Para serle sincero, Bittel, no tengo ni idea.

El suizo exhaló un profundo suspiro y echó mano de su teléfono móvil.

───────

Hizo dos llamadas en rápida sucesión. La primera, a su voluptuosa amiga de la Zona Franca. La segunda, a un cerrajero que de vez en cuando hacía algún favor al NDB en la zona de Ginebra. La mujer estaba esperando en la verja cuando llegaron. El cerrajero se presentó una hora después. Se llamaba Zimmer. Tenía una cara redonda y blanda y la mirada fija de un animal de peluche. Su mano era tan fría y suave que Gabriel la soltó enseguida por miedo a hacerle daño.

Estaba en posesión de un pesado maletín rectangular de cuero negro que agarraba con fuerza al cruzar la puerta exterior de la cámara de seguridad de Jack Bradshaw, siguiendo a Bittel y a Gabriel. Si se fijó en los cuadros, no dio muestras de ello. Solo tenía ojos para la pequeña caja de caudales colocada junto al escritorio. Había sido fabricada por una empresa alemana, de Colonia. Zimmer torció el gesto, como si esperara algo un poco más complejo.

Al cerrajero, lo mismo que al restaurador, no le gustaba tener espectadores mientras trabajaba. Como resultado de ello, Gabriel y Bittel se vieron obligados a meterse en la habitación interior de la cámara, la que había servido a Yves Morel como estudio clandestino. Se sentaron en el suelo, con la espalda apoyada en la pared y las piernas estiradas. Resultaba evidente por los ruidos que entraban por la puerta abierta que Zimmer estaba usando una técnica conocida como «perforación de punto débil». El aire olía a metal recalentado. A Gabriel le recordó el olor de una pistola recién disparada. Miró su reloj y arrugó el ceño.

—¿Cuánto tiempo va a llevar esto? —preguntó.

—Algunas cajas son más fáciles que otras.

—Por eso siempre he preferido una carga de explosivo plástico bien colocada. El semtex da un resultado magnífico.

Bittel sacó su teléfono y se puso a mirar la bandeja de entrada de su *e-mail*. Gabriel estuvo toqueteando distraídamente la pintura de la paleta de Yves Morel: ocre, dorado, carmesí. Por fin, una hora después de que Zimmer se pusiera manos a la obra, se oyó un fuerte golpe metálico en la otra habitación. El cerrajero apareció en la puerta aferrado a su maletín de cuero negro e inclinó la cabeza una sola vez mirando a Bittel.

—Creo que puedo encontrar la salida —dijo, y se marchó.

Gabriel y Bittel se levantaron y entraron en la sala contigua. La puerta de la caja fuerte estaba entreabierta, un par de centímetros nada más. Gabriel alargó el brazo hacia ella, pero Bittel lo detuvo.

—Yo lo hago —dijo.

Indicó a Gabriel que se apartara. Luego abrió la puerta y se asomó dentro. Estaba vacía, salvo por un sobre blanco de tamaño carta. Bittel lo sacó y leyó el nombre escrito en la parte delantera.

—¿Qué es? —preguntó Gabriel.

—Parece una carta.

—¿Para quién?

Bittel se la tendió y dijo:

—Para usted.

———————

Era, más que una carta, un memorándum, un informe a posteriori sobre una operación de campo escrito por un espía caído en desgracia al que la traición causaba escrúpulos de conciencia. Gabriel lo leyó dos veces, una estando aún en la cámara de seguridad de Jack Bradshaw; la otra, mientras estaba sentado en la sala de embarque del aeropuerto internacional de Ginebra. Anunciaron su vuelo pocos minutos después de las nueve, primero en francés, luego en inglés y finalmente en hebreo. Al oír su lengua materna se le aceleró el pulso. Guardó la carta en su bolsa de viaje, se levantó y subió al avión.

TERCERA PARTE

LA VENTANA ABIERTA

26

KING SAUL BOULEVARD, TEL AVIV

E l edificio de oficinas situado al final de King Saul Boulevard era gris, anodino y, por encima de todo, anónimo. Sobre su entrada no colgaba emblema alguno, ni había letras doradas que pregonaran la identidad de sus ocupantes. No había nada, de hecho, que permitiera adivinar que era la sede de uno de los más temidos y respetados servicios de inteligencia del mundo. Una inspección más atenta habría revelado, no obstante, la existencia de otro edificio dentro del edificio, uno con su propio sistema eléctrico, sus cañerías y desagües y su sistema de comunicaciones seguras. Los empleados llevaban dos llaves: una abría una puerta sin distintivos del vestíbulo; la otra ponía en marcha el ascensor. Quienes cometían el pecado imperdonable de perder una o las dos llaves eran desterrados al desierto de Judea y no volvía a vérseles ni a saberse de ellos.

Había algunos empleados que eran demasiado veteranos o que trabajaban en materias demasiado sensibles para dejarse ver en el vestíbulo. Esos empleados entraban en el edificio «de incógnito», por el aparcamiento subterráneo, como hizo Gabriel media hora después de que su vuelo procedente de Ginebra tocara tierra en el aeropuerto Ben-Gurion. Su séquito incluía un coche de escolta lleno de agentes de seguridad armados hasta los dientes. Supuso que era un anticipo de lo que le esperaba en el futuro.

Dos de los escoltas entraron con él en el ascensor, que los llevó como un rayo al piso superior del edificio. Desde el vestíbulo, Gabriel cruzó una puerta de seguridad protegida con un código cifrado y entró en una antesala en la que una mujer de treinta y tantos años estaba sentada detrás de un moderno escritorio de satinada superficie negra. Sobre él había únicamente una lámpara y una centralita de seguridad. La mujer tenía las piernas muy largas y bronceadas. Dentro de King Saul Boulevard se la conocía como «la Cúpula de Hierro» por su habilidad inigualable para rechazar peticiones inoportunas de hablar un momentito con el jefe. Su verdadero nombre era Orit.

—Está en una reunión —afirmó, mirando la luz roja encendida sobre las impresionantes puertas del despacho del jefe—. Siéntese. No tardará mucho.

—¿Sabe que estoy aquí?

—Lo sabe, sí.

Gabriel se sentó en el que era posiblemente el sofá más incómodo de todo Israel y se quedó mirando la luz roja que brillaba sobre la puerta. Miró luego a Orit, que le sonrió inquieta.

—¿Quiere que le traiga algo? —preguntó ella.

—Un ariete —contestó Gabriel.

Por fin, la luz cambió de rojo a verde. Gabriel se levantó rápidamente y entró en el despacho mientras los participantes en la reunión estaban saliendo aún por otra puerta. Gabriel reconoció a dos de ellos. Uno era Rimona Stern, jefe de la sección dedicada al programa nuclear iraní. El otro era Mijail Abramov, un pistolero y agente en activo que había colaborado estrechamente con Gabriel en varias operaciones de relevancia. El traje que llevaba indicaba que había sido ascendido hacía poco tiempo.

Cuando se cerró la puerta, Gabriel se volvió lentamente hacia el único ocupante de la sala. Estaba de pie junto a una gran mesa de cristal ahumado, con una carpeta abierta en la mano. Vestía un traje gris que parecía quedarle pequeño y una camisa blanca cuyo cuello alto, muy a la moda, daba la impresión de que llevaba la cabeza atornillada a los fornidos hombros. Sus gafas, pequeñas y montadas al aire, eran del tipo que tanto gustaba a los ejecutivos alemanes que querían parecer jóvenes y estilosos. Su cabello, o lo que quedaba de él, era gris, áspero y muy corto.

—¿Desde cuándo asiste Mijail a reuniones en el despacho del jefe? —preguntó Gabriel.

—Desde que lo ascendí —contestó Uzi Navot.

—¿A qué?

—A subjefe de Operaciones Especiales. —Navot bajó la carpeta y sonrió hipócritamente—. ¿Te parece bien que tome decisiones personales, Gabriel? A fin de cuentas, todavía me queda un año en el cargo.

—Tenía planes para él.

—¿Qué clase de planes?

—La verdad es que iba a ponerlo al frente de Operaciones Especiales.

—¿A Mijail? No está preparado, ni de lejos.

—Lo hará bien, con tal de que tenga a alguien con experiencia en planificación vigilándolo de cerca.

—¿A ti, por ejemplo?

Gabriel se quedó callado.

—¿Y qué hay de mí? —preguntó Navot—. ¿Has decidido ya qué vas a hacer?

—Eso depende enteramente de ti.

—Evidentemente, no.

Navot dejó la carpeta sobre su mesa y pulsó un botón del panel de control. Las persianas venecianas bajaron lentamente, cubriendo los ventanales blindados que llegaban del suelo al techo. Se quedó allí un momento, en silencio, aprisionado entre barrotes de sombra. Gabriel vislumbró un retrato poco atractivo de su propio futuro: un hombre gris en una jaula gris.

—Tengo que reconocer —prosiguió Navot— que te envidio profundamente. Egipto está derivando hacia la guerra civil, Al Qaeda controla una franja de tierra que se extiende desde Faluya al Mediterráneo, y en nuestra frontera norte se está librando uno de los conflictos más sangrientos de la historia moderna. Y a pesar de todo tienes tiempo para ir en busca de una obra maestra robada por encargo del gobierno italiano.

—No fue idea mía, Uzi.

—Al menos podrías haber tenido la amabilidad de pedirme permiso cuando los *carabinieri* recurrieron a ti.

—¿Me lo habrías dado?

—Por supuesto que no.

Navot pasó lentamente por delante de su larga mesa de reuniones y se acercó a la acogedora zona de descanso. En la pared de los monitores, las principales cadenas televisivas mundiales emitían imágenes en silencio. Periódicos de todo el mundo descansaban en orden sobre la mesa baja.

—La policía europea ha estado muy atareada últimamente —comentó—. Un expatriado británico asesinado en el lago Como, el robo de una obra maestra de Van Gogh y ahora esto. —Tomó un ejemplar de *Die Welt* y lo sostuvo delante de Gabriel—. Un árabe muerto en pleno Stuttgart. Tres hechos sin relación aparente y con una sola cosa en común. —Dejó caer el periódico sobre la mesa—. Gabriel Allon, el futuro jefe de los servicios secretos israelíes.

—Dos cosas, en realidad.

—¿Cuál es la segunda?

—LXR Investments de Luxemburgo.

—¿Quién es el dueño de LXR?

—El peor individuo del mundo.

—¿Está a sueldo de la Oficina?

—No, Uzi —repuso Gabriel con una sonrisa—. Todavía no.

Navot conocía a grandes rasgos los pasos que había dado Gabriel para recuperar el Caravaggio perdido, pues había seguido su búsqueda desde lejos: reservas de avión, gastos de tarjetas de crédito, cruce de fronteras, peticiones de pisos francos, novedades sobre una obra maestra desaparecida. Ahora, mientras estaba sentado en aquel despacho que pronto sería el suyo, Gabriel completó el relato comenzando por la visita del general Ferrari a Venecia y concluyendo con la muerte de un hombre llamado Sam en Sttugart, un hombre que acababa de pagar veinticinco millones de euros por *Los girasoles* (óleo sobre lienzo, 95 centímetros por 73), de Gabriel Allon. Sacó a continuación la carta de tres páginas que le había dejado Jack Bradshaw en la Zona Franca de Ginebra.

—El verdadero nombre de Sam era Samir Basara. Bradshaw lo conoció cuando trabajaba en Beirut. Samir era el típico buscón. Drogas, armas, chicas, todo lo que hacía la vida interesante en un sitio como Beirut en los años ochenta. Pero resulta que Samir no era en realidad libanés. Era sirio y trabajaba para los servicios secretos de su país.

—¿Todavía trabajaba para ellos cuando lo mataron?

—Desde luego —contestó Gabriel.

—¿Haciendo qué?

—Comprar cuadros robados.

—¿A Jack Bradshaw?

Gabriel hizo un gesto afirmativo.

—Samir y Bradshaw volvieron a encontrarse hace catorce meses, en un almuerzo en Milán. Samir tenía una proposición que hacerle. Dijo que tenía un cliente, un empresario de Oriente Medio, muy rico, que estaba interesado en comprar cuadros. En cuestión de unas pocas semanas, Bradshaw tiró de sus contactos en los rincones más oscuros del mundo del arte para conseguirle un Rembrandt y un Monet, ambos, casualmente, robados, lo cual no molestó a Samir. De hecho, le gustó bastante. Dio cinco millones de dólares a Bradshaw y le dijo que buscara más.

—¿Cómo pagaba los cuadros?

—Hacía llegar el dinero a la empresa de Bradshaw a través de una cosa llamada LXR Investments, en Luxemburgo.

—¿Quién es el dueño de LXR Investments?

—A eso voy —dijo Gabriel.

—¿Por qué quería Sam cuadros robados?

—A eso voy también. —Gabriel miró la carta—. Llegado a ese punto, Jack Bradshaw cayó en una especie de frenesí de adquisiciones para su nuevo y acaudalado cliente: un par de Renoirs, un Matisse, un Corot que habían robado del Museo de Bellas Artes de Montreal en 1972... Adquirió también varios cuadros italianos importantes que se suponía que no debían salir del país. Pero Samir no se dio por satisfecho. Dijo que su cliente quería algo grande de verdad. Fue entonces cuando Bradshaw le ofreció el santo grial de los cuadros robados.

—¿El Caravaggio?

Gabriel asintió con la cabeza.

—¿Dónde estaba?

—Todavía en Sicilia, en manos de la Cosa Nostra. Bradshaw fue a Palermo a negociar la transacción. Después de tantos años, los mafiosos se alegraron de librarse de él. Bradshaw lo llevó de contrabando a Suiza entre un cargamento de alfombras. Huelga decir que el lienzo no estaba en muy buen estado cuando llegó. Aceptó los cinco millones de euros que le dio Samir como adelanto y contrató a un falsificador francés para que dejara presentable *La Natividad*. Pero, antes de que pudiera completar la venta, ocurrió algo.

—¿Qué?

—Descubrió quién estaba comprando los cuadros en realidad.

—¿Quién era?

Antes de responder, Gabriel retomó la pregunta que le había formulado Navot minutos antes: ¿por qué al acaudalado cliente de Samir Basara le interesaba comprar cuadros robados? Para contestar, explicó primero cuáles eran las cuatro categorías básicas de ladrones de cuadros: el amante de las artes sin un céntimo, el incompetente, el profesional y el mafioso. El mafioso, afirmó, era el responsable de la mayor parte de los grandes robos. A veces tenía a un comprador esperando, pero a menudo los cuadros robados acababan sirviendo como moneda de cambio del submundo delictivo, cheques de viaje para la clase criminal. Un Monet, por ejemplo, podía utilizarse como pago de un cargamento de armas rusas, o un Picasso como pago de un alijo de heroína turca. Al final, mientras el cuadro pasaba de mano en mano, alguien decidía convertirlo en dinero contante y sonante, normalmente con la ayuda de un perista entendido en la materia como Jack Bradshaw. Un cuadro que costaba doscientos millones en el mercado legal podía costar veinte en el mercado negro. Veinte millones a los que era imposible seguirles la pista, añadió Gabriel. Veinte millones que jamás quedarían congelados por los gobiernos de Estados Unidos o la Unión Europea.

—¿Te das cuenta de adónde quiero ir a parar, Uzi?

—¿Quién es? —repitió Navot.

—Un hombre que lleva tiempo presidiendo una guerra civil bastante sucia, un hombre que ha utilizado sistemáticamente la tortura, los ataques de artillería indiscriminados y las armas químicas contra su propio pueblo. Ha visto a Hosni Mubarak metido en una jaula y a Muamar el Gadafi linchado por una horda sedienta de sangre. De ahí que le preocupe lo que pueda pasarle si cae derrocado. Por eso le pidió a Samir Basara que le preparara un nidito acogedor para él y su familia.

—¿Quieres decir que Jack Bradshaw estaba vendiéndole cuadros robados al presidente de Siria?

Gabriel levantó la mirada hacia las imágenes que emitían los monitores de Navot. El régimen acababa de bombardear un barrio de Damasco controlado por los rebeldes. La cifra de muertos era incalculable.

—El presidente sirio y su clan tienen miles de millones —comentó Navot.

—Cierto —contestó Navot—. Pero Estados Unidos y la Unión Europea están congelando sus activos y los activos de sus colaboradores más cercanos cuando consiguen encontrarlos. Hasta Suiza ha congelado cientos de millones de capital sirio.

—Pero la mayor parte de su fortuna sigue ahí, en alguna parte.

—Por ahora —repuso Gabriel.

—¿Por qué no lingotes de oro o cámaras acorazadas llenas de dinero? ¿Por qué cuadros?

—Imagino que también tiene oro y dinero en efectivo. A fin de cuentas, cualquier asesor de inversiones te dirá que la variedad es la clave del éxito a largo plazo. Pero si fuera yo quien estuviera asesorando al presidente sirio —añadió Gabriel—, le diría que invirtiera en valores fáciles de ocultar y de transportar.

—¿Cuadros? —preguntó Navot.

Gabriel dijo que sí con la cabeza.

—Si compra un cuadro por cinco millones en el mercado negro, puedo venderlo más o menos por el mismo precio, menos la comisión del intermediario, claro. Es un precio bastante pequeño que pagar a cambio de diez millones de dinero contante y sonante e imposible de rastrear.

—Muy ingenioso.

—Nadie les ha acusado nunca de ser idiotas, solo de ser brutales e implacables.

—¿Quién mató a Samir Basara?

—Si tuviera que hacer una conjetura, yo diría que fue alguien que lo conocía. —Gabriel hizo una pausa y a continuación añadió—: Alguien que estaba sentado en el asiento de atrás del coche cuando apretó el gatillo.

—¿Alguien del espionaje sirio?

—Así suele ser.

—¿Por qué lo mataron?

—Puede que supiera demasiado. O puede que estuvieran enfadados con él.

—¿Por qué?

—Por dejar que Jack Bradshaw averiguara demasiadas cosas acerca de las finanzas privadas de la familia presidencial.

—¿Qué es lo que sabía?

Gabriel levantó la carta y contestó:

—Muchísimas cosas, Uzi.

27

KING SAUL BOULEVARD, TEL AVIV

—¿Qué crees que hizo Bradshaw con el Caravaggio?

—Debió de llevárselo a su villa en el lago Como —respondió Gabriel—. Luego le pidió a Oliver Dimbleby que fuera a Italia a echar un vistazo a su colección. Era una treta, una estratagema ingeniosa concebida por un exespía británico. Lo que de verdad quería era que Oliver le hiciera llegar un mensaje a Julian Isherwood, quien a su vez me lo trasladaría a mí. Pero la cosa no resultó como estaba previsto. Oliver mandó a Julian a Como. Y, cuando llegó, Bradshaw estaba muerto.

—¿Y el Caravaggio había desaparecido?

Gabriel asintió.

—¿Por qué quería Bradshaw hablarte precisamente a ti de su relación con el presidente sirio?

—Supongo que pensó que manejaría el asunto con discreción.

—¿Es decir?

—Que no le contaría a la policía británica o italiana que era un perista y que se dedicaba al contrabando —respondió Gabriel—. Confiaba en poder reunirse conmigo cara a cara. Pero además tomó la precaución de ponerlo todo por escrito y guardar la carta en la Zona Franca de Ginebra.

—¿Junto con un alijo de cuadros robados?

Gabriel hizo un gesto afirmativo.

—¿Por qué ese cambio de opinión repentino? ¿Por qué no aceptar el dinero ensangrentado del dictador y llevarlo alegremente al banco?

—Por Nicole Devereaux.

Navot entornó los ojos pensativo.

—¿De qué me suena ese nombre?

—Era la fotógrafa de France Presse a la que secuestraron y asesinaron en Beirut en los años ochenta —contestó Gabriel.

Luego le contó a Navot el resto de la historia: su aventura amorosa con Bradshaw, el reclutamiento de este por el KGB, el medio de millón depositado en una cuenta en Suiza.

—Bradshaw nunca se perdonó la muerte de Nicole —añadió—. Y sin duda tampoco perdonó nunca al régimen sirio por haberla matado.

Navot se quedó callado un momento.

—Tu amigo Jack Bradshaw hizo muchas tonterías en su vida —dijo por fin—, pero la mayor de todas fue aceptar cinco millones de euros de la familia del presidente sirio a cambio de un cuadro que no pudo entregar. Hay una sola cosa que la familia detesta más que la deslealtad y es la gente que intenta quedarse con su dinero. —Observó las imágenes que se sucedían en los monitores—. En mi opinión —agregó—, a eso se reduce todo este ejercicio de depravación humana. Ciento cincuenta mil muertos y millones de personas sin hogar. ¿Y para qué? ¿Por qué se aferra la dinastía al poder con uñas y dientes? ¿Por qué están matando a escala industrial? ¿Por su fe? ¿Por el ideal sirio? No hay tal ideal sirio. Francamente, ya ni siquiera existe Siria como tal. Y sin embargo la matanza continúa por una sola razón.

—El dinero —dijo Gabriel.

Navot asintió lentamente con la cabeza.

—Pareces conocer muy de cerca la situación siria, Uzi.

—Da la casualidad de que estoy casado con la mayor experta del país en Siria y el partido Baaz. —Se detuvo un momento y añadió—: Claro que eso ya lo sabías.

Navot se levantó, se acercó al aparador y se sirvió una taza de café del termo. Gabriel advirtió que no había nata, ni galletitas de mantequilla vienesas, dos cosas a las que Navot era incapaz de resistirse. Ahora tomaba el café solo, sin otro acompañamiento que una blanca pastillita de sacarina que echó en la taza pulsando un dispensador de plástico.

—¿Desde cuándo tomas el café con cianuro, Uzi?

—Bella está intentando que me quite del azúcar. Lo siguiente será la cafeína.

—No puedo ni imaginarme intentando hacer este trabajo sin cafeína.

—Muy pronto conocerás esa sensación.

Navot sonrió a su pesar y volvió a sentarse. Gabriel estaba mirando los monitores de televisión. El cuerpo de un pequeño (niño o niña, era imposible saberlo) estaba siendo extraído de entre los escombros. Una mujer aullaba de dolor. Un hombre con barba clamaba venganza.

—¿Cuánto hay? —preguntó.

—¿Dinero?

Gabriel asintió con un gesto.

—Diez mil millones es la cifra que baraja la prensa —contestó Navot—. Pero creemos que la cifra real es mucho más alta. Y está todo controlado por Kemel al Faruk. —Miró a Gabriel de soslayo y preguntó—: ¿Te suena el nombre?

—No soy experto en Siria, Uzi.

—Pronto lo serás. —Navot le dedicó otra tenue sonrisa antes de añadir—: En realidad, Kemel no forma parte de la familia presidencial, pero lleva toda la vida trabajando en los negocios familiares. Empezó como guardaespaldas del padre del actual presidente. A finales de los setenta resultó herido por una bala que iba dirigida a su jefe, y el viejo no lo olvidó. Le dio un puesto importante en la Mujabarat, donde ganó fama de ser un interrogador implacable de presos políticos. Tenía por costumbre clavar en la pared a miembros de los Hermanos Musulmanes solo por divertirse.

—¿Dónde está ahora?

—Su cargo oficial es el de viceministro de estado de Asuntos Exteriores, pero en muchos sentidos es él quien dirige el país y la guerra. El presidente nunca toma una decisión sin hablar primero con Kemel. Y, lo que quizá sea más importante, Kemel es quien cuida del dinero. Tiene aparcada parte de la fortuna en Moscú y Teherán, pero es imposible que se la haya confiado por completo a los rusos y los iraníes. Creemos que tiene a alguien trabajando para él en Europa Occidental, alguien que ha estado muy atareado ocultando capital sirio. Lo que no sabemos —agregó Navot— es quién es esa persona, ni dónde oculta el dinero.

—Gracias a Jack Bradshaw, ahora sabemos que parte del dinero está en LXR Investments. Y podemos utilizar la empresa como ventana para asomarnos al resto del patrimonio de la familia.

—¿Y luego qué?

Gabriel se quedó callado. Navot vio cómo sacaban otro cuerpo de entre los cascotes de Damasco.

—Para los israelíes es duro ver escenas como esa —comentó al cabo de un momento—. Nos inquieta. Nos trae malos recuerdos. Nuestro instinto natural es matar al monstruo antes de que pueda hacer más daño. Pero la Oficina y el Ejército han llegado a la conclusión de que es preferible dejar al monstruo donde está, al menos de momento, dado que la alternativa podría ser peor. Y los estadounidenses y los europeos han llegado a la misma conclusión, a pesar de toda esa cháchara acerca de una solución negociada del conflicto. Nadie quiere que Siria caiga en manos de Al Qaeda, pero es lo que pasará si se va la familia gobernante.

—Gran parte del país ya está controlado por Al Qaeda.

—Cierto —convino Navot—. Y el contagio se está extendiendo. Hace un par de semanas, una delegación de mandos de los servicios de espionaje europeos visitó Damasco con una lista de ciudadanos musulmanes que habían viajado a Siria para unirse a la yihad. Yo podría darles unos cuantos nombres más, pero no me invitaron a la fiesta.

—Menuda sorpresa.

—Seguramente es mejor que no haya ido. La última vez que estuve en Damasco viajé usando otro nombre.

—¿Cuál?

—Vincent Laffont.

—¿El escritor de viajes?

Navot hizo un gesto afirmativo.

—Siempre ha sido uno de mis favoritos —comentó Gabriel.

—Lo mismo digo. —Navot dejó su taza de café sobre la mesa—. La Oficina nunca ha ocultado que está dispuesta a cometer un asesinato de vez en cuando por el bien de una operación que sea moralmente justa. Pero si entramos a saco en el sistema bancario internacional, las repercusiones podrían ser desastrosas.

—La familia presidencial siria no ha conseguido ese capital honradamente, Uzi. Llevan ya dos generaciones saqueando la economía del país.

—Eso no significa que se les pueda robar sin más.

—No —contestó Gabriel, fingiéndose arrepentido—. Eso estaría muy mal.

—¿Qué sugieres, entonces?

—Que congelemos esos activos.

—¿Cómo?

Gabriel sonrió al decir:

—Al estilo de la Oficina.

—¿Qué hay de tus amigos de Langley? —preguntó Navot cuando Gabriel concluyó su explicación.

—¿Qué pasa con ellos?

—No podemos lanzar una operación como esta sin el apoyo de la CIA.

—Si se lo contamos a la CIA, la CIA se lo contará a la Casa Blanca. Y acabará saliendo en la primera página del *New York Times*.

Navot sonrió.

—Ahora lo único que necesitamos es el visto bueno del primer ministro y el dinero necesario para llevar a cabo la operación.

—Dinero ya tenemos, Uzi. A montones.

—¿Los veinticinco millones que ganaste con la venta del Van Gogh falso?

Gabriel dijo que sí con la cabeza.

—Eso es lo bonito de esta operación —comentó—. Que se financia sola.

—¿Dónde está el dinero?

—Puede que esté en el maletero del coche de Christopher Keller.

—En Córcega.

—Me temo que sí.

—Mandaré a un *bodel* para que lo recoja.

—El gran don Orsati no trata con correos, Uzi. Le parecería terriblemente ofensivo.

—¿Qué propones, entonces?

—Yo mismo iré a recoger el dinero en cuanto tenga preparada la operación, aunque es posible que tenga que dejar un pequeño pago como tributo al don.

—¿Cómo de pequeño?

—Con dos millones se dará por satisfecho.

—Es mucho dinero.

—Una mano lava a la otra y las dos manos lavan la cara.

—¿Es un proverbio judío?

—Seguramente, Uzi.

Así pues, solo quedaba formar el equipo que acompañaría a Gabriel en la operación. Rimona Stern y Mijail Abramov eran indispensables, dijo. Igual que Dina Sarid, Yossi Gavish y Yaakov Rossman.

—No puedes contar con Yaakov en un momento como este —repuso Navot.

—¿Por qué no?

—Porque está haciendo el seguimiento de todos los misiles y los demás cachivaches mortíferos que los sirios les están pasando a sus amigos de Hezbolá.

—Yaakov puede andar y mascar chicle al mismo tiempo.

—¿Quién más?

—Necesito a Eli Lavon.

—Sigue cavando debajo del Muro Oeste.

—Mañana por la tarde estará cavando en otra parte.

—¿Eso es todo?

—No —contestó Gabriel—. Hay otra persona a la que necesito para una operación como esta.

—¿Quién?

—La mayor experta del país en Siria y el pardito Baaz.

Navot sonrió.

—Quizá deberías llevar un par de escoltas, solo por precaución.

28

PETAH TIKVA, ISRAEL

Los Navot vivían al este de Petah Tikva, en una tranquila calle de las afueras cuyas casas se escondían tras muros de cemento y buganvillas. Junto al portón metálico había un timbre que emitió un zumbido al pulsarlo Gabriel. Nadie contestó. Gabriel fijó la mirada en la lente de la cámara de seguridad y volvió a pulsar el botón. Esta vez, una voz de mujer sonó a través del intercomunicador.

—¿Quién es?

—Soy yo, Bella. Abre la puerta.

Hubo otro silencio, pasaron quince segundos, tal vez más, antes de que la cerradura se abriera por fin con un golpe sordo. Al abrirse el portón apareció la casa, un edificio cubista con grandes ventanas antirotura y una antena de comunicaciones que sobresalía de la azotea. Bella estaba a la sombra del porche, con los brazos cruzados en actitud defensiva. Vestía pantalones de seda blancos y una blusa amarilla ceñida a la estrecha cintura. Su cabello oscuro parecía recién teñido y peinado. Según contaban las malas lenguas de la Oficina, todas las mañanas tenía cita en la peluquería más exclusiva de Tel Aviv.

—Tienes mucho valor presentándote en esta casa, Gabriel.

—Vamos, Bella. Intentemos ser civilizados.

Ella se mantuvo en sus trece un momento más. Luego se apartó y, con un ademán indiferente, lo invitó a pasar. Había decorado las habitaciones de la casa igual que decoraba a su marido: eran modernas y elegantes, en tonos grises. Gabriel la siguió a través de una reluciente cocina de cromo y granito negro pulido, hasta la terraza de atrás, donde se había servido un almuerzo ligero israelí. La mesa estaba a la sombra, pero en el jardín brillaba un sol radiante. Estaba lleno de estanques y de fuentes cantarinas. Gabriel recordó de golpe que Bella siempre había sentido adoración por Japón.

—Me encanta lo que has hecho con la casa, Bella.

—Siéntate —se limitó a responder ella.

Gabriel se dejó caer en una mullida silla de jardín. Bella sirvió un vaso alto de limonada y lo puso decorosamente delante de él.

—¿Has pensado dónde vais a vivir Chiara y tú cuando seas el jefe? —preguntó.

Gabriel no supo si su pregunta era sincera o maliciosa. Decidió responder con sinceridad.

—Chiara cree que tenemos que vivir cerca de King Saul Boulevard —dijo—, pero yo preferiría que nos quedáramos en Jerusalén.

—Es un trayecto muy largo en coche.

—No seré yo quien conduzca.

El rostro de Bella se crispó.

—Lo siento, Bella. No quería que sonara así.

Ella no respondió de manera directa.

—La verdad es que nunca me gustó vivir en Jerusalén. Está un poquito demasiado cerca de Dios para mi gusto. Prefiero vivir aquí, en mi pequeña urbanización secular.

Se hizo el silencio entre ellos. Ambos sabían cuál era el verdadero motivo de que Gabriel prefiriera Jerusalén a Tel Aviv.

—Siento no haberos enviado una nota a Chiara y a ti por el embarazo. —Bella consiguió esbozar una breve sonrisa—. Bien sabe Dios que os merecéis un poco de felicidad después de todo lo que habéis pasado.

Gabriel asintió con la cabeza y murmuró una respuesta cortés. Bella no les había enviado una nota, pensó, porque su ira no se lo había permitido. Tenía una vena vengativa. Era una de sus cualidades más enternecedoras.

—Creo que deberíamos hablar, Bella.

—Pensaba que ya estábamos hablando.

—Hablar de verdad —dijo él.

—Quizá sería preferible que nos comportáramos como personajes de uno de esos misterios de salón de la BBC. Si no, es posible que diga algo de lo que pueda arrepentirme después.

—Si esos programas nunca se emiten en Israel es por un buen motivo. Nosotros no hablamos así.

—Quizá deberíamos hacerlo.

Tomó un plato y comenzó a llenarlo con comida para Gabriel.

—No tengo hambre, Bella.

Dejó el plato sobre la mesa.

—Estoy enfadada contigo, maldita sea.

—Eso me había parecido.

—¿Por qué vas a quitarle el puesto a Uzi?

—No voy a quitarle el puesto.

—¿Cómo lo llamarías tú?

—No me dieron elección.

—Podrías haberles dicho que no.

—Lo intenté. Y no funcionó.

—Deberías haber puesto más empeño.

—No fue culpa mía, Bella.

—Lo sé, Gabriel. Nada es nunca culpa tuya.

Miró hacia las fuentes del jardín. Parecieron aplacarla momentáneamente.

—Nunca olvidaré la primera vez que te vi —dijo por fin—. Ibas caminando solo por un pasillo de King Saul Boulevard, poco después de lo de Túnez. Estabas exactamente igual que ahora: esos ojos verdes, esas canas en las sienes... Eras como un ángel, el ángel vengador de Israel. Todo el mundo te quería. Uzi te reverenciaba.

—No exageres, Bella.

Ella hizo como que no le oía.

—Y entonces pasó lo de Viena —continuó al cabo de un momento—. Fue un cataclismo, un desastre de proporciones bíblicas.

—Todos hemos perdido a seres queridos, Bella. Todos hemos llorado.

—Es cierto, Gabriel. Pero lo de Viena fue distinto. No volviste a ser el mismo después de aquello. Ninguno de nosotros volvió a ser el mismo. —Hizo una pausa y luego añadió—: Sobre todo, Shamron.

Gabriel siguió su mirada hacia el reverbero del jardín, pero por un momento se vio cruzando un patio descolorido por el sol en la Academia Bezalel de Arte y Diseño de Jerusalén. Era septiembre de 1972, unos días después del asesinato de once atletas y entrenadores israelíes en los Juegos Olímpicos de Múnich. Como surgido de la nada, apareció un hombrecillo semejante a una barra de hierro, con horrendas gafas negras y dientes como una trampa de acero. No dijo su nombre, no era necesario. Era ese del que solo hablaban en voz baja. El que había robado los secretos que condujeron a la fulgurante victoria israelí en la Guerra de los Seis Días. El que había arrancado a Adolf Eichmann, el planificador del Holocausto, de la esquina de una calle argentina.

Shamron...

—Ari se culpaba por lo que te pasó en Viena —dijo Bella—. Y nunca se lo perdonó. Después de aquello te trataba como a un hijo. Te dejaba ir y venir a tu antojo. Pero nunca perdió la esperanza de que algún día volvieras a casa y te hicieras cargo de su amada Oficina.

—¿Sabes cuántas veces rechacé el puesto?

—Las suficientes para que Shamron acabara ofreciéndoselo a Uzi. Se lo dieron como premio de consolación.

—Lo cierto es que fui yo quien propuso a Uzi.

—Como si el puesto fuera tuyo y pudieras disponer de él. —Sonrió con amargura—. ¿Alguna vez te ha dicho Uzi que le aconsejé que no lo aceptara?

—No, Bella. Nunca lo ha mencionado.

—Siempre he sabido que acabaría así. Deberías haber abandonado la escena con elegancia y haberte quedado en Europa. Pero ¿qué hiciste? Introdujiste un cargamento de centrifugadoras defectuosas en la cadena de suministros nucleares iraníes y destruiste cuatro instalaciones de enriquecimiento secretas.

—Esa operación tuvo lugar bajo la supervisión de Uzi.

—Pero era tu operación. Todo el mundo en King Saul Boulevard sabía que era tuya, y también lo sabían en Kaplan Street.

En Kaplan Street se hallaba la sede del primer ministro. Según se decía, Bella iba por allí con mucha frecuencia. Gabriel siempre había sospechado que la influencia que ejercía en King Saul

Boulevard no se limitaba, ni mucho menos, a la decoración del despacho de su marido.

—Uzi ha sido un buen jefe —afirmó Bella—. Un jefe estupendo. Su único defecto es que no es Gabriel Allon. Nunca podrá serlo. Y por ese motivo van a dejarlo tirado en la cuneta.

—No, si yo tengo algo que decir al respecto.

—¿No has hecho ya suficiente?

Desde el interior de la casa les llegó el sonido de un teléfono. Bella no mostró interés en contestar.

—¿A qué has venido? —preguntó.

—Quiero hablar contigo del futuro de Uzi.

—Gracias a ti, no tiene futuro.

—Bella...

Ella se negó a dejarse aplacar.

—Si tienes algo que decir sobre el futuro de Uzi, seguramente deberías hablar con él.

—He pensado que sería más eficaz saltarme ese paso.

—No intentes adularme, Gabriel.

—Ni se me pasaría por la imaginación.

Ella tamborileó sobre la mesa con la uña del dedo índice, recién esmaltada.

—Me contó lo de la conversación que tuvisteis en Londres cuando estabas buscando a esa chica secuestrada. Ni que decir tiene que tu propuesta no me pareció gran cosa.

—¿Por qué?

—Porque no tiene precedentes. Cuando un jefe acaba su mandato, se le muestra amablemente la puerta y nunca más se vuelve a saber de él.

—Díselo a Shamron.

—Shamron es distinto.

—Yo también.

—¿Qué es lo que propones exactamente?

—Que dirijamos la Oficina juntos. Yo seré el jefe y Uzi mi mano derecha.

—No funcionará.

—¿Por qué?

—Porque producirá la impresión de que no estás preparado para el puesto.

—Eso nadie lo piensa.

—Las apariencias importan.

—Debes de haberme confundido con otro, Bella.

—¿Con quién?

—Con alguien a quien le importan las apariencias.

—¿Y si Uzi acepta?

—Tendrá un despacho contiguo al mío. Tomará parte en todas las decisiones clave, en todas las operaciones importantes.

—¿Y su sueldo?

—Conservará el sueldo completo, además del coche y la escolta, naturalmente.

—¿Por qué? —preguntó ella—. ¿Por qué haces esto?

—Porque necesito a Uzi, Bella. —Hizo una pausa y añadió—: Y a ti también.

—¿A mí?

—Quiero que vuelvas a la Oficina.

—¿Cuándo?

—Mañana a la diez de la mañana. Uzi y yo estamos montando una operación contra los sirios. Necesitamos tu ayuda.

—¿Qué clase de operación?

Cuando Gabriel se lo dijo, ella sonrió con tristeza.

—Lástima que no se le haya ocurrido a Uzi —dijo Bella—. Tal vez así seguiría siendo el jefe.

Pasaron la hora siguiente en el jardín, negociando las condiciones de su regreso a King Saul Boulevard. Después acompañó a Gabriel hasta su coche oficial.

—Te sienta bien —comentó con la puerta del coche todavía abierta.

—¿El qué, Bella?

Ella sonrió y dijo:

—Hasta mañana, Gabriel.

Dio media vuelta y se marchó. Un escolta cerró la puerta del coche. Otro se sentó en el asiento del copiloto. Gabriel se dio cuenta súbitamente de que iba desarmado. Se quedó allí un momento, pensando qué hacer a continuación. Miró por el espejo retrovisor y dio al chófer una dirección de Jerusalén Oeste. Tenía otro asunto ingrato del que ocuparse antes de regresar a casa. Debía decirle a un fantasma que iba a ser padre otra vez.

29

JERUSALÉN

La pequeña glorieta del Hospital Psiquiátrico Mount Herzl vibró bajo el peso de los tres coches que formaban la comitiva. Gabriel salió de la parte de atrás de su limusina y, tras cruzar unas palabras con el jefe de su escolta, entró solo en el hospital. En el vestíbulo lo esperaba un doctor de cincuenta y tantos años, con barba y aspecto de rabino. Sonrió afablemente a pesar de que, como de costumbre, le habían avisado con muy poca antelación de la inminente llegada de Gabriel. Le tendió la mano y se asomó fuera para ver el revuelo que había causado su visita en la apacible entrada del hospital psiquiátrico más exclusivo de Israel.

—Parece que su vida está a punto de cambiar otra vez —comentó el doctor.

—En más de un sentido —contestó Gabriel.

—Para mejor, espero.

Gabriel asintió con una inclinación de cabeza y le habló del embarazo. El doctor sonrió, pero solo un instante. Había sido testigo de la larga pugna que Gabriel había mantenido consigo mismo acerca de si volver a casarse o no. Sabía que la paternidad iba a suscitar en él sentimientos encontrados.

—Y de gemelos, nada menos. Bien —añadió el doctor, acordándose de sonreír otra vez—, sin duda...

—Tengo que decírselo —lo atajó Gabriel—. Ya lo he pospuesto bastante.

—No es necesario.

—Sí lo es.

—No va a entenderlo, no del todo.

—Lo sé.

El doctor sabía que no debía insistir.

—Quizá sea conveniente que lo acompañe —dijo—. Por el bien de los dos.

—Gracias —respondió Gabriel—, pero tengo que hacerlo solo.

El doctor se volvió sin decir palabra y condujo a Gabriel por un pasillo de piedra caliza de Jerusalén hasta una sala común donde varios pacientes miraban absortos la televisión. Dos grandes ventanales daban al jardín amurallado. Fuera había una mujer sentada a la sombra de un pino, inmóvil como una lápida.

—¿Cómo está? —preguntó Gabriel.

—Lo echa de menos. Hacía mucho tiempo que no venía a verla.

—Es duro.

—Lo entiendo.

Permanecieron un momento junto a la ventana sin hablar, sin moverse.

—Hay una cosa que debe saber —dijo por fin el doctor—. Nunca ha dejado de quererlo, ni siquiera después del divorcio.

—¿Se supone que eso va a hacer que me sienta mejor?

—No —contestó el doctor—. Pero merece usted saber la verdad.

—Ella también.

Otro silencio.

—Gemelos, ¿eh?

—Gemelos.

—¿Niños o niñas?

—Uno de cada.

—Quizá podría dejar que pase algún rato con ellos.

—Cada cosa a su tiempo, doctor.

—Sí —dijo el doctor cuando Gabriel entró solo en el jardín—. Cada cosa a su tiempo.

Estaba sentada en su silla de ruedas, con los muñones retorcidos de sus manos posados sobre el regazo. Su cabello, antaño largo y oscuro como el de Chiara, era ahora corto, como convenía a la institución, y estaba salpicado de gris. Gabriel besó la cicatriz fría y endurecida de su mejilla antes de sentarse en el banco, a su lado. Ella miraba ensimismada el jardín, ajena a su presencia. Estaba envejeciendo, pensó Gabriel. Estaban envejeciendo todos.

—Mira la nieve, Gabriel —dijo de pronto—. ¿Verdad que es preciosa?

Él miró el sol que ardía en el cielo despejado.

—Sí, Leah —dijo distraídamente—. Es preciosa.

—La nieve absuelve a Viena de sus pecados —comentó ella pasado un momento—. La nieve cae sobre Viena mientras los misiles llueven sobre Tel Aviv.

Eran algunas de las últimas palabras que le había dicho la noche del atentado de Viena. Sufría una mezcla particularmente aguda de depresión psicótica y síndrome de estrés postraumático. A veces tenía momentos de lucidez, pero la mayor parte del tiempo permanecía prisionera del pasado. Viena ocupaba sin cesar sus pensamientos, como una grabación que se reprodujera en un bucle constante y que ella era incapaz de detener: la última comida que habían compartido, su último beso, el fuego que había matado a su único hijo y quemado el cuerpo de Leah. Su vida se había reducido a cinco minutos escasos, cinco minutos que llevaba reviviendo, una y otra vez, más de veinte años.

—Creía que te habías olvidado de mí, Gabriel.

Giró la cabeza lentamente y en sus ojos apareció un destello de lucidez. Cuando volvió a hablar, su voz sonó extrañamente como la voz que Gabriel había oído por primera vez muchos años atrás, llamándolo desde un estudio de la Academia Bezalel.

—¿Cuándo fue la última vez que estuviste aquí?

—Vine a verte en tu cumpleaños.

—No me acuerdo.

—Hicimos una fiesta, Leah. Vinieron todos los demás pacientes. Fue estupendo.

—Me siento sola aquí, Gabriel.

—Lo sé, Leah.

—No tengo a nadie. Solo a ti, amor mío.

Gabriel se sintió como si hubiera perdido la capacidad de llenar de aire sus pulmones. Leah alargó el brazo y puso la mano sobre la suya.

—No tienes pintura en los dedos —dijo.

—Hace unos días que no trabajo.

—¿Por qué?

—Es una larga historia.

—Tengo tiempo —repuso ella—. No tengo nada más que tiempo.

Volvió la cara y se quedó mirando el jardín. El destello de su mirada comenzó a remitir.

—No te vayas, Leah. Tengo que decirte una cosa.

Lo miró de nuevo.

—¿Estás restaurando un cuadro? —preguntó.

—Un Veronese —contestó él.

—¿Cuál?

Se lo dijo.

—Entonces, ¿vives otra vez en Venecia?

—Voy a estar allí unos meses más.

Leah sonrió.

—¿Te acuerdas de cuando vivimos juntos en Venecia, Gabriel? Fue cuando trabajabas de aprendiz con Umberto Conti.

—Me acuerdo, Leah.

—Nuestro apartamento era tan pequeño...

—Eso es porque era una habitación.

—Fue una época maravillosa, ¿verdad que sí, Gabriel? Días de vino y arte. Deberíamos habernos quedado juntos en Venecia, mi amor. Las cosas habrían sido distintas si no hubieras vuelto a la Oficina.

Gabriel no respondió. Era incapaz de hablar.

—Tu mujer es de Venecia, ¿verdad?

—Sí, Leah.

—¿Es guapa?

—Sí, Leah, muy guapa.

—Me gustaría conocerla alguna vez.

—Ya la conoces, Leah. Ha venido a verte muchas veces.

—No me acuerdo de ella. Puede que sea mejor así. —Apartó de nuevo la cara—. Quiero hablar con mi madre —dijo—. Quiero oír el sonido de su voz.

—La llamaremos enseguida, Leah.

—Asegúrate de que Dani vaya bien abrochado en su asiento. Las calles están muy resbaladizas.

—Está bien, Leah.

Se giró para mirarlo de nuevo. Luego, pasado un momento, preguntó:

—¿Tienes hijos?

Gabriel no supo si se refería al pasado o al presente.

—No te entiendo —dijo.

—Con Chiara.

—No —contestó—. No tengo hijos.

—Puede que algún día.

—Sí —añadió Gabriel, pero no dijo nada más.

—Prométeme una cosa, Gabriel.

—Lo que tú quieres, amor mío.

—Si tienes otro hijo, no debes olvidarte de Dani.

—Pienso en él todos los días.

—Yo no pienso en otra cosa.

Gabriel sintió que los huesos de la caja torácica se le quebraban bajo el peso de la piedra que Dios había puesto sobre su corazón.

—¿Y cuándo te vayas de Venecia? —preguntó Leah un momento después—. ¿Luego qué?

—Volveré a casa.

—¿Para siempre?

—Sí, Leah.

—¿Qué vas a hacer? Aquí, en Israel, no hay cuadros.

—Voy a ser el jefe de la Oficina.

—Creía que el jefe era Ari.

—Eso fue hace mucho tiempo.

—¿Dónde vas a vivir?

—Aquí, en Jerusalén, para estar cerca de ti.

—¿En ese apartamento pequeñito?

—Siempre me ha gustado.

—No es lo bastante grande para tener niños.

—Ya encontraremos sitio.

—¿Seguirás viniendo a verme cuando tengas hijos, Gabriel?

—Cada vez que pueda.

Ella levantó la cara hacia el cielo despejado.

—Mira la nieve, Gabriel.

—Sí —dijo él llorando quedamente—. ¿Verdad que es preciosa?

===

El doctor estaba esperándolo en la sala común. No dijo nada hasta que volvieron al vestíbulo.

—¿Hay algo que quiera decirme? —preguntó.

—Ha ido todo lo bien que cabía esperar.

—¿Para ella o para usted?

Gabriel no dijo nada.

—No es nada malo, ¿sabe? —añadió el doctor al cabo de un momento.

—¿El qué?

—Que sea usted feliz.

—No estoy seguro de que sepa serlo.

—Inténtelo —dijo el doctor—. Y si necesita alguien con quien hablar, ya sabe dónde encontrarme.

—Cuide bien de ella.

—Siempre lo he hecho.

Sin decir más, Gabriel regresó junto a su escolta y, poniéndose en sus manos, subió a la parte de atrás de la limusina. Era extraño, pensó, pero ya no sentía ganas de llorar. Eso era, supuso, lo que significaba ser el jefe.

30

NARKISS STREET, JERUSALÉN

Chiara había llegado a Jerusalén apenas una hora antes que Gabriel, pero su apartamento de Narkiss Street parecía ya una fotografía de esas revistas de decoración de papel cuché que siempre estaba leyendo. Había flores frescas en los jarrones y cuencos con aperitivos en las mesas, y la copa de vino que le puso en la mano estaba perfectamente escarchada. Cuando Gabriel la besó, sus labios estaban caldeados por el sol de Jerusalén.

—Te esperaba antes —dijo.

—He tenido que hacer un par de recados.

—¿Dónde has estado?

—En el infierno —contestó él, muy serio.

Chiara arrugó el ceño.

—Tendrás que contármelo luego.

—¿Luego? ¿Por qué?

—Porque vamos a tener visita, cariño.

—¿Tengo que preguntar quién viene?

—Seguramente no.

—¿Cómo se ha enterado de que hemos vuelto?

—Ha dicho algo de una zarza ardiente.

—¿No podemos dejarlo para otro día?

—Ya es demasiado tarde para cancelarlo. Gilah y él ya han salido de Tiberíades.

—Imagino que te mantiene informada de su posición exacta.

—Ya ha llamado dos veces. Le hace muchísima ilusión verte.

—Me preguntó por qué será.

Besó de nuevo a Chiara y llevó la copa de vino al dormitorio. Las paredes estaban llenas de cuadros: había cuadros de Gabriel, cuadros de su madre, una mujer con mucho talento, y también varios cuadros de su abuelo, el afamado expresionista alemán Viktor Frankel, asesinado en Auschwitz en el mortífero invierno de 1942. Había también un retrato de tres cuartos, sin firmar, de un joven de rostro macilento que parecía atormentado por la sombra de la muerte. Leah lo había pintado pocos días después de que Gabriel regresara a Israel con las manos manchadas por la sangre de seis terroristas de Septiembre Negro. Fue la primera y la última vez que aceptó posar para ella.

«Deberíamos habernos quedado juntos en Venecia, mi amor. Las cosas habrían sido distintas...».

Se desvistió bajo la mirada implacable del retrato y permaneció bajo la ducha hasta que se borraron de su piel los últimos vestigios del contacto de Leah. Luego se puso ropa limpia y regresó al cuarto de estar cuando Gilah y Ari Shamron estaban entrando por la puerta. Gilah sostenía una bandeja de sus famosas berenjenas con salsa marroquí. Su célebre marido llevaba únicamente un bastón de madera de olivo. Vestía, como de costumbre, pantalones chinos bien planchados, camisa blanca de tela Oxford y chaqueta de piel con un desgarrón sin reparar en el hombro izquierdo. Saltaba a la vista que no se encontraba bien, pero lucía una sonrisa satisfecha. Shamron había pasado años intentando convencer a Gabriel de que regresara a Israel para ocupar el lugar que le correspondía en el despacho de dirección de King Saul Boulevard. Ahora, al fin, había completado su tarea. Su sucesor había vuelto. El linaje estaba asegurado.

Apoyó su bastón en la pared de la entrada y salió seguido por Gabriel a la terracita, en la que, bajo el lánguido dosel de un eucalipto, había dos sillas de hierro forjado. La calle Narkiss se extendía, silenciosa y apacible, bajo sus pies, pero desde la distancia les llegaba el leve fragor del tráfico de la tarde en King George. Shamron se sentó temblequeante en una de las sillas e indicó a Gabriel con una seña que ocupara la otra. Acto seguido sacó un paquete de tabaco turco y, con enorme concentración, extrajo un cigarrillo. Gabriel observó sus manos, las manos que habían estado a punto de estrangular a Adolf Eichmann en una esquina del norte de Buenos Aires. Era uno de los motivos por el que le habían asignado aquella misión: el tamaño y la fuerza inusitada de sus manos. Ahora estaban llenas de manchas y cubiertas de rozaduras sin restañar. Gabriel apartó la mirada mientras accionaban torpemente un viejo encendedor Zippo.

—No deberías fumar, Ari.

—¿Qué más da ya, a estas alturas?

El mechero se encendió y el humo acre del tabaco turco se mezcló con el olor penetrante del eucalipto. Los recuerdos se acumularon pronto a los pies de Gabriel como las aguas de una riada. Intentó mantenerlos a raya, pero no pudo. Leah había hecho añicos las pocas defensas que le quedaban. Conducía a través de un mar de hierba agitada por el viento, con Shamron a su lado. Amanecía el nuevo milenio, eran los tiempos de los atentados suicidas y las falsas ilusiones. Shamron acababa de ser sacado a la fuerza de su retiro para remodelar la Oficina después de una serie de operaciones desastrosas, y quería que Gabriel le ayudara en la tarea. El cebo que usó fue Tariq al Hourani, el líder terrorista palestino que había colocado la bomba debajo del coche de Gabriel, en Viena.

«Quizá, si me ayudas a atrapar a Tariq, puedas desprenderte por fin de Leah y seguir adelante con tu vida...».

Gabriel oyó la risa de Chiara en el cuarto de estar y aquel recuerdo se disolvió.

—¿Qué te pasa ahora? —preguntó a Shamron con suavidad.

—La lista de mis achaques es casi tan larga como la lista de los desafíos que afronta el Estado de Israel. Pero descuida —se apresuró a añadir—, todavía no pienso irme a ningún sitio. Tengo la firme intención de estar aquí para presenciar el nacimiento de mis nietos.

Gabriel se resistió al impulso de recordarle que en realidad no eran padre e hijo.

—Esperamos que así sea, Ari.

Shamron sonrió.

—¿Habéis decidido ya dónde vais a vivir cuando nazcan los niños?

—Tiene gracia —contestó Gabriel—. Leah me ha preguntado lo mismo.

—Tengo entendido que ha sido una conversación interesante.

—¿Cómo sabes que he ido a verla?

—Me lo ha dicho Uzi.

—Creía que no contestaba a tus llamadas.

—Parece que ha empezado el gran deshielo. Es una de las pocas ventajas de la mala salud —añadió—. Todos los rencores mezquinos y las promesas incumplidas parecen desaparecer a medida que uno se acerca a su fin.

Las ramas del eucalipto se mecían suavemente, empujadas por la primera brisa del atardecer. El aire se enfriaba segundo a segundo. A Gabriel siempre le había encantado el frío repentino que, incluso en verano, caía de noche sobre Jerusalén. Deseó poder prolongar un poco más aquel instante. Miró a Shamron, que estaba despavesando pensativamente su cigarrillo en el borde de un cenicero.

—Has tenido mucho valor sentándote a hablar con Bella. Y has sido muy astuto, además. Eso demuestra que desde el principio he tenido razón en una cosa.

—¿En cuál, Ari?

—En que tienes lo que hace falta para ser un gran jefe.

—A veces me pregunto si estoy a punto de cometer mi primer error.

—¿Por darle otro puesto a Uzi?

Gabriel asintió lentamente con la cabeza.

—Es arriesgado —convino Shamron—. Pero si hay alguien capaz de sacar adelante esa situación, eres tú.

—¿No me das ningún consejo?

—Se acabó el darte consejos, hijo mío. Soy lo peor que puede ser un hombre: viejo y obsoleto. Soy un espectador. Un estorbo. —Miró a Gabriel y arrugó el entrecejo—. Puedes tomarte la libertad de llevarme la contraria cuando quieras.

Gabriel sonrió, pero no dijo nada.

—Uzi me ha dicho que las cosas se pusieron un poco feas entre tú y Bella —comentó Shamron.

—Me recordó el interrogatorio que pasé aquella noche en el desierto de Rub al-Jali.

—La peor noche de mi vida. —Shamron se quedó pensando un momento—. Bueno —añadió—, la segunda.

No hizo falta que dijera cuál había sido la primera. Se refería a lo sucedido en Viena.

—Creo que Bella está más disgustada por todo esto que el propio Uzi —continuó—. Me temo que se ha acostumbrado en exceso a la parafernalia del poder.

—¿De dónde sacas esa impresión?

—De su forma de aferrarse a ella. Me culpa a mí de todo, por supuesto. Cree que lo tenía planeado desde el principio.

—Y así es.

Shamron hizo un gesto a medio camino entre una mueca y una sonrisa.

—¿No lo niegas? —preguntó Gabriel.

—No —contestó Shamron—. He tenido mi buena ración de éxitos, pero, a fin de cuentas, la carrera que servirá de rasero a todas las demás será la tuya. Es cierto que fuiste mi favorito, sobre todo después de lo de Viena. Pero la fe que tenía en ti se vio recompensada por una serie de operaciones que superaban con creces el talento de alguien como Uzi. Seguro que hasta Bella se da cuenta de ello.

Gabriel no contestó. Estaba observando a un niño de diez u once años que montaba en bicicleta por la calle tranquila.

—Y ahora —continuó Shamron— parece que has encontrado la forma de introducirte en las finanzas del carnicero de Damasco. Con un poco de suerte, será el primer gran triunfo de la era Gabriel Allon.

—Pensaba que no creías en la suerte.

—Y no creo. —Encendió otro cigarrillo. Luego, con un rápido movimiento de muñeca, cerró el mechero con un chasquido—. El carnicero tiene la crueldad de su padre, pero le falta su inteligencia, lo cual le hace muy peligroso. En estos momentos todo gira en torno al dinero. Es lo que mantiene unido al clan. La razón por la que sus seguidores se mantienen fieles a él. El motivo por el que están muriendo miles de niños. Pero si de verdad pudieras hacerte con el control del dinero... —Sonrió—. Las posibilidades serían infinitas.

—¿De verdad no tienes ningún consejo que darme?

—Mantén en el poder al carnicero mientras siga siendo aceptable, aunque sea remotamente. De lo contrario, los próximos años serán muy interesantes para ti y tus amigos de Washington y Londres.

—Entonces, ¿así es como acaba el Gran Despertar Árabe? —preguntó Gabriel—. ¿Nos aferramos a un genocida porque es el único que puede salvar a Siria de Al Qaeda?

—Dios me libre de decir que ya te lo dije, pero la verdad es que vaticiné que la Primavera Árabe acabaría en desastre, y así ha sido. Los árabes no están preparados aún para la verdadera democracia, y menos estando en auge el Islam radical. Lo mejor que podemos esperar es el surgimiento de regímenes autoritarios decentes en lugares como Siria y Egipto. —Shamron hizo una pausa. Luego añadió—: ¿Quién sabe, Gabriel? Quizá tú puedas encontrar el modo de convencer al presidente sirio de que eduque a su pueblo como es debido y lo trate con la dignidad que merece. Tal vez puedas persuadirlo para que deje de gasear a niños.

—Hay otra cosa que quiero de él.

—¿El Caravaggio?

Gabriel asintió con un gesto.

—Primero encuentra el dinero —repuso Shamron mientras apagaba su cigarrillo—. Luego busca el cuadro.

Gabriel no dijo nada más. Seguía mirando al niño de la bicicleta, que entraba y salía de las largas sombras del final de la calle. Cuando desapareció de su vista, levantó la cara hacia el cielo de Jerusalén. Mira la nieve, pensó. ¿Verdad que es preciosa?

31

JERUSALÉN

El tañido de las campanas despertó a Gabriel de un sueño profundo. Permaneció inmóvil un momento, no del todo seguro de dónde estaba. Solo al ver el retrato de Leah, que lo miraba pensativamente desde la pared, comprendió que estaba en su dormitorio de Narkiss Street. Salió de debajo de las sábanas sin hacer ruido para no despertar a Chiara y entró de puntillas en la cocina. El único vestigio de la cena de la noche anterior era el olor denso y dulzón de las flores que habían empezado a marchitarse en los jarrones. Sobre la encimera impoluta había una cafetera y una lata de café Lavazza. Puso la cafetera al fuego y esperó a que hirviera el agua.

Se tomó el café fuera, en la terraza, y leyó los periódicos de la mañana en su Blackberry. Luego entró sigilosamente en el baño para afeitarse y ducharse. Cuando salió, Chiara seguía profundamente dormida. Abrió el armario y se quedó parado ante él un momento, pensando qué ponerse. Un traje, decidió, no era lo más adecuado. Podía dar la impresión a las tropas de que ya estaba al mando. Al final, optó por su atuendo de costumbre: unos vaqueros azules descoloridos, un jersey de algodón y una chaqueta de piel. Shamron había tenido su uniforme, pensó, y él también tendría el suyo.

Pocos minutos después de las ocho oyó el ruido de su comitiva de vehículos turbando el silencio de Narkiss Street. Besó a Chiara con delicadeza y bajó a la limusina que lo esperaba en la calle. Se dirigieron hacia el este, cruzando Jerusalén hasta la Puerta del Estiércol, la entrada principal al Barrio Judío de la Ciudad Vieja. Sorteó los detectores de metales y, flanqueado por sus escoltas, cruzó la plaza en dirección al Muro Oeste, las disputadas ruinas de la antigua muralla que antaño había rodeado el gran Templo de Jerusalén. Por encima del Muro, rielando al sol de la mañana, se alzaba la dorada Cúpula de la Roca, el tercer santuario en importancia del Islam. El conflicto árabe-israelí tenía múltiples facetas, pero Gabriel había llegado a la conclusión de que todo se reducía a esto: dos fes religiosas enzarzadas en una lucha a muerte por la misma parcela de suelo sagrado. Podía haber periodos de calma, meses o incluso años sin bombas ni derramamiento de sangre, pero Gabriel temía que jamás hubiera verdadera paz.

La parte del Muro Oeste que era visible desde la plaza medía cincuenta y siete metros de ancho por diecinueve de alto. El muro de contención occidental de la explanada del Monte del Templo era, no obstante, mucho mayor: descendía casi trece metros por debajo de la plaza y se adentraba más de cuatrocientos metros en el Barrio Musulmán, donde quedaba oculto detrás de edificios de viviendas. Después de años de excavaciones arqueológicas cargadas de connotaciones políticas y religiosas, ahora se podía recorrer a pie casi en su totalidad a través del Túnel del Muro Occidental, un pasadizo subterráneo que iba desde la plaza a la Vía Dolorosa.

La entrada al túnel estaba en el lado izquierdo de la plaza, no muy lejos del Arco de Wilson. Gabriel entró por la moderna puerta de cristal seguido por sus guardaespaldas y bajó un tramo de escaleras de aluminio que bajaba a los sótanos del tiempo. Una acera recién pavimentada discurría junto a la base del muro. La siguió hasta dejar atrás los enormes sillares de Herodes, hasta que llegó a una parte del túnel que quedaba oculta tras una cortina de plástico opaco. Más allá de la cortina había un foso arqueológico rectangular en el que una solitaria figura, un hombrecillo de edad madura, estaba escarbando en la tierra en medio de un cono de suave luz blanca. Pareció no percatarse de la presencia de Gabriel, pero no era el caso. Habría sido más fácil sorprender a una ardilla que sorprender a Eli Lavon.

Pasó un instante más antes de que levantara la vista y sonriera. Tenía el pelo fino y desaliñado y una cara anodina, tan desprovista de rasgos distintivos que hasta al retratista más dotado le habría costado plasmarla sobre un lienzo. Eli Lavon era un hombre fantasma, un camaleón que pasaba desapercibido con facilidad y al que se olvidaba de un momento para otro. Shamron había dicho una vez que podía desaparecer mientras te estrechaba la mano. Y no distaba mucho de ser cierto.

Gabriel y él habían trabajado juntos por primera vez en la operación Ira de Dios, la misión secreta israelí para dar caza y acabar con los responsables de la masacre de los Juegos Olímpicos de Múnich. Según el léxico de raíz hebrea que empleaba el equipo, Lavon era un *ayin*: un rastreador consumado, un artista de la vigilancia. Durante tres años había seguido a los terroristas de Septiembre Negro por toda Europa y Oriente Medio, a menudo a tan corta distancia que ponía en peligro su vida. De aquel trabajo le quedaban numerosas secuelas producidas por el estrés, entre ellas una debilidad de estómago que todavía le atormentaba.

En 1975, al desmantelarse la unidad, Lavon se estableció en Viena, donde creó una pequeña brigada de investigación llamada Pesquisas y Reclamaciones de Guerra. A pesar de contar con un presupuesto irrisorio, logró dar con el paradero de numerosos bienes saqueados durante el Holocausto cuyo valor ascendía a varios millones de dólares y desempeñó un papel importante a la hora de forzar a los bancos suizos a pagar miles de millones en indemnizaciones. Su trabajo le granjeó numerosos enemigos en Viena, y en 2003 el estallido de una bomba en su despacho se saldó con la muerte de dos jóvenes empleadas. Con el ánimo destrozado, Lavon regresó a Israel para entregarse a su primer amor: la arqueología. Desde entonces trabajaba como profesor adjunto en la Universidad Hebrea y participaba con regularidad en excavaciones por todo el país. Hacía ya casi dos años que se dedicaba a revolver el suelo del Túnel del Muro Occidental.

—¿Quiénes son tus amiguitos? —preguntó, mirando a los escoltas que se habían detenido al borde del foso.

—Me los he encontrado vagando sin rumbo por la plaza.

—No irán a armar ningún lío, ¿verdad?

—No se atreverían.

Lavon bajó la mirada y siguió trabajando.

—¿Qué tienes ahí? —preguntó Gabriel.

—Un poco de calderilla.

—¿A quién se le cayó?

—A alguien que estaba muy disgustado porque los persas estuvieran a punto de conquistar Jerusalén. Evidentemente, tenía prisa.

Lavon alargó el brazo y ajustó la inclinación de su lámpara. En el fondo de la zanja brillaron varias piezas de oro incrustadas en la tierra.

—¿Qué son? —preguntó Gabriel.

—Treinta y seis monedas de oro de época bizantina y un medallón grande con una menorá. Demuestran que había judíos viviendo en esta zona antes de que los musulmanes conquistaran Jerusalén en 638. Para muchos arqueólogos bíblicos, este sería el hallazgo de sus vidas. Pero no para mí. —Lavon miró a Gabriel y agregó—: Ni para ti tampoco.

Gabriel miró hacia atrás, hacia los sillares del Muro. Un año antes, en una cámara secreta cincuenta metros por debajo de la superficie del Monte del Templo, Lavon y él habían descubierto veintidós columnas del Templo de Salomón de Jerusalén, lo que demostraba más allá de toda duda que el antiguo santuario hebreo descrito en *Reyes* y *Crónicas* había existido en realidad. También habían descubierto una enorme bomba que, de haber estallado, habría producido el derrumbe de toda la explanada sagrada. Las columnas se erguían ahora en una sala del Museo de Israel protegida por grandes medidas de seguridad. Una de ellas había requerido una limpieza especial antes de su exhibición por estar manchada con la sangre de Lavon.

—Anoche recibí una llamada de Uzi —comentó Lavon pasado un momento—. Me dijo que a lo mejor te pasabas por aquí.

—¿Te dijo por qué?

—Algo mencionó sobre un Caravaggio perdido y una empresa llamada LXR Investments. Dijo que te interesaba comprarla, junto con el resto de Maldades y Cía.

—¿Es factible?

—Desde fuera no puede hacerse gran cosa. Al final vas a necesitar la ayuda de alguien que pueda procurarte las llaves del reino.

—Entonces tendremos que encontrar a esa persona.

—¿Tendremos? —Como Gabriel no contestó, Lavon se agachó y comenzó a escarbar alrededor de una de las monedas antiguas—. ¿Qué necesitas que haga?

—Exactamente lo que estás haciendo ahora mismo —respondió Gabriel—. Pero quiero que uses un ordenador y una hoja de cálculo en vez de una pala de mano y un pincel.

—Ahora prefiero la pala y el pincel.

—Lo sé, Eli, pero no puedo hacer esto sin ti.

—No irá a haber jaleo, ¿verdad?

—No, Eli, claro que no.

—Siempre dices eso, Gabriel.

—¿Y?

—Y siempre hay jaleo.

Gabriel se inclinó y desenchufó la lámpara. Lavon siguió trabajando a oscuras un momento más. Luego se irguió, se limpió las manos en los pantalones y salió del foso.

———————

Lavon, soltero impenitente, tenía un pequeño apartamento en el distrito de Talpiot, en Jerusalén, junto a la carretera de Hebrón. Pararon allí el tiempo justo para que se cambiara de ropa y tomaron después la carretera de Bab al Wad para ir a King Saul Boulevard. Tras entrar en el edificio «de incógnito», bajaron tres tramos de escaleras y recorrieron un pasillo sin ventanas hasta una puerta con el letrero *456C*. La sala que había al otro lado había sido en tiempos un vertedero de ordenadores obsoletos y muebles viejos que el personal nocturno utilizaba a menudo como lugar de encuentro clandestino para sus escarceos amorosos. Ahora era conocida en todo King Saul Boulevard simplemente como «la guarida de Gabriel».

La contraseña de la cerradura cifrada era la versión numérica de la fecha de nacimiento de Gabriel: según se decía, el secreto mejor guardado de la Oficina. Mientras Lavon miraba por encima de su hombro, Gabriel marcó el código en el panel y empujó la puerta. Dentro esperaba Dina Sarid, una mujer menuda y de cabello oscuro cuyo porte y actitud sugerían una viudedad temprana. Dina, una base de datos humana, era capaz de recitar de memoria la hora, el lugar, los responsables y el número de víctimas de cada atentado terrorista cometido contra objetivos israelíes y occidentales. Una vez le había dicho a Gabriel que sabía más de los terroristas de lo que ellos sabían de sí mismos. Y él no lo había puesto en duda.

—¿Dónde están los demás? —preguntó Gabriel.

—Retenidos en Personal.

—¿Hay algún problema?

—Por lo visto los jefes de división se han amotinado. —Dina hizo una pausa y añadió—: Es lo que pasa en un servicio de inteligencia cuando se corre la voz de que al jefe le quedan dos días en el puesto.

—Quizá debería subir a hablar con los jefes de división.

—Espera unos minutos.

—¿Es grave la cosa?

—He elaborado una lista de agentes de Al Qaeda que se han establecido aquí al lado, en Siria: yihadistas potentes que operan en todo el mundo y a los que hay que retirar de la circulación de una vez por todas. Y adivina qué pasa cada vez que propongo una operación.

—Nada.

Dina asintió lentamente con la cabeza.

—Estamos atascados —afirmó—. Inmovilizados en el momento en que menos podemos permitírnoslo.

—Ya no, Dina.

En ese momento se abrió la puerta y entró Rimona Stern. Mijail Abramov llegó a continuación, seguido a los pocos minutos por Yaakov Rossman, que parecía llevar un mes sin dormir. Poco después se presentaron dos agentes todoterreno llamados Mordecai y Oded, y, por último, Yossi Gavish, un individuo alto y calvo vestido de pana y *tweed*. Yossi era uno de los agentes al mando del departamento de Investigación, la división de análisis de la Oficina. Nacido en el barrio londinense de Golders Green, había estudiado en Oxford y todavía hablaba hebreo con marcado acento británico.

En los pasillos y sala de reuniones de King Saul Boulevard, los ocho hombres y mujeres reunidos en aquella habitación subterránea eran conocidos por el nombre en clave de «Barak», que en hebreo significa «relámpago», por su habilidad asombrosa para aunar fuerzas y golpear a la velocidad del rayo. Formaban un organismo dentro de otro, un equipo de agentes sin miedo y sin parangón. Durante los años de su existencia como equipo, a veces se habían visto obligados a admitir a extraños en su seno (un periodista de investigación británico, un multimillonario ruso, la hija de un hombre al que habían matado), pero nunca antes habían permitido que otro agente de la Oficina ingresara en su hermandad. Así pues, se llevaron una sorpresa cuando, al dar las diez, Bella Navot apareció en la puerta. Se había vestido como para asistir a una reunión ejecutiva, con un traje pantalón gris, y apretaba un montón de carpetas contra su pecho. Se paró un momento en el umbral como si esperara que la invitaran a entrar y después, sin decir palabra, se sentó junto a Yossi en una de las mesas de trabajo comunes.

Si a los miembros del equipo los inquietó la presencia de Bella, no dieron muestras de ello cuando Gabriel se levantó y se acercó a la última pizarra que quedaba en todo King Saul Boulevard. Escribió en ella cuatro palabras: *LA SANGRE NUNCA DUERME*. Las borró con la mano, de una sola pasada, y en su lugar escribió tres letras: *LXR*. Luego explicó al equipo la sorprendente serie de acontecimientos que había desencadenado aquella reunión, empezando por el asesinato de un espía británico convertido en contrabandista de arte

llamado Jack Bradshaw y concluyendo con la carta que le había dejado Bradshaw en su almacén de la Zona Franca de Ginebra. Antes de
morir, Bradshaw había intentado redimirse de sus pecados facilitan-
do a Gabriel la identidad del hombre que estaba comprando cuadros
robados a mansalva: el homicida presidente sirio. Le había facilitado
asimismo el nombre de la empresa que utilizaba como tapadera para
sus adquisiciones: LXR Investments, con sede en Luxemburgo.
Indudablemente, LXR no era más que una estrella enana en medio
de una galaxia de riqueza globalizada, gran parte de la cual se hallaba cuidadosamente escondida bajo capas y capas de empresas fantasma y testaferros. Pero una red financiera, lo mismo que una red terrorista, necesitaba para funcionar un cerebro con grandes dotes
organizativas. El presidente había confiado el dinero de su familia a
Kemel al Faruk, el antiguo escolta de su padre, el esbirro que tortu-
raba y mataba a petición del régimen. Pero Kemel no podía manejar
el dinero personalmente mientras la NSA y sus organismos asocia-
dos vigilaran cada uno de sus movimientos. En algún lugar había un
hombre de confianza (un abogado, un banquero, un familiar) que
tenía el poder de mover esos activos a voluntad. Iban a servirse de
LXR como medio para localizarlo. Y Bella Navot los guiaría cada
paso del camino.

32

KING SAUL BOULEVARD, TEL AVIV

Comenzaron su búsqueda no por el hijo, sino por el padre: el hombre que había gobernado Siria desde 1970 hasta su muerte de un ataque al corazón en 2000. Había nacido en el pueblecito de Qardaha, en las montañas de Ansariya, al noroeste de Siria, en octubre de 1930. Como otros pueblos de la región, Qardaha estaba en poder de los alauitas, seguidores de una rama ínfima y perseguida del Islam chií considerada herética por la mayoría suní. En Qardaha no había mezquita ni iglesia, ni un solo café ni una tienda, pero llovía treinta días al año y en una cueva cercana había un manantial al que los lugareños llamaban 'Ayn Zarqa. El noveno de once hermanos vivía en una casa de piedra de dos habitaciones con un pequeño patio delantero de tierra pisoteada y, al lado, un trozo de tierra embarrada para los animales. Su abuelo, un pequeño cacique del pueblo que se manejaba bien con los puños y la pistola, recibía el apodo de *al Wahhish*, «el Salvaje», porque una vez había dado una paliza a un luchador turco ambulante. Su padre era capaz de atravesar un papel de fumar de un balazo a cien pasos de distancia.

En 1944, el futuro presidente abandonó Qardaha para asistir al colegio en la localidad costera de Latakia. Allí dio comienzo a su activismo político al unirse al recién creado Partido Socialista Árabe Baaz, un movimiento secular que aspiraba a poner fin a la influencia occidental en Oriente Medio mediante el socialismo panárabe. En 1951 ingresó en la academia militar de Alepo, la salida tradicional para un alauita que trataba de escapar de su mísero origen montañés, y ya en 1964 se hallaba al mando de la fuerza aérea siria. Tras el golpe de estado baazista de 1966, se convirtió en ministro de Defensa, puesto que ostentaba aún cuando estalló la desastrosa guerra con Israel de 1967 en la que Siria perdió los Altos del Golán. Pese al fracaso estrepitoso de sus tropas, apenas tres años después se convirtió en presidente. Como un barrunto de lo que ocurriría después, se refirió al golpe de estado incruento que le otorgó el poder como un «movimiento correctivo».

Su ascenso puso fin a un largo ciclo de inestabilidad política en Siria, pero a un precio muy alto para el pueblo sirio y para el resto de Oriente Medio. Como cliente de la Unión Soviética, su régimen se contaba entre los más peligrosos de la región. El presidente apoyaba a los elementos más radicales del movimiento palestino (Abú Nidal actuó con impunidad desde Damasco durante años) y equipaba a su ejército con las defensas aéreas y los tanques y cazas más modernos procedentes de la Unión Soviética. La propia Siria se convirtió en una inmensa prisión, un lugar en el que estaban prohibidos los faxes y una palabra dicha a destiempo acerca del dictador podía tener como resultado un viaje a Al Mezze, la célebre prisión situada en lo alto de una loma del oeste de Damasco. Quince servicios de seguridad distintos espiaban al pueblo sirio y se espiaban entre sí. Todos ellos estaban controlados por alauitas, lo mismo que el ejército sirio. En torno al presidente y su familia se desarrolló un sofisticado culto a la personalidad. Su rostro, con su frente abombada y su palidez enfermiza, se cernía sobre cada plaza y colgaba en todos los edificios públicos del país. Su madre, una campesina, era reverenciada casi como una santa.

Con todo, una década después de su ascenso al poder, gran parte de la mayoría suní del país ya no se conformaba con dejarse gobernar por un campesino alauita de Qardaha. En Damasco estallaban bombas con frecuencia, y en junio de 1979 un miembro de los Hermanos Musulmanes mató al menos a cincuenta cadetes alauitas en el comedor de la academia militar de Alepo. Un año después, varios militantes islamistas lanzaron un par de granadas al dictador durante una recepción diplomática en Damasco, momento en el cual el hermano del presidente, hombre de carácter violento, declaró la guerra abierta a los Hermanos Musulmanes y a sus partidarios suníes. Una de sus primeras medidas consistió en despachar a unidades de las Compañías de Defensa, los guardianes del régimen, a la prisión de Palmira, en el desierto sirio. Se calcula que unos ochocientos presos políticos fueron asesinados en sus celdas.

Pero fue en la localidad de Hama, un foco de actividad islamista situado a orillas del río Orontes, donde el régimen mostró hasta dónde era capaz de llegar para garantizar su propia supervivencia. Con el país al borde de la guerra civil, las Compañías de Defensa entraron en Hama a primera hora de la mañana del 2 de febrero de 1982 junto con varios centenares de agentes de la Mujabarat, la temida policía secreta. Lo que siguió fue la peor masacre en la historia moderna de Oriente Medio, un frenesí de muerte, tortura y destrucción que se prolongó durante un mes y dejó al menos veinte mil muertos y una ciudad reducida a escombros. El presidente nunca negó la masacre, ni restó importancia a la cifra de muertos. De hecho, dejó que la ciudad permaneciera en ruinas durante meses como recordatorio de la suerte que correrían quienes osaran desafiarlo. En Oriente Medio se puso de moda una nueva expresión: «las reglas de Hama».

El presidente no volvió a afrontar una amenaza seria. En el plebiscito presidencial de 1991 consiguió el 99,9 por ciento de los votos, lo que llevó a comentar a un analista especializado en Siria que ni Alá lo habría hecho mejor. Contrató a un arquitecto famoso para que le construyera un suntuoso palacio presidencial y, al deteriorarse su salud, comenzó a pensar en su sucesor. Su fogoso hermano menor intentó hacerse con el poder mientras el presidente estaba postrado por la enfermedad y fue enviado al exilio. Su amado primogénito, militar de carrera y jinete consumado, había muerto violentamente en un accidente de automóvil, de modo que solo quedaba el hijo mediano, un oftalmólogo de maneras suaves educado en Londres, para asumir el control del negocio familiar.

Sus primeros años de gobierno estuvieron llenos de promesas y esperanza. Concedió a sus conciudadanos acceso a Internet y les permitió viajar fuera del país sin tener que pedir previamente permiso al gobierno. Cenaba en restaurantes con su esposa, muy interesada por la moda, y puso en libertad a varios centenares de presos políticos. Hoteles de lujo y centros comerciales alteraron la faz gris y anodina de Damasco y Alepo. El tabaco occidental, prohibido por su padre, reapareció en los estantes de las tiendas sirias.

Entonces llegó el gran Despertar Árabe. Los sirios, como si presintieran lo que iba a suceder, se mantuvieron al margen mientras el antiguo orden se derrumbaba a su alrededor. Después, en marzo de 2011, quince jóvenes se atrevieron a hacer unas pintadas contrarias al régimen en la pared de un colegio de Daraa, un pueblecito agrícola situado a unos cien kilómetros al sur de Damasco.

La Mujabarat detuvo rápidamente a los jóvenes y aconsejó a sus padres que se fueran a casa y engendraran nuevos hijos porque no volverían a ver a los suyos. Las protestas que estallaron en Daraa se extendieron casi de inmediato a Homs, Hama y, finalmente, a Damasco. Al cabo de un año Siria se hallaba sumida en una cruenta guerra civil. Y el hijo, al igual que su padre antes que él, actuaría conforme a «las reglas de Hama».

Pero, ¿dónde estaba el dinero? ¿El dinero que durante dos generaciones había sido saqueado de las arcas sirias? ¿El dinero que, extraído de empresas de propiedad estatal, había ido a parar a los bolsillos del presidente y de su parentela alauita de Qardaha? Una parte estaba escondido en los entresijos de una empresa llamada LXR Investments, de Luxemburgo, y fue allí donde Gabriel y su equipo hicieron sus primeras pesquisas. Estas fueron amables en un principio y, por tanto, completamente insatisfactorias. Una sencilla búsqueda en Internet reveló que LXR no tenía página web ni aparecía en notas o comunicados de prensa, ni relacionados con el mundo empresarial ni de ningún otro tipo. En el registro mercantil luxemburgués figuraba un breve asiento que no incluía el nombre de los inversores ni el de los gerentes: tan solo una dirección que resultó ser la del despacho de un abogado corporativo. En opinión de Eli Lavon, el investigador financiero con más experiencia del equipo, LXR era el típico instrumento que utilizaba alguien que quería invertir su dinero anónimamente. Era un simple código, una empresa fantasma, un cascarón dentro de otro cascarón.

Ampliaron su búsqueda a los registros mercantiles de Europa Occidental y, al no conseguir más que un débil destello en la pantalla de su radar, peinaron los registros fiscales y de la propiedad de todos los países en los que tales documentos eran de acceso público. Su búsqueda solo dio resultados en el Reino Unido, donde descubrieron que LXR Investments era el arrendatario nominal de un edificio comercial de King's Road, en Chelsea, ocupado por una empresa de ropa femenina muy conocida. El abogado que representaba a LXR en Inglaterra trabajaba para un modesto bufete con sede en Southwark, Londres. Se llamaba Hamid Khaddam y había nacido en noviembre de 1964 en la localidad de Qardaha, Siria.

Vivía en una casita del barrio londinense de Tower Hamlets con su mujer, Aisha, nacida en Bagdad, y sus tres hijas adolescentes, demasiado occidentalizadas para su gusto. Todas las mañanas iba al trabajo en metro, aunque en ocasiones, cuando llovía o si llegaba tarde, se permitía el pequeño lujo de tomar un taxi. Las oficinas del bufete estaban situadas en un edificio de ladrillo no muy grande de Great Suffolk Street, muy lejos de las elegantes calles de Knightsbridge y Mayfair. Eran ocho abogados en total: cuatro sirios, dos iraquíes, un egipcio y un joven jordano muy vanidoso que afirmaba tener lazos de sangre con la dinastía hachemita que gobernaba el país. Hamid Khaddam era el único alauita. Tenía un televisor en su despacho que estaba siempre sintonizado en Al Yazira, pero se informaba principalmente leyendo blogs de Oriente Medio en lengua árabe, todos ellos favorables al régimen.

Era muy cuidadoso en su vida persona y profesional, aunque no lo suficiente para percatarse de que se había convertido en objetivo de una operación de espionaje tan discreta como ambiciosa. Comenzó la mañana después de que el equipo averiguara su nombre, cuando Mordecai y Oded aterrizaron en Londres con sendos pasaportes canadienses en el bolsillo y varias maletas llenas de útiles propios de su oficio disimulados con astucia. Durante dos días lo vigilaron desde lejos. Luego, la mañana del tercer día, Mordecai, que era especialmente habilidoso con los dedos, pudo robarle fugazmente el teléfono móvil mientras iba montado en un vagón de la Línea Central de metro, entre Mile End y Liverpool Street. El *software* que insertó en el sistema operativo del teléfono les dio acceso en tiempo real al correo electrónico, los mensajes de texto, los contactos, las fotografías y las llamadas de voz de Khaddam. Convirtió además el teléfono en un transmisor a tiempo completo, lo que significaba que, allá donde iba Hamid Khaddam, el equipo iba con él. Es más, les dio acceso a la red informática del despacho de abogados y al ordenador personal que Hamid Khaddan tenía en su casa. Era, afirmó Eli Lavon, el regalo que nunca se agotaba.

Los datos pasaban en un flujo constante desde el teléfono de Khaddam a un ordenador situado en la legación israelí de Londres y, de allí, por conductos seguros, a la Guarida de Gabriel en las profundidades de King Saul Boulevard, donde el equipo los desmenuzaba número de teléfono a número de teléfono, dirección de *e-mail* a dirección de *e-mail*, nombre a nombre. LXR Investments aparecía en un correo enviado a un abogado sirio de París, y en otro enviado a un contable de Bruselas. El equipo investigó ambas pistas, pero el hilo se deshizo mucho antes de llegar a Damasco. En efecto, no encontraron nada en aquella amalgama de material que permitiera concluir que Khaddam estaba en contacto con algún elemento del régimen sirio o con la extensa familia gobernante. Era un mandado, concluyó Lavon, un recadero especializado en asuntos financieros al que dirigía una autoridad más alta. De hecho, dijo, era posible que el humilde abogado sirio de Londres ni siquiera supiera para quién trabajaba en realidad.

Así pues, siguieron indagando, analizando y debatiendo entre sí mientras a su alrededor el resto de King Saul Boulevard observaba expectante. Debido a las normas de compartimentación, solo un puñado de funcionarios del más alto nivel conocían la índole de su trabajo, pero el trasiego constante de expedientes entre el departamento de Investigación y la sala 456C iluminaba claramente el camino que estaban siguiendo. No pasó mucho tiempo sin que se corriera la voz de que Gabriel había vuelto al edificio. Tampoco era un secreto que Bella Navot, la esposa de su rival derrotado, estaba trabajando lealmente a su lado. Cundieron las habladurías. Se rumoreaba que Navot estaba planeando cederle las riendas a Gabriel antes de que concluyera el mandato de su marido. Que Gabriel y el primer ministro intentaban acelerar la marcha de Navot. Que Bella pensaba divorciarse en cuanto perdiera los privilegios del poder. Pero todos esos rumores se disiparon de golpe una tarde, cuando se pudo ver a Gabriel y a los Navot comiendo amigablemente en el comedor de dirección. Navot tomó pescado pochado y verduras al vapor, señal de que de nuevo se hallaba sometido a las draconianas restricciones dietéticas de su esposa. Y sin duda, afirmaron los rumores, no se sometería a la voluntad de una mujer que estuviera pensando en abandonarlo.

Era innegable, pese a todo, que la Oficina parecía haber revivido desde el regreso de Gabriel. Era como si el edificio entero estuviera sacudiéndose las telarañas después de un largo sopor operativo. Se presentía en el aire un golpe inminente, aunque las tropas no tuvieran ni idea de dónde tendría lugar ni qué forma adoptaría. Hasta Bella parecía inmersa en el cambio que estaba sufriendo el organismo que dirigía su marido. Su aspecto se transformó notablemente. Cambió sus trajes de Fortune 500 por vaqueros y sudaderas y empezó a llevar el pelo recogido en una descuidada coleta, como una estudiante. Así era como Gabriel la recordaba siempre: como una joven y reconcentrada analista vestida con sandalias y camisa arrugada, trabajando en su mesa mucho después de que todos los demás se hubieran ido a casa a pasar la noche. Si se la consideraba la mayor experta en Siria del país era por un buen motivo: trabajaba con mucho más ahínco que los demás y no necesitaba ni comer, ni dormir. Era, además, implacable en su deseo de triunfar, ya fuera en el terreno académico, ya dentro de las paredes de King Saul Boulevard. Gabriel se preguntaba siempre si, con el paso de los años, no se le habría pegado algo de los baazistas. Bella era una asesina nata.

Su reputación la precedía, cómo no, así que era lógico que el equipo mantuviera las distancias en un principio. Poco a poco, sin embargo, fueron derrumbándose las barreras y al cabo de pocos días la trataban como si hubiera estado con ellos desde el principio. Cuando se enzarzaban en una de sus riñas legendarias, Bella estaba invariablemente en el bando ganador. Y cuando se juntaban por las noches para su tradicional cena en familia, Bella dejaba solo a su marido y se reunía con ellos. Como tenían por costumbre no hablar del caso durante las comidas, se dedicaban a debatir el lugar que ocupaba Israel en el cambiante mundo árabe. Al igual que las grandes potencias occidentales, Israel siempre había preferido el tirano árabe al hombre de a pie. Nunca había hecho las paces con un demócrata árabe, únicamente con dictadores y potentados. Durante muchas décadas, los autócratas habían procurado un mínimo de estabilidad regional, si bien a un precio terrible para el pueblo que vivía sometido a su capricho. Las cifras no mentían y Bella, una entendida en el régimen más cruel de la región, podía citarlas de memoria. A pesar de su enorme riqueza petrolera, una quinta parte de la población del mundo árabe sobrevivía con menos de dos dólares al día. Sesenta y cinco millones de árabes, en su mayoría mujeres, no sabían leer ni escribir, y muchos millones no recibían ningún tipo de instrucción escolar. Los árabes, antaño pioneros en el campo de las matemáticas y la geometría, habían quedado lamentablemente rezagados respecto al mundo desarrollado en cuanto a investigación científica y tecnológica. Durante el pasado milenio habían traducido menos libros de los que se traducían en España en un solo año. En muchas partes del mundo árabe, el Corán era el único libro que importaba.

Pero, preguntaba Bella, ¿cómo se había llegado a esta situación? El Islam radical sin duda había desempeñado su papel, pero también el dinero. El dinero que los dictadores y potentados gastaban en sí mismos, en vez de gastarlo en su pueblo. El dinero que manaba desde el mundo árabe para ir a parar a bancos privados de Ginebra, Zúrich y Liechtenstein. El dinero que Gabriel y su equipo intentaban encontrar frenéticamente. Con el paso de los días, se toparon con muros de ladrillo, callejones sin salida, diques secos y puertas que no podían abrir. Entre tanto, leían los correos electrónicos de un humilde abogado londinense llamado Hamid Khaddam y se mantenían a la escucha mientras se dedicaba a sus quehaceres cotidianos: los trayectos en metro, las reuniones con clientes sobre asuntos grandes y pequeños, los mezquinos desacuerdos con sus socios panarabistas. Y escuchaban también cuando regresaba cada noche a la casita de Tower Hamlets donde vivía en compañía de cuatro mujeres. Una de esas noches, tuvo una discusión acalorada con su hija mayor por el largo de una falda que la chica pensaba ponerse para ir a una fiesta a la que también asistirían chicos. Al igual que la joven, el equipo se alegró de que el sonido del teléfono móvil interrumpiera la disputa. La conversación duró dos minutos y dieciocho segundos. Y, cuando acabó, Gabriel y su equipo comprendieron que por fin habían encontrado al hombre al que estaban buscando.

33

LINZ, AUSTRIA

Ciento sesenta kilómetros al oeste de Viena, el río Danubio tuerce bruscamente de noroeste a sureste. Los antiguos romanos instalaron allí una guarnición y, al marcharse los romanos, las gentes a las que más tarde se llamaría «austriacos» edificaron una ciudad a la que dieron el nombre de Linz. La ciudad se hizo rica gracias al mineral de hierro y la sal que circulaban por el río, y durante un tiempo fue la más importante del Imperio Austrohúngaro: más importante incluso que Viena. Mozart compuso su sinfonía número treinta y seis mientras vivía en Linz. Anton Bruckner fue organista de su Catedral Vieja. Y en el pequeño barrio residencial de Leonding, en el número dieciséis de Michaelsbergstrasse, se alza todavía una casa amarilla en la que Adolf Hitler vivió de niño. Hitler se trasladó a Viena en 1905 con la esperanza de ingresar en la Academia de

Bellas Artes, pero jamás se olvidaría de su amada Linz. La ciudad sería más tarde el centro cultural del Reich de los Mil Años, y era allí donde Hitler planeaba construir su monumental Führermuseum de arte robado. En efecto, el nombre en clave de su operación de saqueo era *Sonerauftrag Linz*: Operación Especial Linz. La Linz moderna se había esforzado denodadamente por ocultar sus vínculos con Hitler, pero los vestigios de su pasado nazi estaban por todas partes. La empresa más importante de la ciudad, el gigante acerero Voestalpine AG, se había llamado en un principio Hermann-Göring-Werke. Y veinte kilómetros al este del centro de la ciudad se hallaban los restos de Mauthausen, el campo de concentración cuyos reclusos eran sometidos al «exterminio mediante el trabajo». Entre los prisioneros que sobrevivieron para ver la liberación del campo se hallaba Simon Wiesenthal, que más tarde se convertiría en el cazador de nazis más famoso del mundo.

El hombre que llegó a Linz el primer martes de junio sabía mucho sobre el oscuro pasado de la ciudad. De hecho, durante un periodo de su polifacética existencia Linz había sido su principal obsesión. Cuando se apeó con ligereza del tren en la Hauptbahnhof, lucía un traje oscuro que sugería que era hombre acaudalado y un reloj de oro que daba a entender que no toda su riqueza procedía de medios legítimos, lo cual, casualmente, era cierto. Había llegado a Linz desde Viena tras pasar por Múnich, Budapest y Praga y a lo largo de su periplo había cambiado dos veces de identidad. De momento se hacía llamar Feliks Adler, un europeo central de nacionalidad incierta, amante de numerosas mujeres, luchador de guerras olvidadas, un hombre que se sentía más a gusto en Gstaad o en Saint-Tropez que en su pueblo natal, estuviera este donde estuviese. Su verdadero nombre, sin embargo, era Eli Lavon.

Desde la estación recorrió a pie una calle flanqueada por edificios de apartamentos de color crema, hasta que llegó a la Catedral Nueva, la iglesia más grande de Austria. Su altísimo campanario era, por edicto, tres metros más bajo que el de la catedral de Viena, la poderosa Stephansdom. Lavon entró para ver si alguien lo seguía. Mientras caminaba por la imponente nave, se preguntó, no por primera vez, cómo un país católico tan devoto podía haber jugado un papel tan tremendo en el asesinato de seis millones de judíos. Lo llevaban en los huesos, pensó. Lo mamaban con la leche materna.

Pero esas eran las reflexiones de Lavon, no las de Feliks Adler, y cuando regresó a la plaza soñaba únicamente con dinero. Fue a pie hasta la Hauptplatz, la plaza más famosa de Linz, y allí hizo una última comprobación para ver si lo seguían. Cruzó luego el Danubio y se acercó hasta una rotonda donde un par de modernos tranvías se tostaban al cálido sol, como si hubieran caído por error en el lugar y el siglo equivocados. A un lado de la rotonda había una calle llamada Gerstnerstrasse y, casi al final de la calle, una puerta señorial con una placa dorada en la que se leía *WEBER BANK AG: SOLO CON CITA PREVIA*.

Lavon alargó la mano hacia el timbre, pero algo le hizo dudar. Era el antiguo miedo, el miedo con el que había llamado a demasiadas puertas y caminado por calles demasiado oscuras detrás de hombres que lo habrían matado de haber sabido que estaba allí. Pensó luego en un campo que quedaba a veinte kilómetros al este y en una ciudad de Siria que había sido prácticamente borrada del mapa. Y se preguntó si en algún punto habría un vínculo, un arco de perversidad que unía ambos lugares. Sintió agitarse súbitamente la ira dentro de él, pero la aplacó enderezándose la corbata y alisándose el poco pelo que le quedaba. Apoyó entonces firmemente el pulgar en el timbre y, con una voz que no era la suya, anunció que era Feliks Adler y que tenía asuntos que resolver dentro del edificio. Pasaron unos segundos que a Lavon se le hicieron eternos. Finalmente se abrieron las cerraduras y el zumbido de un portero automático le puso en marcha con un sobresalto, como el disparo que daba comienzo a una carrera. Respiró hondo, puso la mano sobre el picaporte y entró.

───────

Más allá de la puerta había un vestíbulo y, más allá del vestíbulo, una sala de espera donde se sentaba una joven de la Alta Austria, tan pálida y bonita que apenas parecía real. La joven parecía acostumbrada a las miradas inoportunas de hombres como *Herr* Adler, pues el saludo que le dedicó fue al mismo tiempo cordial y desdeñoso. Le ofreció asiento en la sala de espera, que él aceptó, y café, que rechazó cortésmente. Lavon se sentó con las rodillas juntas y las manos cruzadas sobre el regazo, como si estuviera esperando en el andén de una estación de ferrocarril de la campiña. En un televisor colocado en la pared, por encima de su cabeza, una cadena de noticias económicas estadounidense vertía imágenes en silencio. En la mesa situada junto a su codo había ejemplares de los principales periódicos económicos del mundo, además de varias revistas en las que se ensalzaban las ventajas de vivir en las montañas austriacas.

Por fin, el teléfono de la mesa de la joven gorjeó suavemente y ella anunció que *Herr* Weber (*Herr* Markus Weber, presidente y fundador del Weber Bank AG) iba a recibirlo. Estaba esperándolo más allá de la siguiente puerta: una figura demacrada, alto, calvo, con gafas, luciendo traje oscuro de enterrador y una sonrisa de superioridad. Estrechó solemnemente la mano de Lavon como si le diera el pésame por la muerte de una tía lejana y lo condujo por un pasillo decorado con cuadros al óleo de lagos de montaña y prados en flor. Al final del pasillo había una mesa en la que otra mujer, mayor que la primera y de cabello y tez más oscuros, miraba fijamente la pantalla de un ordenador. El despacho de Weber quedaba a la derecha; a la izquierda estaba el de su socio, Walid al Siddiqi. La puerta del despacho del señor Al Siddiqi estaba cerrada a cal y canto. Apostados junto a ella había dos guardaespaldas idénticos, inmóviles como dos tiestos con palmeras. Sus trajes hechos a medida no podían ocultar que ambos iban armados.

Lavon los saludó con una inclinación de cabeza sin obtener a cambio ni siquiera un pestañeo y a continuación fijó la mirada en la mujer. Su cabello, negro como el ala de un cuervo, casi rozaba los hombros de la oscura chaqueta de traje que vestía. Sus ojos eran grandes y marrones. Su nariz, recta y prominente. Su apariencia producía una impresión general de seriedad y quizá también de lejana melancolía. Lavon miró su mano izquierda y vio que no llevaba alianza en el dedo anular, ni anillo de compromiso. Calculó que tendría unos cuarenta años: frisaba la zona de peligro de la eterna soltería. No carecía de atractivo, pero tampoco era muy guapa. El sutil entramado de carne y huesos que componía el rostro humano había conspirado para darle una apariencia vulgar.

—Esta es Jihan Nawaz —anunció *Herr* Weber—. La señorita Nawaz es nuestra jefa de cuentas.

Su saludo fue solo un poco más cordial que el que le había dedicado la recepcionista austriaca. Lavon soltó enseguida su mano fría y siguió a *Herr* Weber a su despacho. Los muebles eran modernos, pero cómodos, y el suelo estaba cubierto por una mullida moqueta que parecía absorber por completo el sonido. *Herr* Weber indicó a Lavon una silla antes de tomar asiento detrás de su escritorio.

—¿En qué puedo serle de utilidad? —dijo con súbita diligencia.

—Me interesaría dejar a su cuidado cierta suma de dinero —contestó Lavon.

—¿Puedo preguntarle cómo ha tenido noticia de nuestro banco?

—Uno de mis socios es cliente suyo.

—¿Puedo preguntarle su nombre?

—Preferiría no decírselo.

Herr Weber levantó una mano como si lo entendiera perfectamente.

—Tengo una pregunta, sin embargo —añadió Lavon—. ¿Es verdad que el banco tuvo problemas hace un par de años?

—Así es, en efecto —reconoció Weber—. El desplome del mercado inmobiliario estadounidense y la consiguiente crisis financiera fueron un duro golpe para nosotros, como para muchos otros banco europeos.

—¿Y entonces se vio obligado a aceptar un socio?

—Lo cierto es que lo acepté encantado.

—El señor Al Siddiqi.

Weber asintió con la cabeza cautelosamente.

—Es libanés, imagino.

—Sirio, en realidad.

—Qué lástima.

—¿El qué?

—La guerra —contestó Lavon.

El semblante inexpresivo de Weber dejó claro que no le interesaba hablar de la situación política del país del que su socio era originario.

—Habla usted alemán como si fuera de Viena —comentó pasado un momento.

—Viví allí una temporada.

—¿Y ahora?

—Tengo pasaporte canadiense, pero prefiero considerarme ciudadano del mundo.

—El dinero no conoce fronteras en los tiempos que corren.

—Por eso precisamente he venido a Linz.

—¿Había estado aquí antes?

—Muchas veces —contestó Lavon sinceramente.

Sonó el teléfono de Weber.

—¿Le importa?

—En absoluto.

El austriaco se acercó el aparato a la oreja y miró fijamente a Lavon mientras escuchaba la voz del otro lado de la línea. La gruesa moqueta engulló su murmullo de respuesta. Tras colgar, preguntó:

—¿Por dónde íbamos?

—Estaba a punto de asegurarme que su banco es solvente y estable y que mi dinero estará a salvo aquí.

—Ambas cosas son ciertas, *Herr* Adler.

—También me interesa la discreción.

—Como sin duda sabe —contestó Weber—, el gobierno austriaco aprobó recientemente ciertas modificaciones de nuestro sistema bancario para satisfacer a nuestros vecinos europeos. Dicho esto, nuestras leyes de privacidad siguen contándose entre las más estrictas del mundo.

—Tengo entendido que establecen un depósito mínimo de diez millones de euros para clientes nuevos.

—Esa es nuestra norma, sí. —Hizo una pausa. Luego preguntó—: ¿Hay algún problema, *Herr* Adler?

—Ninguno en absoluto.

—Eso me parecía. Da usted la impresión de ser una persona muy seria.

Herr Adler aceptó el cumplido con una inclinación de cabeza.

—¿Quién más, dentro del banco, sabrá que tengo cuenta aquí?

—La señorita Nawaz, además de mí.

—¿Y el señor Al Siddiqi?

—El señor Al Siddiqi tiene sus clientes. Yo tengo los míos. —Weber tamborileó con su pluma estilográfica sobre el vade de cuero del escritorio—. Bien, *Herr* Adler, ¿cómo procedemos?

—Tengo intención de depositar diez millones de euros para que los gestionen en mi nombre. Me gustaría que guardara cinco millones en efectivo. El resto quiero que lo invierta. Nada muy complicado —añadió—. Mi meta es la preservación de la riqueza, no su creación.

—No le defraudaremos —contestó Weber—. Debe saber, sin embargo, que cobramos una tarifa por nuestros servicios.

—Sí —contestó Lavon con una sonrisa—. La privacidad tiene un precio.

Armado con su pluma de oro, el banquero anotó algunos datos de Lavon, ninguno de los cuales era cierto. Como contraseña eligió «cantera», una referencia al foso de trabajos forzados de Mauthausen que pasó desapercibida por encima de la calva y reluciente cabeza de *Herr* Weber, quien nunca había tenido tiempo de visitar el monumento en memoria del Holocausto situado a escasos kilómetros de su ciudad natal.

—La contraseña está relacionada con el cariz de mi negocio —explicó Lavon con una sonrisa hipócrita.

—¿Se dedica usted a la minería, *Herr* Adler?

—Algo parecido.

Sin más, el banquero se levantó y dejó a Lavon en manos de la señorita Nawaz, la jefa de cuentas. Había impresos que rellenar, declaraciones que firmar y compromisos que acordar por ambas partes respecto a la política de privacidad y el cumplimiento de la legislación fiscal. La adición de diez millones de euros al balance de la Banca Weber no consiguió ablandar los estirados modales de la señorita Nawaz. No era fría por naturaleza, se dijo Lavon. Se trataba de otra cosa. Miró a los dos guardaespaldas apostados frente a la puerta de Walid al Siddiqi, el salvador sirio del Weber Bank AG. Luego volvió a mirar a Jihan Nawaz.

—¿Un cliente importante? —preguntó.

Ella lo miró inexpresivamente.

—¿Cómo desea hacer el depósito? —preguntó.

—Lo más conveniente sería una transferencia bancaria.

Nawaz le pasó una hoja de papel en la que estaba escrito el código de identificación del banco.

—¿La hacemos ahora mismo? —dijo Lavon.

—Como quiera.

Lavon sacó su teléfono móvil y llamó a un responsable del banco de Bruselas que, sin saberlo, custodiaba gran parte de los fondos operativos de la Oficina para Europa. Informó a su banquero de que deseaba transferir inmediatamente diez millones de euros al Weber Bank AG de Linz, Austria. Luego colgó y sonrió de nuevo a Jihan Nawaz.

—Tendrán el dinero mañana a mediodía, como muy tarde —dijo.

—¿Quiere que lo llame para confirmarle su llegada?

—Por favor.

Herr Adler le pasó una tarjeta. Ella correspondió dándole la suya.

—Si necesita algo más, por favor, no dude en llamarme directamente, *Herr* Adler. Lo ayudaré, si puedo.

Lavon se guardó la tarjeta en el bolsillo de la pechera de su chaqueta de traje, junto con el teléfono móvil. Se puso en pie, estrechó por última vez la mano de Jihan Nawaz y regresó a recepción, donde la bonita joven austriaca lo estaba esperando levantada. Mientras avanzaba por el pasillo enmoquetado, sintió los ojos de los dos guardaespaldas taladrándole la nuca, pero no se atrevió a mirar atrás. Tenía miedo, pensó. Igual que Jihan Nawaz.

34

KING SAUL BOULEVARD, TEL AVIV

Cuesta imaginarlo, pero hubo un tiempo en que los seres humanos no sentían la necesidad de compartir cada segundo que pasaban despiertos con cientos, incluso con miles de millones de perfectos desconocidos. Si uno iba a un centro comercial a comprarse una prenda de ropa, no lo publicaba con detalle, minuto a minuto, en una red social. Y si uno hacía el ridículo en una fiesta, no dejaba un registro fotográfico del lamentable episodio en un álbum de recortes digital que subsistiría para toda la eternidad. Ahora, en cambio, en la era de la inhibición perdida, ningún pormenor de la vida parecía ser demasiado prosaico o humillante para dejar de compartirlo. En la era de Internet, era más importante vivir a bombo y platillo que vivir con dignidad. Los seguidores de Internet tenían más predicamento que los amigos de carne y hueso, pues en ellos residía la promesa ilusoria de la celebridad, de la inmortalidad incluso. De haber vivido hoy en día, Descartes tal vez habría escrito «tuiteo, luego existo».

Los empresarios sabían desde hacía tiempo que la presencia en Internet de un individuo decía muchas cosas de su carácter. Como es lógico, los servicios de inteligencia de todo el mundo habían llegado a la misma conclusión. En tiempos pretéritos, los espías tenían que abrir cartas y revolver cajones para descubrir los secretos mejor guardados de un objetivo o un recluta potencial. Ahora, lo único que tenían que hacer era pulsar unas cuantas teclas y los secretos manaban sobre su regazo: nombres de amigos y enemigos, amores perdidos y viejos rencores, pasiones y deseos ocultos. En manos de un agente experto, tales datos constituían un verdadero mapa de carreteras hacia el corazón humano. Le permitían poner el dedo en cualquier llaga, suscitar cualquier emoción, casi a su antojo. Era fácil, por ejemplo, hacer que un objetivo sintiera miedo si dicho objetivo ya había entregado voluntariamente las claves que daban acceso a sus temores más íntimos. Y lo mismo podía decirse si lo que deseaba el agente era que el objetivo se sintiera feliz.

Jihan Nawaz, jefa de cuentas del Weber Bank AG, nacida en Siria y nacionalizada alemana, no era una excepción. Bien versada en tecnología, era una pionera de Facebook y una usuaria inveterada de Twitter, y recientemente había descubierto las delicias de Instagram. Al peinar sus cuentas, el equipo descubrió que vivía en un pequeño apartamento situado algo más allá del perímetro de la Innere Stadt de Linz, que tenía una gata algo díscola llamada Cleopatra y que su coche, un viejo Volvo, no paraba de darle problemas. Averiguaron el nombre de sus bares y discotecas preferidos, cuáles eran sus restaurantes predilectos y en qué cafetería paraba todas las mañanas camino del trabajo para tomar un café con tostadas. Descubrieron, además, que nunca se había casado y que su último novio formal la había tratado deplorablemente. Pero, sobre todo, descubrieron que nunca había logrado hacer mella en la xenofobia innata de los austriacos y que se sentía sola. La suya era una historia que el equipo entendía muy bien. Jihan Nawaz era la extranjera, como lo habían sido los judíos antes que ella.

Curiosamente, había dos aspectos de su vida de los que nunca hablaba en Internet: su lugar de trabajo y su país de nacimiento. Tampoco había ninguna mención al banco o a Siria en las montañas de *e-mails* privados que los *hackers* de la Unidad 8200, el servicio de vigilancia electrónica de Israel, desenterraron de sus múltiples cuentas. Eli Lavon, que había conocido de primera mano la tensa atmósfera del banco, se preguntaba si Jihan solo estaba cumpliendo un edicto promulgado por Walid al Siddiqi, el hombre que trabajaba detrás de una puerta cerrada custodiada por un par de alauitas armados. Pero Bella Navot sospechaba que el silencio de Jihan obedecía a otros motivos. Y así, mientras el resto del equipo rebuscaba entre despojos digitales, ella se fue a las salas de archivos del departamento de Investigación y empezó a indagar.

Las primeras veinticuatro horas de búsqueda no dieron ningún fruto. Luego, dejándose llevar por una corazonada, sacó sus antiguos expedientes sobre un incidente acaecido en Siria en febrero de 1982. Bajo la dirección de Bella, la Oficina había elaborado dos informes definitivos del incidente: un documento de alto secreto para uso exclusivo de los servicios de inteligencia israelíes y uno sin clasificar que se hizo público a través del Ministro de Exteriores. Ambas versiones del informe contenían el testimonio presencial de una joven cuyo nombre había omitido Bella a fin de proteger su identidad. En el fondo de sus archivos personales, sin embargo, había una trascripción de la declaración original de la chica al final de la cual figuraba su nombre. Dos minutos después, jadeante tras haber hecho corriendo el camino entre el departamento de

Investigación y la sala 456C, puso triunfalmente el documento delante de Gabriel.

—Es Hama —dijo—. La pobrecilla estuvo en Hama.

—¿Qué sabemos en realidad de Walid al Siddiqi?

—Lo suficiente para estar seguros de que es el hombre que estamos buscando, Uzi.

—Hazme ese favor, Gabriel.

Navot se quitó las gafas y se masajeó el puente de la nariz, un gesto que hacía siempre que no estaba seguro de cómo proceder. Estaba sentado ante su gran escritorio de cristal, con un pie apoyado en el vade de sobremesa. Detrás de él, un sol anaranjado descendía lentamente sobre el Mediterráneo. Gabriel lo contempló un momento. Hacía ya bastante tiempo que no veía el sol.

—Es alauita —dijo por fin—, nacido en Alepo. Cuando trabajaba en Damasco, se presentaba como pariente de la dinastía gobernante. Como era de esperar, en los folletos del Weber Bank no se mencionan sus relaciones de parentesco.

—¿Cuáles son esas relaciones?

—Por lo visto es primo lejano de la madre, lo que resulta significativo. Fue la madre quien le dijo al hijo que aplastara a los manifestantes sin contemplaciones.

—Cualquiera diría que te estás viendo con mi mujer.

—Y así es.

Navot sonrió.

—Entonces, Walid al Siddiqi forma parte oficialmente de Maldades y Cía.

—Eso es lo que estoy diciendo, Uzi.

—¿Cómo se hizo rico?

—Empezó su carrera en la industria farmacéutica siria, dirigida por el gobierno, lo que también es significativo.

—Porque la industria farmacéutica siria es una prolongación de su programa de armas químicas y biológicas.

Gabriel asintió lentamente con la cabeza.

—Al Siddiqi se aseguró de que buena parte de los beneficios de la industria fueran a parar directamente a las arcas de la familia. También se aseguró de que las empresas occidentales que querían hacer negocios con Siria pagaran por ese privilegio en forma de sobornos y comisiones. Y, de paso, se hizo muy rico. —Gabriel hizo una pausa y añadió—: Tan rico como para comprar un banco.

Navot arrugó el entrecejo.

—¿Cuándo salió de Siria?

—Hace cuatro años.

—Justo cuando la Primavera Árabe estaba en todo su esplendor —señaló Navot.

—No fue una coincidencia. Al Siddiqi estaba buscando un lugar seguro desde el que gestionar la fortuna de la familia. Y lo encontró cuando un pequeño banco de Linz se metió en líos durante la Gran Recesión.

—¿Crees que el dinero está depositado en cuentas del Weber Bank?

—Una parte de él —contestó Gabriel—. Y Al Siddiqi controla el resto sirviéndose del banco como tarjeta de visita.

—¿*Herr* Weber también está implicado?

—No estoy seguro.

—¿Qué hay de la chica?

—No —contestó Gabriel—. Ella no lo sabe.

—¿Por qué estás tan seguro?

—Porque un primo del tirano sirio jamás confiaría en una chica de Hama para que fuera su jefa de cuentas.

Navot bajó los pies y apoyó sus gruesos antebrazos sobre la mesa. El cristal pareció correr peligro de hacerse añicos bajo el peso de su cuerpo.

—Entonces, ¿qué tienes pensado? —preguntó.

—Está buscando un amigo —contestó Gabriel—. Y voy a proporcionarle uno.

—¿Chico o chica?

—Chica —repuso Gabriel—. Chica, desde luego.

—¿A quién piensas usar?

Gabriel respondió.

—Pero es una analista.

—Habla alemán y árabe con fluidez.

—¿Cómo piensas plantear el asunto?

—Sin rodeos, me temo.

—¿Y la bandera?

—Te aseguro que no será azul y blanca.

Navot sonrió. Cuando había estado en activo, trabajando como *katsa*, las operaciones bajo bandera falsa eran su especialidad. Normalmente se hacía pasar por un agente del espionaje alemán cuando reclutaba a espías de países árabes o dentro de las propias filas de las organizaciones terroristas. Convencer a un árabe de que traicionara su causa o a su país resultaba más fácil si no sabía que estaba trabajando para el Estado de Israel.

—¿Qué piensas hacer con Bella? —preguntó.

—Quiere entrar en activo. Le dije que eso dependía de ti.

—La esposa del jefe no participa en operaciones de calle.

—Se va a llevar una desilusión.

—Estoy acostumbrado.

—¿Y tú, Uzi?

—¿Qué pasa conmigo?

—Me vendría bien tu ayuda para el reclutamiento.

—¿Por qué?

—Porque tus abuelos vivían en Viena antes de la guerra y hablas alemán como un cabrero austriaco.

—Es mejor que ese horrible acento berlinés que tienes tú.

Navot levantó la mirada hacia el panel de televisores, donde una familia de la ciudad sitiada de Homs estaba hirviendo malas hierbas para comer. Era lo único comestible que quedaba en la ciudad.

—Hay otra cosa que debes tener en cuenta —dijo—. Si cometes el más pequeño error, Walid al Siddiqi hará picadillo a esa chica y la arrojará al Danubio.

—En realidad —repuso Gabriel—, primero dejará que los chicos se diviertan un poco con ella. Y luego la matará.

Navot apartó la mirada de la pantalla y miró a Gabriel solemnemente.

—¿Estás seguro de que quieres seguir adelante con esto?

—Absolutamente.

—Confiaba en que esa fuera tu respuesta.

—¿Qué vas a hacer con Bella?

—Llévatela. O, mejor aún, mándala directamente a Damasco. —Volvió a mirar las pantallas y meneó la cabeza lentamente—. Esta maldita guerra se acabaría en una semana.

Esa misma noche, el *Guardian* de Londres publicó un artículo en el que acusaba al régimen sirio de emplear la tortura y el asesinato a escala industrial. El artículo se basaba en un sinfín de fotografías que habían sido sacadas clandestinamente de Siria por el hombre encargado de tomarlas. En ellas se veían miles de cadáveres, principalmente de hombres jóvenes que habían muerto mientras se hallaban detenidos por el gobierno sirio. Algunos habían sido fusilados.

Otros presentaban indicios de haber muerto en la horca o electrocutados. A otros les habían sacado los ojos. Casi todos parecían esqueletos humanos.

Fue con estas imágenes como telón de fondo como el equipo llevó a cabo sus últimos preparativos. A través de Intendencia consiguieron dos pisos francos: un pequeño apartamento en el centro de Linz y una villa grande, de color anaranjado, a orillas del Attersee, cuarenta kilómetros al sur de la ciudad. El departamento de Transporte se encargó de facilitarles coches y motocicletas; el de Identidad, los pasaportes. Gabriel tenía varios entre los que elegir, pero al final se decidió por el de Jonathan Albright, un estadounidense que trabajaba para una empresa llamada Markham Capital Advisers, de Greenwich, Connecticut. Albright no era un consultor financiero cualquiera. Hacía poco, había sacado clandestinamente a un espía ruso de San Petersburgo para llevarlo a Occidente. Y antes de eso había introducido un cargamento de centrifugadoras defectuosas en la cadena de suministros nucleares iraní.

Cuando concluyeron los preparativos, los miembros del equipo abandonaron King Saul Boulevard y se dirigieron a los «puntos de salto» asignados a cada uno, una constelación de pisos francos en la zona de Tel Aviv donde los agentes en activo de la Oficina asumían sus nuevas identidades antes de salir de Israel para cumplir una misión. Como de costumbre, viajaron a su destino a horas distintas y por distintas rutas para no despertar las sospechas de las autoridades de inmigración locales. Mordecai y Oded fueron los primeros en llegar a Austria. Dina Sarid, la última. Su pasaporte la identificaba como Ingrid Roth, originaria de Múnich. Pasó una sola noche en la villa del Attersee. Luego, a las doce de la mañana siguiente, tomó posesión del apartamento de Linz. Esa noche, mientras estaba junto a la ventana del atiborrado cuarto de estar, vio detenerse un viejo Volvo frente al edificio del otro lado de la calle. La mujer que salió de detrás del volante era Jihan Nawaz.

Dina le hizo una fotografía y la envió por vía segura a la sala 456C, donde Gabriel se había quedado trabajando hasta tarde sin más compañía que los expedientes de Bella sobre la masacre de Hama. Salió de King Saul Boulevard unos minutos después de las diez y, saltándose el protocolo habitual, regresó a su apartamento de Narkiss Street para pasar con su mujer su última noche en Israel. Chiara estaba dormida cuando llegó. Se metió en la cama sin hacer ruido y le puso la mano sobre el vientre. Ella se rebulló, le dio un beso soñoliento y volvió a dormirse. Por la mañana, cuando despertó, Gabriel ya se había ido.

35

MÚNICH, ALEMANIA

os servicios de seguridad austriacos conocían bien las muchas versiones del rostro de Gabriel, de modo que el departamento de Viajes decidió que sería mejor enviarle a través de Múnich. Pasó fácilmente por el control de pasaportes como un sonriente y adinerado norteamericano y a continuación un autobús del aeropuerto lo llevó hasta el aparcamiento de estancia prolongada, donde Transporte había dejado un Audi A7 imposible de rastrear. La llave estaba escondida en una cajita magnética, en el hueco de la rueda trasera izquierda. Gabriel la sacó con una pasada de la mano y, agachándose, inspeccionó los bajos del coche por si había algún indicio de explosivos. Al no ver nada fuera de lo normal, se sentó tras el volante y encendió el motor. Habían dejado la radio puesta. La locutora de Deutschlandfunk estaba leyendo un boletín de noticias en voz baja y monótona. A diferencia de muchos de sus compatriotas, a Gabriel no le repelía el sonido del alemán. Era la lengua que había oído en el vientre materno y seguía siendo el idioma de sus sueños. Chiara, cuando hablaba con él en sueños, hablaba alemán.

Encontró el tique del aparcamiento donde Transporte había dicho que estaría (en la consola central, metido dentro de un folleto sobre las discotecas más marchosas de Múnich) y se dirigió a la salida con la precaución propia de un extranjero. El empleado del aparcamiento examinó el tique el tiempo suficiente para que Gabriel sintiera cómo le corría la primera descarga eléctrica por la columna vertebral. Al levantarse la barrera, se dirigió a la entrada de la *autobahn*. Mientras conducía bajo el sol bávaro los recuerdos lo asaltaban a cada paso. A su derecha, flotando sobre el horizonte de Múnich, se veía la Torre Olímpica de la era espacial bajo la cual Septiembre Negro había perpetrado el atentado que lanzó la carrera de Gabriel. Y una hora después, cuando cruzó la frontera austriaca, la primera localidad en la que entró fue Braunau am Inn, el lugar de nacimiento de Hitler. Intentó mantener a raya los recuerdos de Viena, pero no lo consiguió: su capacidad de compartimentación no llegaba a tanto. Oyó vacilar el motor de un coche al encenderse, vio alzarse una llamarada sobre una calle bonita y apacible. Y se sentó de nuevo junto a la cama de Leah en el hospital para decirle que su hijo había muerto. «Deberíamos habernos quedado juntos en Venecia, amor mío. Las cosas habrían sido distintas...». Sí, pensó ahora. Las cosas habrían sido distintas. Él tendría un hijo de veinticinco años. Y no se habría enamorado de una bella joven de la judería veneciana llamada Chiara Zolli.

La casa natal de Hitler estaba en el número 15 de Salzburguer Vorstadt, no muy lejos de la mayor plaza comercial de Braunau. Gabriel aparcó enfrente y se quedó sentado un momento dentro del coche con el motor al ralentí, preguntándose si tendría fuerzas para seguir adelante. Luego, súbitamente, abrió la puerta y cruzó la calle con ímpetu, como si de ese modo eliminara la posibilidad de cambiar de idea. Veinticinco años antes, el alcalde de Braunau había decidido colocar una lápida conmemorativa delante de la casa. Había sido extraída de la cantera de Mauthausen y la inscripción que tenía grabada no hacía mención explícita a los judíos ni al Holocausto. Gabriel se detuvo ante ella, solo, pensando no en el asesinato de seis millones de personas, sino en la guerra que estaba teniendo lugar tres mil kilómetros al suroeste, en Siria. A pesar de todos los libros, los documentales, los homenajes y las declaraciones relativas a los derechos humanos universales, un dictador estaba masacrando de nuevo a su pueblo con gas venenoso y convirtiéndolo en esqueletos humanos que se hacinaban en campos de concentración y prisiones. Era casi como si las lecciones del Holocausto hubieran caído en el olvido. O quizá nunca se habían aprendido, pensó Gabriel.

Una pareja de jóvenes alemanes (su acento característico los identificaba como bávaros) se reunió con él junto a la lápida y habló de Hitler como si fuera un tirano de poca monta de un imperio lejano. Desanimado, Gabriel regresó al coche y prosiguió su viaje a través de la Alta Austria. La nieve se aferraba aún a los picos más altos de las montañas, pero en los valles, donde se hallaban las aldeas, las flores silvestres incendiaban los prados. Entró en Linz unos minutos después de las dos y aparcó junto a la Catedral Nueva. Luego pasó una hora inspeccionando el que pronto sería el campo de batalla más bucólico de la guerra civil siria. En Linz era temporada de festivales. Acababa de terminar un festival de cine y pronto empezaría uno de *jazz*. Pálidos austriacos tomaban el sol en los verdes prados del Parque del Danubio. Allá arriba, una sola nube algodonosa surcaba el cielo azul, como un globo de barrera que hubiera escapado de sus amarras.

La última parada de su ronda de vigilancia fue la rotonda de los tranvías cercana al Weber Bank AG. Aparcado frente a la entrada principal del banco, con el motor al ralentí, había un Mercedes Maybach negro. A juzgar por lo bajo que parecía el suelo del coche, estaba fuertemente blindado. Gabriel se sentó en un banco y dejó pasar dos tranvías. Luego, cuando un tercero se acercaba a la parada, vio que un hombre vestido con elegancia salía del banco y se metía rápidamente en la parte de atrás del Mercedes. Tenía una cara fácil de recordar, de pómulos contundentes y boca extrañamente pequeña y recta. Unos segundos después, el coche pasó velozmente junto a Gabriel convertido en un borrón de color negro. El hombre sostenía ahora, en actitud tensa, un teléfono móvil junto a su oído. El dinero nunca duerme, pensó Gabriel. Ni siquiera el dinero manchado de sangre.

Cuando un cuarto tranvía se deslizó con sigilo en la rotonda, Gabriel subió a bordo y fue en él hasta el otro lado del Danubio. Inspeccionó los bajos del coche por segunda vez para asegurarse de que nadie los había manipulado durante su ausencia. Después puso rumbo al Attersee. La casa estaba situada en la orilla oeste del lago, cerca del pueblo de Litzlberg. Tenía un portón de madera más allá del cual se extendía una avenida flanqueada por pinos y parras en flor. En la explanada delantera había varios coches aparcados, entre ellos un viejo Renault con matrícula corsa. Su propietario esperaba en la puerta abierta de la villa. Vestía de *sport*, con pantalones chinos holgados y jersey de algodón amarillo.

—Soy Peter Rutledge —dijo estirando el brazo hacia Gabriel con una sonrisa—. Bienvenido a Shangri La.

———————————

Se suponía que estaban de vacaciones, de ahí los libros de bolsillo que descansaban abiertos sobre las tumbonas, las pelotas de bádminton dispersas por el césped y la reluciente lancha motora de madera, alquilada por la espléndida suma de veinticinco mil a la semana, que dormitaba al final del largo embarcadero. Dentro de la villa, sin embargo, todo era actividad. Las paredes del comedor estaban llenas de mapas y fotografías y sobre la mesa descansaban, abiertos, varios ordenadores portátiles. En la pantalla de uno de ellos se veía una foto fija de una mansión moderna de acero y cristal situada en los montes que se cernían sobre Linz. En otra aparecía la entrada del Weber Bank AG. A las cinco y diez, *Herr* Weber en persona salió por la puerta y subió a un discreto BMW berlina. Dos minutos más tarde apareció una joven tan pálida y bonita que apenas parecía real. Y después de la joven salió Jihan Nawaz. Cruzó a toda prisa la plazuela y subió al tranvía que esperaba. Y aunque ella no lo supiera, el hombre con la piel picada de viruelas sentado al otro lado del pasillo era un agente del espionaje israelí llamado Yaakov Rossman. Fueron juntos hasta la Mozartstrasse, mirando cada uno hacia su espacio privado, y allí se separaron: Yaakov se fue hacia el oeste, Jihan hacia el este. Cuando llegó a su edificio, Jihan vio a Dina Sarid desmontando de su flamante vespa azul al otro lado de la calle. Las dos mujeres cruzaron una sonrisa fugaz. Luego, Jihan entró en su edificio y subió a su piso. Dos minutos más tarde apareció un mensaje en su cuenta de Twitter. Decía que estaba pensando en pasarse por el bar Vanilli esa noche, a tomar una copa. No hubo respuestas.

***

Durante los tres días siguientes, las dos mujeres circularon por las tranquilas calles de Linz sin que sus trayectorias llegaran a cruzarse. Estuvieron a punto de coincidir en el paseo que había frente al Museo de Arte Moderno y sus miradas se cruzaron un instante en los puestos del Alter Markt. Pero, aparte de eso, el destino parecía empeñado en mantenerlas separadas. Parecían abocadas a seguir siendo vecinas que no se hablaban, desconocidas que se miraban desde lados opuestos de una sima infranqueable.

Su encuentro, sin embargo, se estaba orquestando a espaldas de Jihan Nawaz: lo estaba preparando activamente un grupo de hombres y mujeres que actuaba desde una hermosa villa a orillas de un lago, treinta kilómetros al suroeste de Linz. Lo que estaba en cuestión no era si las dos mujeres llegarían a encontrarse, sino cuándo se produciría el encuentro. Lo único que le faltaba al equipo era una prueba más.

Llegó al amanecer del cuarto día, cuando oyeron a Hamid Khaddam, el abogado londinense de LXR Investments, abrir un par de cuentas en un banco de reputación dudosa de las Islas Caimán. Acto seguido, Khaddam telefoneó a Walid al Siddiqi a su casa en Linz para decirle que las cuentas ya estaban listas para recibir fondos. El dinero llegó veinticuatro horas después, en una transacción vigilada de cerca por los piratas informáticos de la Unidad 8200. La primera cuenta recibió veinte millones de dólares procedentes del Weber Bank AG. La segunda recibió veinticinco millones.

Así pues, solo quedaban por concretar la hora, el lugar y las circunstancias del encuentro entre las dos mujeres. La hora serían las cinco y media de la tarde siguiente; el lugar, la Pfarrplatz. Dina estaba sentada frente al café Meier, leyendo un ejemplar muy manoseado de *Lo que queda del día*, cuando Jihan pasó caminando junto a su mesa, sola, con una bolsa de compra en la mano. Se detuvo bruscamente, dio media vuelta y se acercó a la mesa.

—Qué coincidencia —dijo en alemán.

—¿Qué? —contestó Dina en el mismo idioma.

—Estás leyendo mi libro preferido.

—Por lo que más quieras, no me digas cómo acaba. —Dina dejó la novela sobre la mesa y le tendió la mano—. Soy Ingrid —dijo—. Creo que vivo enfrente de ti.

—Sí, creo que sí. Soy Jihan. —Sonrió—. Jihan Nawaz.

36

LINZ, AUSTRIA

Fueron a pie hasta un pequeño bar, no muy lejos de su calle, donde podían tomar un vino. Dina pidió un *riesling* austriaco, sabiendo perfectamente que, al igual que *Lo que queda del día*, era el favorito de Jihan. El camarero les llenó las copas y se marchó. Jihan levantó la suya y brindó por una nueva amistad. Luego sonrió azorada, como si temiera haberse pasado de presuntuosa. Parecía ávida, nerviosa.

—No llevas mucho tiempo en Linz —comentó.

—Diez días —contestó Dina.

—¿Y dónde estabas antes?

—Vivía en Berlín.

—Berlín es muy distinto de Linz.

—Mucho, sí —convino Dina.

—Entonces, ¿por qué has venido? —Jihan esbozó otra sonrisa

avergonzada—. Lo siento. No debería ser tan cotilla. Es mi peor defecto.

—¿Cotillear la vida de los demás?

—Soy una fisgona, no tengo remedio —contestó asintiendo con la cabeza—. Cuando quieras puedes decirme que no me meta donde no me llaman.

—Ni se me ocurriría. —Dina se quedó mirando su copa—. Mi marido y yo nos divorciamos hace poco. Decidí que necesitaba cambiar de ritmo y por eso vine aquí.

—¿Por qué Linz?

—Mi familia solía pasar los veranos en un lago de la Alta Austria. Siempre me ha encantado esto.

—¿Qué lago?

—El Attersee.

La larga sombra de un campanario iba estirándose por la calle, hacia la mesa. Yossi Gavish y Rimona Stern pasaron por ella riendo como si acabaran de contarse un chiste. Ingrid Roth, divorciada recientemente, pareció entristecerse al ver a la feliz pareja. Jihan puso cara de fastidio.

—Pero no te criaste en Alemania, ¿verdad, Ingrid?

—¿Por qué lo preguntas?

—No hablas alemán como una nativa.

—Mi padre trabajaba en Nueva York —explicó Dina—. Crecí en Manhattan. De pequeña me negaba a hablar alemán en casa. Pensaba que no era nada *cool*.

Si a Jihan su explicación le pareció sospechosa, no dio muestras de ello.

—¿Trabajas en Linz? —preguntó.

—Supongo que eso depende de cómo definas «trabajar».

—Lo defino como ir a una oficina cada mañana.

—Entonces no hay duda: no estoy trabajando.

—Entonces, ¿por qué estás aquí?

«Por ti», pensó Dina. Luego le explicó que había ido a Linz a trabajar en una novela.

—¿Eres escritora?

—Todavía no.

—¿De qué trata tu libro?

—Es una historia de amor no correspondido.

—¿Como la de Stevens y la señorita Kenton?

Señaló con la cabeza la novela que descansaba sobre la mesa, entre ellas.

—Un poco.

—¿Está ambientada en Linz?

—En Viena, en realidad —respondió Dina—. Durante la guerra.

—¿La Segunda Guerra Mundial?

Dina hizo un gesto afirmativo.

—¿Tus personajes son judíos?

—Uno sí.

—¿El chico o la chica?

—El chico.

—¿Y tú?

—¿Yo qué?

—¿Eres judía, Ingrid?

—No, Jihan —contestó Dina—. No soy judía.

El rostro de Jihan permaneció inexpresivo.

—¿Qué me dices de ti? —preguntó Dina cambiando de tema.

—Yo tampoco soy judía —contestó Jihan con una sonrisa.

—Y tampoco eres austriaca.

—Me crié en Hamburgo.

—¿Y antes?

—Nací en Oriente Medio. —Hizo una pausa. Luego añadió—: En Siria.

—Qué guerra tan espantosa —comentó Dina en tono distante.

—Si no te importa, Ingrid, preferiría no hablar de la guerra. Me deprime.

—Entonces fingiremos que la guerra no existe.

—Al menos por ahora.

Jihan sacó un paquete de tabaco de su bolso y, cuando encendió un cigarrillo, Dina notó que le temblaba ligeramente la mano. La primera calada pareció calmarla.

—¿No vas a preguntarme qué hago yo en Linz?

—¿Qué haces en Linz, Jihan?

—Un hombre de mi país compró una participación en un pequeño banco privado. Necesitaba contar con alguien que hablara árabe.

—¿Qué banco?

Jihan contestó sinceramente.

—Imagino que ese compatriota tuyo no se llama Weber —comentó Dina.

—No. —Jihan titubeó. Luego dijo—: Se llama Walid al Siddiqi.

—¿A qué te dedicas exactamente?

Jihan pareció alegrarse de cambiar de tema.

—Soy la jefa de cuentas.

—Suena muy importante.

—Te aseguro que no lo es. Principalmente, abro y cierro cuentas para nuestros clientes. También superviso transacciones con otros bancos e instituciones financieras.

—¿Hay tanto secretismo como dice todo el mundo?

—¿En la banca austriaca?

Dina dijo que sí con la cabeza.

Jihan adoptó una expresión severa.

—El Weber Bank se toma muy en serio la privacidad de sus clientes.

—Parece un eslogan de folleto publicitario.

Jihan sonrió.

—Lo es.

—¿Y qué hay del señor Al Siddiqi? —preguntó Dina—. ¿También se toma muy en serio la privacidad de sus clientes?

La sonrisa de Jihan se evaporó al instante. Dio otra calada a su cigarrillo y miró con nerviosismo la calle desierta.

—Tengo que pedirte un favor, Ingrid —dijo por fin.

—Lo que quieras.

—Por favor, no me hagas preguntas sobre el señor Al Siddiqi. Es más, preferiría que no volvieras a mencionar su nombre.

Media hora después, en la villa del Attersee, Gabriel y Eli Lavon estaban sentados frente a un ordenador portátil escuchando cómo se despedían las dos mujeres en la calle, frente a sus respectivos edificios. Cuando Dina estuvo a salvo en su piso, Gabriel desplazó la barra del reproductor de audio hasta el principio y escuchó la conversación entera por segunda vez. Luego volvió a escucharla. Y quizá la habría escuchado por cuarta vez si Eli Lavon no hubiera estirado el brazo y pulsado el icono de *STOP*.

—Te dije que era la adecuada —comentó.

Gabriel arrugó el ceño. Luego situó el cursor en el minuto 5:47 de la conversación y dio al *PLAY*.

—*¿Tus personajes son judíos?*

—*Uno sí.*

—*¿El chico o la chica?*

—*El chico.*

—*¿Y tú?*

—*¿Yo qué?*

—*¿Eres judía, Ingrid?*

—*No, Jihan. No soy judía.*

Gabriel paró la grabación y miró a Lavon.

—No se puede tener todo, Gabriel. Además, lo importante es esto.

Lavon desplazó la barra hacia delante y volvió a pulsar el PLAY.

—*Abro y cierro cuentas para nuestros clientes. También superviso transacciones con otros bancos e instituciones financieras.*

STOP.

—¿Ves lo que quiero decir? —preguntó Lavon.

—No estoy del todo seguro.

—Coquetea con ella. Haz que se sienta cómoda. Y luego tráela aquí. Pero hagas lo que hagas —añadió Lavon—, no tardes mucho. No me gustaría que el señor Al Siddiqi averiguara que Jihan tiene una nueva amiga que tal vez sea judía o tal vez no.

—¿Crees que le importaría?

—Puede que sí.

—Entonces, ¿cómo lo planteamos?

Lavon deslizó hacia delante la barra y volvió a pulsar el PLAY.

—*Ha sido un placer conocerte, Ingrid. Aunque siento que no nos hayamos conocido antes.*

—*No dejemos pasar otros diez días.*

—*¿Estás libre mañana para comer?*

—*Suelo trabajar a la hora de la comida.*

Lavon detuvo la grabación.

—Creo que Ingrid trabaja demasiado, ¿no te parece?

—Podría ser peligroso romper el ritmo de su rutina de escritura.

—A veces un cambio viene bien. ¿Quién sabe? Tal vez se inspire y escriba una novela diferente.

—¿Cuál sería el argumento?

—Trataría de una chica que decide traicionar a su jefe cuando descubre que está ocultando dinero del peor sujeto del mundo.

—¿Cómo acaba?

—Ganan los buenos.

—¿La chica sale herida?

—Envía el mensaje, Gabriel.

Gabriel envió rápidamente un *e-mail* cifrado a Dina dándole instrucciones de que quedara para comer al día siguiente con Jihan Nawaz. Luego volvió a desplazar la barra y pulsó el PLAY una última vez.

—*¿Y qué hay del señor Al Siddiqi? ¿También se toma muy en serio la privacidad de sus clientes?*

—*Tengo que pedirte un favor, Ingrid.*

—*Lo que quieras.*

—*Por favor, no me hagas preguntas sobre el señor Al Siddiqi. Es más, preferiría que no volvieras a mencionar su nombre.*

STOP.

—Sabe algo —afirmó Lavon—. La cuestión es ¿cuánto?

—Sospecho que lo suficiente para que la maten.

—¿Las reglas de Hama?

Gabriel asintió lentamente con la cabeza.

—Entonces supongo que solo nos queda una opción.

—¿Cuál, Eli?

—Nosotros también jugaremos conforme a las reglas de Hama.

———

Comieron juntas al día siguiente en Ikaan, y la noche posterior fueron a tomar unas copas al bar Vanilli. Gabriel dejó que pasaran dos días más sin nuevos contactos, en parte porque necesitaba trasladar a cierto operativo (es decir, a Uzi Navot) desde Israel al Attersee. Luego, el jueves de esa semana, Jihan y Dina se encontraron en el Alter Markt aparentemente por casualidad. Jihan quiso invitar a Dina a tomar un café, pero Dina se disculpó y le dijo que tenía que seguir escribiendo su novela.

—Pero, ¿haces algo este sábado? —preguntó.

—No estoy segura, ¿por qué?

—Porque unos amigos míos dan una fiesta.

—¿Qué clase de fiesta?

—Comida, bebida, paseos en barca por el lago: lo que suele hacer la gente un sábado por la tarde en verano.

—No quisiera molestar.

—No molestarás. De hecho —añadió Dina—, estoy segura de que mis amigos te convertirán en la invitada de honor.

Jihan sonrió.

—Voy a necesitar un vestido nuevo.

—Y un bañador —repuso Dina.

—¿Te apetece venir conmigo de compras ahora mismo?

—Claro.

—Pero, ¿y tu libro?

—Ya habrá luego tiempo para eso.

37

ATTERSEE, AUSTRIA

Tenían dos opciones: ir en la vespa de Dina o en el viejo Volvo de Jihan. Eligieron el Volvo. Salió petardeando de la Innere Stadt unos minutos después del mediodía y a las doce y media dejó atrás los últimos barrios residenciales de Linz y comenzó a cruzar a toda velocidad la Salzkammergut siguiendo la A1. El tiempo había conspirado para crear un espejismo de alegría. El sol brillaba en un cielo sin nubes y el aire que entraba por las ventanillas abiertas del coche era suave y fresco. Jihan llevaba el vestido blanco de tirantes que Dina había elegido para ella y unas anchas gafas de sol, estilo estrella de cine, que ocultaban sus facciones anodinas. Sus uñas estaban recién pintadas. Su perfume cálido y embriagador llenaba a Dina de un sentimiento de culpa. Había brindado una felicidad ilusoria a una mujer solitaria y sin amigos. Era, pensó, la peor traición que podía haber entre mujeres.

Había llevado en el bolso las instrucciones para llegar en coche, que sacó al salir de la A1 para tomar la Atterseestrasse. Gabriel había insistido en que las llevara y ahora, con la conciencia sublevada, las agarraba con fuerza mientras guiaba a Jihan hacia su destino. Atravesaron un pueblecito turístico y, más allá, un damero de tierras de labor. El lago quedaba a su izquierda, azul profundo y bordeado de verdes montañas. Dina, que hacía el papel de guía turística, le señaló la islita, a la que se llegaba a través de un pantalán, en la que Gustav Klimt había pintado sus célebres paisajes del Attersee.

Más allá de la isla había un puerto deportivo en cuyos muelles destellaban blancos veleros y, más allá del puerto, una colonia de chalés a orillas del lago. Dina fingió dudar un momento cuál era el de su anfitrión. Luego, de pronto, señaló una verja abierta como si le sorprendiera que hubieran llegado tan pronto. Jihan giró hábilmente a la izquierda y enfiló sin prisas la avenida. Dina se alegró de que el fuerte olor a pinos y a parras en flor sofocara momentáneamente el aroma acusador de su perfume. Había varios coches aparcados aquí y allá a la sombra del patio delantero. Jihan encontró un hueco y apagó el motor. Luego estiró el brazo hacia el asiento de atrás para recoger las flores y el vino que había llevado como regalo. Cuando salieron del coche, una oleada de música salía por una ventana abierta: *Trust in me*, de Etta James.

La puerta de la villa también estaba abierta. Al acercarse Dina y Jihan, apareció un hombre de mediana edad, con el cabello fino y revuelto. Vestía una lujosa camisa de vestir de color azul Francia y pantalones claros de lino y llevaba en la muñeca un gran reloj de oro. Sonreía amablemente, pero sus ojos marrones tenían una expresión atenta, vigilante. Jihan dio un par de pasos hacia él y se quedó helada. Volvió la cabeza hacia Dina, que parecía no haber advertido su confusión.

—Quiero que conozcas a un viejo amigo de mi familia —estaba diciendo—. Jihan Nawaz, este es Feliks Adler.

Jihan permaneció inmóvil, sin saber si debía avanzar o retroceder mientras el hombre al que conocía como Feliks Adler bajaba lentamente los escalones. Sin dejar de sonreír, tomó las flores y el vino. Luego miró a Dina.

—Me temo que la señorita Nawaz y yo ya nos conocemos. —Su mirada se deslizó de Dina a Jihan—. Pero no puede decírtelo porque constituiría una violación de las leyes de privacidad de la banca austriaca. —Se detuvo un momento para esbozar otra sonrisa—. ¿No es así, señorita Nawaz?

Jihan permaneció callada. Miraba fijamente las flores que *Herr* Adler tenía en la mano.

—No fue una coincidencia que abriera una cuenta en su banco hace dos semanas —dijo él pasado un momento—. Ni tampoco es coincidencia que esté usted hoy aquí. Verá, señorita Nawaz, Ingrid y yo somos algo más que viejos amigos. También somos colegas.

Jihan lanzó a Dina una torva mirada de furia. Luego volvió a mirar al hombre al que conocía como Feliks Adler. Cuando por fin habló, el eco del miedo se dejó oír en su voz.

—¿Qué quieren de mí? —preguntó.

—Tenemos un problema grave —contestó él—. Y necesitamos su ayuda para resolverlo.

—¿Qué problema?

—Venga dentro, Jihan. Aquí nadie puede hacerle daño. —Sonrió y la tomó suavemente por el codo—. Tome una copa de vino. Únase a la fiesta. Venga a conocer al resto de nuestros invitados.

En el salón de la villa había una mesa dispuesta con comida y bebida. Estaba todavía intacta, y la impresión general que producía era la de una celebración cancelada, o al menos pospuesta. Un viento suave entraba por las puertas cristaleras abiertas, trayendo consigo el rugido ocasional de una lancha motora que pasaba. Al fondo de la habitación había una chimenea apagada junto a la que estaba sentado Gabriel ojeando una carpeta abierta. Vestía traje oscuro sin corbata y estaba irreconocible: llevaba peluca gris, lentes de contacto y gafas. Uzi Navot estaba sentado a su lado con un atuendo similar, y junto a él se hallaba Yossi Gavish, que, vestido con pantalones chinos y americana arrugada, contemplaba el techo con la expresión de un viajero que sufriera aburrimiento terminal.

Solo Gabriel reaccionó ante la llegada de Jihan Nawaz. Cerró su carpeta, la puso sobre la mesa baja que tenía delante y se levantó parsimoniosamente.

—Jihan —dijo con una sonrisa caritativa—, me alegro de que haya venido. —Avanzó hacia ella con cautela, como un adulto acercándose a una niña perdida—. Por favor, perdone el cariz tan poco ortodoxo de nuestra invitación, pero todo se ha hecho con intención de protegerla.

Dijo esto en alemán, con su característico acento berlinés. A Jihan, la joven siria de Hamburgo que ahora vivía en Linz, no le pasó desapercibido.

—¿Quién es usted? —preguntó al cabo de un momento.

—Preferiría no empezar esta conversación mintiéndole —contestó él sin dejar de sonreír—, así que no me molestaré en decirle un nombre. Trabajo para un organismo gubernamental que se ocupa de asuntos relacionados con los impuestos y las finanzas. —Señaló a Navot y Yossi—. Estos caballeros desempeñan funciones parecidas para sus respectivos gobiernos. El grandullón con cara tristona es austriaco, y ese con la ropa tan arrugada que está sentado junto a él es inglés.

—¿Y ellos? —preguntó Jihan señalando con la cabeza a Lavon y Dina.

—Ingrid y *Herr* Adler están a mis órdenes.

—Son muy buenos. —Entornó los ojos y miró a Dina con resentimiento—. Sobre todo ella.

—Lamento que la hayamos engañado, Jihan, pero no teníamos elección. Ha sido todo en pro de su seguridad.

—¿De mi seguridad?

Gabriel dio un paso hacia ella.

—Queríamos reunirnos con usted de un modo que no despertara las sospechas de su jefe. —Hizo una pausa y añadió—: El señor Al Siddiqi.

Ella pareció crisparse al oír su nombre. Gabriel fingió no notarlo.

—Imagino que ha traído su teléfono móvil —dijo como si acabara de ocurrírsele aquella idea.

—Naturalmente.

—¿Podría dárselo a Ingrid, por favor? Es importante que apaguemos nuestros dispositivos móviles antes de proseguir esta conversación. Nunca se sabe quién puede estar escuchando.

Jihan sacó el teléfono de su bolso y se lo entregó a Dina, que lo apagó antes de entrar silenciosamente en la habitación contigua. Gabriel regresó a la mesa baja y volvió a tomar su carpeta. La abrió con ademán grave, como si contuviera material que prefería no airear en público.

—Me temo que el banco para el que trabaja lleva un tiempo sometido a investigación —dijo pasado un momento—. Se trata de una investigación de ámbito internacional, como puede ver por la presencia de mis homólogos de Austria y el Reino Unido. Tenemos pruebas sustanciales que sugieren que el Weber Bank AG es poco más que una organización delictiva que practica el blanqueo de capitales, el fraude y el ocultamiento ilegal de ingresos y bienes sujetos a impuestos. Lo que significa, Jihan, que está usted en un grave aprieto.

—Yo solo soy la jefa de cuentas.

—Exacto. —Extrajo una hoja de papel de la carpeta y la levantó para que la viera—. Cada vez que se abre una cuenta en el Weber Bank, Jihan, su firma aparece en toda la documentación adjunta. Además, se ocupa usted de las transferencias del banco. —Sacó otra hoja de la carpeta, pero esta vez no se la pasó—. Por ejemplo, recientemente transfirió usted una suma bastante importante de dinero al Trade Winds Bank de las Islas Caimán.

—¿Cómo sabe lo de esa transferencia?

—En realidad fueron dos: una por valor de veinticinco millones de dólares y la otra por otros míseros veinte millones. Las cuentas a las que fue transferido el dinero están controladas por LXR Investments. Las abrió un abogado llamado Hamid Khaddan siguiendo instrucciones del señor Al Siddiqi. Hamid Khaddan vive en Londres, pero nació en Siria. —Gabriel levantó la vista de la carpeta—. Igual que usted, Jihan.

Su miedo era palpable. Consiguió levantar un poco la barbilla antes de responder:

—No conozco al señor Khaddan.

—Pero, ¿le suena su nombre?

Ella asintió lentamente con la cabeza.

—¿Y no niega que transfirió usted personalmente el dinero a esas cuentas?

—Solo hice lo que me dijeron.

—¿Se lo dijo el señor Al Siddiqi?

Se quedó callada. Gabriel devolvió los documentos a la carpeta y dejó esta sobre la mesa. Yossi estaba otra vez mirando el techo.

Navot miraba a través de las puertas cristaleras un barco que pasaba, como si deseara ir subido en él.

—Parece que estoy perdiendo el interés de mi público —comentó Gabriel, señalando a los dos hombres inmóviles—. Noto que quieren que vaya al grano para que podamos pasar a asuntos más importantes.

—¿Al grano? —preguntó Jihan con más calma de la que Gabriel habría creído posible.

—A mis amigos de Viena y Londres no les interesa imputar a una empleada de banca subalterna. Y, francamente, a mí tampoco. Queremos al hombre que mueve los hilos en el Weber Bank, al hombre que trabaja detrás de una puerta cerrada a cal y canto, protegida por un par de guardaespaldas armados. —Hizo una pausa y añadió—: Queremos al señor Al Siddiqi.

—Me temo que no puedo ayudarlos.

—Claro que puede.

—¿Tengo elección?

—Todos tenemos elección en esta vida —repuso Gabriel—. Por desgracia, usted decidió aceptar un empleo en el banco menos honrado de toda Austria.

—Yo no sabía que no era honrado.

—Demuéstrelo.

—¿Cómo?

—Diciéndonos todo lo que sepa sobre el señor Al Siddiqi. Y dándonos una lista completa de todos los clientes del Weber Bank, la cantidad de dinero que han depositado en la entidad y la ubicación de los diversos productos financieros en los que se ha invertido el dinero.

—Eso es imposible.

—¿Por qué?

—Porque sería una violación de las leyes bancarias austriacas.

Gabriel puso una mano sobre el hombro de Navot.

—Este hombre trabaja para el gobierno austriaco. Y si él dice que no es una violación de la legislación austriaca, no lo es.

Jihan vaciló.

—Hay otra razón por la que no puedo ayudarlos —dijo por fin—. No tengo acceso completo a los nombres de todos los titulares de cuentas.

—¿No es la jefa de cuentas?

—Por supuesto que sí.

—¿Y el trabajo de la jefa de cuentas no consiste en gestionar las cuentas?

—Evidentemente sí —contestó con el ceño fruncido.

—Entonces, ¿cuál es el problema?

—El señor Al Siddiqi.

—Entonces tal vez debamos empezar por ahí. —Gabriel le puso suavemente la mano sobre el hombro—. Por el señor Al Siddiqi.

38

ATTERSEE, AUSTRIA

L a sentaron en un lugar de honor del cuarto de estar, con Dina, su presunta amiga, a la izquierda, y Gabriel, el anónimo funcionario fiscal de Berlín, a la derecha. Uzi Navot le ofreció comida, que ella declinó, y té, que aceptó. Se lo sirvió al estilo árabe, en un vasito y medianamente dulce. Jihan se permitió tomar un sorbito, sopló con delicadeza y puso el vaso con cuidado sobre la mesa, delante de ella. Después les habló de una tarde del otoño de 2010, cuando se fijó en un anuncio de una publicación financiera en la que se ofrecía un empleo en Linz. Trabajaba entonces en la sede de un importante banco alemán en Hamburgo y estaba explorando discretamente otras opciones de trabajo. Viajó a Linz la semana siguiente para entrevistarse con *Herr* Weber. Luego cruzó el pasillo, pasó junto a un par de guardaespaldas y se reunió en privado con el señor Al Siddiqi. La entrevista tuvo lugar en árabe de principio a fin.

—¿Mencionó él que era sirio? —preguntó Gabriel.

—No era necesario.

—¿Los sirios tienen un acento característico?

Jihan hizo un gesto afirmativo.

—Sobre todo cuando proceden de las montañas de Ansariya.

—¿Esas montañas están al oeste de Siria? ¿Cerca del Mediterráneo?

—En efecto.

—Y están pobladas principalmente por alauitas, ¿no es así?

Ella titubeó. Luego asintió lentamente con la cabeza.

—Discúlpeme, Jihan, pero soy un poco ignorante en lo relativo a asuntos de Oriente Medio.

—La mayoría de los alemanes lo son.

Gabriel aceptó su reproche con una sonrisa conciliadora y prosiguió con el interrogatorio.

—¿Tuvo usted la impresión de que el señor Al Siddiqi era alauita? —preguntó.

—Era evidente.

—¿Usted es alauita, Jihan?

—No —contestó—. No soy alauita.

No ofreció ningún otro detalle sobre su biografía, y Gabriel no le pidió ninguno.

—Los alauitas son los gobernantes de su país, ¿no es así?

—Soy ciudadana alemana y resido en Austria —replicó ella.

—¿Me permite plantear de otro modo la pregunta?

—Adelante.

—La familia gobernante siria es alauita. ¿Es correcto, Jihan?

—Sí.

—Y los alauitas ocupan los puestos más importantes del ejército y de las fuerzas de seguridad sirias.

Esbozó una breve sonrisa.

—Puede que no sea tan ignorante, al fin y al cabo.

—Aprendo muy deprisa.

—Eso salta a la vista.

—¿Le dijo el señor Al Siddiqi que era familia del presidente?

—Lo dio a entender —respondió ella.

—¿Eso le preocupó?

—Fue antes de la Primavera Árabe. —Se quedó callada un momento. Luego agregó—: Antes de la guerra.

—¿Y los dos guardaespaldas de la puerta? —insistió Gabriel—. ¿Cómo justificó el señor Al Siddiqi su presencia?

—Me dijo que unos años antes lo habían secuestrado en Beirut para pedir un rescate.

—¿Y usted le creyó?

—Beirut es una ciudad peligrosa.

—¿Ha estado allí?

—No, nunca.

Gabriel consultó de nuevo su carpeta.

—El señor Al Siddiqi debió de quedar muy impresionado con usted —comentó al cabo de un momento—. Le ofreció un empleo en el acto, por el doble del sueldo que estaba cobrando en su banco de Hamburgo.

—¿Cómo sabe eso?

—Estaba en su página de Facebook. Le contó a todo el mundo que estaba deseando empezar de cero. Sus compañeros de Hamburgo le dieron una fiesta de despedida en un lujoso restaurante a orillas del río. Puedo enseñarle las fotos si quiere.

—No es necesario —repuso ella—. Me acuerdo muy bien de esa noche.

—Y cuando llegó a Linz —prosiguió Gabriel—, el señor Al Siddiqi le tenía preparado un apartamento, ¿no es así? Completamente amueblado: sábanas, platos, cazuelas y sartenes, hasta aparatos electrónicos.

—Estaba incluido en mi paquete de bonificaciones.

Gabriel levantó la vista de la carpeta y arrugó el entrecejo.

—¿No le pareció raro?

—Dijo que quería que mi traslado fuera lo menos doloroso posible.

—¿Esa fue la palabra que empleó? ¿Doloroso?

—Sí.

—¿Y qué le pidió el señor Al Siddiqi a cambio?

—Lealtad.

—¿Nada más?

—No —contestó ella—. Me dijo que no debía hablar con nadie de los asuntos del Weber Bank.

—Tenía motivos para ello.

Ella se quedó callada.

—¿Cuánto tiempo tardó en darse cuenta de que el Weber Bank no era un banco privado corriente, Jihan?

—Empecé a sospecharlo pronto —respondió—. Pero cuando llegó la primavera ya estaba completamente segura.

—¿Qué pasó en primavera?

—Que quince chicos de Daraa hicieron unas pintadas en el muro de un colegio. Y el señor Al Siddiqi empezó a ponerse muy nervioso.

———————

Durante los seis meses siguientes, explicó Jihan, Al Siddiqi estuvo en constante movimiento: Londres, Bruselas, Ginebra, Dubái, Hong Kong, Argentina, a veces todo en la misma semana. Su aspecto comenzó a deteriorarse. Perdió peso. Tenía ojeras. Su preocupación por la seguridad se disparó bruscamente. Cuando estaba en el despacho, cosa que rara vez sucedía, la televisión estaba continuamente sintonizada en Al Yazira.

—¿Estaba siguiendo la guerra? —preguntó Gabriel.

—De manera obsesiva —contestó ella.

—¿Eligió bando?

—¿Usted qué cree?

Gabriel no respondió. Jihan bebió pensativamente un sorbo de té antes de explicarse.

—Estaba furioso con los americanos por pedir al presidente sirio que se hiciera a un lado —dijo por fin—. Decía que iba a pasar lo mismo que en Egipto. Que maldecirían el día en que permitieron que lo derrocaran.

—¿Porque Al Qaeda se adueñaría de Siria?

—Sí.

—¿Y usted, Jihan? ¿Eligió bando en la guerra?

Se quedó callada.

—Sin duda el señor Al Siddiqi sentiría curiosidad por saber qué opinaba.

Ella siguió en silencio. Recorrió nerviosamente la habitación con la mirada, miró las paredes, el techo. Era el mal sirio, pensó Gabriel. El miedo nunca los abandonaba.

—Aquí está a salvo, Jihan —dijo con calma—. Está entre amigos.

—¿Sí?

Miró las caras congregadas a su alrededor. El cliente que no era un cliente. La vecina que no era tal. Los tres funcionarios de Hacienda que tampoco lo eran.

—Una no expresa sus verdaderas opiniones delante de un hombre como el señor Al Siddiqi —dijo pasado un momento—. Sobre todo si tiene familiares que todavía viven en Siria.

—¿Le tenía miedo?

—Tenía motivos para ello.

—Y por eso le dijo que compartía su opinión sobre la guerra.

Ella vaciló. Luego hizo lentamente un gesto afirmativo con la cabeza.

—¿Y es así, Jihan?

—¿Si comparto su opinión?

—Sí.

Otra vacilación. Otra mirada nerviosa en torno a la habitación. Finalmente dijo:

—No, no comparto la opinión del señor Al Siddiqi sobre la guerra.

—¿Apoya usted a los rebeldes?

—Apoyo la libertad.

—¿Es usted yihadista?

Levantó el brazo desnudo y preguntó:

—¿Le parezco una yihadista?

—No —contestó Gabriel con una sonrisa—. Parece una mujer totalmente moderna y occidentalizada que sin duda encuentra deplorable la actuación del régimen sirio.

—Así es.

—Entonces, ¿por qué sigue trabajando para un hombre que apoya a un régimen que está masacrando a sus propios ciudadanos?

—A veces yo me pregunto lo mismo.

—¿La ha presionado el señor Al Siddiqi para que se quede?

—No.

—Entonces quizá se haya quedado por el dinero. A fin de cuentas, le está pagando el doble de lo que ganaba en su trabajo anterior. —Gabriel hizo una pausa y ladeó pensativamente la cabeza—. O puede que se haya quedado por otra razón, Jihan. Puede que se haya quedado porque sentía curiosidad por saber lo que pasaba detrás de esa puerta cerrada protegida por dos guardaespaldas. Tal vez le interesaba saber por qué el señor Al Siddiqi viajaba tanto y había perdido tanto peso.

Ella dudó un momento. Después dijo:

—Puede que sí.

—¿Sabe usted a qué se dedica el señor Al Siddiqi, Jihan?

—Gestiona el dinero de un cliente muy especial.

—¿Conoce el nombre de ese cliente?

—Sí.

—¿Cómo lo averiguó?

—Por accidente.

—¿Por accidente?

—Una noche me dejé la cartera en el trabajo —respondió ella—. Y cuando volví a buscarla, oí algo que se suponía que no debía oír.

39

ATTERSEE, AUSTRIA

Más tarde, al pensar en aquel día, Jihan lo recordaría como el «Viernes Negro». El temor al hundimiento de Grecia hizo que el precio de las acciones se desplomara en Europa y América, y el ministro de Economía suizo anunció que se había ordenado la congelación de activos por valor de doscientos millones, vinculados a la dinastía gobernante siria y sus colaboradores. La noticia dejó estupefacto al señor Al Siddiqi, que permaneció atrincherado en su despacho casi toda la tarde, saliendo solo una o dos veces para gritar a Jihan por asuntos triviales. Ella pasó la última hora de su jornada laboral mirando el reloj, y al dar las cinco se precipitó hacia la puerta sin desearles buen fin de semana al señor Al Siddiqi y a *Herr* Weber, como tenía por costumbre. Solo después, cuando se estaba vistiendo para cenar, se dio cuenta de que se había dejado la cartera en el despacho.

—¿Cómo entró en el banco? —preguntó Gabriel.

—Con mis llaves, naturalmente.

—No sabía que tenía un juego propio.

Jihan las sacó del bolso y las levantó para que Gabriel las viera.

—Como sabe —dijo—, el Weber Bank no es un banco comercial. Somos un banco privado, lo que significa que nos dedicamos principalmente a la gestión de capitales para particulares adinerados.

—¿Tienen dinero en efectivo a mano?

—Una suma pequeña.

—¿Ofrece el banco cajas de depósito a sus clientes?

—Desde luego.

—¿Dónde están?

—Por debajo del nivel de la calle.

—¿Tiene usted acceso a ellas?

—Soy la jefa de cuentas.

—¿Lo que significa?

—Que puedo moverme con libertad por el banco, con excepción de los despachos de *Herr* Weber y el señor Al Siddiqi.

—¿Tiene prohibida la entrada?

—A menos que se me invite a pasar.

Gabriel se quedó callado como si estuviera asimilando aquella información y luego pidió a Jihan que retomara su relato sobre lo sucedido el Viernes Negro. Ella explicó que regresó al banco en su coche y que entró por la puerta principal usando su juego de llaves. Una vez abierta la puerta, tenía treinta segundos para introducir el código de ocho dígitos en el panel de control del sistema de seguridad. De lo contrario, saltaría la alarma y la mitad de la policía de Linz se presentaría en cuestión de minutos. Pero cuando se acercó al panel, vio que el sistema de alarma no estaba activado.

—¿Lo que significaba que había alguien más en el banco?

—Exacto.

—¿Era el señor Al Siddiqi?

Jihan asintió lentamente.

—Estaba en su despacho. Hablando por teléfono.

—¿Con quién?

—Con alguien que estaba muy molesto porque el gobierno suizo acabara de congelar sus activos financieros.

—¿Sabe usted quién era?

—No —contestó—. Pero sospecho que era alguien poderoso.

—¿Por qué lo dice?

—Porque el señor Al Siddiqi parecía asustado. —Se quedó callada un momento—. Fue muy chocante. No lo olvidaré nunca.

—¿Los guardaespaldas estaban presentes?

—No.

—¿Por qué razón?

—Imagino que les había dicho que se marcharan.

Gabriel le preguntó qué había hecho a continuación. Jihan contestó que recogió su cartera y salió del banco a toda prisa. El lunes por la mañana, cuando volvió al trabajo después del fin de semana, tenía una nota esperándola en su mesa. Era del señor Al Siddiqi. Quería hablar con ella en privado.

—¿Por qué quería verla?

—Dijo que quería disculparse. —Sonrió inesperadamente—. Otra cosa chocante.

—¿Disculparse por qué?

—Por haberme gritado el viernes anterior. Era mentira, por supuesto —añadió enseguida—. Quería ver si había oído algo cuando estuve en el banco esa noche.

—¿Sabía que había estado allí?

Hizo un gesto afirmativo.

—¿Cómo?

—Tiene la costumbre de revisar la memoria de las cámaras de vigilancia. De hecho, están conectadas directamente con el ordenador de su mesa.

—¿Le preguntó sin rodeos qué había oído?

—El señor Al Siddiqi nunca hace nada sin rodeos. Prefiere andarse por las ramas.

—¿Qué le dijo?

—Lo suficiente para que se quedara tranquilo.

—¿Y la creyó?

—Sí —contestó tras pensar un momento—. Creo que sí.

—¿Y ahí acabó todo?

—No —repuso ella—. Quería hablar sobre la guerra.

—¿Sobre la guerra?

—Me preguntó si la familia que tenía en Siria se encontraba bien. Quería saber si podía hacer algo por ayudarlos.

—¿Era un ofrecimiento sincero?

—Cuando un pariente de la familia presidencial ofrece ayuda, normalmente quiere decir lo contrario.

—¿La estaba amenazando?

Se quedó callada.

—Y sin embargo se quedó usted —añadió Gabriel.

—Sí —contestó ella—, me quedé.

—¿Y su familiares? —preguntó él, consultando de nuevo su carpeta—. ¿Se encuentran bien, Jihan?

—Varios han muerto o han resultado heridos.

—Lo lamento mucho.

Ella asintió una vez con la cabeza pero no dijo nada.

—¿Dónde murieron?

—En Damasco.

—¿Usted es de allí, Jihan?

—Viví allí una temporada de niña.

—Pero, ¿no nació allí?

—No —respondió—. Nací al norte de Damasco.

—¿Dónde?

—En Hama —dijo—. Nací en Hama.

40

ATTERSEE, AUSTRIA

Se hizo el silencio en la habitación, un silencio pesado y aterrador como el que cae a plomo sobre un mercado de gente tras un atentado suicida. Bella entró sin presentarse y se acomodó en una silla vacía, justo enfrente de Jihan. Las dos mujeres se miraron con fijeza, como si compartieran un terrible secreto, mientras Gabriel hojeaba distraídamente su carpeta. Cuando por fin volvió a hablar, adoptó un tono de indiferencia clínica, como un médico que estuviera haciendo un chequeo de rutina a un paciente por lo demás sano.

—¿Tiene usted treinta y ocho años, Jihan? —preguntó.

—Treinta y nueve —puntualizó ella—. Pero, ¿nunca le han dicho que es de muy mala educación preguntarle la edad a una mujer?

Su comentario suscitó tibias sonrisas en torno a la mesa, que se disiparon cuando Gabriel formuló su siguiente pregunta.

—Lo que significa que nació en... —Su voz se apagó como si intentara hacer el cálculo.

Jihan le facilitó la respuesta sin necesidad de que insistiera.

—Nací en 1976 —dijo.

—¿En Hama?

—Sí —contestó—. En Hama.

Bella miró a su marido, que estaba mirando hacia otra parte. Gabriel hojeaba de nuevo su carpeta con la devoción de un recaudador de impuestos por el papel impreso.

—¿Y cuándo se trasladó a Damasco, Jihan? —preguntó.

—En otoño de 1982.

Gabriel levantó la vista bruscamente y arrugó la frente.

—¿Por qué, Jihan? —preguntó—. ¿Por qué se marchó de Hama en otoño de 1982?

Ella le devolvió la mirada en silencio. Miró luego a Bella, la recién llegada, la mujer sin trabajo ni propósito aparente, y formuló su respuesta.

—Nos marchamos de Hama —dijo— porque en el otoño de 1982 Hama ya no existía. La ciudad había desaparecido. Había sido borrada de la faz de la Tierra.

—¿Hubo enfrentamientos entre el régimen y los Hermanos Musulmanes?

—No fue un enfrentamiento —respondió ella—. Fue una masacre.

—¿Y por eso su familia y usted se trasladaron a Damasco?

—No —contestó ella—. Me fui yo sola.

—¿Por qué, Jihan? —preguntó Gabriel cerrando la carpeta—. ¿Por qué se fue sola a Damasco?

—Porque ya no tenía familia. Ni familia, ni ciudad. —Miró de nuevo a Bella—. Estaba sola.

Para comprender lo sucedido en Hama, prosiguió Jihan, hacía falta saber lo que había ocurrido previamente. La ciudad, célebre por sus gráciles norias a lo largo del río Orontes, se había considerado antaño la más bella de Siria. Era, además, famosa por el fervor inusitado de su Islam suní. Las mujeres de Hama llevaban el velo mucho antes de que se pusiera de moda en el resto del mundo musulmán, sobre todo en el viejo barrio de Barudi, donde la familia Nawaz vivía en un apartamento abarrotado. Jihan era la menor de cinco hermanos y la única chica. Su padre carecía de educación formal y se ganaba la vida haciendo trabajos ocasionales en el zoco viejo, al otro lado del río. Se dedicaba, sobre todo, a estudiar el Corán y a despotricar contra el dictador sirio, a quien consideraba un hereje y un campesino que no tenía derecho a gobernar a los suníes. No formaba parte de los Hermanos Musulmanes, pero apoyaba su propósito de convertir Siria en un estado islámico. Fue detenido y torturado en dos ocasiones por la Mujabarat, y en cierta ocasión lo obligaron a bailar en la calle mientras cantaba las alabanzas del presidente y su familia.

—Era la peor de las ofensas —explicó Jihan—. Como suní devoto, mi padre no escuchaba música. Y nunca bailaba.

Sus recuerdos personales del conflicto que condujo a la masacre eran, como poco, borrosos. Recordaba algunos de los mayores atentados terroristas de los Hermanos Musulmanes (en particular uno sucedido en Damasco en el que murieron sesenta y cuatro personas inocentes) y recordaba también los cadáveres acribillados a balazos en los callejones de Barudi, víctimas de las ejecuciones sumarias que perpetraban los agentes de la Mujabarat. Pero, como la mayoría de los hamauitas, no presintió la catástrofe que estaba a punto de abatirse sobre la bella ciudad a orillas del Orontes. Después, una noche fría y húmeda de principios de febrero, se corrió la voz de que varias unidades de las Compañías de Defensa se habían introducido secretamente en la ciudad. Intentaron llevar a cabo su primera redada en Barudi, pero los Hermanos Musulmanes los estaban esperando. Varios hombres del régimen cayeron abatidos por una andanada de disparos. Acto seguido, los Hermanos Musulmanes y sus seguidores lanzaron una serie de ataques mortíferos por toda la ciudad contra miembros del Partido Baaz y la Mujabarat. Desde los minaretes se lanzaba la misma consigna: «¡Levantaos y expulsad de Hama a los infieles!». Había comenzado la batalla por la ciudad.

Los éxitos iniciales de los Hermanos Musulmanes desataron la furia del régimen como nunca antes. Durante las siguientes tres semanas, el ejército sirio usó tanques, helicópteros de combate y artillería para convertir Hama en un montón de escombros. Y al concluir la fase militar de la operación, los expertos en demolición dinamitaron todos los edificios que quedaban en pie y apisonaron los escombros. Quienes lograron sobrevivir a la matanza fueron agrupados y trasladados a centros de detención. Todos los sospechosos de tener algún vínculo con la Hermandad fueron brutalmente torturados y asesinados. Los cadáveres se enterraron en fosas comunes y se cubrieron con asfalto.

—Hoy en día, caminar por las calles de Hama —concluyó Jihan— es caminar sobre los huesos de los muertos.

—Pero usted sobrevivió —dijo Gabriel con calma.

—Sí —contestó ella—. Sobreviví.

Una lágrima se deslizó por su mejilla, dejando una estela que se extendió hasta su mentón. Se la limpió bruscamente, como si temiera mostrar sus emociones delante de desconocidos, y luego se enderezó el bajo del vestido.

—¿Y su familia? —preguntó Gabriel, interrumpiendo su silencio—. ¿Qué fue de ellos?

—Mi padre y mis hermanos fueron asesinados durante los combates.

—¿Y su madre?

—La mataron unos días después. Había dado a luz a cuatro enemigos del régimen. No podían dejarla vivir.

Otra lágrima escapó de su ojo. Esta vez no le prestó atención.

—¿Y usted, Jihan? ¿Qué suerte corrió?

—Me mandaron a un campo de prisioneros junto con los otros niños de Hama. Estaba en el desierto, no sé muy bien dónde. Unos meses después, la Mujabarat me permitió ir a Damasco, a casa de un primo lejano. Nunca me tuvo mucho aprecio, así que me mandó a Alemania, a vivir con su hermano.

—¿En Hamburgo?

Asintió lentamente.

—Vivíamos en Marienstrasse, número cincuenta y siete. —Se quedó callada un momento y luego preguntó—: ¿Han oído hablar de esa calle? ¿De Marienstrasse?

Gabriel dijo que no. Otra mentira.

—Había unos chicos que vivían enfrente, en el número cincuenta y cuatro. Eran musulmanes. Árabes. A mí uno de ellos me parecía bastante guapo. Era callado, muy reservado. Nunca me miraba a los ojos cuando nos cruzábamos en la calle porque no llevaba velo. —Su mirada se deslizó de cara en cara—. ¿Y saben quién resultó ser ese chico? Era Mohamed Atta. —Sacudió la cabeza lentamente—. Era casi como si no hubiera salido de Barudi. Había cambiado un barrio islamista por otro.

—Pero, ¿no le interesaba la política de Oriente Medio?

—No, nunca —contestó negando resueltamente con la cabeza—. Me esforcé por ser una buena chica alemana, aunque a los alemanes no les gustara mucho. Fui al colegio y a la universidad y luego conseguí trabajo en un banco alemán.

—Y después vino a Linz —dijo Gabriel—. Y aceptó trabajar para un hombre que mantenía estrechos lazos con las personas que asesinaron a su familia.

Se quedó callada.

—¿Por qué? —preguntó Gabriel—. ¿Por qué aceptó trabajar para un hombre como Walid Al Siddiqi?

—No lo sé.

Miró los rostros congregados a su alrededor. El cliente que no era un cliente. La vecina que no era tal. Los tres funcionarios de Hacienda que no lo eran.

—Pero me alegro de haberlo hecho.

Gabriel sonrió.

—Yo también.

41

ATTERSEE, AUSTRIA

Para entonces era ya media tarde. Fuera se había calmado el viento y la superficie del lago semejaba una lámina de cristal tintado. Jihan parecía de pronto agotada. Miraba por las puertas abiertas de la terraza con la expresión exhausta de un refugiado. Gabriel recogió rápidamente sus papeles y se quitó la chaqueta de burócrata. Luego, condujo a solas a Jihan por el jardín, hasta la lancha de madera amarrada al final del largo embarcadero. Montó primero y, dándole la mano, la ayudó a subir a la zona de asientos de popa. Ella se puso sus gafas de sol de estrella de cine y se sentó esmeradamente, como si fuera a posar para una fotografía. Gabriel puso en marcha el motor, quitó las amarras y dejó la lancha a la deriva. Se apartó del muelle despacio, como si no quisiera dejar una estela en el agua, y viró hacia el sur. El cielo seguía despejado, pero en los picos de las montañas, al otro lado del lago, habían quedado prendidos los jirones de una nube pasajera. Los austriacos llamaban a aquella sierra Höllengebirge, los Montes del Infierno.

—Maneja muy bien la lancha —comentó Jihan a su espalda.

—Antes, cuando era más joven, navegaba un poco.

—¿Dónde?

—En el Báltico —respondió él—. De niño pasaba allí los veranos.

—Sí —dijo Jihan en tono distante—. Y también tengo entendido que Ingrid solía pasar los veranos aquí, en el Attersee.

Estaban solos en medio del lago. Gabriel apagó el motor y giró su silla para mirarla.

—Ya lo sabe todo de mí —comentó ella—. Yo, en cambio, no sé nada de usted. Ni siquiera su nombre.

—Es por su seguridad.

—O quizá por la suya. —Se levantó las gafas de sol para que le viera los ojos. El sol de la tarde los iluminó—. ¿Sabe qué me ocurrirá si el señor Al Siddiqi descubre alguna vez que les he contado esas cosas?

—Que la matará —contestó Gabriel rotundamente—. Por eso no vamos a permitir que lo descubra.

—Puede que ya lo sepa. —Lo miró un momento con seriedad—. O puede que trabaje usted para el señor Al Siddiqi. Puede que ya esté muerta.

—¿Tengo pinta de trabajar para el señor Al Siddiqi?

—No —reconoció ella—. Pero tampoco tiene pinta de funcionario de Hacienda alemán.

—Las apariencias pueden ser engañosas.

—Y los funcionarios de Hacienda alemanes también.

Un soplo de viento cruzó la embarcación y rizó la superficie del lago.

—¿Huele eso? —preguntó Jihan—. El aire huele a flores.

—Lo llaman el *Rosenwind*.

—¿De veras?

Él asintió con la cabeza. Jihan cerró los ojos y aspiró aquel perfume.

—Mi madre se ponía siempre un poquito de aceite de rosas a un lado del cuello y en el bajo de su *hiyab*. Cuando los sirios estaban bombardeando Hama, me abrazaba muy fuerte para que no tuviera miedo. Yo solía apretar la cara contra su cuello para oler a rosas y no al humo de los incendios. —Abrió los ojos y miró a Gabriel—. ¿Quién es usted? —preguntó.

—Soy la persona que va a ayudarla a concluir lo que ha empezado.

—¿Qué significa eso?

—Se ha quedado en el Weber Bank por una razón, Jihan. Quería saber qué se traía entre manos el señor Al Siddiqi. Y ahora ya sabe que está escondiendo dinero para el régimen. Miles de millones de dólares que deberían haberse gastado en educar y atender al pueblo sirio. Miles de millones de dólares depositados en una red de cuentas bancarias dispersas por todo el mundo.

—¿Qué piensa hacer al respecto?

—Voy a convertir de nuevo a la familia gobernante siria en campesinos de las montañas de Ansariya. —Hizo una pausa y añadió—: Y usted va a ayudarme.

—No puedo.

—¿Por qué?

—Porque no puedo conseguir la información que busca.

—¿Dónde está?

—Una parte, en el ordenador del despacho del señor Al Siddiqi. Un ordenador muy seguro.

—La seguridad informática es un mito, Jihan.

—Por eso mismo, la información verdaderamente importante no la guarda ahí. Sabe que no se puede confiar en un aparato electrónico.

—¿Me está diciendo que lo tiene todo en la cabeza?

—No —contestó ella—. Aquí.

Se puso la mano sobre el corazón.

—¿Lo lleva encima?

—En un cuadernito con tapas de piel —respondió Jihan asintiendo con la cabeza—. Lo lleva en el bolsillo de la pechera de la chaqueta o en el maletín, pero nunca lo pierde de vista.

—¿Qué contiene ese cuaderno?

—Una lista de números de cuenta, instituciones y balances puestos al día. Muy sencillo. Muy rudimentario.

—¿Usted lo ha visto?

Hizo un gesto afirmativo.

—Lo tenía sobre la mesa una vez que me llamó a su despacho. Está escrito de su puño y letra. Las cuentas canceladas o que han cambiado, las tacha con una sola raya.

—¿Hay otras copias?

Jihan negó con la cabeza.

—¿Está segura?

—Absolutamente —contestó—. Guarda solo una copia. De ese modo, si alguien tuviera acceso al cuaderno, se enteraría.

—¿Y si sospechara que alguien lo ha visto?

—Supongo que tiene forma de cerrar las cuentas.

Sopló una brisa ligera, y pareció que entre ellos había un ramo de rosas. Jihan volvió a ponerse las gafas de sol y pasó la yema de un dedo por la superficie del agua.

—Hay un problema —dijo al cabo de un momento—. Si desaparecen varios miles de millones de dólares en activos sirios, el señor Al Siddiqi y sus amigos de Damasco empezarán a buscarlos. —Se quedó callada un momento. Luego agregó—: Lo que significa que también tendrá usted que hacerme desaparecer a mí. —Retiró la mano del agua y miró a Gabriel—. ¿Puede hacerlo?

—En un abrir y cerrar de ojos.

—¿Estaré a salvo?

—Sí, Jihan. Estará a salvo.

—¿Dónde viviré?

—Donde quiera. Dentro de un orden, claro.

—Me gusta esto —dijo, paseando la mirada por las montañas—. Pero quizás esté demasiado cerca de Linz.

—Entonces habrá que buscar un sitio parecido.

—Necesitaré una casa. Y un poco de dinero. No mucho —añadió rápidamente—. Lo justo para vivir.

—Algo me dice que el dinero no va a ser problema.

—Asegúrese de que no sea dinero del presidente. —Hundió de nuevo el dedo en el lago—. Está manchado de sangre.

Pareció estar escribiendo algo en el agua. Gabriel se sintió tentado de preguntarle qué era, pero la dejó en paz. Un jirón de nubes se había desprendido de los Montes del Infierno y flotaba sobre sus cabezas. Parecía estar tan cerca que Gabriel tuvo que resistirse al impulso de estirar el brazo para agarrarlo.

—Aún no me ha explicado cómo ha dado conmigo —dijo Jihan de repente.

—No me creería si se lo dijera.

—¿Es una buena historia?

—Confío en que sí.

—Tal vez Ingrid pueda escribirla en vez de la historia que está escribiendo ahora. Nunca me han gustado las historias de Viena durante la guerra. Se parecen demasiado a Hama. —Levantó la mirada del agua y la fijó en Gabriel—. ¿Me dirá alguna vez quién es?

—Cuando esto acabe.

—¿Me está diciendo la verdad?

—Sí, Jihan. Le estoy diciendo la verdad.

—Dígame su nombre —insistió—. Dígamelo ahora y lo escribiré en el agua. Y cuando desaparezca, me olvidaré de él.

—Me temo que las cosas no funcionan así.

—¿Me dejará al menos que pilote la lancha de vuelta a la casa?

—¿Sabe pilotar?

—No.

—Venga aquí —contestó él—. Voy a enseñarle.

———————————

Se quedó en la villa del Attersee hasta mucho después de que oscureciera. Después, con Dina a su lado, regresó a Linz al volante de su desvencijado Volvo. Pasó gran parte del viaje intentando averiguar el nombre y el origen del hombre que iba a robar la fortuna ilícita de la dinastía gobernante siria, pero Dina no se dejó sonsacar. Habló únicamente de la fiesta a la que no habían asistido, de un arquitecto joven y guapo al que parecía haberle gustado Jihan, y del olor delicioso de las flores que llevaba el aire nocturno. Cuando llegaron a las afueras de la ciudad, hasta Jihan parecía haber borrado de su memoria lo sucedido esa tarde.

—¿De veras crees que va a llamarme? —preguntó refiriéndose al arquitecto imaginario.

—Sí —dijo Dina, y sintió de nuevo el peso de la culpa sobre los hombros—. Creo que sí.

Pasaban pocos minutos de las doce cuando entraron en la tranquila callecita de la Innere Stadt. Se despidieron con sendos besos en la mejilla y subieron a sus respectivos apartamentos. Cuando Dina entró en el suyo, vio la silueta de un hombre fornido sentado rígidamente en el poyete de la ventana. Estaba mirando por las rendijas de la persiana. En el suelo, a sus pies, había una HK de nueve milímetros.

—¿Alguna cosa?

—No —contestó Christopher Keller—. Está limpia.

—¿Te preparo un café?

—No, no quiero nada.

—¿Algo de comer?

—He traído comida.

—¿Quién va a relevarte?

—No está previsto que me releve nadie en un futuro inmediato.

—Pero tienes que dormir en algún momento.

—Soy del SAS —dijo Keller con la mirada todavía fija en la oscuridad—. No necesito dormir.

CUARTA PARTE

EL TANTO

42

LONDRES

Pero, ¿cómo apoderarse del cuaderno el tiempo suficiente para sustraer su contenido? ¿Y cómo hacerlo sin que Walid al Siddiqi se diera cuenta de que faltaba? Esos eran los interrogantes con los que el equipo luchó a brazo partido después de que Jihan abandonara la villa a orillas del Attersee. La solución más obvia era una suerte de «alunizaje» al estilo de la Oficina, pero Gabriel rechazó de plano la propuesta. Insistió en que la operación se llevara a cabo sin derramamiento de sangre y de tal forma que el clan que gobernaba en Siria no llegara a sospechar que algo raro pasaba con su dinero. Tampoco aceptó la propuesta que Yaakov formuló con escaso entusiasmo: tenderle una trampa tentadora. El señor Al Siddiqi era, a todas luces, un hombre sin vicios personales más allá de gestionar el botín de un genocida.

En la Oficina había una máxima, acuñada por Shamron y labrada en piedra, que afirmaba que, en ocasiones, los problemas sencillos tienen soluciones sencillas. Y la solución a su problema, afirmó Gabriel, tenía tan solo dos componentes: tenían que persuadir a Walid al Siddiqi para que subiera a un avión y tenían que forzarlo a cruzar la frontera de un país aliado. Es más, añadió, el equipo debía saber con antelación cuándo iban a suceder ambas cosas.

Lo que explicaba por qué al día siguiente, a primera hora, después de dormir espasmódicamente (en caso de que llegara a dormir algo), Gabriel subió a su Audi alquilado y abandonó Austria siguiendo la misma ruta por la que había entrado en el país. Alemania nunca le había parecido tan bella. Los verdes campos de labor de Baviera eran su Edén; Múnich, con la aguja de la Torre Olímpica asomando como un minarete por encima de la neblina veraniega, era su Jerusalén. Dejó el coche en el aparcamiento de larga estancia del aeropuerto de Múnich y se apresuró a embarcar en el vuelo de British Airways de las diez y media con destino a Londres. Su compañero de asiento era un inglés de Birmingham aficionado a empinar el codo desde por la mañana, y Gabriel, apenas unas horas después de su entrevista con Jihan, volvía a ser Jonathan Albright, de Markham Capital Advisers. Había ido a Múnich, explicó, a sondear la posibilidad de comprar una empresa tecnológica alemana. Y sí, añadió tímidamente, prometía ser una operación sumamente lucrativa.

En Londres estaba lloviendo: un temporal de negros y bajos nubarrones que había sumido el aeropuerto de Heathrow en un estado de oscuridad permanente. Gabriel pasó como una exhalación por el control de pasaportes y siguió las indicaciones amarillas hasta el vestíbulo de llegadas, donde lo esperaba Nigel Whitcombe con la gabardina empapada y aspecto de ser el gobernador colonial de un rincón lejano del Imperio.

—Señor Baker —dijo al estrechar desmayadamente la mano de Gabriel—, me alegro de volver a verlo. Bienvenido de vuelta a Inglaterra.

Whitcombe tenía un Vauxhall Astra que conducía a gran velocidad y con indolente destreza. Entró en Londres siguiendo la M4. Luego, a petición de Gabriel, dio un par de vueltas por Earl's Court y West Kensington para asegurarse que nadie los seguía y finalmente se dirigió a una casita reformada en Maida Vale. La puerta delantera era del color de la corteza de limón y en el felpudo se leía BENDITOS SEAN TODOS LOS QUE ENTRAN EN ESTA CASA. Graham Seymour estaba sentado en la biblioteca con un volumen de Trollope abierto sobre el regazo. Al entrar Gabriel solo, el jefe del MI6 cerró el libro sin prisas, se levantó y lo colocó en su sitio en la estantería.

—¿De qué se trata ahora? —preguntó.

—De dinero —contestó Gabriel.

—¿Dinero de quién?

—Del pueblo sirio, aunque de momento —añadió Gabriel— esté en manos de Maldades y Cía.

Seymour levantó una de sus aristocráticas cejas.

—¿Cómo lo has encontrado? —quiso saber.

—Jack Bradshaw me indicó el camino. Y una mujer llamada Jihan me dijo cómo apoderarme del mapa del tesoro.

—Y tú, imagino, piensas desenterrarlo.

Gabriel se quedó callado.

—¿Qué necesitas del Servicio Secreto de Su Majestad?

—Permiso para llevar a cabo una operación en suelo británico.

—¿Habrá muertos?

—Creo que no.

—¿Dónde tendrá lugar?

—En la Tate Modern, si todavía está disponible.

—¿Algún otro sitio?

—El aeropuerto de Heathrow.

Seymour arrugó el ceño.

—Tal vez debas empezar por el principio, Gabriel. Y esta vez —añadió—, quizá sea buena idea que me lo cuentes todo.

Había sido Jack Bradshaw, el espía británico caído en desgracia y perista de cuadros robados, quien había propiciado la primera reunión entre Gabriel y Graham Seymour, y fue por él por donde Gabriel dio comienzo a su relato. Fue un relato minucioso pero, como no podía ser de otra manera, plagado de omisiones. Gabriel no mencionó, por ejemplo, el nombre del ladrón de cuadros que le había contado que el Caravaggio desaparecido desde hacía décadas se había vendido recientemente. Tampoco identificó al falsificador magistral al que había encontrado muerto en su estudio parisino, ni a los ladrones que habían sustraído *Los girasoles* del Rijksmuseum Vincent van Gogh de Ámsterdam, ni al policía secreto suizo que le había franqueado las puertas de la galería secreta de Jack Bradshaw en la Zona Franca de Ginebra. Había sido la carta encontrada en la caja fuerte de Bradshaw —explicó— la que lo había conducido a LXR Investments y, finalmente, a un pequeño banco privado de Linz. Omitió, en cambio, que la pista lo había llevado previamente a un bufete de abogados panárabe con sede en Great Suffolk Street.

—¿Quién era el tipo que sacó a la venta tu versión del Van Gogh en París? —preguntó Seymour.

—Pertenecía a la Oficina.

—¿De veras? —dijo Seymour dubitativo—. Porque en la calle se decía que era británico.

—¿Quién crees que hizo correr ese rumor, Graham?

—Piensas en todo, ¿no? —Seymour seguía de pie delante de las estanterías—. ¿Y el Van Gogh auténtico? —preguntó—. Piensas devolverlo, ¿verdad?

—En cuanto tenga en mis manos el cuaderno de Walid al Siddiqi.

—Ah, el cuaderno. —Sacó un libro de Greene y lo abrió con el dedo índice—. Supongamos que consigues apoderarte de esa lista de cuentas bancarias. ¿Qué sucederá luego?

—Usa tu imaginación, Graham.

—¿Robar el dinero? ¿Es eso lo que estás sugiriendo?

—«Robar» es una palabra muy fea.

—¿Tu servicio puede hacer eso?

Gabriel esbozó una sonrisa irónica.

—Después de todo lo que hemos hecho juntos —dijo—, me sorprende que me hagas esa pregunta.

Seymour devolvió el libro de Greene a su sitio.

—No me opongo a echar una miradita de vez en cuando a extractos bancarios —comentó al cabo de un momento—, pero por el robo no paso. A fin de cuentas, somos británicos. Creemos en el juego limpio.

—Nosotros no podemos permitirnos ese lujo.

—No te hagas la víctima, Gabriel. No te sienta bien.

Seymour sacó otro libro de la estantería, pero esta vez no se molestó en abrirlo.

—¿Te preocupa algo, Graham?

—El dinero.

—¿Qué pasa con él?

—Cabe la posibilidad de que parte de él se encuentre en manos de instituciones financieras británicas. Y si de pronto desaparecieran de sus hojas de balance varios cientos de millones de libras...

—Se interrumpió, dejando la idea inacabada.

—No deberían haber aceptado ese dinero, Graham.

—Sin duda las cuentas las abrió un testaferro —repuso Seymour—. Lo que significa que los bancos ignoran a quién pertenece en realidad el dinero.

—Pronto lo sabrán.

—No, si quieres mi ayuda.

Se hizo el silencio entre ellos. Finalmente, fue Graham Seymour quien lo rompió:

—¿Sabes qué pasará si alguna vez se hace público que te ayudé a robar a un banco británico? —preguntó—. Que acabaría mendigando en Leicester Square con un vaso de papel en la mano.

—Entonces lo haremos con discreción, Graham, como hacemos siempre.

—Lo siento, Gabriel, pero los bancos británicos son intocables.

—¿Qué hay de sus sucursales en territorio extranjero?

—Siguen siendo bancos británicos.

—¿Y de los bancos en los territorios de ultramar británicos?

—Intocables —repitió Seymour.

Gabriel fingió reflexionar.

—Entonces supongo que tendré que hacerlo sin tu ayuda. —Se puso en pie—. Perdona que te haya hecho salir del despacho, Graham. Dile a Nigel que no hace falta que me acompañe a Heathrow.

Se dirigió a la puerta.

—Olvidas una cosa —dijo Seymour.

Gabriel se volvió.

—Lo único que tengo que hacer para detenerte es decirle a Walid al Siddiqi que queme ese cuaderno.

—Lo sé —contestó Gabriel—, pero también sé que jamás harías eso. Tu conciencia no te lo permitiría. Y, en el fondo, tú quieres ese dinero tanto como yo.

—No si está depositado en un banco británico.

Gabriel miró hacia el techo y contó hasta cinco para sus adentros.

—Si el dinero está en las Islas Caimán, en las Bermudas o en cualquier otro territorio británico, me lo quedo. Si está aquí, en Londres, se queda en Londres.

—Trato hecho —dijo Seymour.

—Siempre y cuando —se apresuró a añadir Gabriel— el gobierno de Su Majestad congele indefinidamente esos activos.

—Esa decisión tendría que tomarla el primer ministro.

—Entonces confío en que el primer ministro comparta mi opinión.

Esta vez, fue Graham Seymour quien miró hacia el techo exasperado.

—Todavía no me has dicho cómo piensas hacerte con el cuaderno.

—En realidad —repuso Gabriel—, vas a hacerlo tú por mí.

—Me alegro de que hayamos aclarado ese punto. Pero, ¿cómo vamos a conseguir que Al Siddiqi venga a Inglaterra?

—Pienso invitarlo a una fiesta. Con un poco de suerte —añadió Gabriel—, será la última a la que asista.

—Entonces más vale que sea buena.

—Esa es mi intención.

—¿Quién va a darla?

—Un amigo mío ruso al que no le gustan nada los dictadores que se quedan con dinero ajeno.

—En ese caso —dijo Seymour, sonriendo por primera vez—, promete ser una noche memorable.

43

CHELSEA, LONDRES

U n espía británico asesinado, un policía italiano al que le faltaba un ojo, un consumado ladrón de cuadros y un asesino profesional afincado en Córcega: esa era la curiosa panoplia de personajes que habían jalonado aquel asunto hasta el momento. Era, por tanto, de rigor que la siguiente parada en el extraño viaje de Gabriel fuera el número 43 de Chayne Walk, el hogar londinense de Viktor Orlov. Orlov era un poco como Julian Isherwood: hacía la vida más interesante, y Gabriel lo adoraba por ello. Pero su afecto por el ruso hundía sus raíces en algo mucho más práctico. De no ser por él, Gabriel yacería muerto en un campo de exterminio de la era estalinista al este de Moscú. Y Chiara yacería a su lado.

De Viktor Orlov se decía que dividía a las personas en dos categorías: los que estaban dispuestos a dejarse utilizar y los que eran demasiado estúpidos para darse cuenta de que estaban siendo utilizados. Había quienes añadirían una tercera categoría: la de aquellos dispuestos a permitir que Viktor les robara su dinero. Orlov no ocultaba que era un depredador y un ladrón de tomo y lomo. De hecho, llevaba muy a gala ambas etiquetas, junto con sus trajes italianos de diez mil dólares y sus camisas de marca a rayas, que le hacía exprofeso un sastre de Hong Kong. El dramático desplome del comunismo soviético le había brindado la oportunidad de ganar grandes cantidades de dinero en muy poco tiempo, y la había aprovechado. Orlov rara vez se disculpaba por nada, y menos aún por cómo se había hecho rico.

—Si hubiera nacido inglés, tal vez hubiera ganado mi dinero honradamente —le dijo a un entrevistador británico poco después de afincarse en Londres—. Pero nací ruso. Y he ganado mi fortuna a la rusa.

Criado en Moscú durante la época más siniestra de la Guerra Fría, Orlov tenía un don natural para los números. Tras acabar la educación secundaria, estudió Física en el Instituto de Óptica y Mecánica de Leningrado y desapareció después en el programa de armamento nuclear ruso, donde trabajó hasta el día en que la Unión Soviética exhaló su último suspiro. Mientras la mayoría de sus colegas seguían trabajando sin cobrar, Orlov renunció sin perder un instante a su afiliación al Partido Comunista y juró hacerse rico. A los pocos años había ganado una fortuna considerable importando ordenadores, electrodomésticos y otros productos occidentales para venderlos en el naciente mercado ruso. Más tarde utilizó esa fortuna para comprar a precio de ganga la mayor acerería estatal rusa y Ruzoil, el gigante petrolero de Siberia. Al poco tiempo Viktor Orlov, el exfísico al servicio del gobierno que antaño había tenido que compartir piso con otras dos familias soviéticas, poseía una fortuna de muchos miles de millones y era el hombre más rico de Rusia.

Pero en la Rusia postsoviética, un país sin ley lastrado por el crimen y la corrupción, su riqueza lo convirtió en un hombre marcado. Sobrevivió al menos a tres intentos de acabar con su vida y se rumoreaba que había ordenado la muerte de varias personas como represalia. Pero la mayor amenaza para Orlov procedía del hombre que había sucedido a Boris Yeltsin como presidente de Rusia y que, convencido de que Viktor Orlov y los demás oligarcas se habían apoderado de los recursos más valiosos del país, estaba decidido a arrebatárselos. Tras instalarse en el Kremlin, el nuevo presidente mandó llamar a Orlov y le exigió dos cosas: su acerería y Ruzoil.

—Y no meta la nariz en política —añadió en tono amenazador—. O se la corto.

Orlov accedió a entregar la acerería, pero no Ruzoil. Al presidente no le hizo ninguna gracia. Ordenó de inmediato a los fiscales del Estado que le abrieran una investigación por fraude y soborno y en menos de una semana el ministerio fiscal ruso emitió una orden de detención contra Orlov. Enfrentado a la perspectiva de pasar una larga y fría temporada en un moderno gulag, Orlov tomó la sabia decisión de emigrar a Londres, donde se convirtió en uno de los principales voceros de la oposición al presidente ruso. Ruzoil pasó varios años congelada legalmente, sin que ni Orlov ni los nuevos amos del Kremlin pudieran tocarla. Finalmente, Orlov aceptó entregar la compañía en lo que fue sin duda el mayor pago de la historia por el rescate de unos rehenes: doce mil millones a cambio de la liberación de tres agentes israelíes secuestrados. Este rasgo de generosidad le valió el pasaporte británico y un encuentro en privado con la reina. Después, Orlov declaró que había sido el día más señalado de su vida.

Pese a haber transcurrido cinco años desde su acuerdo con el Kremlin, Viktor Orlov seguía ocupando uno de los primeros lugares en la lista de enemigos a eliminar del gobierno ruso. De ahí que circulara por Londres en una limusina blindada y que su casa de Cheyne Walk pareciera la embajada de un país en guerra. Los cristales de las ventanas estaban fabricados a prueba de balas y aparcado junto a la acera había siempre un Range Rover negro lleno de guardaespaldas, todos ellos antiguos miembros del SAS, el regimiento al que había pertenecido Christopher Keller. Prestaron escasa atención a Gabriel cuando, a las cuatro y media, la hora convenida de antemano, cruzó la verja de hierro forjado y se presentó ante la imponente puerta de la casa de Orlov. Pulsó el timbre y al instante apareció una doncella de almidonado uniforme blanco y negro que lo condujo por un tramo de anchas y elegantes escaleras hasta el despacho de Orlov, una réplica exacta del despacho privado de la reina en el palacio de Buckingham salvo por el gigantesco panel de pantallas de plasma que había tras el escritorio. Normalmente emitía datos financieros de todos los rincones del globo, pero esa tarde lo que más interesaba a Orlov era la crisis en Ucrania. El ejército ruso había invadido la península de Crimea y amenazaba con internarse en otras regiones del este del país. La Guerra Fría había revivido oficialmente, o eso afirmaba el locutor. Su argumento tenía, sin embargo, un fallo aplastante: en opinión del presidente ruso, la Guerra Fría nunca había terminado.

—Advertí de que pasaría esto —comentó Orlov pasado un momento—. Avisé de que el zar quería recuperar su imperio. Dejé muy claro que Georgia solo era el aperitivo y que Ucrania, el granero de la antigua unión, sería el plato principal. Y ahora la televisión lo está emitiendo en directo. ¿Y qué hacen los europeos al respecto?

—Nada —respondió Gabriel.

Orlov asintió despacio sin apartar los ojos de la pantalla.

—¿Y sabes por qué los europeos no hacen nada mientras el Ejército Rojo campa por sus respetos en otra nación independiente?

—Por dinero —contestó Gabriel.

Orlov asintió de nuevo.

—Eso también se lo advertí. Les dije que procuraran no depender del comercio con Rusia. Les pedí encarecidamente que no se volvieran adictos al gas natural ruso, tan barato. Pero nadie me escuchó, naturalmente. Y ahora los europeos no se atreven a imponer sanciones importantes al zar porque sería demasiado dañino para sus economías. —Sacudió la cabeza despacio—. Me dan ganas de vomitar.

Justo en ese momento, el presidente ruso cruzó la pantalla con un brazo estirado rígidamente junto al costado mientras balanceaba el otro como una guadaña. Había vuelto a pasar por el quirófano últimamente: tenía los ojos tan estirados que parecía originario de las repúblicas del centro de Asia. Podría haber sido una figura cómica de no ser por la sangre que manchaba sus manos, parte de la cual pertenecía a Gabriel.

—Según las últimas estimaciones —comentó Orlov con la mirada fija en su antiguo enemigo—, tiene una fortuna de doscientos treinta mil millones de dólares, lo que lo convertiría en el hombre más rico del mundo. ¿Cómo crees que ha conseguido todo ese dinero? A fin de cuentas, lleva toda la vida a sueldo del Estado.

—Supongo que lo ha robado.

—¿Tú crees?

Orlov dio la espalda a las pantallas y miró a Gabriel por primera vez. Era un hombre de sesenta años bajo y ágil y, aunque tenía el cabello gris, lo llevaba engominado y de punta como un jovencito. Detrás de las gafas montadas al aire, el ojo izquierdo le temblaba espasmódicamente. Solía pasarle cuando hablaba del presidente ruso.

—Sé de buena tinta que se embolsó gran parte de Ruzoil después de que yo se la entregara al Kremlin para sacaros de Rusia.

En aquel momento valía unos doce mil millones de dólares. Calderilla, desde una perspectiva global —añadió Orlov—. Su camarilla y él se están haciendo inmensamente ricos a expensas del pueblo ruso. Por eso es capaz de hacer cualquier cosa para seguir en el poder. —Hizo una pausa y añadió—: Igual que su amigo de Siria.

—Entonces, ¿por qué no me ayudas a hacer algo al respecto?

—¿Robarle su dinero al zar? Nada me gustaría más. A fin de cuentas —añadió Orlov—, es mío en parte. Pero eso es imposible.

—Tienes razón.

—¿Qué me estás proponiendo, entonces?

—Que le robemos el dinero a su amigo sirio.

—¿Es que lo has encontrado?

—No —respondió Gabriel—. Pero sé quien lo controla.

—Será Kemel al Faruk —dijo Orlov—. Pero el que de verdad gestiona la cartera de inversiones es Walid al Siddiqi.

Gabriel se quedó tan perplejo que no contestó. Orlov sonrió.

—Deberías haber venido a verme mucho antes —comentó—. Te habrías ahorrado un montón de trabajo.

—¿Cómo sabes lo de Al Siddiqi?

—Porque tú no eres el único que está buscando ese dinero. —Giró la cabeza hacia las pantallas de televisión, donde el presidente ruso aparecía recibiendo los informes de sus generales—. El zar también lo quiere. Pero eso no es de extrañar —añadió—. El zar lo quiere todo.

———

Al dar las cinco apareció la doncella con una botella de Château Pétrus, el legendario vino de Pomerol que Orlov bebía como si fuera agua mineral.

—¿Te apetece una copa, Gabriel?

—No, gracias, Viktor. Tengo que conducir.

Orlov hizo un ademán desdeñoso y sirvió un par de dedos del oscuro vino tinto en una copa grande.

—¿Por dónde íbamos? —preguntó.

—Estabas a punto de contarme cómo es que sabes lo de Walid al Siddiqi.

—Tengo mis fuentes en Moscú. Muy buenas fuentes —agregó con una sonrisa—. Creía que a estas alturas ya lo sabías.

—Tus fuentes son las mejores, Viktor.

—Mejores que las del MI6 —repuso Orlov—. Deberías decirle a tu amigo Graham Seymour que conteste a mis llamadas de vez en cuando. Puedo serle de gran ayuda.

—Se lo diré la próxima vez que lo vea.

Orlov se acomodó en un extremo del largo sofá de brocado e invitó a Gabriel a sentarse en el otro. Más allá de las ventanas blindadas, el tráfico de la tarde fluía por el Embankment de Chelsea y a través del Albert Bridge, hasta Battersea. En el mundo de Viktor Orlov, sin embargo, solo se movía la figura levemente cómica que cruzaba las pantallas de su panel de televisores.

—¿Por qué crees que salió en defensa del presidente sirio cuando el resto del mundo civilizado estaba dispuesto a emplear la fuerza de las armas contra él? ¿Fue porque quería proteger al único aliado de Rusia en el mundo árabe? ¿Porque quería conservar su base naval en Tartús? La respuesta a ambas preguntas es sí. Pero hay otro motivo. —Orlov miró a Gabriel y agregó—: El dinero.

—¿Cuánto?

—Quinientos millones de dólares a ingresar directamente en una cuenta controlada por el zar.

—¿Quién lo dice?

—Digamos que prefiero no decírtelo.

—¿De dónde venían esos quinientos millones?

—¿De dónde crees tú?

—Dado que en la Hacienda siria no queda nada, yo diría que salieron directamente del bolsillo del presidente.

Orlov hizo un gesto afirmativo y miró de nuevo las pantallas.

—¿Y qué crees que hizo el zar tras recibir la confirmación de que el dinero había sido depositado en su cuenta?

—Dado que el zar es un cabrón avaricioso, deduzco que ordenó a sus antiguos colegas de la SVR que encontraran el resto.

—Conoces bien al zar.

—Y tengo cicatrices que lo demuestran.

Orlov sonrió y bebió un sorbo de vino.

—Mis fuentes afirman que el encargado de las pesquisas fue el *rezident* de la SVR en Damasco. Ya sabía lo de Kemel al Faruk. Tardé unos cinco minutos en dar con el nombre de Al Siddiqi.

—¿Al Siddiqi controla toda la fortuna?

—No, qué va —contestó Orlov—. Si tuviera que hacer conjeturas, yo diría que gestiona más o menos la mitad del dinero del presidente sirio.

—Entonces, ¿a qué está esperando el zar?

—Está esperando a ver si el presidente sirio sobrevive o si acaba como Gadafi. Si sobrevive, podrá quedarse con su dinero. Pero si acaba como Gadafi, la SVR se apropiará de esa lista de cuentas que Al Siddiqi lleva siempre en el bolsillo.

—Pienso tomarles la delantera —afirmó Gabriel—. Y tú vas a ayudarme.

—¿Qué quieres que haga, exactamente?

Gabriel se lo dijo. Orlov dio vueltas a sus gafas por la patilla, como hacía siempre que estaba pensando en dinero.

—No va a salir barato —comentó al cabo de un momento.

—¿Cuánto, Viktor?

—Treinta millones como mínimo. Quizá cuarenta en total.

—¿Qué te parece si esta vez pagamos a escote?

—¿Cuánto puedes gastarte?

—Puede que tenga diez millones por ahí —repuso Gabriel—. Pero tendría que dártelos en efectivo.

—¿En serio?

—Absolutamente.

Orlov sonrió.

—En efectivo me parece bien.

44

LONDRES-LINZ, AUSTRIA

Hubo un acalorado debate acerca de cómo llamarlo. Orlov exigía que su nombre se asociara con el evento, lo cual era lógico hasta cierto punto dado que iba a correr con gran parte de los gastos.

—El apellido Orlov equivale a calidad —afirmó—. El apellido Orlov es sinónimo de éxito.

Cierto, dijo Gabriel, pero también era sinónimo de corrupción, de fraude y de rumores de asesinato, acusaciones estas que Orlov no se molestó en negar. Al final, optaron por llamarlo «Iniciativa Empresarial Europea», un nombre austero, sólido y nada controvertido. Orlov se puso a refunfuñar, derrotado.

—¿Y por qué no lo llamamos «doce horas de aburrimiento sin paliativos»? —masculló—. Así nos aseguraremos de que no venga nadie.

Anunciaron el evento el lunes siguiente en las páginas del *Financial Journal*, el venerable diario económico londinense que Orlov había comprado por una cantidad irrisoria un par de años antes, cuando estaba al borde de la quiebra. El objetivo del congreso, afirmó, era reunir a las mentes más brillantes de la política, la industria y las finanzas a fin de elaborar una serie de recomendaciones para sacar a la economía europea de su abatimiento post recesión. La reacción inicial fue tibia, en el mejor de los casos. Un comentarista lo llamó «la chaladura de Orlov». Otro lo bautizó «el *Titanic* de Orlov». *Con una diferencia esencial*, añadió. *Que este barco se hundirá antes siquiera de zarpar.*

Hubo quienes desdeñaron el congreso afirmando que era otro de los muchos montajes publicitarios de Orlov, un reproche que él negó repetidamente durante la sarta de entrevistas que concedió a los medios de información económica a lo largo de todo un día. Luego, como si quisiera demostrar que sus detractores se equivocaban, se embarcó en un discreto *tour* por las capitales europeas a fin de recabar apoyos para su iniciativa. Su primera escala fue París, donde, tras una sesión de negociaciones maratoniana, el ministro de Economía francés accedió a enviar un delegado. Pasó después por Berlín, donde consiguió que los alemanes se comprometieran a asistir. Siguió el resto del continente. Los Países Bajos cayeron en una tarde, al igual que Escandinavia. Los españoles estaban tan ansiosos por asistir que Orlov no se molestó en viajar a Madrid. Tampoco fue necesario que fuera a Roma. En efecto, el primer ministro italiano afirmó que asistiría personalmente, siempre y cuando, desde luego, siguiera en su puesto cuando se celebrara la reunión.

Tras conseguir el refrendo de los gobiernos europeos, Orlov se fue en pos de los astros del mundo empresarial y financiero. Convenció a los titanes de la industria automovilística alemana y a los gigantes fabriles de Suecia y Noruega. Las grandes compañías navieras, los peces gordos del acero y la energía, también querían tomar parte en la diversión. Los bancos suizos se mostraron reacios al principio, pero aceptaron cuando Orlov les aseguró que no los crucificarían por sus errores pasados. Hasta Martin Landesmann, el rey de los fondos de capital riesgo suizos y filántropo internacional, anunció que haría un hueco en su apretada agenda, aunque rogó a Orlov que dedicara al menos parte del programa a cuestiones de su interés como el cambio climático, la deuda del Tercer Mundo y la agricultura sostenible.

Y así fue como, a los pocos días, la conferencia internacional que se había tildado de chaladura se convirtió en la cita más apetecible del mundo empresarial. Orlov recibió una avalancha de peticiones para asistir: americanos que querían saber por qué nadie los había invitado, modelos, estrellas de *rock* y actores que ansiaban codearse con los ricos y poderosos, un exprimer ministro británico desacreditado por un escándalo personal que quería tener la oportunidad de redimirse, y hasta un oligarca ruso que mantenía lazos incómodamente estrechos con los enemigos de Orlov en el Kremlin. Orlov dio la misma respuesta a todos: las invitaciones se expedirían por mensajero el primer día de julio. La confirmación de asistencia debía remitirse en un plazo de cuarenta y ocho horas. A la prensa se le permitiría asistir al discurso inaugural de Orlov, pero el resto de las sesiones, incluida la cena de gala, se celebraría a puerta cerrada.

—Queremos que los participantes se sientan libres de decir lo que opinan —explicó Orlov—. Y no podrán hacerlo si la prensa está pendiente de cada palabra que digan.

Todo lo cual parecía importar muy poco en la encantadora ciudad austriaca situada en un meandro muy cerrado del río Danubio. Sí, Orlov había sondeado al presidente de Voestalpine AG, el gigante acerero con base en Linz, para saber si estaría interesado en asistir a la conferencia de Londres, pero por lo demás la vida seguía su curso normal. Pasaron un par de festivales de verano, los cafés se llenaban y se vaciaban dos veces al día y en el pequeño banco privado situado cerca de la rotonda de los tranvías, una hija de Hama cumplía sus quehaceres cotidianos como si no hubiera pasado nada fuera de lo corriente. Gracias a su teléfono móvil, que hacía las veces de transmisor a tiempo completo, Gabriel y el resto del equipo podían escuchar cada uno de sus movimientos. Escuchaban cuando abría cuentas y transfería dinero. Escuchaban sus reuniones con *Herr* Weber y el señor Al Siddiqi. Y, por las noches, la escuchaban cuando soñaba con Hama.

La escucharon también cuando retomó su amistad con una aspirante a novelista llamada Ingrid Roth que, tras divorciarse recientemente, vivía sola en Linz. Comían juntas, compraban juntas, iban juntas a los museos. Y en dos ocasiones regresaron al bonito chalé amarillo en la ribera oeste del Attersee, donde un hombre que, según le habían dado a entender, era alemán la ponía al corriente de la situación y la preparaba para su tarea. Al finalizar la primera sesión, Gabriel le pidió una descripción detallada del despacho del señor Al Siddiqi. Y cuando regresó para la segunda sesión, habían hecho una réplica exacta del despacho en una de las habitaciones de la villa. Era una copia perfecta en todos sus detalles: el mismo escritorio, el mismo ordenador, el mismo teléfono, hasta la misma cámara de vigilancia en el techo y el mismo panel numérico en la puerta.

—¿Para qué es? —preguntó Jihan asombrada.

—Para practicar —contestó Gabriel con una sonrisa.

Y, en efecto, practicaron durante tres horas sin interrupción, hasta que fue capaz de llevar a cabo su tarea sin mostrar un solo indicio de miedo o de tensión. Luego lo hizo completamente a oscuras, y con una alarma sonando, y con Gabriel gritándole que los hombres del señor Al Siddiqi iban a por ella. No le dijo a Jihan que el entrenamiento que estaba siguiendo había sido ideado por el servicio secreto del Estado de Israel. Tampoco mencionó que él había soportado sesiones similares en varias ocasiones. Cuando ella estaba presente, nunca era Gabriel Allon. Era un aburrido y anónimo funcionario de Hacienda alemán que, casualmente, era muy bueno en su trabajo.

El engaño al que estaban sometiendo a Jihan parecía pesarle cada vez más a medida que se acercaba el día de la operación. A cada paso les recordaba a los miembros del equipo que sus enemigos iban a jugar conforme a las reglas de Hama (y quizá también conforme a las reglas de Moscú) y se preocupaba por los detalles más nimios. Como su mal humor iba en aumento, Eli Lavon se tomó la libertad de comprar una pequeña balandra de madera con el único fin de sacar a Gabriel de la casa un par de horas cada tarde. Navegaba a favor del viento, hacia los Montes del Infierno, y luego cambiaba hábilmente de bordada y ponía de nuevo rumbo a casa tratando siempre de mejorar su marca del día anterior. El aroma del Rosenwind le hacía pensar en una niña aterrorizada que se aferraba a su madre y, a veces, en la advertencia que la vieja pitonisa le había susurrado al oído en la isla de Córcega.

«No permitas que le pase nada malo o lo perderás todo...».

Pero su obsesión primordial durante esos últimos días de junio fue Walid Al Siddiqi, el banquero de origen sirio que iba a todas partes con un cuadernito de piel negro en el bolsillo. Viajó con frecuencia durante ese periodo y, como tenía por costumbre, reservaba los billetes con apenas unas horas de antelación. Hizo un viaje de un día a Bruselas, pasó una noche en Beirut y por último hizo una visita relámpago a Dubái, donde pasó gran parte del tiempo en la sede del Transarabian Bank, un organismo que la

Oficina conocía bien. Regresó a Viena a la una del mediodía el primero de julio y a las tres de la tarde cruzó la puerta del Weber Bank AG, flanqueado, como siempre, por sus guardaespaldas alauitas. Jihan lo saludó cordialmente en árabe y le entregó un montón de correo que había llegado en su ausencia. Incluía un sobre de DHL dentro del cual había una satinada invitación a algo llamado Iniciativa Empresarial Europea. Al Siddiqi se llevó el sobre a su despacho sin abrirlo y cerró tranquilamente la puerta.

***

Era miércoles, lo que significaba que tenía hasta las cinco de la tarde del viernes para enviar su confirmación de asistencia a través del correo electrónico. Gabriel se había preparado para una larga espera y, por desgracia, Walid al Siddiqi no le defraudó. Pasó el resto del miércoles sin que se recibiera respuesta, y luego el jueves por la mañana, y el jueves por la tarde. Eli Lavon opinaba que el retraso era un buen síntoma. Significaba, afirmó, que el banquero se sentía halagado por la invitación y estaba pensándose si asistir. Pero Gabriel temía lo contrario. Había invertido mucho tiempo y mucho dinero en atraer al banquero sirio a Inglaterra, y ahora daba la impresión de que sus esfuerzos no darían ningún fruto más allá de un relumbrante simposio de ejecutivos europeos. Mejorar la anémica economía europea era una empresa muy loable, le dijo a Lavon, pero no figuraba entre sus principales prioridades.

El viernes por la mañana estaba tan nervioso que apenas podía dominarse. Telefoneó cada hora a Viktor Orlov a Londres, se paseó de un lado a otro por el salón, refunfuñó en voz baja, mirando al techo, en el idioma que conviniera a su variable humor y, finalmente, a las dos de la tarde, abrió la puerta del falso despacho de Al Siddiqi y le gritó en árabe que se decidiera de una vez. Fue entonces cuando intervino Eli Lavon. Tomó suavemente por el codo a Gabriel y lo condujo hasta el final del largo embarcadero.

—Vete —le dijo señalando a lo lejos, hacia el otro extremo del lago—. Y no vuelvas ni un minuto antes de las cinco.

Gabriel subió de mala gana a bordo de la balandra y zarpó a favor del viento hacia los Montes del Infierno, con todo el velamen desplegado, seguido por el olor embriagador de las rosas. Tardó solo una hora en llegar al extremo sur del lago. Arrió las velas en un cala resguardada y se calentó al sol, intentando resistirse al impulso de sacar su teléfono móvil. Por fin a las tres y media, izó la vela mayor y el foque y se dirigió hacia el norte. Llegó al pueblo de Seeberg a las cinco menos diez, viró una última vez a estribor y partió en línea recta, a toda velocidad, hacia la casa del otro lado del lago. Cuando iba acercándose vio la figura diminuta de Eli Lavon en la punta del embarcadero, saludándolo en silencio con un brazo levantado.

—¿Y bien? —preguntó.

—Por lo visto el señor Al Siddiqi estará encantado de poder asistir a la Iniciativa Empresarial Europea.

—¿Eso es todo?

—No —contestó Lavon frunciendo el ceño—. También ha pedido hablar en privado con la señorita Nawaz.

—¿Sobre qué?

—Vamos dentro —contestó Lavon—. Lo sabremos enseguida.

Capítulo 45

LINZ, AUSTRIA

Había pedido un descanso de cinco minutos. Cinco minutos para cerrar sus últimos archivos. Cinco minutos para ordenar su mesa impecable. Cinco minutos para devolver a la normalidad el latido caótico de su corazón. El tiempo que le habían concedido se había acabado. Se puso en pie un poco más bruscamente que de costumbre y se alisó la parte delantera de la falda. ¿O se estaba secando el sudor de las palmas de las manos? Se aseguró de que no había dejado una mancha en la tela y miró luego a los guardaespaldas apostados junto a la puerta del señor Al Siddiqi. La observaban atentamente. Supuso que el señor Al Siddiqi también estaría observándola. Sonriendo, recorrió el pasillo y llamó a la puerta con engañosa firmeza: tres toques enérgicos que le hicieron daño en los nudillos.

—Pase —se limitó a decir él.

Mantuvo la mirada fija al frente cuando el guardaespaldas de su derecha (Yusuf, el más alto) marcó el código de entrada en el panel de la pared. Se abrieron las cerraduras con un chasquido y la puerta cedió silenciosamente a la presión de su mano. La habitación estaba en penumbra, iluminada únicamente por la lámpara halógena del escritorio. Advirtió que la lámpara estaba un poco desplazada, pero por lo demás el escritorio estaba dispuesto como siempre: el ordenador a la izquierda, el vade de piel en el centro, el teléfono multilínea a la derecha. En ese momento, el señor Al Siddiqi tenía el auricular pegado a la oreja. Vestía traje gris marengo, camisa blanca y una corbata oscura que relucía como granito pulido. Tenía los oscuros ojillos fijos en algún punto por encima de la cabeza de Jihan y el dedo índice apoyado en gesto contemplativo junto a la nariz aquilina. Lo separó el tiempo justo para indicarle una silla vacía, colocando los dedos como si imitara una pistola. Jihan se sentó con esmero, recatadamente. Se dio cuenta de que todavía sonreía. Bajando la mirada, echó un vistazo a su *e-mail* en el teléfono móvil y procuró no preguntarse con quién estaría hablando el señor Al Siddiqi.

Por fin, él murmuró unas palabras en árabe y colgó el teléfono.

—Discúlpeme, Jihan —dijo en el mismo idioma—, pero me temo que era una llamada que no podía esperar.

—¿Algún problema?

—Nada fuera de lo normal. —Juntó las manos pensativamente bajo la barbilla y la miró muy serio un momento—. Quería hablar con usted de un asunto —dijo finalmente—. Se trata de algo al mismo tiempo personal y profesional. Confío en que me permita hablar con franqueza.

—¿Ocurre algo malo?

—Dígamelo usted, Jihan.

Sintió que le ardía la nuca.

—No entiendo —dijo con calma.

—¿Puedo hacerle una pregunta?

—Claro.

—¿Es usted feliz aquí, en Linz?

Arrugó el ceño.

—¿Por qué lo pregunta?

—Porque no siempre parece muy contenta. —Su boca pequeña y dura dibujó una especie de sonrisa—. Tengo la impresión de que es usted una persona muy seria, Jihan.

—Lo soy.

—¿Y honrada? —preguntó él—. ¿Se considera usted honrada?

—Mucho.

—¿Jamás violaría la privacidad de nuestros clientes?

—Por supuesto que no.

—¿Ni hablaría de nuestros asuntos con nadie de fuera del banco?

—No, nunca.

—¿Ni siquiera con un miembro de su familia?

—No.

—¿Ni con una amiga?

Ella negó con la cabeza.

—¿Está segura, Jihan?

—Sí, señor Al Siddiqi.

Él miró la televisión. Estaba sintonizada en Al Yazira, como de costumbre. El volumen estaba apagado.

—¿Y qué me dice de su lealtad? —preguntó pasado un momento—. ¿Se considera usted una persona leal?

—Mucho, sí.

—¿A qué es leal?

—La verdad es que nunca lo he pensado.

—Piénselo ahora, por favor.

Miró la pantalla de su ordenador como si quisiera concederle un momento de intimidad.

—Supongo que soy leal a mí misma —respondió ella.

—Una respuesta interesante. —Sus ojos oscuros se deslizaron entre la pantalla del ordenador y su cara—. ¿En qué sentido es leal a sí misma?

—Intento vivir conforme a cierto código.

—¿Como por ejemplo?

—Jamás haría daño intencionadamente a alguien.

—¿Ni siquiera si esa persona le hiciera daño a usted?

—Sí —contestó ella—. Ni siquiera si me hiciera daño.

—¿Y si sospechara que alguien ha hecho algo malo, Jihan? ¿Intentaría entonces hacer daño a esa persona?

Logró sonreír a pesar de sí misma.

—¿Esta es la parte personal o la parte profesional de lo que quería hablarme? —preguntó.

Su pregunta pareció desconcertar a Al Siddiqi. Miró de nuevo el televisor mudo.

—¿Y qué me dice de su país? —preguntó—. ¿Es usted leal a su país?

—Le tengo mucho cariño a Alemania —contestó ella.

—Tiene pasaporte europeo y habla el idioma como una nativa, Jihan, pero usted no es alemana. Es siria. —Hizo una pausa. Luego añadió—: Igual que yo.

—¿Fue por eso por lo que me contrató?

—La contraté —respondió él con énfasis— porque necesitaba a alguien con sus capacidades lingüísticas para que me ayudara a desenvolverme aquí, en Austria. Ha demostrado ser muy valiosa para mí, Jihan, y por esa razón estoy pensando en crear un puesto nuevo para usted.

—¿Qué clase de puesto sería?

—Trabajaría usted directamente para mí.

—¿Haciendo qué?

—Lo que le pidiera.

—Yo no soy una secretaria, señor Al Siddiqi.

—Ni yo la trataría como tal. Me ayudaría usted a gestionar la cartera de inversiones de mis clientes. —La escudriñó un momento como si intentara leerle el pensamiento—. ¿Sería de su interés?

—¿Quién sería el jefe de cuentas?

—Otra persona.

Jihan bajó la mirada y respondió mirándose las manos:

—Me siento muy halagada por que haya pensado en mí para un puesto así, señor Al Siddiqi.

—No parece muy ilusionada. De hecho, Jihan, parece usted bastante incómoda.

—En absoluto —respondió ella—. Solo me estaba preguntando por qué quiere a alguien como yo en un puesto tan importante.

—¿Y por qué no iba a quererla a usted? —repuso él.

—No tengo experiencia en gestión de activos.

—Tiene algo mucho más valioso.

—¿Qué, señor Al Siddiqi?

—Lealtad y honradez, las dos cualidades que más valoro en un empleado. Necesito a alguien en quien pueda confiar. —Juntó sus largos y finos dedos por las yemas y los apoyó en la punta de la nariz—. Puedo confiar en usted, ¿verdad, Jihan?

—Naturalmente, señor Al Siddiqi.

—¿Significa eso que le interesa el puesto?

—Mucho —contestó—. Pero me gustaría tener un día o dos para pensármelo.

—Me temo que no puedo esperar tanto tiempo su respuesta.

—¿De cuánto tiempo dispongo?

—Yo diría que de unos diez segundos.

Al Siddiqi sonrió de nuevo. Daba la impresión de haber aprendido a hacerlo practicando delante de un espejo.

—¿Y si digo que sí? —preguntó Jihan.

—Tendría que hacer averiguaciones sobre su pasado antes de proceder. —Se quedó callado un momento—. No tendrá ningún problema con eso, ¿verdad?

—Daba por sentado que las habían hecho antes de contratarme.

—En efecto.

—Entonces, ¿por qué hacerlas otra vez?

—Porque esta vez será distinto.

Sonó como una amenaza. Y tal vez lo era.

En el cuarto de estar de la villa del Attersee, Gabriel había adoptado sin darse cuenta la misma postura que Walid al Saddiqi: los dedos apoyados en la punta de la nariz, los ojos fijos al frente. Fijos no en Jihan Nawaz, sino en el ordenador que emitía el sonido de su voz. Eli Lavon estaba sentado a su lado, mordisqueando algo que tenía a un lado de la mejilla. Y junto a Lavon estaba Yaakov Rossman, el miembro del equipo que mejor hablaba árabe. Como de costumbre, Yaakov parecía estar contemplando un acto de violencia.

—Puede que sea una coincidencia —dijo Lavon sin convicción.

—Puede —repitió Gabriel—. O puede que al señor Al Siddiqi no le gusten las compañías que frecuenta Jihan últimamente.

—No va contra las normas que tenga una amiga.

—A no ser que esa amiga trabaje para el servicio secreto israelí. Sospecho que eso sí le molestaría.

—¿Por qué iba a suponer que Dina es israelí?

—Es sirio, Eli. Piensa automáticamente lo peor.

Desde el ordenador les llegó el ruido que hacía Jihan al salir del despacho del señor Al Siddiqi y regresar a su mesa. Gabriel desplazó la barra hasta el minuto 5:09 y pulsó el *PLAY*.

—*¿Se considera usted honrada?*

—*Mucho.*

—*¿Jamás violaría la privacidad de nuestros clientes?*

—*Por supuesto que no.*

—*¿Ni hablaría de nuestros asuntos con nadie de fuera del banco?*

—*No, nunca.*

—*¿Ni siquiera con un miembro de su familia?*

—*No.*

—*¿Ni con una amiga?*

Gabriel pulsó el icono de *STOP* y miró a Lavon.

—Digamos que no suena muy prometedor —comentó Lavon.

—¿Y esto?

Gabriel pulsó de nuevo el *PLAY*.

—*¿En qué sentido es leal a sí misma?*

—*Intento vivir conforme a cierto código.*

—*¿Como por ejemplo?*

—*Jamás haría daño intencionadamente a alguien.*

—*¿Ni siquiera si esa persona le hiciera daño a usted?*

—*Sí. Ni siquiera si me hiciera daño.*

—*¿Y si sospechara que alguien ha hecho algo malo, Jihan? ¿Intentaría entonces hacer daño a esa persona?*

STOP.

—Si sospecha que le ha traicionado —dijo Lavon—, ¿por qué le ofrece un ascenso? ¿Por qué no le enseña la puerta?

—Mantén cerca a tus amigos y a tus enemigos aún más cerca.

—¿Eso lo decía Shamron?

—Puede ser.

—¿Qué quieres decir?

—Al Siddiqi no puede despedirla porque teme que sepa demasiado, así que está usando el ascenso como excusa para investigarla otra vez.

—Pero para eso no necesita una excusa. Solo tiene que hacer un par de llamadas a sus amigos de la Mujabarat.

—¿Cuánto tiempo tenemos, Eli?

—Es difícil saberlo. A fin de cuentas, ahora mismo están muy ocupados.

—¿Cuánto? —insistió Gabriel.

—Un par de días, una semana quizá.

Gabriel aumentó el volumen de la transmisión del teléfono de Jihan. Estaba recogiendo sus cosas y deseándole buenas tardes a *Herr* Weber.

—No hay ningún peligro en sacarla de ahí y abandonar la operación —dijo Lavon con voz queda.

—Pero tampoco habría dinero.

Lavon volvió a mordisquearse la cara interna de la mejilla.

—¿Qué vamos a hacer? —preguntó por fin.

—Vamos a asegurarnos de que no le pase nada.

—Confiemos en que los amigos del señor Al Siddiqi en la Mujabarat estén demasiado ocupados para contestar al teléfono.

—Sí —dijo Gabriel—, confiemos en que así sea.

Pasaban pocos minutos de las cinco de la tarde cuando Jihan Nawaz salió de la sede del Weber Bank AG. Había un tranvía esperando en la rotonda. Subió a él para cruzar el Danubio hasta Mozartstrasse y caminó luego por las calles tranquilas de la Innere Stadt canturreando en voz baja para disimular su miedo. Cantaba una canción que llevaba todo el verano sonando en la radio, una de esas canciones que nunca había oído de niña. En el barrio de Barudi, en Hama, no había música, solo existía el Corán.

Al entrar en su calle se fijó en un hombre alto y desgarbado, de piel blanquísima y ojos grises, que caminaba por la acera de enfrente. Lo había visto varias veces esos últimos días. De hecho, iba sentado en el tranvía, detrás de ella, cuando esa mañana había ido a trabajar. La mañana anterior había sido el que tenía las mejillas picadas de viruela quien la había seguido. Y el día anterior, un hombre bajo y cuadrado que daba la impresión de poder doblar una barra de hierro. Su favorito, sin embargo, era el que había ido al banco haciéndose pasar por *Herr* Feliks Adler. Era distinto a los demás, pensó. Un verdadero artista.

El miedo dejó de atenazarla el tiempo suficiente para que sacara el correo de su buzón. Había hojas volanderas dispersas por todo el portal. Pasó por encima de ellas, pisándolas, subió a su apartamento y entró. El cuarto de estar estaba exactamente como lo había dejado, al igual que la cocina y su dormitorio. Se sentó delante del ordenador y echó un vistazo a su página de Facebook y a su cuenta de Twitter, y durante unos minutos consiguió convencerse de que no había habido nada de raro en su conversación con el señor Al Siddiqi. Luego retornó el miedo y empezaron a temblarle las manos.

«¿Y si sospechara que alguien ha hecho algo malo, Jihan? ¿Intentaría entonces hacer daño a esa persona?».

Echó mano de su teléfono y marcó el número de la mujer a la que conocía por el nombre de Ingrid.

—No me apetece estar sola ahora mismo. ¿Puedo pasarme por allí?

—Quizá sea mejor que no.

—¿Hay algún problema?

—No, solo estoy intentando trabajar un poco.

—¿Va todo bien?

—Sí, va todo bien.

—¿Segura, Ingrid?

—Segura.

Colgaron. Jihan puso el teléfono junto al ordenador y se acercó a la ventana. Y por un instante vio la cara de un hombre que la observaba desde el otro lado de la calle. «Puede que trabajes para el señor Al Siddiqi», pensó cuando la cara del hombre se desvaneció. «Puede que ya esté muerta».

46

AEROPUERTO DE HEATHROW, LONDRES

L a delegación del ministerio alemán fue la primera en llegar. A Viktor Orlov, que siempre había considerado a los alemanes expansionistas por naturaleza, no le extrañó lo más mínimo. Pasaron sin ningún contratiempo por el control de pasaportes gracias a la ayuda de un asistente británico y fueron conducidos al vestíbulo de llegadas, donde una joven muy guapa (rusa, aunque no se le notara a simple vista) se hallaba detrás de un quiosco improvisado en el que se leía INICIATIVA EMPRESARIAL EUROPEA. La chica comprobó que estaban en el listado y les dirigió hacia un coche de lujo que estaba esperando para trasladarlos al Dorchester, el hotel oficial de la conferencia. Solo un miembro de la delegación, un subdirector que se dedicaba a algo relacionado con el comercio, se quejó de su alojamiento. Por lo demás, fue un principio excelente.

Después llegaron los holandeses, seguidos por los franceses, los italianos y los españoles, y un grupo de noruegos que parecían haber ido a Londres para asistir a un funeral. Más tarde llegó el acero alemán, seguido por los automóviles alemanes y los electrodomésticos alemanes. La delegación de la industria de la moda italiana fue la más llamativa, y la más discreta la de los banqueros suizos, que de algún modo se las arreglaron para entrar en la ciudad sin ser vistos. Los griegos mandaron solamente a un viceministro cuyo trabajo consistía en pedir dinero. Orlov lo llamaba «el ministro de la Gorra».

Los siguientes en llegar fueron los representantes de Maersk, el conglomerado danés de la energía y el transporte. Después, a media tarde, en un vuelo de British Airways procedente de Viena, llegó un hombre llamado Walid al Siddiqi, nacido en Damasco y afincado desde hacía no mucho en Linz, donde era socio de un pequeño banco privado. Curiosamente, fue el único invitado que llegó con guardaespaldas, aparte del primer ministro italiano, al que nadie quería matar. A la chica del quiosco le costó un poco encontrarlo en la lista porque a su nombre le faltaba el artículo definido «al». Era ese un pequeño error intencionado que la Oficina consideraba como el marchamo de cualquier operación bien planificada.

Un poco molesto, Al Siddiqi y sus guardaespaldas salieron del edificio, donde un Mercedes de cortesía los esperaba con el motor al ralentí, junto a la acera. El coche pertenecía al MI6, al igual que su conductor. Detrás, a unos cincuenta metros de distancia, circulaba un Vauxhall Astra rojo. Nigel Whitcombe iba sentado al volante y Gabriel en el asiento del copiloto, con un pequeño auricular en la oreja. Tanto el auricular como el transmisor oculto al que estaba conectado resultaron innecesarios, pues Walid al Siddiqi pasó todo el trayecto hasta Londres en completo silencio. Por lo demás, pensó Gabriel, había sido un comienzo excelente.

Lo siguieron hasta el Dorchester. Después, Whitcombe dejó a Gabriel en un piso franco no del todo secreto que la Oficina tenía en Bayswater Road. El cuarto de estar daba a Lancaster Gate y Hyde Park, y fue allí donde Gabriel estableció su modesto puesto de mando. Tenía un teléfono seguro y dos ordenadores portátiles, uno conectado a la red del MI6, el otro en comunicación constante con el equipo que aún seguía en Linz. El ordenador del MI6 le permitía vigilar la información que llegaba del transmisor colocado en la habitación del hotel de Al Siddiqi. Las emisiones del teléfono móvil de Jihan aparecían en el otro. En ese momento, Jihan caminaba por la Mozartstrasse canturreando en voz baja. Según el informe de vigilancia adjunto, Mijail Abramov caminaba tras ella y Yaakov Rossman avanzaba por la acera de enfrente. De los contrarios no había ni rastro. Ningún indicio de problemas.

Y así fue como Gabriel pasó esa larga noche, escuchando otras vidas, leyendo el lacónico fluir de los informes de vigilancia, repasando operaciones anteriores. Caminaba de un lado a otro por el cuarto de estar, se preocupaba por mil pequeños detalles, pensaba en su mujer y en sus futuros hijos. Y a las dos de la madrugada, cuando Jihan se despertó con un grito de terror, pensó fugazmente en hacerla desaparecer. Pero todavía no era posible. Necesitaba algo más que el cuaderno de Walid al Siddiqi. Necesitaba el contenido de su ordenador personal. Y para eso era imprescindible la hija de Hama.

Finalmente, cuando el cielo empezaba a clarear por el este, se tumbó en el sofá y se quedó dormido. Cuando despertó tres horas después, oyó un reportaje de Al Yazira sobre las últimas atrocidades cometidas en Siria y, acto seguido, el chapoteo del *jacuzzi* de lujo de Walid al Siddiqi. El banquero salió de su habitación a las ocho y media y, acompañado por sus guardaespaldas, desayunó en el suntuoso bufé del Dorchester. Mientras leía los periódicos de la mañana, un equipo del MI6 registró su habitación para ver si por casualidad había olvidado su cuaderno. No lo había olvidado.

A las nueve y veinte salió del hotel sin sus guardaespaldas y con un par de credenciales colgadas del cuello con cinta azul y oro. Gabriel lo supo porque, dos minutos después, una fotografía tomada por el equipo de vigilancia del MI6 apareció en la pantalla de su ordenador. La siguiente fotografía mostraba a Al Siddiqi dando su nombre a la misma joven rusa que le había dado la bienvenida en el aeropuerto. En la siguiente aparecía subiendo a un autobús de lujo que, cruzando Londres, lo condujo hacia el este, hasta la entrada de Somerset House. Otro agente del MI6 lo fotografió cuando se apeó del autobús y pasó sin decir palabra junto a un grupito de periodistas. Sus ojos brillaban llenos de arrogancia, y quizá también de ridículo orgullo, pensó Gabriel. Walid al Saddiqi daba la impresión de haber alcanzado la cumbre del mundo empresarial europeo. Pero no permanecería mucho tiempo en ella, se dijo Gabriel. Y su caída sería mucho más dura que la de la mayoría.

Cuando Gabriel volvió a ver al banquero, estaba cruzando la explanada de adoquines de Fountain Courtyard. Dos minutos después ocupó su asiento en un imponente salón de actos de altísimos techos con vistas al Támesis. A su izquierda, vestido en distintos matices de gris, estaba Martin Landesmann, el multimillonario suizo de los fondos de capital riesgo. Su saludo (que Gabriel pudo oír gracias al transmisor ocultado del MI6) fue mesurado pero cordial. Landesmann trabó rápidamente conversación con uno de los ejecutivos de Maersk y Al Siddiqi aprovechó para echar un vistazo al material impreso que le habían dejado en su sitio. Aburrido, hizo una rápida llamada telefónica sin que

Gabriel pudiera deducir con quién hablaba. Entonces se oyó un fuerte golpeteo que sonó como si alguien estuviera clavando clavos en un ataúd. Pero no era una ataúd: era sólo Viktor Orlov que, haciendo sonar su maza, pedía orden en la sala.

Era en momentos como aquel cuando Gabriel se alegraba de haber nacido en una familia de artistas y no de empresarios. Porque durante las cuatro horas siguientes tuvo que soportar una embotadora discusión acerca de la confianza de los consumidores europeos, los márgenes de beneficios previos al pago de impuestos, los valores estandarizados, la ratio deuda-ingresos, los Eurobonos, los futuros Eurodólar y los problemas causados por la paridad del euro. Se alegró de que las sesiones se interrumpieran a la hora de comer y pasó ese rato escuchando a Jihan y a Dina, que almorzaron en la Hauptplatz bajo la atenta mirada de Oded y Eli Lavon.

La sesión de la tarde comenzó a las dos y estuvo protagonizada por Martin Landesmann, cuyo apasionado discurso acerca del calentamiento global y los combustibles fósiles suscitó numerosas caras de fastidio y meneos de cabeza entre los hombres de Maersk. A las cuatro se votó de viva voz un listado de recomendaciones redactado a toda prisa. Fue aprobado sin unanimidad, al igual que una moción adjunta que pedía la celebración de otra conferencia en Londres al año siguiente. Después, Viktor Orlov compareció ante la prensa en Fountain Courtyard y declaró que la conferencia había sido un éxito rotundo. Solo en su piso franco, Gabriel se reservó su opinión.

Los delegados regresaron al Dorchester para disfrutar de un rato de asueto. Al Siddiqi hizo dos llamadas telefónicas desde su habitación, una a su esposa y la otra a Jihan. Subió luego a un autobús para ir a cenar en el Turbine Hall de la Tate Modern. Se sentó entre un par de banqueros suizos que pasaron casi toda la velada quejándose de la nueva normativa bancaria europea que amenazaba su modelo de negocio. Al Siddiqi culpó de ello a los estadounidenses. Después agregó en voz baja algo sobre los judíos que hizo reír a los suizos.

—Oye, Walid —dijo uno de ellos—, deberías venir a vernos la próxima vez que te pases por Zúrich, en serio. Seguro que podemos seros de ayuda a tus clientes y a ti.

Los banqueros suizos se excusaron alegando que tenían que madrugar y se marcharon antes de que se sirviera el postre. Al Siddiqi pasó unos minutos charlando con un ejecutivo del Lloyds sobre el riesgo de hacer negocios con los rusos y luego él también se retiró. Durmió bien esa noche, lo mismo que Gabriel. A la mañana siguiente despertaron a la vez, con la noticia de que las fuerzas del gobierno sirio habían conseguido una victoria importante sobre los rebeldes en la ciudad de Homs. Al Siddiqi se bañó y disfrutó de un lujoso desayuno. Gabriel se duchó a toda prisa y se bebió de un trago una taza de Nescafé extrafuerte. Bajó luego a Bayswater Road y subió al asiento del copiloto del Vauxhall Astra que estaba esperándolo. Detrás del volante, vestido con el uniforme azul de un agente de seguridad aeroportuaria, estaba Nigel Whitcombe. Se incorporó al tráfico matutino y puso rumbo a Heathrow.

Caía una lluvia suave cuando, a las 8:32 de la mañana, Walid al Siddiqi salió de la majestuosa entrada del hotel Dorchester flanqueado por sendos guardaespaldas. Su limusina, cortesía del MI6, esperaba en la calzada. El chófer, también del MI6, aguardaba junto al maletero abierto con las manos unidas a la espalda, balanceándose ligeramente sobre los talones.

—Señor Siddiqi —lo llamó, prescindiendo a propósito del artículo definido del nombre de su cliente—, permítame ayudarlo, señor.

Y eso hizo: colocar las bolsas en el maletero y a sus propietarios dentro del coche: uno de los guardaespaldas en el asiento del copiloto, el otro en la parte trasera detrás del conductor y el «señor Siddiqi» al otro lado. A las 8:34 el coche enfiló Park Lane. En la red de comunicaciones del MI6 apareció el siguiente mensaje: *SUJETO EN CAMINO. FOTOGRAFÍAS A PETICIÓN.*

El trayecto hasta el aeropuerto de Heathrow les llevó cuarenta y cinco minutos y se vio facilitado por el hecho de que el coche de Al Siddiqi formara parte de un convoy clandestino del MI6 formado por seis vehículos. Su avión, el vuelo 700 de British Airways con destino a Viena, salía de la Terminal 3. El conductor sacó las bolsas del maletero, deseó buen viaje a su cliente y recibió a cambio una mirada inexpresiva. Como el banquero sirio viajaba en primera clase, el proceso de facturación solo le llevó diez minutos. La chica del mostrador rodeó con un círculo el número de la puerta de embarque en su billete y le indicó el control de seguridad al que tenía que dirigirse.

—Es allí mismo —dijo—. Tiene suerte, señor Al Siddiqi. Esta mañana no hay mucha cola.

Era imposible saber si Walid al Siddiqi se consideraba o no afortunado, porque la expresión que mostró al cruzar el deslumbrante vestíbulo de luces y tableros luminosos era la de un hombre abrumado por asuntos más serios. Seguido de cerca por sus guardaespaldas, enseñó su pasaporte y su tarjeta de embarque a otro funcionario para una última inspección y se sumó luego a la más corta de las tres colas. Viajero experimentado, se quitó la chaqueta y los zapatos sin prisa y sacó de su maletín y su bolsa los dispositivos electrónicos y los líquidos que le solicitaron. Descalzo y en mangas de camisa, vio como la cinta transportadora engullía sus posesiones llevándolas hacia el vientre de la máquina de rayos x. Luego, cuando se lo pidieron, entró en el escáner de ondas milimétricas y levantó cansinamente los brazos como si se rindiera después de un largo asedio.

Al estimarse que no se hallaba en posesión de nada prohibido o remotamente peligroso, fue invitado a ocupar su sitio al otro lado de la cinta transportadora. Una pareja estadounidense joven y próspera esperaba delante de él. Cuando aparecieron sus bolsas, las recogieron a toda prisa y se apresuraron a entrar en la zona de embarque. Walid al Siddiqi frunció el ceño con aire de superioridad y dio un paso adelante. Palpó distraídamente la pechera de su camisa. Luego bajó la mirada hacia la cinta transportadora, que estaba inmóvil, y esperó.

Durante treinta segundos largos, tres agentes de seguridad miraron ceñudos la pantalla de la máquina de rayos x como si temieran que al paciente no le quedara mucho tiempo de vida. Por fin, uno de ellos se apartó de sus compañeros y, llevando una bolsa de plástico en la mano, se acercó al lugar donde esperaba Al Siddiqi. El nombre que figuraba en la chapita del bolsillo de su pechera era *CHARLES DAVIES*. Su verdadero nombre era Nigel Whitcombe.

—¿Estas cosas son suyas? —preguntó Whitcombe.

—Sí, son mías —contestó Al Siddiqi, cortante.

—Tenemos que inspeccionarlas un poco más. Solo será un minuto —añadió Whitcombe amablemente—. Enseguida podrá marcharse.

—¿Podría devolverme mi chaqueta?

—Lo siento —contestó Whitcombe al tiempo que negaba con la cabeza—. ¿Hay algún problema?

—No —dijo Walid al Siddiqi, sonriendo a su pesar—. Ninguno en absoluto.

———————

Whitcombe invitó al banquero y a sus guardaespaldas a sentarse en la zona de espera. Llevó luego la bolsa de plástico detrás de una barrera y la colocó sobre la mesa de inspección, junto al maletín y la bolsa de Al Siddiqi. El cuadernito de piel estaba exactamente donde Jihan Nawaz había dicho que estaría: en el bolsillo izquierdo de la pechera de su chaqueta. Whitcombe se lo entregó rápidamente a una joven agente del MI6 llamada Clarissa, que lo llevó un corto trecho, hasta una puerta que se abrió al acercarse ella. Al otro lado de la puerta había un cuartito de paredes desnudas y blancas ocupado por dos hombres. Uno de ellos era el director general de la joven. El otro era un hombre de brillantes ojos verdes y sienes grises sobre cuyas hazañas Clarissa había leído en los periódicos. Algo la impulsó a entregar el cuaderno al hombre de ojos verdes en lugar de a su jefe. Él lo aceptó sin decir palabra, lo abrió por la primera página y lo colocó bajo la lente de una cámara de documentos de alta resolución. Aplicó el ojo al visor e hizo la primera fotografía.

—Pasa la página —ordenó en voz baja y, cuando el director general del MI6 pasó la página, tomó otra fotografía—. Otra vez, Graham.

Clic...

—La siguiente.

Clic...

—Más deprisa, Graham.

Clic...

—Otra vez.

Clic...

47

LINZ, AUSTRIA

El mensaje de texto apareció en el móvil de Jihan a las diez y media, hora austriaca: *ESTOY LIBRE PARA COMER. ¿TE APETECE IR AL FRANZESCO?* El asunto del mensaje carecía de importancia. La elección del restaurante, no. Era una señal convenida de antemano. Durante unos segundos, Jihan se sintió incapaz de respirar. Hama parecía atenazarle el corazón. Tuvo que intentarlo varias veces hasta que acertó a escribir las dos palabras de la respuesta: *¿ESTÁS SEGURA?* La contestación llegó con la velocidad de un disparo de fusil: *¡ABSOLUTAMENTE! ME MUERO DE GANAS.*

Con mano temblorosa, dejó el móvil sobre la mesa y levantó el auricular del teléfono multilínea de la oficina. Tenía varios números grabados en la memoria, entre ellos uno con la etiqueta *MÓVIL SR. AL SIDDIQI.* Repasó su parte del guion una última vez. Luego alargó la mano y pulsó el botón. Al no recibir respuesta, sintió un alivio momentáneo. Colgó sin dejar mensaje. Después respiró hondo de nuevo y volvió a marcar.

La primera llamada de Jihan no recibió respuesta porque en ese momento el móvil de Walid al Siddiqi seguía estando en manos de un agente de seguridad del aeropuerto de Heathrow llamado Charles Davies, conocido también como Nigel Whitcombe. Cuando efectuó la segunda llamada, Al Siddiqi había recuperado su teléfono pero no contestó porque estaba ocupado comprobando si su cuaderno de piel seguía en el bolsillo izquierdo de la pechera de su chaqueta, como, en efecto, así era. La tercera llamada lo sorprendió en la zona *duty free* de la terminal, de muy mal humor. Contestó casi con un gruñido.

—Señor Al Siddiqi —exclamó Jihan como si se alegrara de oír el sonido de su voz—. Me alegro de poder hablar con usted antes de que embarque. Me temo que tenemos un problemilla en las Islas Caimán. ¿Puede dedicarme un momento?

El problema, dijo, era la escritura notarial de constitución de una empresa llamada LXR Investments de Luxemburgo.

—¿Qué pasa con ella? —preguntó el señor Al Siddiqi.

—Que ha desaparecido.

—Pero, ¿qué dice?

—Acabo de recibir una llamada de Dennis Cahill, del Trade Winds Bank de Georgetown.

—Sé quién es.

—El señor Cahill dice que no encuentra la documentación registral de la empresa.

—Da la causalidad de que me consta que mi representante le entregó esas escrituras en mano.

—El señor Cahill no lo niega.

—Entonces, ¿cuál es el problema?

—Tengo la impresión de que las han destruido por error —repuso Jihan—. Quiere que le enviemos otras nuevas.

—¿Cuándo?

—Enseguida.

—¿A qué viene tanta prisa?

—Por lo visto tiene algo que ver con los estadounidenses. No ha entrado en detalles.

Al Siddiqi masculló una vieja maldición siria relativa a burros y parientes lejanos. Jihan sonrió. Su madre solía emplear aquella misma expresión las pocas veces que perdía los nervios.

—Creo que tengo copia de esos documentos en el ordenador de mi despacho —dijo al cabo de un momento—. De hecho, estoy seguro.

—¿Qué quiere que haga, señor Al Siddiqi?

—Que se las envíe a ese idiota del Trade Winds Bank, claro.

—¿Puedo volver a llamarlo desde mi móvil? Puede que así sea más sencillo.

—Dese prisa, Jihan. Mi vuelo está embarcando.

«Sí», pensó ella al colgar. «Démonos prisa».

Abrió el cajón de arriba de su mesa y sacó dos cosas: una carpeta de piel negra y un disco duro externo, también negro, de unos siete centímetros por doce. El disco duro estaba debajo de la carpeta para que no lo vieran las cámaras de seguridad del techo. Apretó ambas cosas con fuerza contra la pechera de la blusa, se levantó y echó a andar por el corto pasillo hasta la puerta del despacho del señor Al Siddiqi. Marcó su número de teléfono mientras caminaba. Él contestó cuando estaba llegando a la puerta.

—Lista —dijo.

—El código es ocho, siete, nueve, cuatro, uno, dos. ¿Lo tiene?

—Sí, señor Al Siddiqi. Un momento, por favor.

Usando la misma mano con la que sostenía el teléfono, marcó rápidamente los seis dígitos y pulsó ENTER. Las cerraduras se abrieron con un chasquido que se oyó al otro lado del teléfono.

—Entre —dijo el señor Al Siddiqi.

Jihan empujó la puerta. La recibió una oscuridad de medianoche. No hizo nada por disiparla.

—Ya estoy aquí —dijo.

—Encienda el ordenador.

Se sentó en el sillón de cuero. Estaba caliente, como si Al Siddiqi acabara de levantarse. El monitor estaba a la izquierda, apagado, el teclado unos centímetros delante de él y la CPU en el suelo, debajo del escritorio. Jihan estiró el brazo y llevó a cabo impecablemente la misma maniobra que tantas veces había practicado en la villa del Attersee: la maniobra que había ensayado a oscuras y con aquel alemán sin nombre gritándole que el señor Al Siddiqi iba a ir a matarla. Pero el señor Al Siddiqi no iba a ir a matarla. Estaba al otro lado del teléfono, diciéndole con calma lo que tenía que hacer.

—¿Lista? —preguntó.

—Todavía no, señor Al Siddiqi.

Se hizo un silencio.

—¿Ya, Jihan?

—Sí, señor Al Siddiqi.

—¿Ve la ventana de la contraseña?

Dijo que sí.

—Voy a darle otro número de seis dígitos. ¿Está lista?

—Lista —repitió ella.

Él recitó seis números. Jihan accedió al menú principal del mundo escondido del señor Al Siddiqi. Cuando volvió a hablar, consiguió parecer tranquila, casi aburrida.

—Ya está —dijo.

—¿Ve mi carpeta principal de documentos?

—Sí, creo que sí.

—Haga clic en ella, por favor.

Jihan obedeció. El ordenador le pidió otra contraseña.

—Es la misma que la última vez —dijo él.

—Me temo que se me ha olvidado, señor Al Siddiqi.

Él repitió el número. La carpeta se abrió cuando Jihan lo introdujo en la ventana de la contraseña. Vio los nombres de una docena de compañías: empresas de inversión, *holdings*, promotoras inmobiliarias, firmas de importación-exportación. Algunos de los nombres los conocía por haber hecho transacciones relacionadas con ellos. La mayoría, sin embargo, le eran desconocidos.

—Escriba «LXR Investments» en la ventana de búsqueda, por favor.

Jihan así lo hizo. Aparecieron diez subcarpetas.

—Abra la que pone «Registro».

Ella lo intentó.

—Me pide otra contraseña.

—Inténtelo con la misma.

—¿Puede repetirla otra vez, por favor?

Al Siddiqi la repitió. Pero, cuando Jihan la introdujo, la carpeta siguió cerrada y apareció un mensaje advirtiendo de que no se podía acceder al documento sin autorización.

—Espere un momento, Jihan.

Se pegó el teléfono con fuerza a la oreja. Oyó el último aviso de embarque para un vuelo a Viena y el crujido de unas hojas al pasarse.

—Voy a darle otro número —dijo por fin Al Siddiqi.

—Lista —dijo ella.

Él recitó otros seis números. Jihan los introdujo en la ventana y dijo:

—Estoy dentro.

—¿Ve el archivo de PDF de las escrituras?

—Sí.

—Adjúntelas a un *e-mail* y envíeselas a ese idiota del Trade Winds. Pero hágame un favor —añadió rápidamente.

—Claro, señor Al Siddiqi.

—Mándelas desde su correo.

—Por supuesto.

Adjuntó el documento a un *e-mail* en blanco, escribió su dirección de correo y pulsó *ENVIAR*.

—Ya está —dijo.

—Ahora tengo que colgar.

—Que tenga buen viaje.

Se cortó la comunicación. Jihan colocó su teléfono sobre la mesa del señor Al Siddiqi, junto al teclado, y salió del despacho. La puerta se bloqueó automáticamente tras ella. Jihan regresó con calma a su mesa mientras se repetía de memoria: «ocho, siete, nueve, cuatro, uno, dos...».

Detrás de una puerta sin distintivos, dentro de la Terminal 3 del aeropuerto londinense de Heathrow, Gabriel miraba fijamente un ordenador portátil abierto, con Graham Seymour a su lado.

Tenía en la mano un lápiz de memoria con el contenido del cuaderno del señor Al Siddiqi, y en la pantalla del ordenador aparecía una imagen en directo de la fachada del banco privado del señor Al Siddiqi en Linz, cortesía de Yossi Gavish, que estaba sentado fuera, en un Opel aparcado. El informe de vigilancia indicaba que no había rastro del enemigo, ni indicio alguno de complicaciones. Junto a él había un reloj que marcaba una cuenta atrás: *8:27, 8:26, 8:25; 8:24...* Era el tiempo que quedaba para completar la descarga del material del ordenador del señor Al Siddiqi.

—¿Qué va a pasar ahora? —preguntó Seymour.

—Hay que esperar hasta que marque cero.

—¿Y luego?

—Jihan se acordará de que se ha dejado el teléfono en la mesa del señor Al Siddiqi.

—Confiemos en que el señor Al Siddiqi no tenga forma de cambiar a distancia el código de entrada a su despacho.

Gabriel miró el reloj: *8:06, 8:05, 8:04...*

———————————

Siete minutos después, Jihan Ahwaz comenzó a buscar su teléfono móvil. Era una treta, una mentira ideada para engañar a las cámaras del señor Al Siddiqi y quizá también a sus propios nervios. Buscó por encima de la mesa, en los cajones, por el suelo y en la papelera. Incluso buscó en el aseo y en la sala de descanso, aunque estaba segura de no haber estado en ninguno de los dos sitios desde la última vez que había usado el teléfono. Por fin, llamó a su número desde la línea fija de su mesa y lo oyó sonar suavemente al otro lado de la puerta del señor Al Siddiqi. Masculló un juramento en voz baja, de nuevo a beneficio de las cámaras, y llamó al teléfono de su jefe para pedirle permiso para entrar en su despacho. No obtuvo respuesta. Llamó otra vez con el mismo resultado.

Colgó el teléfono. Sin duda, pensó, de nuevo para tranquilizarse, al señor Al Siddiqi no le importaría que entrara en su despacho a buscar su móvil. A fin de cuentas, acababa de darle acceso a sus archivos privados. Consultó la hora y vio que habían pasado diez minutos. Entonces recogió una carpeta de piel negra y se levantó. Se obligó a caminar sin prisas hasta la puerta. Notaba la mano entumecida cuando introdujo los seis números en el panel: *ocho, siete, nueve, cuatro, uno, dos*. Las cerraduras se abrieron al instante con un fuerte chasquido. Se imaginó que era el ruido del percutor de la pistola que dispararía la bala fatal, directa a su cabeza. Empujó la puerta y entró, canturreando en voz baja para ocultar su miedo.

———

La oscuridad era impenetrable, absoluta. Se acercó a la mesa y puso la mano derecha sobre su teléfono móvil. Luego, con la izquierda, colocó la carpeta encima de la que había dejado allí diez minutos antes y que era idéntica: la carpeta que ocultaba el disco duro externo a las cámaras del señor Al Siddiqi. Con un movimiento veloz y ensayado, sacó el disco de su puerto USB, levantó las tres cosas, el disco duro y las dos carpetas idénticas, y se las apretó contra la blusa. Luego salió y cerró la puerta. Las cerraduras encajaron con otro disparo. Mientras regresaba a su mesa, tenía de nuevo la cabeza llena de números. El número de días, de horas, que le quedaban de vida.

———

A la una del mediodía, Jihan informó a *Herr* Weber de que se iba a comer. Recogió su bolso y se puso sus gafas de sol de estrella de cine. Tras saludar con una escueta inclinación de cabeza a Sabrina, la recepcionista, salió a la calle. Había un tranvía esperando en la rotonda. Subió a él rápidamente, seguida unos segundos después por el hombre alto de tez lívida y ojos grises. Se sentó más cerca de ella que de costumbre, como si intentara tranquilizarla. Y cuando llegaron a la Mozartstrasse, el de la piel picada de viruelas estaba esperando para escoltarla al Franzesco. La mujer a la que conocía por el nombre de Ingrid Roth estaba leyendo a D. H. Lawrence sentada a una mesa, al sol. Cuando Jihan tomó asiento frente a ella, bajó el libro y sonrió.

—¿Qué tal la mañana? —preguntó.

—Productiva.

—¿Está en tu bolso?

Jihan asintió con la cabeza.

—¿Pedimos?

—No puedo comer.

—Come algo, Jihan. Y sonríe —añadió Ingrid Roth—. Es importante que sonrías.

El vuelo 316 de El Al sale diariamente de la Terminal 1 de Heathrow a las dos y veinte de la tarde. Gabriel subió a bordo con unos minutos de antelación, colocó su equipaje en el compartimento de arriba y ocupó su asiento en primera clase. El asiento de al lado estaba libre. Un momento después lo ocupó Chiara.

—Hola, forastero —dijo.

—¿Cómo te las has arreglado para estar aquí?

—Tengo amigos en las altas esferas. —Ella sonrió—. ¿Qué tal ha ido todo por allí?

Sin decir nada, Gabriel levantó el lápiz de memoria.

—¿Y Jihan?

Él hizo un gesto afirmativo.

—¿Cuánto tiempo tenemos para encontrar el dinero?

—No mucho —contestó Gabriel.

48

KING SAUL BOULEVARD, TEL AVIV

L a unidad que trabajaba sin descanso en la sala 414C de King Saul Boulevard carecía de denominación oficial porque oficialmente no existía. Los que estaban al tanto de su existencia se referían a ella como «el Minyan» porque estaba formada por diez miembros, todos ellos varones. Sabían muy poco de espionaje puro y duro o de operaciones especiales de combate, aunque la terminología que utilizaban debía mucho a ambas disciplinas: se introducían en redes deslizándose por puertas traseras o mediante la fuerza bruta, y se servían de caballos troyanos, de bombas de relojería y de «sombreros negros». Con apenas tocar un par de teclas podían dejar una ciudad a oscuras, cegar una red de control de tráfico aéreo o conseguir que las centrifugadoras de una planta de enriquecimiento nuclear iraní se descontrolaran por completo. Tenían, en suma, la capacidad de poner a las máquinas en contra de sus amos. En privado, Uzi Navot comentaba que el Minyan equivalía a diez buenas razones por las que ninguna persona en su sano juicio debía utilizar jamás un ordenador o un teléfono móvil.

Cuando Gabriel regresó a King Saul Boulevard llevando el contenido del ordenador y el cuaderno de Walid al Siddiqi, estaban esperando frente a sus terminales. Vestidos con vaqueros y sudaderas, formaban una pandilla variopinta. Sondearon primero el Trade Winds Bank de las Islas Caimán, una entidad que habían visitado previamente en varias ocasiones, y allí hicieron su primer descubrimiento significativo: los números de las dos cuentas abiertas recientemente a nombre de LXR Investments no coincidían con los números que figuraban en el cuaderno. Al Siddiqi los había escrito sirviéndose de un burdo código cifrado, invirtiendo los numerales, que tardaron muy poco en dejar inutilizado. Parecía sentir predilección por el Trade Winds, porque había abierto otras diez cuentas sirviéndose de distintos testaferros y sociedades fantasma. En total, el pequeño banco de las Islas Caimán custodiaba más de trescientos millones de dólares en activos de Maldades y Cía. El cuaderno y los archivos informáticos revelaron, además, que LXR Investments y otras empresas que actuaban como tapadera tenían cuentas abiertas en otros cinco bancos de las Islas Caimán. La suma total, en un solo paraíso fiscal, ascendía a mil doscientos millones de dólares. Y era solo el principio.

Procedieron metódicamente, siguiendo una pauta geográfica, mientras Gabriel vigilaba cada uno de los pasos. Desde las Islas Caimán se movieron hacia el norte, a las Bermudas, donde otros tres bancos guardaban más de seiscientos millones de dólares. A continuación hicieron una visita relámpago a las Bahamas antes de viajar a Panamá, donde descubrieron otros quinientos millones guardados en catorce cuentas que figuraban en el cuaderno de Al Siddiqi. Su gira por el Hemisferio Occidental concluyó en Buenos

Aires, refugio de criminales de guerra y sinvergüenzas, donde descubrieron otros cuatrocientos millones colocados en una docena de cuentas bancarias. En ningún momento a lo largo del viaje retiraron un solo centavo del dinero. Se limitaron a colocar trampillas y circuitos de enrutamiento invisibles que les permitieran, en el momento que eligieran, llevar a cabo el mayor robo bancario perpetrado en la historia.

Pero no era el dinero lo único que preocupaba a Gabriel. Por eso, mientras los *hackers* sondeaban los bancos de Hong Kong, recorrió el pasillo hasta su guarida vacía para echar un vistazo a la última remesa de informes de vigilancia llegados de Linz. Era última hora de la mañana en la Alta Austria. Jihan estaba sentada a su mesa y Walid al Siddiqi tecleaba rápidamente en su ordenador. Gabriel lo sabía porque en el aeropuerto de Heathrow no se había limitado a fotografiar las páginas de su cuaderno secreto. También había intervenido su teléfono móvil, que, al igual que el de Jihan, actuaba ahora como transmisor de audio a tiempo completo. El equipo tenía, además, la posibilidad de leer el *e-mail* y los mensajes de texto de Al Siddiqi y hacer fotografías y grabaciones de vídeo a su antojo con la cámara del teléfono. Walid al Siddiqi, banquero privado de la familia gobernante siria, estaba ahora en manos de la Oficina. Les pertenecía.

Cuando regresó al taller de los *hackers*, Gabriel llevó consigo su viejo encerado de madera. A los ciberespías les pareció un objeto curioso. De hecho, la mayoría nunca había visto uno. Gabriel escribió una cifra en él: 2.900 millones de dólares, la cifra total depositada en las cuentas que habían identificado y aislado hasta ese momento. Y cuando los piratas informáticos concluyeron su tarea en Hong Kong, cambió el número a 3.600 millones. Después de Dubái, alcanzó la cifra de 4.700 millones. Con Ammán y Beirut llegó a los 5.400. Liechtenstein y Francia sumaron otros ochocientos millones y, como era de esperar, los bancos suizos aportaron la friolera de 2.000 millones, lo que elevó el total a 8.200 millones de dólares. En los bancos de Londres figuraban otros seiscientos millones de libras. Cumpliendo órdenes de Gabriel, los *hackers* construyeron sus trampillas y sus circuitos de enrutamiento invisibles por si se daba la improbable circunstancia de que Graham Seymour se desdecía de su compromiso de congelar el dinero.

Para entonces habían transcurrido otras treinta horas durante las cuales Gabriel y los *hackers* no habían dormido ni consumido prácticamente otra cosa que café. En la Alta Austria era media tarde. Jihan se estaba preparando para marcharse y Walid al Siddiqi seguía aporreando las teclas de su ordenador. Soñoliento, Gabriel ordenó a los *hackers* que crearan un botón ceremonial que, al pulsarse, hiciera desaparecer más de ocho mil millones de dólares en un abrir y cerrar de ojos. Subió luego a la planta de dirección. La luz de encima de la puerta estaba en verde. Uzi Navot estaba en su mesa, leyendo un expediente.

—¿Cuánto? —preguntó levantando la vista.

Gabriel se lo dijo.

—Si fueran menos de ocho mil millones —comentó Navot sardónicamente—, estaría dispuesto a autorizarlo por mi cuenta. Pero dadas las circunstancias, prefiero hablar en privado con el primer ministro antes de que nadie toque ese botón.

—Estoy de acuerdo.

—Entonces quizá deberías hablar tú con el primer ministro. A fin de cuentas —añadió Navot—, seguramente va siendo hora de que os conozcáis mejor.

—Para eso habrá tiempo de sobra más adelante, Uzi.

Navot cerró el expediente y miró a través de las lamas de su persiana, hacia el mar.

—Entonces, ¿cómo lo hacemos? —preguntó al cabo de un momento—. ¿Agarramos el dinero y luego a la chica?

—En realidad —contestó Gabriel—, tengo pensado hacerlos desaparecer al mismo tiempo.

—¿Ella está preparada?

—Sí, desde hace tiempo.

—¿Una desaparición misteriosa? ¿Es así como piensas hacerlo?

Gabriel asintió con la cabeza.

—Sin maletas, sin reserva de billetes, sin nada que pueda sugerir que estaba planeando un viaje. La llevamos en coche a Alemania y luego la traemos a Israel desde Múnich.

—¿A quién le corresponde la ingrata tarea de decirle que ha estado trabajando para nosotros?

—Confiaba en poder hacerlo yo mismo.

—¿Pero?

—Me temo que tendrá que hacerlo en mi lugar su buena amiga Ingrid Roth.

—¿Quieres sacar el dinero esta misma noche?

Gabriel hizo un gesto afirmativo.

—Entonces más vale que hable con el primer ministro.

—Supongo que sí.

Navot meneó la cabeza lentamente.

—Ocho mil millones de dólares —dijo un momento después—. Es un montón de dinero.

—Y estoy seguro de que hay más por ahí, en alguna parte.

—Ocho mil millones es mucho. ¿Quién sabe? —añadió Navot—. Quizás hasta baste para comprar el Caravaggio.

Gabriel no contestó.

—Entonces, ¿a quién le toca apretar el botón? —preguntó Navot.

—Ese es trabajo para el jefe, Uzi.

—No estaría bien.

—¿Por qué no?

—Porque ha sido tu operación de principio a fin.

—¿Y si elegimos un candidato de compromiso? —preguntó Gabriel.

—¿En quién estás pensando?

—En la mayor experta del país en Siria y el movimiento baazista.

—Puede que le guste. —Navot volvía a mirar por la ventana—. Ojalá pudieras decirle tú a Jihan que ha estado trabajando para nosotros.

—Lo mismo opino yo, Uzi. Pero no hay tiempo.

—¿Y si no sube al avión?

—Subirá.

—¿Por qué estás tan seguro?

—Porque no tiene elección.

—A Walid al Siddiqi también me gustaría meterlo en un avión —agregó Navot—. En un cajón de madera, preferiblemente.

—Algo me dice que Maldades y Cía se encargará de él en cuanto descubran que se han volatilizado ocho mil millones de dólares.

—¿Cuánto tiempo crees que le queda de vida?

Gabriel consultó su reloj.

<hr>

Entre la hermandad de las fuerzas de seguridad y defensa israelíes no tardó en correrse la voz de que iba a producirse un acontecimiento de enorme importancia. Los no iniciados solo podían conjeturar de qué se trataba. Los iniciados se limitaban a menear la cabeza con asombro. Era, decían, un logro de proporciones shamronianas, el mayor, quizá, de la carrera de Gabriel. Sin duda era hora de evitarle más sufrimientos a Uzi Navot y efectuar el cambio que todo el mundo esperaba en King Saul Boulevard.

Si Navot estaba al corriente de estas habladurías, no dio muestras de ello durante su reunión con el primer ministro. Se mostró enérgico, autoritario y cauto respecto a las repercusiones que tendría hacer desaparecer ocho mil millones de dólares. Era una jugada arriesgada, dijo, que sin duda desencadenaría una revancha si alguna vez llegaba a saberse quién estaba detrás de la operación. Aconsejó al primer ministro que pusiera al Mando Norte del ejército israelí en estado de máxima alerta y que reforzara la seguridad en todas las embajadas israelíes del mundo, sobre todo allí donde la presencia de Hezbolá y el espionaje sirio era mayor. El primer ministro estuvo de acuerdo en ambos puntos. Pidió además un aumento de la seguridad en las principales redes informáticas y de comunicaciones del país. Luego, con apenas un cabeceo afirmativo, dio su visto bueno final.

—¿Le gustaría ser quien apriete el botón? —preguntó Navot.

—Es tentador —contestó el primer ministro con una sonrisa—, pero seguramente poco prudente.

Cuando Navot regresó a King Saul Boulevard, Gabriel había repartido sus últimas instrucciones al equipo. Tenía intención de apoderarse del dinero a las nueve de la noche hora de Linz, las diez en Tel Aviv. Tan pronto el capital llegara a su destino final, proceso que no debía demorarse más allá de cinco minutos, enviaría un mensaje instantáneo a Dina y a Christopher Keller ordenándoles que se hicieran cargo de Jihan. Transporte e Intendencia se ocuparían discretamente de borrar las pistas.

A las nueve de la noche hora de Tel Aviv ya solo quedaba esperar. Gabriel pasó la última hora encerrado en la sala 414C, escuchando por enésima vez las explicaciones de los *hackers* acerca de cómo iban a trasladar ocho mil millones de varias decenas de cuentas a lo largo y ancho del globo a una sola cuenta en el Israel Discount Bank sin dejar ni tan siquiera un hilillo de humo digital.

Y por enésima vez fingió entender lo que le decían, cuando en realidad se estaba preguntando cómo era posible tal cosa. No entendía el lenguaje que hablaban los *hackers*, ni le interesaba especialmente aprenderlo, pero se alegraba de que estuvieran de su parte.

La tarea que estaba realizándose en la sala 414C era tan sensible que ni siquiera el director de la Oficina conocía el código cifrado que abría la puerta. De ahí que Uzi Navot tuviera que llamar para que le dejaran entrar. Acompañado por Bella y Chiara, entró en la sala a las 9:50 de la noche, hora de Tel Aviv, y recibió el mismo informe que había recibido Gabriel minutos antes. Pero, a diferencia de Allon, que se consideraba un hombre del siglo XVI, Navot sabía cómo funcionaban los ordenadores e Internet. Formuló varias preguntas sagaces, pidió que le garantizaran por última vez que podría negarse la implicación de Israel en la operación y acto seguido dio formalmente la orden de apropiarse del dinero.

Bella se sentó delante del ordenador que le indicaron y esperó la orden de Gabriel para apretar el botón. Eran las 9:55 en Tel Aviv, las 8:55 de la noche en Linz. Jihan Nawaz estaba sola en su apartamento, canturreando en voz baja para ocultar su miedo. Dos minutos después, a las 8:57 hora local, recibió una llamada telefónica de Walid al Siddiqi. La conversación que siguió duró diez minutos en total. Y antes de que terminara, Gabriel dio la orden de suspender el procedimiento. Nadie iba a apretar ningún botón, dijo. Al menos, esa noche.

49

ATTERSEE, AUSTRIA

Esa misma noche estalló otra guerra civil en Oriente Medio. Fue de menores proporciones que las otras y por suerte no hubo bombardeos ni derramamiento de sangre, pues se trataba de una guerra dialéctica librada entre personas de la misma fe, hijos del mismo dios. Aun así, los frentes de batalla estaban claramente definidos. Un bando quería retirarse y hacer caja mientras jugaba todavía con dinero de la banca. El otro quería probar a tirar los dados una vez más, echar una última ojeada a Maldades y Cía. Para bien o para mal, el cabecilla de esta facción era Gabriel Allon, futuro jefe de los servicios secretos israelíes. Y así, tras un debate que duró gran parte de la noche, Gabriel subió al vuelo 353 de El Al con destino a Múnich y a primera hora de la tarde estaba de nuevo en el cuarto de estar de la villa del Attersee, vestido como un anónimo recaudador de impuestos berlinés. Sobre la mesa baja había un ordenador portátil encendido cuyos altavoces emitían con toda nitidez la voz de Walid al Siddiqi hablando en árabe. Gabriel bajó el volumen ligeramente cuando entraron Jihan y Dina.

—¡Jihan! —exclamó como si no esperara verla tan pronto—. Bienvenida a casa. Me alegro de verte tan bien. Has superado todas nuestras expectativas. De veras. No podemos agradecerte lo suficiente todo lo que has hecho.

Había dado su discurso en su alemán con acento de Berlín, acompañado por una vacua sonrisa de hostelero. Jihan miró a Dina y, a continuación, el ordenador portátil.

—¿Por eso me ha traído aquí otra vez? —preguntó finalmente—. ¿Porque quería darme las gracias?

—No —se limitó a responder Gabriel.

—¿Por qué estoy aquí, entonces?

—Está aquí —dijo mientras se acercaba a ella lentamente— debido a la llamada que recibió a las ocho cincuenta y siete de la pasada noche. —Ladeó la cabeza inquisitivamente—. Se acuerda de la llamada que recibió anoche, ¿verdad?

—Es imposible de olvidar.

—Lo mismo pensamos nosotros. —Seguía con la cabeza ladeada, pero se había llevado la mano derecha a la barbilla con gesto pensativo—. La hora de la llamada fue increíblemente oportuna, como mínimo. De haberse producido dos minutos después, no la habría recibido.

—¿Por qué?

—Porque ya habría desaparecido sin dejar rastro, igual que un enorme montón de dinero —añadió rápidamente—. Ocho mil doscientos millones de dólares para ser exactos. Y todo gracias al excelente trabajo que ha hecho.

—¿Por qué no se apoderaron del dinero?

—Era una idea muy tentadora —contestó Gabriel—. Pero, si lo hubiéramos hecho, no nos habría sido posible aprovechar la oportunidad que nos ha brindado el señor Al Siddiqi.

—¿Qué oportunidad?

—¿Prestó usted atención a las cosas que le dijo el señor Al Siddiqi anoche?

—Procuré no hacerlo.

Gabriel pareció sinceramente perplejo por su respuesta.

—¿Y eso por qué?

—Porque ya no puedo soportar el sonido de su voz. —Hizo una pausa y añadió—: Me es imposible volver a cruzar las puertas de ese banco. Por favor, hagan desaparecer el dinero. Y luego háganme desaparecer a mí también.

—Vamos a escuchar juntos la grabación de la conversación, ¿quiere? Y si sigue pensando lo mismo, nos marcharemos de Austria juntos esta misma tarde, todos nosotros, para no volver.

—No he hecho el equipaje.

—No es necesario. Nosotros nos ocuparemos de todo.

—¿Dónde piensa llevarme?

—A un lugar seguro. Un lugar donde nadie la encontrará.

—¿Dónde? —preguntó ella otra vez, pero Gabriel se limitó a sentarse delante del ordenador.

Con un clic de ratón, acalló la voz de Walid al Siddiqi. Luego, con otro clic, abrió un archivo de audio titulado CORTE 238. Eran las 8:57 de la noche anterior. Jihan estaba sola en su apartamento, canturreando en voz baja para ocultar su miedo. Y entonces comenzaba a sonar su teléfono.

Sonaba cuatro veces antes de que ella contestara, y cuando por fin contestó parecía faltarle un poco el aliento.

—*Diga.*

—*¿Jihan?*

—*¿Señor Al Siddiqi?*

—*Lamento llamarla tan tarde. ¿La pillo en mal momento?*

—*No, nada de eso.*

—*¿Ocurre algo?*

—*No, ¿por qué?*

—*Parece alterada por algo.*

—*He tenido que correr para contestar al teléfono, eso es todo.*

—*¿Seguro? ¿Seguro que no le pasa nada?*

Gabriel pulsó el icono de pausa.

—¿Siempre se preocupa tanto por su bienestar?

—Es una obsesión suya muy reciente.

—¿Por qué dejó que el teléfono sonara tantas veces?

—Porque cuando vi quién era no quise contestar.

—¿Tenía miedo?

—¿Dónde va a llevarme?

Gabriel pulsó el PLAY.

—*Estoy perfectamente, señor Al Siddiqi. ¿En qué puedo ayudarlo?*

—*Tengo que hablarle de algo importante.*

—*Claro, señor Al Siddiqi.*

—*¿Sería posible que me pasara por su apartamento?*

—*Es tarde.*

—*Soy consciente de ello.*

—*Lo siento, pero la verdad es que no es buen momento. ¿No puede esperar hasta el lunes?*

Gabriel pulsó la pausa.

—Quiero felicitarla por su oficio. Consiguió quitárselo de encima muy fácilmente.

—¿Mi oficio?

—Es un término procedente del mundo del espionaje.

—No sabía que esto fuera una operación de espionaje. Y no es cuestión de oficio —agregó ella—. Una chica suní de Hama jamás permitiría que un hombre casado subiera solo a su apartamento, aunque ese hombre también fuera, casualmente, su jefe.

Gabriel sonrió y pulsó el PLAY.

—*Me temo que no puede esperar. Necesito que vaya a un sitio el lunes.*

—*¿Adónde?*

—*A Ginebra.*

STOP.

—¿Alguna vez le había pedido que viajara de su parte?

—No, nunca.

—¿Sabe usted qué más va a pasar el lunes en Ginebra?

—Eso lo sabe todo el mundo —respondió Jihan—. Los americanos, los rusos y los europeos van a intentar mediar entre el régimen y los rebeldes sirios para alcanzar un acuerdo de paz.

—Todo un hito, ¿no?

—Será un diálogo de sordos.

Otra sonrisa.

PLAY.

—*¿Por qué a Ginebra, señor Al Siddiqi?*

—*Necesito que recoja unos documentos de mi parte. Solo estará allí una o dos horas. Iría yo mismo, pero tengo que estar en París ese mismo día.*

STOP.

—Dicho sea de paso —comentó Gabriel—, el señor Al Siddiqi no ha comprado ningún billete para volar a París el lunes.

—Siempre los compra en el último minuto.

—¿Y por qué hay que recoger en mano esos documentos? —preguntó Gabriel sin hacerle caso—. ¿Por qué no mandarlos por mensajero urgente? ¿Por qué no transmitirlos por correo electrónico?

—No es nada raro que la documentación financiera confidencial se entregue en mano.

—Sobre todo cuando se la entregan a un hombre como Walid al Siddiqi.

PLAY.

—*¿Qué quiere que haga exactamente?*

—*Es muy sencillo, en realidad. Solo tiene que encontrarse con un cliente en el hotel Métropole. El cliente le dará un paquete de documentos y usted los llevará a Linz.*

—*¿Y el nombre del cliente?*

—*Kemel al Faruk.*

STOP.

—¿Quién es ese hombre?

Gabriel sonrió.

—Kemel al Faruk es quien tiene la llave del reino —contestó—. Es la razón por la que debe ir a Ginebra.

50

ATTERSEE, AUSTRIA

Salieron a la terraza y se sentaron bajo una sombrilla. Una lancha motora que pasaba abrió una herida en el lago. Luego desapareció y quedaron solos de nuevo. Podrían haber sido las dos únicas personas que había en el mundo, de no ser por el sonido de la voz de Walid al Siddiqi, que seguía manando del ordenador portátil de la sala.

—Veo que se ha comprado otro barco —dijo Jihan señalando con la cabeza la balandra.

—La verdad es que fueron mis colegas quienes lo compraron para mí.

—¿Por qué?

—Los estaba volviendo locos.

—¿Y por qué?

—Por usted, Jihan. Quería asegurarme de que estábamos haciendo todo lo posible por mantenerla a salvo.

Se quedó callada un momento.

—Navegar aquí ha de ser muy distinto a navegar en el Báltico.

—Lo miró y sonrió—. Porque es allí donde navegaba, ¿verdad? ¿En el Báltico?

Gabriel asintió lentamente con la cabeza.

—Nunca me ha gustado —repuso ella.

—¿El Báltico?

—Navegar. No me gusta la sensación de no tener el control.

—Yo puedo ir a cualquier parte en ese barquito.

—Entonces debe de dársele muy bien controlar las cosas.

Gabriel no contestó.

—¿Por qué? —preguntó Jihan al cabo de un momento—. ¿Por qué es tan importante que consigamos esos documentos de Kemel al Faruk?

—Debido a su relación con la familia gobernante —respondió Gabriel—. Kemel al Faruk es el viceministro de Exteriores sirio. De hecho, se sentará en la mesa de negociaciones cuando se reúna la conferencia el lunes por la tarde. Pero su influencia supera con creces el alcance de su cargo oficial. El presidente nunca da un paso, político o económico, sin hablar primero con Kemel. Creemos que hay más dinero por ahí —añadió—. Mucho más. Y creemos que los documentos de Kemel pueden indicarnos el camino.

—¿Lo creen?

—En este negocio no hay garantías, Jihan.

—¿Y qué negocio es este?

Gabriel guardó silencio de nuevo.

—Pero, ¿por qué quiere el señor Al Siddiqi que recoja yo esos documentos? —preguntó Jihan—. ¿Por qué no va él mismo?

—Porque tan pronto la delegación siria llegue a Ginebra, estará bajo vigilancia constante del servicio de inteligencia suizo, eso por no hablar de sus aliados americanos y europeos. Es imposible que Al Siddiqi se acerque a esa delegación.

—Yo tampoco quiero acercarme a ella. Son los mismos que destruyeron mi ciudad, los mismos que asesinaron a mi familia. Si ahora mismo estoy hablando con usted en alemán, es por culpa de hombres como esos.

—Entonces, ¿por qué no se une a la rebelión siria, Jihan? ¿Por qué no venga el asesinato de su familia trayéndonos esos documentos?

Desde la sala les llegó la risa de Walid al Siddiqi.

—¿No les basta con ocho mil millones de dólares? —preguntó ella un momento después.

—Es muchísimo dinero, Jihan, pero quiero más.

—¿Por qué?

—Porque así tendremos más influencia sobre sus actos.

—¿Se refiere al presidente sirio?

Él asintió con la cabeza.

—Disculpe —repuso Jihan con una sonrisa—, pero eso no suena como algo que diría un funcionario de Hacienda alemán.

Gabriel esbozó una sonrisa esquiva, pero no dijo nada.

—¿Cuál sería el procedimiento? —preguntó ella.

—Hará todo lo que le dijo el señor Al Siddiqi —respondió Gabriel—. Volará a Ginebra el lunes a primera hora de la mañana. Tomará un coche con chófer desde el aeropuerto hasta el hotel Métropole y recogerá los documentos. Y acto seguido regresará al aeropuerto para volver a Linz. —Se quedó callado un momento. Después agregó—: Y en algún momento, por el camino, fotografiará los documentos con su teléfono móvil y me los enviará.

—¿Y luego qué?

—Si, como sospechamos, esos documentos contienen una lista de cuentas adicionales, las intervendremos mientras está usted en el avión. Cuando aterrice en Viena, todo habrá acabado. Y entonces la haremos desaparecer.

—¿Adónde? —preguntó ella—. ¿Adónde van a llevarme?

—A un lugar seguro. A un lugar donde nadie puede hacerle daño.

—Me temo que no me basta con eso —respondió—. Quiero saber dónde piensa llevarme cuando acabe todo esto. Y, ya que está, puede decirme quién es usted realmente. Y esta vez quiero la verdad. Soy una hija de Hama. No me gusta que me mientan.

Subieron a la lancha con la tensa formalidad de una pareja mal avenida y pusieron rumbo al sur del lago. Sentada rígidamente en la popa con las piernas y los brazos cruzados, Jihan taladraba con los ojos un par de agujeros en la nuca de Gabriel. Había escuchado su confesión sumida en un airado silencio, como una esposa que escuchara a su marido confesarle una infidelidad. De momento, Gabriel no tenía nada más que añadir. Le tocaba hablar a ella.

—Cabrón —dijo por fin.

—¿Se siente mejor ahora? —preguntó él sin volverse para mirarla.

Jihan, al parecer, juzgó que sus palabras no merecían una respuesta.

—¿Y si le hubiera dicho la verdad desde el principio? —preguntó Gabriel—. ¿Qué habría hecho?

—Le habría dicho que se fuera al infierno.

—¿Por qué?

—Porque son todos iguales.

Gabriel dejó pasar un momento antes de responder:

—Tiene razón en estar enfadada, Jihan. Pero no se atreva a compararme con el carnicero de Damasco.

—¡Usted es peor!

—Ahórreme las consignas baratas. Porque si algo ha demostrado el conflicto sirio es que somos muy distintos de nuestros adversarios. Ciento cincuenta mil muertos y millones de refugiados, todo ello gracias a los hermanos árabes.

—¡Ustedes han hecho lo mismo! —replicó ella.

—Tonterías. —Todavía no se había vuelto para mirarla—. Puede que le cueste creerlo, pero yo quiero que los palestinos tengan un estado propio. De hecho, pienso hacer todo cuanto esté en mi mano para hacerlo realidad. Pero, por el momento, no es posible. Para hacer las paces, hacen falta dos.

—¡Son ustedes los que están ocupando su país!

Gabriel no se molestó en responder. Sabía desde hacía mucho tiempo que tales debates adoptaban siempre la forma de una pescadilla que se muerde la cola. Apagó el motor y giró su silla para mirarla de frente.

—Quítese ese disfraz —dijo ella—. Déjeme ver su cara.

Él se quitó las gafas de pega.

—Ahora la peluca.

Hizo lo que le pedía. Jihan se inclinó hacia delante y observó su rostro.

—Quítese esas lentillas. Quiero verle los ojos.

Se quitó las lentillas y las tiró al lago.

—¿Satisfecha, Jihan?

—¿Por qué habla tan bien alemán?

—Mi familia era de Berlín. Mi madre fue la única que sobrevivió al Holocausto. Cuando llegó a Israel no hablaba hebreo. El alemán fue la primera lengua que oí.

—¿Qué hay de Ingrid?

—Sus padres tuvieron seis hijos, uno por cada millón de judíos asesinados en el Holocausto. Su madre y dos de sus hermanas murieron en un atentado suicida de Hamás. Ingrid resultó gravemente herida. Por eso cojea. Por eso nunca se pone vestido, ni pantalones cortos.

—¿Cuál es su verdadero nombre?

—Eso no importa.

—¿Y el suyo?

—¿Qué más da? Me odia por quién soy. Me odia por lo que soy.

—Lo odio porque me ha mentido.

—No tenía elección.

Se levantó el viento, trayendo consigo el olor de las rosas.

—¿De veras no ha sospechado en ningún momento que éramos israelíes?

—Sí —reconoció Jihan.

—¿Por qué no lo ha preguntado antes?

No contestó.

—Quizá porque no quería conocer la respuesta. Y quizás ahora que ha tenido ocasión de gritarme e insultarme podamos volver al trabajo. Voy a convertir al carnicero de Damasco en un mendigo. Voy a encargarme de que no vuelva a utilizar gas venenoso contra su propio pueblo, de que nunca vuelva a reducir a escombros otra ciudad. Pero no puedo hacerlo solo. Necesito su ayuda. —Hizo una pausa. Luego agregó—: ¿Va a ayudarme, Jihan?

Ella pasaba la mano por el agua como una niña.

—¿Dónde iré cuando esto acabe?

—¿Usted qué cree?

—No podría vivir allí.

—No es tan malo como le han hecho creer. De hecho es bastante agradable. Pero descuide —añadió—, no tendrá que quedarse mucho tiempo. En cuanto pueda marcharse sin peligro, podrá vivir donde quiera.

—¿Me está diciendo la verdad esta vez o es otra de sus mentiras?

Gabriel no dijo nada. Jihan tomó agua del lago haciendo un cuenco con la mano y dejó que le corriera entre los dedos.

—Voy a hacerlo —dijo por fin—, pero quiero algo de usted a cambio.

—Lo que sea, Jihan.

Lo miró un momento en silencio. Luego dijo:

—Necesito saber su nombre.

—Eso no tiene importancia.

—Para mí sí la tiene —repuso ella—. Dígame su nombre o puede buscarse a otra para que recoja esos documentos en Ginebra.

—No es así como se hacen las cosas en nuestro oficio.

—Dígame su nombre —repitió Jihan—. Lo escribiré en el agua y luego me olvidaré de él.

Gabriel le sonrió y le dijo su nombre.

—¿Como el arcángel? —preguntó ella.

—Sí —contestó—. Como el arcángel.

—¿Y su apellido?

Gabriel también se lo dijo.

—Me resulta familiar.

—Es lógico.

Ella se inclinó sobre la borda de la lancha y escribió su nombre en la oscura superficie del lago. Luego, una ráfaga de viento bajó de los Montes del Infierno y lo hizo desaparecer.

51

ATTERSEE—GINEBRA

Cuando todo acabara, Gabriel recordaría muy poco de las veinticuatro horas siguientes, que transcurrieron entre un torbellino de planes, acaloradas discusiones familiares y tensas conversaciones mantenidas a través de canales de seguridad. En King Saul Boulevard, su petición urgente de nuevos pisos francos y transporte seguro causó un conato de rebelión que Uzi Navot logró sofocar con una mirada ceñuda y unas pocas palabras cargadas de severidad. El departamento de Finanzas fue el único que no puso el grito en el cielo ante la petición de Gabriel de nuevos fondos. Su operación ya había dado sustanciales beneficios, y se esperaba nuevas ganancias como caídas del cielo en el tramo final.

Jihan Nawaz permaneció ajena a las luchas intestinas que se libraban en el seno de la Oficina. Solo se le informó de los requisitos necesarios para llevar a cabo su última misión. El domingo por la tarde regresó a la villa del Attersee para recibir las últimas instrucciones y practicar fotografiando documentos, sometida al peculiar estilo de «hostigamiento simulado» de Gabriel. Después se reunió con el equipo para comer en la pradera con vistas al lago. La falsa bandera que había enarbolado desde su reclutamiento, ya arriada, quedó guardada para siempre. Ahora eran israelíes, agentes de un servicio de espionaje al que la mayoría de los árabes miraba con una mezcla paradójica de odio y admiración. Estaba el culto Yossi, el falso burócrata del servicio británico de Renta y Aduanas. Estaba aquel hombrecillo desaliñado que se había presentado ante ella por primera vez haciéndose llamar Feliks Adler. Estaban Mijail, Yaakov y Oded, sus tres guardianes en las calles de Linz. Y estaba Ingrid Roth, su vecina, su confidente, con la que compartía una herida íntima y profunda, un dolor que Jihan entendía a la perfección.

Y al final de la mesa, silencioso y expectante, estaba el hombre de ojos verdes cuyo nombre Jihan había escrito en el agua. No era el monstruo en que lo había convertido la prensa árabe. Ninguno de ellos lo era. Eran encantadores. Divertidos. Inteligentes. Amaban a su país y a su gente. Lamentaban profundamente lo que le había ocurrido a Jihan y a su familia en Hama. Sí, reconocían que el Estado de Israel había cometido errores desde su fundación, errores terribles. Pero lo único que quería era vivir en paz y que sus vecinos aceptaran su existencia. La Primavera Árabe había suscitado fugazmente la ilusión de un cambio en Oriente Medio, pero por desgracia se había convertido en una lucha a muerte entre suníes y chiíes, entre el yihadismo internacional y el antiguo orden de los caudillos árabes. Sin duda tenía que haber un punto intermedio, pensaban, un Oriente Medio moderno en el que los lazos religiosos y tribales fueran menos importantes que el progreso y un régimen de gobierno decente. Esa tarde a orillas del Attersee, durante unas horas, pareció que todo era posible.

Jihan se despidió de ellos a media tarde y, acompañada por su amiga Ingrid, regresó a su apartamento. Esa noche solo la vigiló Keller, pues el resto del equipo había comenzado una apresurada transición a otro frente de batalla que, en un rasgo de ingenio, alguien de la Oficina bautizaría después como «la gran migración hacia el Oeste». Gabriel y Eli viajaron juntos en coche, Gabriel conduciendo y Lavon agobiado por las preocupaciones, como habían hecho mil veces antes. Esa noche, sin embargo, era distinta. Su objetivo no era un terrorista con las manos manchadas de sangre israelí. Eran miles de millones de dólares que pertenecían por derecho al pueblo sirio. Lavon, el rastreador de capitales, apenas podía refrenar su excitación. Si controlaban el dinero del carnicero, decía, podrían doblegarlo a voluntad. Lo tendrían en sus manos.

Llegaron a Ginebra a esa hora incierta entre la oscuridad y el alba y se dirigieron a un viejo piso franco que la Oficina tenía en el bulevar de Saint Georges. Mordecai, que había pasado por allí antes, había montado en el cuarto de estar un puesto de mando provisto de ordenadores y una radio segura. Gabriel envió un escueto mensaje de activación al Centro de Operaciones de King Saul Boulevard. Poco antes de las siete oyó como Walid al Siddiqi, que parecía cansado, embarcaba en el vuelo 411 de Austrian Air con destino al aeropuerto vienés de Schwechat. Mientras su avión sobrevolaba Linz, un sedán negro se detuvo junto a la acera delante de un edificio de apartamentos, a las afueras de la Innere Stadt. Cinco minutos más tarde, Jihan Nawaz, la hija de Hama, salió a la calle.

Durante las tres horas siguientes, la vida de Gabriel se redujo a las quince pulgadas luminosas de su pantalla de ordenador. No existían Israel, ni Palestina, ni la guerra civil siria. Su mujer no estaba embarazada de gemelos. De hecho, no tenía mujer. Solo existían las luces rojas que parpadeaban señalando las posiciones de Jihan Nawaz y Walid al Siddiqi, y las luces intermitentes azules que señalaban las de su equipo. Era un mundo ordenado, aséptico, carente de peligros. Daba la impresión de que nada podía torcerse.

A las ocho y cuarto, la luz roja de Jihan llegó al aeropuerto de Schwechat, en Viena, y a las nueve, cuando Jihan cumplió obedientemente las instrucciones del asistente de vuelo de apagar todos los dispositivos electrónicos, se apagó. Gabriel fijó entonces su atención en Walid al Siddiqi, que en ese momento estaba entrando en la sede parisina de un importante banco francés en el que había depositado secretamente setecientos millones de dólares en capital sirio. El banco estaba situado en un tramo elegante de la Rue Saint-Honoré, en el primer *arrondissement*. El Mercedes negro de Al Siddiqi permaneció aparcado en la calle. Un equipo de vigilancia de la Oficina procedente de la delegación de París había identificado al chófer como un agente del espionaje sirio en Francia. Se dedicaba principalmente a labores de seguridad, pero de vez en cuando también hacía trabajos sucios. Gabriel solicitó una fotografía y cinco minutos después le enviaron una instantánea de un hombre de cuello grueso y expresión torva que agarraba el volante de un coche de lujo.

A las nueve y diez, hora de París, Al Siddiqi entró en el despacho de *monsieur* Gérard Beringer, uno de los vicepresidentes del banco. El sirio no permaneció allí mucho tiempo: a la 9:17 recibió una llamada en el móvil que le hizo salir al pasillo para hablar en privado. La llamada procedía de un número de Damasco. La voz de barítono del otro lado de la línea pertenecía a un hombre, una persona de autoridad. Al concluir la conversación (que duró apenas veinte segundos y tuvo lugar en el dialecto alauí del árabe sirio), Al Siddiqi apagó su teléfono y su luz roja desapareció de la pantalla del ordenador.

Gabriel escuchó cinco veces la grabación sin poder determinar qué decían exactamente. Cuando pidió a King Saul Boulevard que le tradujeran la conversación, le dijeron que la persona que llamaba desde Damasco había ordenado a Al Siddiqi que lo llamara desde otro teléfono. El análisis de las voces no permitió identificar a su interlocutor. Los «escuchas» de la Unidad 8200 estaban intentando encontrar la ubicación exacta del número de Damasco.

—La gente apaga constantemente el teléfono —comentó Eli Lavon—. Sobre todo la gente como Walid al Siddiqi.

—Cierto —repuso Gabriel—, pero por lo general lo hacen cuando temen que alguien los esté escuchando.

—Alguien los está escuchando.

Gabriel no dijo nada. Miraba fijamente la pantalla del ordenador, como si intentara, con la sola fuerza de su voluntad, que la lucecita de Al Siddiqi volviera a la vida.

—Seguramente la llamada tenía que ver con el hombre que espera en el hotel Métropole —dijo Lavon pasado un momento.

—Eso es lo que me preocupa.

—Todavía no es demasiado tarde para pasar por caja, Gabriel. Puedes hacer desaparecer ocho mil millones de dólares. Y también a la chica.

—¿Y si hay otros ocho mil millones por ahí, Eli? ¿Y si hay ochenta mil millones?

Lavon estuvo un momento en silencio. Finalmente preguntó:

—¿Qué vas a hacer?

—Voy a sopesar todos los motivos por los que Walid al Siddiqi puede haber apagado su teléfono. Y luego voy a tomar una decisión.

—Me temo que no hay tiempo para eso.

Gabriel miró de nuevo el ordenador. La hija de Hama acababa de llegar a Ginebra.

El vestíbulo de llegadas del aeropuerto de Ginebra estaba más abarrotado que de costumbre: diplomáticos, periodistas, policías y guardias de seguridad, un grupo de exiliados sirios cantando una canción protesta escrita por un hombre al que la policía secreta había degollado... Como resultado de ello, Jihan tardó un momento en localizar a su chófer. Era un hombre de unos treinta y cinco años, de cabello oscuro y piel olivácea. Parecía, quizá, demasiado inteligente para estar trabajando como chófer. Volvió la mirada hacia ella cuando Jihan se acercó (era evidente que le habían enseñado su fotografía) y le dedicó una sonrisa enseñando una hilera de dientes blancos y regulares. Se dirigió a ella en árabe con acento sirio.

—Espero que haya tenido un buen vuelo, señorita Nawaz.

—Sí, ha sido bueno —contestó ella fríamente.

—El coche está fuera. Sígame, por favor.

Señaló la puerta adecuada con una mano impecable. Pasaron junto a los manifestantes, que seguían cantando su canción de desafío, y junto a aquel israelí bajito y cuadrado que parecía capaz de doblar una barra de hierro. Jihan deslizó la mirada sobre él como si fuera invisible y salió a la calle. Junto a la acera, con el motor al ralentí, esperaba un Mercedes Clase S negro con las ventanillas tintadas y matrícula diplomática. Cuando el chófer abrió la puerta trasera derecha, Jihan dudó un momento antes de subir. Esperó a que la puerta se cerrara de nuevo para girar la cabeza y mirar al hombre sentado a su lado. Era varios años mayor que el conductor, tenía el cabello negro y ralo, un espeso bigote y manos de albañil.

—¿Quién es usted? —preguntó Jihan.

—Su escolta —contestó el desconocido.

—¿Por qué necesito un escolta?

—Porque está a punto de reunirse con un alto funcionario del Ministerio de Exteriores sirio. Y porque hay muchos enemigos del gobierno sirio en Ginebra en estos momentos, incluida esa gentuza de ahí dentro —añadió señalando de soslayo el edificio de la terminal—. Es importante que llegue sana y salva a su destino.

El chófer se sentó detrás del volante y cerró su puerta.

—*Yallah* —ordenó el del asiento trasero, y el coche se puso en marcha.

Solo cuando salieron del aeropuerto se molestó en decirle su nombre. Se presentó a sí mismo como el «señor Omari». Trabajaba, o eso le dijo, como oficial de seguridad de las legaciones diplomáticas sirias en Europa occidental. Un trabajo difícil, añadió con gesto agobiado, teniendo en cuenta las tensiones políticas de los últimos tiempos. Estaba claro por su acento que era alauí. También estaba claro que el conductor, que parecía no tener nombre, no había tomado la ruta directa para llegar al centro de Ginebra. Pasó varios minutos callejeando por una zona de naves industriales de poca altura mientras miraba constantemente por el retrovisor, hasta que finalmente enfiló la carretera de Meyrin. Cruzaron un frondoso barrio residencial y, pasado un rato, llegaron a orillas del lago. Mientras cruzaban velozmente el Pont du Mont-Blanc, Jihan se dio cuenta de que tenía el bolso agarrado con tanta fuerza que le blanqueaban los nudillos. Se obligó a relajar la mano y a esbozar una sonrisa al mirar por la ventanilla la hermosa ciudad iluminada por el sol. Al ver a la policía suiza flanqueando los parapetos del puente, se sintió reconfortada por un instante. Y cuando llegaron a la otra orilla del lago, vio al israelí con las mejillas picadas de viruelas mirando el escaparate de una *boutique* de Armani en el Quai du

Général-Guisan. El coche pasó de largo y se detuvo frente a la fachada gris verdosa del Métropole. El señor Omari esperó un momento antes de hablar.

—Imagino que el señor Al Siddiqi le dijo el nombre de la persona que la está esperando arriba.

—El señor Al Faruk.

Omari asintió gravemente con la cabeza.

—Se aloja en la habitación 312. Por favor, vaya directamente a su habitación. No hable con el conserje ni con ninguna otra persona del hotel. ¿Está claro, señorita Nawaz?

Ella hizo un gesto afirmativo.

—En cuanto tenga los documentos, debe salir de la habitación y volver enseguida a este coche. No se detenga por el camino. No hable con nadie. ¿Entendido?

Otro gesto de asentimiento.

—¿Alguna cosa más? —preguntó.

—Sí —contestó él tendiéndole la mano—. Por favor, deme su teléfono móvil y cualquier otro dispositivo electrónico que lleve en el bolso.

Diez segundos después, la luz roja del teléfono de Jihan desapareció de la pantalla del ordenador de Gabriel. De inmediato, Gabriel llamó por radio a Yaakov, que la había seguido al interior del hotel, y le ordenó que abortara la operación. Pero para entonces era ya demasiado tarde. Jihan estaba cruzando con paso marcial el vestíbulo abarrotado del hotel, la barbilla levantada con gesto desafiante, el bolso colgado del hombro. Se coló por las puertas de un ascensor que estaba a punto de cerrarse y desapareció de su vista.

Yaakov subió rápidamente al siguiente ascensor y pulsó el botón del tercer piso. El trayecto pareció durar una eternidad y, cuando por fin se abrieron las puertas, vio apostado en la entrada del pasillo, como si estuviera esperando un ataque frontal, a un guardia de seguridad sirio con las manos unidas y hombros de medio metro de anchura. Los dos hombres cruzaron una larga y fría mirada. Luego, las puertas volvieron a cerrarse y el ascensor emprendió su lento descenso hacia el vestíbulo.

52

HOTEL MÉTROPOLE, GINEBRA

L lamó a la puerta con suavidad, con demasiada suavidad, al parecer, puesto que pasaron varios segundos sin que nadie contestara. Después, la puerta se abrió unos centímetros y unos ojos oscuros la miraron con desconfianza por encima del pasador de seguridad. Aquellos ojos pertenecían a otro guardaespaldas, más parecido al conductor que al implacable señor Omari. Joven e impecablemente vestido y arreglado, parecía un asesino con envoltorio elegante. Registró su bolso en la entrada para asegurarse de que no llevaba pistola ni explosivos y a continuación la invitó a seguirlo a la sala de estar de la lujosa *suite*. Había otros cuatro escoltas dispersos por el perímetro de la habitación. Sentado en el sofá estaba Kemel al Faruk, viceministro de Asuntos Exteriores, exagente de la Mujabarat, amigo y consejero de confianza del presidente sirio. Sostenía en una mano una taza y un platillo y meneaba la cabeza al hilo de lo que contaba un periodista de Al Yazira en la televisión. A su alrededor, sobre el sofá y la mesa baja, había varias carpetas diseminadas. Jihan se preguntó por su contenido. ¿Serían informes relativos a las inminentes conversaciones de paz? ¿El relato de recientes victorias en el campo de batalla? ¿Un listado de líderes de la oposición muertos recientemente? Por fin, Al Faruk giró la cabeza unos grados y, con un cabeceo, la invitó a sentarse. No se levantó ni le tendió la mano. Los hombres como Kemel al Faruk eran demasiado poderosos para preocuparse por los buenos modales.

—¿Es la primera vez que visita Ginebra? —inquirió.

—No —contestó ella.

—¿Había venido antes por orden del señor Al Siddiqi?

—De vacaciones, en realidad.

—¿Cuándo vino de vacaciones, Jihan? —Sonrió de repente y preguntó—: ¿Le importa que la llame Jihan?

—Claro que no, señor Al Faruk.

Su sonrisa se borró. Preguntó de nuevo por las circunstancias de sus vacaciones en Ginebra.

—Yo era muy pequeña —contestó Jihan—. La verdad es que no recuerdo gran cosa.

—El señor Al Siddiqi me ha dicho que se crio usted en Hamburgo.

Ella asintió.

—Es una de las grandes tragedias de nuestro país: la gran diáspora siria. ¿Cuántos de nosotros se han dispersado a los cuatro vientos? ¿Diez millones? ¿Quince? Ojalá volvieran a casa... Entonces Siria sería de veras una gran nación.

Jihan sintió el impulso de explicarle que los expatriados no volverían jamás mientras dirigieran el país hombres como él. Pero se limitó a asentir pensativamente como si sus palabras revelaran una enorme sabiduría. Estaba sentado al estilo del padre del presidente, con los pies bien apoyados en el suelo y las palmas sobre las rodillas. Su pelo, muy corto, tenía un matiz rojizo, al igual que su barba pulcramente recortada. Con su traje hecho a medida y su discreta corbata, casi podía pensarse que era un verdadero diplomático y no un hombre que antaño crucificaba a sus oponentes por simple diversión.

—¿Café? —preguntó como si súbitamente se percatara de sus malos modales.

—No, gracias —respondió Jihan.

—¿Algo de comer, quizá?

—Me han dicho que recoja los documentos y me marche, señor Al Faruk.

—Ah, sí, los documentos. —Posó la mano sobre un sobre de color marrón que tenía a su lado, en el sofá—. ¿Le gustó crecer en Hamburgo, Jihan?

—Sí, supongo que sí.

—Allí había muchos otros sirios, ¿verdad?

Ella asintió con un gesto.

—¿Enemigos del gobierno sirio?

—No sabría decirle.

Su sonrisa dejó claro que no la creía.

—Vivía usted en Marienstrasse, ¿no es así?

—¿Cómo lo sabe?

—Corren tiempos difíciles —repuso Al Faruk al cabo de un momento, como si Siria estuviera sufriendo una racha de mal tiempo—. Mis hombres me han dicho que nació en Damasco.

—Así es.

—En 1976.

Jihan dijo que sí lentamente con la cabeza.

—Tiempos difíciles, también —prosiguió Al Faruk—. Entonces salvamos a Siria de los extremistas, y ahora también la salvaremos.

—La miró un momento—. Usted quiere que el gobierno gane esta guerra, ¿verdad, Jihan?

Ella levantó un poco la barbilla y lo miró fijamente a los ojos.

—Quiero paz para nuestro país —respondió.

—Todos queremos paz —afirmó Al Faruk—. Pero es imposible hacer las paces con monstruos.

—No podría estar más de acuerdo, señor Al Faruk.

Él sonrió y puso el sobre marrón sobre la mesa, delante de ella.

—¿Cuánto queda para que salga su vuelo? —preguntó.

Jihan consultó su reloj de muñeca y dijo:

—Noventa minutos.

—¿Está segura de que no quiere un café?

—No, gracias, señor Al Faruk —contestó puntillosamente.

—¿Y algo de comer?

Jihan se obligó a sonreír.

—Comeré algo en el avión.

Durante unos minutos, aquella espléndida mañana de lunes en Ginebra, se habría dicho que el vetusto y señorial hotel Métropole era el centro del mundo civilizado. Por su entrada iban y venían vehículos negros, y grises diplomáticos y banqueros entraban y salían por sus puertas en un flujo constante. Un famoso reportero de la BBC utilizó su fachada como telón de fondo para una conexión en directo. Un grupo de manifestantes gritaba ante sus puertas, como increpando al hotel por permitir que durmieran plácidamente asesinos bajo su techo.

Dentro del hotel, todo era silenciosa vorágine. Tras su breve visita a la tercera planta, Yaakov había ocupado la última mesa libre del bar Mirror y, mientras se bebía un café con leche tibio, no quitaba ojo a los ascensores. A las 11:40 se abrieron las puertas y apareció de pronto Jihan. Al entrar en el hotel unos minutos antes, llevaba el bolso colgado del hombro derecho. Ahora lo llevaba en el izquierdo. Era una señal convenida de antemano. El hombro izquierdo significaba que tenía los documentos. Que estaba a salvo. Yaakov llamó rápidamente a Gabriel por radio para pedirle instrucciones. Gabriel le dijo que la dejara marchar.

El equipo tenía el hotel rodeado por los cuatro costados, pero nadie se había molestado en llevar un registro fotográfico de los acontecimientos. No importaba: al salir por la puerta principal del hotel, Jihan cruzó inadvertidamente el plano de la cámara de la BBC. Aquella imagen, difundida en directo alrededor del mundo y conservada hasta hoy en los archivos digitales de la cadena de televisión, fue la última que se tomó de ella. Su rostro aparecía sereno y resuelto. Caminaba con paso rápido y decidido. Se detuvo un momento como si dudara de cuál de los Mercedes aparcados frente al hotel era el suyo. Luego, un hombre de unos treinta y cinco años le hizo una seña y Jihan desapareció en el asiento trasero del coche. El hombre miró hacia los pisos superiores del hotel antes de sentarse tras el volante. El coche se apartó de la acera y con él se fue la hija de Hama.

Entre los muchos aspectos de la partida de Jihan que no captó la cámara de la BBC se hallaba el Toyota plateado que la siguió. Kemel al Faruk, en cambio, sí se fijó en el coche, porque en aquel momento estaba de pie junto a la ventana de su habitación, en la tercera planta del hotel. Como exagente de espionaje, no pudo menos que admirar la manera en que el conductor del Toyota se incorporó al tráfico sin prisa, ni aparente urgencia. Era un profesional. Kemel al Faruk estaba seguro de ello.

Sacó un teléfono móvil de su bolsillo, marcó y murmuró un par de palabras cifradas que informaron al hombre del otro lado de la línea de que lo estaban siguiendo. Luego colgó y estuvo observando cómo el Jet d'Eau lanzaba un chorro de agua muy por encima del lago. Tenía la cabeza puesta, sin embargo, en los acontecimientos que sucederían a continuación. Primero, el señor Omari la haría hablar. Después, el señor Omari la mataría. Prometía ser una tarde entretenida. Kemel al Faruk solo lamentó no poder hacer un hueco en su apretada agenda para ocuparse de ella en persona.

En el piso franco del bulevar de Saint-Georges, Gabriel se hallaba de pie delante del ordenador, absorto, con la cabeza ladeada y una mano descansando en la barbilla. Eli Lavon se paseaba lentamente tras él con una taza de té en la mano, como un escritor buscando el verbo perfecto. La radio les contaba todo lo que podía saberse. El ordenador solo servía para corroborar lo evidente: que Jihan Nawaz estaba de vuelta en el coche, y el coche se dirigía al aeropuerto internacional de Ginebra. Mijail Abramov iba doscientos metros por detrás, siguiendo la carretera de Meyrin, con Yossi como guía y copiloto atento a todo. Oded y Rimona Stern tenían cubierta la terminal. El resto del equipo se hallaba en camino. Todo se estaba desarrollando conforme a lo previsto, con una pequeña salvedad.

—¿Cuál? —preguntó Eli Lavon.

—Su teléfono —contestó Gabriel.

—¿Qué pasa con él?

—Me pregunto por qué el señor Omari no se lo ha devuelto.

Pasó otro minuto sin que la luz roja intermitente apareciera en la pantalla. Gabriel se acercó la radio a los labios y ordenó a Mijail que se acercara al Mercedes.

Más tarde, en el transcurso de la investigación interna que siguió a los acontecimientos de Ginebra, se plantearían algunos interrogantes respecto al momento exacto en que Mijail y Yossi recibieron la orden de Gabriel. Finalmente todos convinieron en que fue a las 12:17. No había duda de cuál era su ubicación en ese momento: estaban pasando frente al bar restaurante Les Asters, en el número 88 de la carretera de Meyrin. Había una mujer morena en el balcón del apartamento de encima del bar y un tranvía se dirigía serpenteando hacia ellos. Era el número 14. De eso Mijail y Yossi estaban seguros, como estaban seguros también de que el Mercedes que transportaba a Jihan Nawaz iba cien metros por delante de ellos y circulaba a gran velocidad. A tanta, de hecho, que Mijail reconoció que le había costado ir acortando poco a poco la distancia que mediaba entre ambos coches. Se saltó el semáforo en rojo de la avenida Wendt y estuvo a punto de arrollar a un peatón temerario, pero aun así no sirvió de nada: el conductor del Mercedes avanzaba a toda pastilla por el bulevar como si temiera que Jihan fuera a perder el avión.

Por fin, cuando casi habían llegado al compacto centro de la ciudad, Mijail pudo pisar a fondo el acelerador. Y fue entonces cuando una furgoneta blanca, muy nueva y sin rótulos, salió súbitamente de un callejón lateral. Mijail tuvo menos de un segundo para sopesar la posibilidad de esquivarla, y en ese lapso de tiempo decidió que no tenía más que una alternativa. En medio del bulevar había una parada de tranvía, y por los carriles del otro lado de la calle, en dirección contraria, el tráfico era muy denso. De modo que no pudo hacer otra cosa que dar un frenazo al tiempo que giraba el volante a la izquierda, haciendo derrapar el coche sin perder el control.

El conductor de la furgoneta también frenó, bloqueando así ambos carriles del bulevar. Y cuando Mijail le indicó por señas que se apartara, se bajó de la furgoneta y se puso a despotricar en un idioma que sonaba como un cruce entre árabe y francés. Mijail también se bajó y por un instante pensó en sacar la pistola que llevaba oculta. Pero no fue necesario: tras hacer un último gesto ofensivo, el conductor de la furgoneta volvió a sentarse tras el volante y, sonriendo, se quitó lentamente del medio. Pero para entonces el Mercedes se había esfumado y Jihan Nawaz había desaparecido oficialmente de sus pantallas de radar.

El teléfono móvil del señor Omari (nombre de pila desconocido) sonó dos veces después de que salieran del hotel Métropole: una cuando estaban cruzando el Pont du Mont-Blanc y otra cuando se estaban acercando al aeropuerto. Durante la primera llamada Omari no dijo nada. Durante la segunda, profirió poco más que un gruñido antes de colgar. El teléfono de Jihan reposaba junto a él, en la consola central del coche. De momento Omari no había dado muestras de pensar devolvérselo, ni en un futuro inmediato ni nunca.

—Debe de tener curiosidad por saber qué son esos documentos —dijo pasado un momento.

—En absoluto —contestó ella.

—¿De veras? —Omari se volvió para mirarla—. Me cuesta creerlo.

—¿Por qué?

—Porque la mayoría de la gente siente una curiosidad natural por los asuntos económicos de las personas poderosas.

—Yo trato constantemente con personas poderosas.

—No como el señor Al Faruk. —Sonrió torvamente. Luego añadió—: Adelante, eche un vistazo.

—Me han dicho que no lo hiciera.

Jihan permaneció inmóvil. La sonrisa de Omari se borró.

—Mire los documentos —dijo de nuevo.

—No puedo.

—El señor Al Faruk acaba de decirme que quiere que abra el sobre antes de subirse al avión.

—No puedo, a menos que me lo diga él mismo.

—Mírelos, Jihan. Es importante.

Ella sacó el sobre marrón de su bolso y se lo ofreció. Omari levantó las manos en actitud defensiva, como si le estuviera ofreciendo una serpiente venenosa.

—Yo no estoy autorizado para verlos —dijo—. Solo usted.

Jihan levantó la pestaña del cierre y la solapa y sacó el fajo de documentos. Tenía poco más de un centímetro de grosor y estaba sujeto con una pinza metálica. La primera página estaba en blanco.

—Ya está —dijo—. Ya los he mirado. ¿Ahora podemos ir al aeropuerto?

—Mire la página siguiente —ordenó Omari sonriendo de nuevo.

Ella obedeció. También estaba en blanco. Igual que la tercera. Y la cuarta. Levantó entonces la vista hacia el señor Omari y vio la pistola que tenía en la mano, la pistola que apuntaba a su pecho.

53

GINEBRA

A las dos de esa misma tarde, la Conferencia de Ginebra sobre el conflicto sirio se reunió en la sede de Naciones Unidas con vistas al lago. El hosco secretario de Estado estadounidense abogó por una transición ordenada hacia la democracia y el ministro sirio de Exteriores respondió que eso no sucedería nunca. Como era de esperar, su postura consiguió el apoyo de su homólogo ruso, que advirtió de que el Kremlin vetaría cualquier intento, militar o diplomático, de obligar a su único aliado en el mundo árabe a abandonar el poder. Al concluir la sesión, el secretario general de la ONU declaró mansamente que las negociaciones habían tenido un «comienzo prometedor». Los medios de comunicación globales se mostraron en desacuerdo. Calificaron todo aquel episodio de pérdida monumental de tiempo y de dinero (el suyo, principalmente) y se fueron en busca de una auténtica noticia que cubrir.

Por lo demás, la vida en la encantadora y pequeña ciudad de Ginebra siguió su curso normal: los banqueros se dedicaban a sus quehaceres en la Rue du Rhône, los cafés del casco viejo se llenaban y se vaciaban y los blancos aviones de pasajeros se elevaban en el cielo despejado por encima del aeropuerto internacional. Entre los vuelos que salieron esa tarde estaba el número 577 de Austrian Airlines. La única irregularidad era la ausencia de una pasajera, una mujer de treinta y nueve años nacida en Siria y criada en una calle de Hamburgo ligada por siempre al terrorismo islámico. Dado el peculiar bagaje de la pasajera, y habida cuenta de los acontecimientos que estaban teniendo lugar en Ginebra ese día, la aerolínea envió una nota a la autoridad aeroportuaria suiza, que a su vez remitió la información al NDB, el servicio de inteligencia y seguridad del país helvético. Finalmente, el informe llegó a la mesa de Christoph Bittel, quien casualmente se hallaba al mando del dispositivo de seguridad en torno a las conversaciones de paz. Cumpliendo el procedimiento rutinario, Bittel solicitó información a sus colegas de Berlín y Viena, que al poco tiempo le notificaron que no tenían nada que informar. Aun así, mandó una copia del expediente y la fotografía de Jihan a la policía ginebrina, a los servicios de seguridad de las embajadas americana y rusa, y hasta a los sirios. Hecho esto, se dedicó a asuntos más urgentes.

El hecho de que Jihan Nawaz no llegara a embarcar en su vuelo con destino a Viena preocupó mucho más a los dos ocupantes del piso franco del bulevar de Saint-Georges, cuyo humor pasó de la calma a la desesperación en apenas unos minutos. Ellos habían reclutado a Jihan, le habían mentido y a continuación le habían revelado sus verdaderas intenciones. Habían prometido protegerla, procurarle una nueva vida en un lugar donde los monstruos que habían matado a su familia no pudieran encontrarla nunca. Y de pronto, en un abrir y cerrar de ojos, la habían perdido. Pero, ¿por qué los monstruos la habían llevado a Ginebra? ¿Y por qué habían permitido que entrara en una habitación de hotel en la que se hallaba Kemel al Faruk, viceministro sirio de Asuntos Exteriores y consejero de confianza del presidente?

—Evidentemente —dijo Eli Lavon—, era una trampa.

—¿Evidentemente? —preguntó Gabriel.

Lavon miró la pantalla del ordenador.

—¿Tú ves una luz roja? —preguntó—. Porque yo no la veo.

—Eso no significa que fuera una trampa.

—¿Qué significa, entonces?

—¿Por qué apresarla aquí, durante la conferencia de paz? ¿Por qué no en Linz?

—Porque sabían que estábamos vigilándola y no creían que pudieran atraparla limpiamente.

—¿Y por eso inventaron una excusa para traerla a Ginebra? ¿Algo a lo que no nos pudiéramos resistir? ¿Eso es lo que estás diciendo, Eli?

—¿Te suena de algo?

—¿Qué quieres decir?

—Que eso es justamente lo que habríamos hecho nosotros.

Gabriel no pareció muy convencido.

—¿Viste por casualidad a algún agente del espionaje sirio cuando estábamos en Linz?

—Eso no significa que no estuvieran allí.

—¿Lo viste, Eli?

—No. —Lavon negó con la cabeza—. No puedo decir que viera ninguno.

—Yo tampoco —añadió Gabriel—. Y eso es porque Walid al Siddiqi y Jihan Nawaz eran los únicos sirios de la ciudad. Jihan estuvo fuera de sospecha hasta que su avión aterrizó en Ginebra.

—¿Qué pasó entonces?

—Esto.

Gabriel pulsó el icono de *PLAY* en el ordenador y unos segundos después se oyó la voz de Walid al Siddiqi murmurando en árabe.

—¿La llamada de Damasco? —preguntó Lavon.

Gabriel hizo un gesto afirmativo.

—Si tuviera que lanzar una hipótesis —dijo—, diría que era alguien de la Mujabarat contándole a Walid que había contratado como jefa de cuentas a una mujer originaria de Hama.

—Gran error.

—Razón por la cual Walid llamó a Kemel al Faruk al hotel Métropole y le dijo que cancelara la cita.

—¿Pero Al Faruk tenía una idea mejor?

—Puede que fuera idea de Al Faruk, o puede que fuera idea de Omari. El caso es —agregó Gabriel— que no tienen nada en su contra, salvo el hecho de que mintiera sobre su lugar de nacimiento.

—Algo me dice que no van a tardar mucho en descubrir la verdad.

—Estoy de acuerdo.

—Entonces, ¿qué vamos a hacer?

—Un trato, por supuesto.

—¿Cómo?

—Así.

Gabriel escribió un mensaje de tres palabras dirigido a King Saul Boulevard y pulsó *ENVIAR*.

—Eso les dará que pensar —comentó Lavon—. Ahora lo único que necesitamos es alguien con quien negociar.

—Ya lo tenemos, Eli.

—¿Quién?

Gabriel giró el ordenador para que Lavon viera la pantalla. Una lucecita roja parpadeaba en la Rue de Saint-Honoré, en el primer *arrondissement* de París. Walid al Siddiqi había encendido por fin su teléfono.

———————————————

Uzi Navot tenía una constitución física más idónea para el despliegue de fuerza que para la velocidad. Aun así, todos los que presenciaron su carrera desde el Centro de Operaciones a la sala 414C dirían más tarde que nunca habían visto a un jefe moverse tan deprisa. Aporreó la puerta con tanta fuerza que pareció que intentaba echarla abajo, y una vez dentro se fue derecho a la terminal reservada para el golpe.

—¿Sigue todo listo? —preguntó sin dirigirse a nadie en concreto, y alguien contestó que todo estaba en orden.

Navot se inclinó y pulsó el botón con mucha más fuerza de la necesaria. Eran las 4:22 de la tarde en Tel Aviv, la 3:22 en Ginebra, y alrededor del mundo comenzaron a abrirse compuertas y a manar el dinero.

———————————————

Unos cinco minutos después de cruzar la frontera francesa, el señor Omari metió a rastras a Jihan, gritando, en el maletero del coche. La tapa se cerró sobre ella con un golpe sordo y expeditivo, y todo a su alrededor se volvió negro. Era como Hama durante el asedio, pensó. Pero allí, en el maletero del coche, no había explosiones ni gritos que taladraran la oscuridad, solo el zumbido enloquecedor de las ruedas al rozar el pavimento. Se imaginó que estaba otra vez en brazos de su madre, agarrada a su *hiyab*. Incluso le pareció que sentía su perfume a rosas. Luego la envolvió el tufo sofocante de la gasolina, y el recuerdo del abrazo de su madre se le escapó entre los dedos, dejando únicamente el miedo. Sabía qué destino la aguardaba. Lo había visto otras veces, durante los lúgubres días que siguieron al asedio. La interrogarían. Y luego la matarían. No había nada que hacer. Era la voluntad de Dios.

La oscuridad le impedía ver su reloj y, por tanto, seguir el paso del tiempo. Se puso a canturrear en voz baja para ocultar su miedo. Y pensó fugazmente en el agente de inteligencia israelí cuyo nombre había escrito en la superficie del Attersee. Él jamás la abandonaría, estaba segura. Pero tenía que arreglárselas de algún modo para mantenerse con vida hasta que la encontrara. Se acordó entonces de un hombre al que había conocido en Hamburgo cuando estudiaba en la universidad, un disidente sirio al que había torturado la Mujabarat. Había sobrevivido, le dijo, porque les había dicho a sus torturadores lo que creía que querían oír. Ella haría lo mismo: no les diría la verdad, claro, pero sí una mentira tan irresistible que querrían escuchar hasta la última palabra. No dudaba de su capacidad para engañarlos. Llevaba toda su vida engañando a los demás.

Y así, mientras yacía en la oscuridad y la carretera se deslizaba a toda prisa bajo ella, inventó una historia que confiaba le salvaría la vida. Era la historia de una improbable alianza entre un hombre poderoso y una joven solitaria, una historia de avaricia y traición. Rehízo el principio, corrigió un poco y reescribió la trama aquí y allá y, cuando el coche por fin se detuvo, su historia estaba acabada. Cuando se levantó la tapa del maletero, le dio tiempo a distinguir la cara del señor Omari antes de que le pusieran una capucha negra en la cabeza. Lo de la capucha se lo esperaba. El disidente sirio le había contado lo aficionada que era la Mujabarat a la privación sensorial.

La sacaron del maletero y la llevaron por un camino de grava. Después la obligaron a bajar por un tramo de escaleras tan empinadas que al final se dieron por vencidos y la llevaron en volandas. Pasado un momento la soltaron como a un fardo sobre el suelo de cemento. Oyó cerrarse de golpe una puerta, y a continuación el sonido de unos pasos de hombres alejándose hasta que todo quedó en silencio. Permaneció unos segundos inmóvil. Luego, por fin, se quitó la capucha y descubrió que estaba de nuevo completamente a oscuras. Procuró no temblar, pero no pudo evitarlo. Intentó no llorar, pero las lágrimas le mancharon enseguida la cara. Después se puso a pensar en su historia. Era todo culpa del señor Al Siddiqi, se dijo. Nada de aquello habría pasado si el señor Al Siddiqi no le hubiera ofrecido trabajo.

54

TEL AVIV - ALTA SABOYA, FRANCIA

Al final, resultó que los diez genios de la informática conocidos colectivamente como el Minyan se habían equivocado sobre cuánto tiempo llevaría el proceso, que no duró cinco minutos, sino poco más de tres. Como resultado de ello, a las 4:25 de la tarde hora de Tel Aviv, ocho mil doscientos millones de dólares pertenecientes al presidente sirio quedaron bajo control de la Oficina. Un minuto más tarde, Uzi Navot mandó un mensaje instantáneo a Gabriel al piso franco de Ginebra confirmando que se había efectuado el traspaso de fondos, momento en el cual Gabriel ordenó una segunda transacción: la transferencia de quinientos millones de dólares a una cuenta del Transarabian Bank de Zúrich. El dinero llegó a las 3:29 de la tarde hora local, mientras el titular de la cuenta, Walid al Siddiqi, se hallaba atascado entre el tráfico vespertino de París. Gabriel marcó el número de su móvil, pero no recibió respuesta. Cortó la llamada, esperó un minuto más y volvió a marcar.

———————

No la hicieron esperar mucho. Cinco minutos, a lo sumo. Luego, oyó que un puño golpeaba la puerta y que una voz de hombre le ordenaba ponerse la capucha. Era el hombre que la había esperado en el aeropuerto de Ginebra. Jihan reconoció su voz y, un momento después, cuando la hizo levantarse, el olor odioso de su colonia. La condujo arriba por el tramo de empinadas escaleras y a continuación por un suelo de mármol. Jihan se dio cuenta de que estaban dentro de una estancia grande y majestuosa porque el eco de sus pasos parecía llegarle desde muy lejos. Por fin, el hombre la hizo detenerse y la obligó a sentarse en una dura silla de madera. Allí se quedó sentada un rato más, cegada por la capucha y por el miedo devorador a lo que sucedería después. Se preguntaba cuánto tiempo le quedaba de vida. O quizá, pensó, ya estaba muerta.

Pasó lentamente otro minuto. Luego, una mano le arrancó la capucha y, de paso, un mechón de pelo. El señor Omari estaba ante ella en mangas de camisa, con una porra de goma en la mano. Jihan apartó la mirada de él y la paseó a su alrededor. Estaban en el abigarrado salón de un gran *château*. De un *château* no, pensó de repente. De un palacio. Parecía recién decorado, como si aún no estuviera habitado.

—¿Dónde estoy? —preguntó.

—¿Qué importa eso?

Jihan recorrió de nuevo la habitación con la mirada y preguntó:

—¿A quién pertenece esto?

—Al presidente de Siria. —Omari hizo una pausa y agregó—: A su presidente, Jihan.

—Soy ciudadana alemana. No tiene derecho a retenerme.

Los dos hombres se sonrieron entre sí. Luego, el señor Omari puso su teléfono móvil sobre la mesita decorativa que había junto a la silla de Jihan.

—Llame a su embajador, Jihan. O mejor aún —agregó—, ¿por qué no llama a la policía francesa? Estoy seguro de que estarán aquí en dos minutos.

Jihan permaneció inmóvil.

—Llámelos —exigió Omari—. El número de emergencias en Francia es uno, uno, dos. Luego tiene que marcar el diecisiete para hablar con la policía.

Ella acercó la mano al teléfono, pero antes de que pudiera agarrarlo la porra cayó sobre el dorso de su mano como un mazo. Al instante, Jihan se dobló por la cintura y se agarró la mano destrozada como si fuera un pájaro con un ala rota. La porra la golpeó entonces en la nuca, y cayó al suelo. Se quedó allí, hecha un ovillo, incapaz de moverse, incapaz de proferir ningún sonido más allá que un profundo sollozo de dolor. «Así que aquí es donde voy a morir», pensó. «En el palacio del presidente, en un país que no es el mío». Esperó el golpe siguiente, pero no llegó. El señor Omari la agarró por un mechón de pelo y la obligó a volver la cara hacia él.

—Si estuviéramos en Siria —dijo—, tendríamos a nuestra disposición muchos aparatos para hacerte hablar. Pero aquí solo tenemos esto —añadió blandiendo la porra de goma—. Puede que lleve un rato, y seguro que cuando acabe dará pena verte, pero hablarás, Jihan. Todo el mundo habla.

Durante un instante, Jihan fue incapaz de articular palabra. Luego, por fin, recuperó el habla.

—¿Qué quiere saber?

—Quiero saber para quién trabajas.

—Trabajo para Walid al Siddiqi, en el Weber Bank AG, en Linz, Austria.

La porra golpeó un lado de su cara. Pareció dejarla ciega.

—¿Quién te siguió al hotel esta mañana en Ginebra?

—No sabía que me estaban siguiendo.

Esta vez, la porra se estrelló contra un lado de su cuello. No le habría sorprendido en absoluto ver rodar su cabeza por el suelo de mármol del presidente.

—Estás mintiendo, Jihan.

—¡No estoy mintiendo! Por favor —suplicó—, no me golpee más.

Omari sujetaba aún un puñado de su pelo. Tenía la cara congestionada por la rabia y el cansancio.

—Voy a hacerte una pregunta muy sencilla, Jihan. Y créeme cuando te digo que conozco la respuesta a esa pregunta. Si me dices la verdad, no te pasará nada. Pero si me mientes, no quedará gran cosa de ti cuando haya acabado. —Sacudió violentamente su cabeza—. ¿Me entiendes, Jihan?

—Sí.

—Dime dónde naciste.

—En Siria.

—¿En qué parte de Siria, Jihan?

—En Hama —respondió—. Nací en Hama.

—¿Cómo se llamaba tu padre?

—Ibrahim Nawaz.

—¿Pertenecía a los Hermanos Musulmanes?

—Sí.

—¿Murió durante el levantamiento de Hama, en febrero de 1982?

—No —contestó ella—. Fue asesinado por el régimen en 1982, junto con mis hermanos y mi madre.

Evidentemente, al señor Omari no le interesaba debatir sobre el pasado.

—Pero tú no —señaló.

—No —dijo ella—. Yo sobreviví.

—¿Por qué no le contaste nada de eso al señor Al Siddiqi cuando te contrató para trabajar en el Weber Bank?

—¿Qué quiere decir?

—No intentes jugar conmigo, Jihan.

—No lo intento —respondió ella.

—¿Le dijiste al señor Al Siddiqi que habías nacido en Hama?

—Sí.

—¿Le dijiste al señor Al Siddiqi que tu familia murió durante la revuelta?

—Sí.

—¿Le dijiste que tu padre era un hermano musulmán?

—Claro que sí —contestó—. Se lo conté todo al señor Al Siddiqi.

***

Hicieron falta cuatro intentos antes de que Walid Al Siddiqi contestara por fin al teléfono. Durante unos segundos no dijo nada. Su luz roja palpitaba como un corazón nervioso en la pantalla del ordenador de Gabriel. Luego preguntó en árabe:

—¿Quién es?

—Lo llamo por un problema relacionado con una de sus cuentas —dijo con calma Gabriel Allon—. Con varias de ellas, en realidad.

—¿De qué está hablando?

—Yo que usted, Walid, llamaría a Dennis Cahill, del Trade Winds Bank en las Islas Caimán, y le preguntaría por los últimos movimientos de las cuentas de LXR Investments. Y, ya que está, llame también a Gérard Beringer, el hombre con el que acaba de reunirse en la Société Générale. Luego me gustaría que volviera a llamarme. Dispone de cinco minutos. Dese prisa, Walid. No me haga esperar.

Gabriel colgó y dejó el teléfono.

—Eso le dará que pensar —comentó Eli Lavon.

Gabriel miró la pantalla del ordenador y sonrió.

Así era, en efecto.

Llamó al Trade Winds y a la Société Générale. Luego llamó al UBS, al Credit Suisse, al Centrum Bank de Liechtenstein y al First Gulf Bank de Dubái. En todas y cada una de las entidades recibió la misma respuesta. Por fin, con diez minutos de retraso, llamó a Gabriel.

—No conseguirá salirse con la suya —le dijo.

—Ya lo he conseguido.

—¿Qué ha hecho?

—Yo no he hecho nada, Walid. Ha sido usted quien se ha llevado el dinero del presidente.

—Pero, ¿qué está diciendo?

—Creo que debería hacer una llamada más, Walid.

—¿Adónde?

Gabriel se lo dijo. Luego cortó la comunicación y subió el volumen del ordenador. Diez segundos más tarde, comenzó a sonar un teléfono en el Transarabian Bank de Zúrich.

55

ALTA SABOYA, FRANCIA

L e llevaron un cuenco de agua con hielo para la mano. El cuenco era grande, de plata. Su mano era un amasijo hinchado y sanguinolento. El *shock* producido por el frío consiguió embotar en gran parte el dolor, pero no la rabia que ardía dentro de ella. Los hombres como el señor Omari se lo habían arrebatado todo: su familia, su vida, su ciudad. Ahora, al fin, tenía la oportunidad de enfrentarse a él. Y quizá, pensó, de derrotarlo.

—¿Un cigarrillo? —preguntó, y Jihan contestó que sí, que aceptaba otra tierna muestra de compasión de su asesino.

Omari le puso un Marlboro entre los labios entreabiertos y lo encendió. Ella aspiró y, torpemente, se apartó el cigarrillo de los labios con la mano izquierda.

—¿Estás cómoda, Jihan?

Ella levantó la mano derecha del agua helada pero no contestó.

—No habría pasado si me hubieras dicho la verdad.

—No me ha dado ocasión de decírsela.

—Te la doy ahora.

Jihan decidió responder a sus prisas con lentitud. Dio otra calada al cigarrillo y exhaló una nube de humo hacia el ornamentado techo del presidente.

—¿Y si le digo lo que sé? ¿Entonces qué?

—Serás libre de irte.

—¿Adónde?

—Eso lo decides tú.

Ella volvió a meter la mano en el agua parsimoniosamente.

—Discúlpeme, señor Omari —dijo—, pero, como podrá imaginar, no confío mucho en nada de lo que me dice.

—Entonces supongo que no me quedará más remedio que romperte la otra mano. —Otra sonrisa cruel—. Y luego te romperé las costillas y todos los huesos de la cara.

—¿Qué quiere de mí? —preguntó ella al cabo de un momento.

—Quiero que me cuentes todo lo que sepas sobre Walid al Siddiqi.

—Nació en Siria. Ganó mucho dinero. Compró parte de un pequeño banco privado en Linz.

—¿Sabes por qué compró el banco?

—Lo utiliza como plataforma para invertir dinero y ocultar capitales para clientes poderosos de Oriente Medio.

—¿Conoces los nombres de esos clientes?

—Solo de uno —contestó ella mientras recorría la habitación con la mirada.

—¿Cómo averiguaste la identidad de ese cliente?

—Me lo dijo el señor Al Siddiqi.

—¿Por qué te dijo tal cosa?

—Supongo que quería impresionarme.

—¿Sabes dónde está invertido el dinero?

—En Zúrich, en Liechtenstein, en Hong Kong, en Dubái, en los sitios habituales.

—¿Qué hay de los números de cuenta? ¿También los conoces?

—No. —Jihan sacudió la cabeza—. Solo el señor Al Siddiqi sabe los números de cuenta. —Se puso la mano sobre el corazón—. Lleva la información aquí, en un cuaderno de piel de tapas negras.

En ese mismo momento, el protagonista del extraordinario relato de Jihan estaba sentado a solas en la parte de atrás de su coche, meditando su siguiente paso, o, como diría después Christopher Keller, intentando decidir cómo suicidarse de la manera menos dolorosa posible. Finalmente, Al Siddiqi llamó a Gabriel y se dio por vencido.

—¿Quién es usted? —inquirió.

—Pronto lo sabrá.

—¿Qué quiere de mí?

—Quiero que llame a Kemel al Faruk y que le cuente cómo se las ha arreglado para extraviar ocho mil millones de dólares del dinero del presidente. Luego quiero que le diga cómo ha acabado una parte importante de ese capital en una cuenta a su nombre.

—¿Y después?

—Voy a ofrecerle una inversión asombrosa —repuso Gabriel—. Es una propuesta irrechazable, una oportunidad de las que solo se dan una vez en la vida de ganar un montón de dinero en muy poco tiempo. ¿Me está escuchando, Walid? ¿He conseguido despertar todo su interés?

El señor Omari estaba a punto de preguntar a Jihan cuál era la índole de su relación con Walid al Siddiqi cuando su teléfono vibró suavemente. Escuchó en silencio un momento, profirió un gruñido y puso fin a la llamada. Le hizo luego una seña con la cabeza a su joven conductor y cómplice, que volvió a cubrir la cabeza de Jihan con la capucha y la condujo escaleras abajo, hasta su celda. Y allí la dejaron completamente a oscuras, con la mano palpitando de dolor y la mente acelerada por el miedo. Tal vez ya estaba muerta. O tal vez los había vencido, después de todo.

56

ANNECY, FRANCIA

Gabriel y Eli Lavon hicieron un último trayecto en coche juntos, Gabriel sentado tras el volante y Lavon en el asiento del copiloto, agobiado como siempre por la preocupación. Se dirigieron hacia el oeste, cruzando la frontera francesa, y luego hacia el sur, a través de la campiña de la Alta Saboya, hasta Annecy. Casi había oscurecido cuando llegaron. Gabriel dejó a Lavon cerca de la prefectura y aparcó en las inmediaciones de la iglesia de Saint-Françoise de Sales, un bonito edificio blanco situado junto al malecón del río Thiou que a Gabriel le recordaba a la iglesia de San Sebastiano de Venecia. Se asomó al interior preguntándose si vería a un restaurador a solas frente a un Veronese, y se fue luego andando hasta un café cercano llamado Savoie Bar. Era un establecimiento humilde, con una carta sencilla y unas pocas mesas colocadas bajo un toldo burdeos. Christopher Keller estaba sentado a una de ellas. Llevaba otra vez la espesa peluca rubia y las gafas de sol tintadas de azul de Peter Rutledge, el magistral ladrón de cuadros que nunca había sido. Gabriel se sentó frente a él y puso su Blackberry sobre la mesa. Cuando el camarero se acercó por fin, pidió un *café crème*.

—Tengo que reconocer —comentó Keller un momento después— que no me esperaba que esto acabara así.

—¿Y cómo esperabas que acabara, Christopher?

—Esperaba que recuperaras el Caravaggio, naturalmente.

—No se puede tener todo. Además, he encontrado algo mucho mejor que el Caravaggio. Y más valioso, además.

—¿Jihan?

Gabriel hizo un gesto afirmativo.

—La chica de los ocho mil millones de dólares —murmuró Keller.

—Ocho mil doscientos —puntualizó Gabriel—. Pero, ¿quién lleva la cuenta?

—¿No te arrepientes?

—¿De qué?

—De haber hecho un trato.

—No, para nada.

Justo en ese momento Eli Lavon pasó junto a ellos por la plaza y se reunió con Yaakov en el café de al lado. Mijail y Yossi habían aparcado en una callejuela llamada Rue Grenette. Oded estaba vigilando el coche desde una mesa del inevitable *kebab*.

—Son buenos chicos —comentó Keller mientras observaba la plaza—. Todos ellos. No ha sido culpa suya. La operación de Linz estaba muy bien dirigida, Gabriel. Ha tenido que torcerse algo al final.

Gabriel no contestó. Se limitó a echar una ojeada a su Blackberry.

—¿Dónde está ella? —quiso saber Keller.

—A menos de dos kilómetros al norte de la ciudad, acercándose a toda velocidad.

—Creo que esto va a gustarme.

—Algo me dice que Walid no va a compartir tus sentimientos.

Gabriel dejó de nuevo la Blackberry sobre la mesa, miró a Keller y sonrió.

—Siento haberte mezclado en todo esto —dijo.

—La verdad es que no me lo habría perdido por nada del mundo.

—Puede que todavía no seas un caso perdido, Christopher. Esta vez has conseguido no matar a nadie.

—¿Estás seguro de que no hemos matado a nadie?

—Todavía no.

Miró de nuevo la Blackberry. La luz roja intermitente había entrado en el perímetro de Annecy.

—¿Sigue viniendo hacia aquí? —preguntó Keller.

Gabriel dijo que sí con la cabeza.

—Quizá deberías dejarme que dirija las negociaciones.

—¿Y eso por qué?

—Porque quizá no sea buena idea que les dejes ver tu cara. A fin de cuentas —añadió el británico—, hasta ahora no saben que está implicada la Oficina.

—A no ser que se lo hayan sacado a Jihan a golpes.

Keller se quedó callado.

—Agradezco el ofrecimiento, Christopher, pero esto es algo que tengo que hacer yo mismo. Además —añadió Gabriel—, quiero que el carnicero y sus esbirros sepan que ha sido cosa mía. Algo me dice que eso me facilitará el trabajo cuando me haga cargo de la Oficina.

—No vas a llegar hasta el final, ¿verdad?

—No tengo elección.

—Todos elegimos la vida que llevamos. —Keller se quedó callado un momento. Después agregó—: Hasta yo.

Gabriel dejó que el silencio se extendiera entre ellos.

—Mi oferta sigue en pie —dijo por fin.

—¿Trabajar para ti en la Oficina?

—No —repuso Gabriel—. Puedes trabajar para Graham Seymour en el MI6. Te proporcionará una nueva identidad, una nueva vida. Podrías volver a casa. Y, lo que es más importante, podrías decirles a tus padres que sigues vivo. Es terrible lo que les has hecho. Si no me cayeras tan bien, pensaría que eres un auténtico...

—¿Crees que funcionaría? —preguntó Keller, cortándolo.

—¿El qué?

—Yo como agente del MI6.

—¿Por qué no iba a funcionar?

—Me gusta vivir en Córcega.

—Pues puedes tener una casa allí.

—No ganaría tanto como ahora.

—No —convino Gabriel—, pero ya tienes dinero de sobra.

—Sería un gran cambio.

—A veces un cambio sienta bien.

Keller se quedó pensativo.

—La verdad es que nunca he disfrutado matando, ¿sabes? Simplemente es algo que se me da bien.

—Sé perfectamente cómo te sientes, Christopher.

Gabriel echó otra ojeada a su Blackberry.

—¿Dónde está?

—Cerca —respondió Gabriel—. Muy cerca.

—¿Dónde? —preguntó de nuevo Keller.

Gabriel señaló con la cabeza hacia la Rue Grenette.

—Justo ahí.

57

ANNECY, FRANCIA

Era el mismo Mercedes que lo había llevado a su cita en la Société Générale, conducido por el mismo agente parisino del espionaje sirio. Mijail se deslizó en el asiento trasero y, apuntando con la pistola a la columna vertebral del conductor, registró a Walid al Siddiqi minuciosa e impúdicamente. Cuando acabó, los dos hombres salieron del coche y se quedaron parados en la acera mientras el coche se alejaba por la calle. Luego, Mijail escoltó a Al Siddiqi a través de la desierta plaza de la iglesia y lo depositó junto a la mesa del Savoie Bar donde esperaban Gabriel y Keller. El sirio no tenía buena cara, lo cual no era de extrañar. Los banqueros rara vez la tenían después de perder ocho mil millones de dólares en una sola tarde.

—Walid —dijo Gabriel jovialmente—, cuánto me alegro de que haya venido. Siento haberle hecho venir hasta aquí, pero estas cosas es mejor hacerlas cara a cara.

—¿Dónde está el dinero?

—¿Dónde está la chica?

—No lo sé.

—Respuesta incorrecta.

—Es la verdad.

—Deme su teléfono.

El banquero sirio se lo entregó. Gabriel abrió el directorio de llamadas recientes y vio los números que Al Siddiqi había marcado frenéticamente desde que sabía que ocho mil millones de dólares pertenecientes al presidente de Siria habían desaparecido de sopetón.

—¿Cuál es? —preguntó Gabriel.

—Ese —contestó el banquero tocando la pantalla.

—¿Quién va a contestar?

—Un caballero llamado señor Omari.

—¿Cómo se gana la vida ese caballero?

—Es de la Mujabarat.

—¿Le ha hecho daño?

—Me temo que es su oficio.

Gabriel marcó el número. Dos pitidos. Luego, una voz de hombre.

—¿El señor Omari, supongo?

—¿Quién es?

—Me llamo Gabriel Allon. Puede que haya oído hablar de mí.

Hubo un silencio.

—Me lo tomaré como un sí —prosiguió Gabriel—. Ahora, si tiene la amabilidad de pasarle el teléfono a Jihan un momento... Quiero asegurarme de que de veras está en su poder.

Se hizo un breve silencio. Luego, Gabriel oyó la voz de Jihan.

—Soy yo —fue lo único que dijo.

—¿Dónde estás?

—No estoy segura.

—¿Te han hecho daño?

—No ha sido para tanto.

—Quédate conmigo, Jihan. Ya casi estás en casa.

El teléfono cambió de manos. Volvió a ponerse el señor Omari.

—¿Dónde quiere que vayamos? —preguntó.

—A la Rue Grenette, en el centro de Annecy. Hay un sitio junto a la iglesia llamado Chez Lise. Aparque enfrente y espere mi llamada. Y no se atreva ni a tocarla otra vez. Si lo hace, no descansaré hasta que lo encuentre y lo mate. Solo para que nos entendamos.

Gabriel cortó la llamada y le devolvió el teléfono a Al Siddiqi.

—Ya me parecía que me sonaba su cara —comentó el sirio. A continuación miró a Keller y añadió—: Y la suya también. De hecho, se parece mucho a un individuo que intentaba vender un Van Gogh robado en París hace unas semanas.

—Y usted fue lo bastante estúpido para comprarlo. Pero no se preocupe —agregó Gabriel—, no era auténtico.

—¿Y la Iniciativa Empresarial Europea de Londres? Supongo que eso también era falso.

Gabriel no dijo nada.

—Le felicito, Allon. Siempre había oído decir que tenía una vena creativa.

—¿Cuántos tiene, Walid?

—¿Cuadros?

Gabriel afirmó con la cabeza.

—Los suficientes para llenar un pequeño museo.

—Y para que la dinastía gobernante mantenga el tren de vida al que está acostumbrada —comentó Gabriel con frialdad—, por si acaso alguien encuentra alguna vez sus números de cuenta.

—Sí —dijo el sirio—. Por si acaso.

—¿Dónde están los cuadros?

—Aquí y allá —respondió Al Siddiqi—. En cajas fuertes de bancos, principalmente.

—¿Y el Caravaggio?

—No sabría decirle.

Gabriel se inclinó amenazadoramente sobre la mesa.

—Me considero un tipo razonable, Walid, pero mi amigo el señor Bartholomew es famoso por su mal genio. Da la casualidad de que también es una de las pocas personas del mundo más peligrosas que yo, así que este no es momento para hacerse el tonto.

—Le estoy diciendo la verdad, Allon. No sé dónde está el Caravaggio.

—¿Quién lo tuvo por última vez?

—Es difícil saberlo. Pero, si tuviera que aventurar una respuesta, yo diría que fue Jack Bradshaw.

—Razón por la cual tuvo que matarlo.

—¿Yo? —Al Siddiqi meneó la cabeza—. Yo no tuve nada que ver con la muerte de Bradshaw. ¿Por qué iba a matarlo? Era mi único contacto con el lado sucio del mundo del arte. Pensaba utilizarlo para desprenderme de los cuadros si alguna vez necesitaba liquidez urgentemente.

—Entonces, ¿quién lo mató?

—El señor Omari.

—¿Por qué iba a matar un agente de medio pelo de la Mujabarat a alguien como Jack Bradshaw?

—Porque se lo ordenaron.

—¿Quién?

—El presidente sirio, naturalmente.

Gabriel no quería que Jihan permaneciera en manos de los asesinos ni un minuto más de lo necesario, pero ya no había marcha atrás: tenía que saberlo. Y así, mientras las sombras se congregaban a su alrededor y tañían las campanas de las iglesias, escuchó atentamente al banquero, que le explicó que el Caravaggio no estaba destinado a servir como remanente de dinero clandestino. Debía ser introducido en Siria en secreto, restaurado y colgado en uno de los palacios del presidente. Y cuando el cuadro desapareció, el presidente montó en cólera y ordenó al señor Omari, un respetado oficial de la Mujabarat y exescolta de confianza de su padre, que averiguara adónde había ido a parar el cuadro. Omari dio comienzo a sus pesquisas en la residencia de Jack Bradshaw en el lago Como.

—¿Fue Omari quién mató a Bradshaw? —preguntó Gabriel.

—Y también a su falsificador —respondió Al Siddiqi.

—¿Qué me dice de Samir?

—Samir cumplió su cometido y dejó de ser útil.

«Igual que tú», pensó Gabriel. Luego preguntó:

—¿Dónde está ahora el Caravaggio?

—Omari no fue capaz de encontrarlo. El Caravaggio ha desaparecido. ¿Quién sabe? —añadió Al Siddiqi encogiéndose de hombros—. Puede que nunca haya habido un Caravaggio.

En ese momento un coche se detuvo en la Rue Grenette. Un Mercedes negro con las ventanillas tintadas. Gabriel agarró el teléfono de Al Siddiqi y marcó. Omari contestó de inmediato. Gabriel le dijo que le pasara el teléfono a Jihan.

—Soy yo —repitió ella.

—¿Dónde estás? —preguntó Gabriel.

—Aparcada en una calle de Annecy.

—¿Estás cerca de un restaurante?

—Sí.

—¿Cómo se llama?

—Chez Lise.

—Un par de minutos más, Jihan. Enseguida estarás en casa.

La llamada se interrumpió. Gabriel le pasó el teléfono a Al Siddiqi y le explicó los términos del acuerdo.

Eran muy sencillos: ocho mil doscientos millones de dólares por una mujer, menos cincuenta millones para pagar los costes de su realojamiento y su seguridad, el resto de su vida. Al Siddiqi aceptó sin regatear ni vacilar un instante. Estaba francamente asombrado por la generosidad de la oferta.

—¿Dónde quiere que mande el dinero? —preguntó Gabriel.

—Al Gazprombank de Moscú.

—¿Número de cuenta?

Al Siddiqi le pasó una hojita de papel con el número escrito. Gabriel se lo notificó a King Saul Boulevard y pidió a Uzi Navot que pulsara el botón por segunda vez. Bastaron diez segundos para que el dinero desapareciera otra vez.

—Llame a su contacto en el Gazprombank —dijo Gabriel—. Le dirá que los activos del banco acaban de aumentar considerablemente.

Era medianoche en Moscú, pero el contacto de Al Siddiqi estaba en su mesa esperando la llamada. Gabriel pudo oír su voz eufórica por el teléfono de Al Siddiqi. Se preguntó con cuánto de aquel dinero se quedaría el presidente ruso antes de que los sirios consiguieran trasladarlo a costas más seguras.

—¿Satisfecho? —preguntó Gabriel.

—Estoy impresionado —repuso el banquero.

—Ahórrese los cumplidos, Walid. Limítese a llamar al señor Omari y dígale que abra la maldita puerta.

Treinta segundos después, se abrió la puerta y un sobrio zapato de mujer tocó la calle. Luego salió ella confusamente, con las gafas de sol de estrella de cine tapándole los hematomas de la cara y el bolso colgado del hombro. Lo llevaba en el lado izquierdo, advirtió Gabriel, porque tenía la mano derecha tan vendada que apenas podía usarla. Comenzó a cruzar la plaza de la iglesia, sus tacones repiqueteando en los adoquines, pero Mijail la condujo rápidamente a un coche que esperaba y Jihan se perdió de vista. Un momento después, Al Siddiqi ocupó su lugar en el Mercedes y él también desapareció, dejando a Gabriel y a Keller solos en el café.

—¿Tú crees que en el MI6 hacen operaciones como esta? —preguntó Keller.

—Solo cuando intervenimos nosotros.

—¿No te arrepientes?

—¿De qué, Christopher?

—Ocho mil millones de dólares por una sola vida.

—No —contestó Gabriel con una sonrisa—. Es el mejor trato que he hecho nunca.

QUINTA PARTE

UNA ÚLTIMA VENTANA

58

VENECIA

Durante los nueve días siguientes, el mundo del arte siguió girando con suavidad sobre su dorado eje, felizmente ajeno al caudal de tesoros perdidos que iba a recibir muy pronto. Después, una bochornosa tarde de principios de agosto, el director del Rijksmuseum Vincent van Gogh anunció que *Los girasoles*, óleo sobre lienzo, 95 por 73 centímetros, habían vuelto a casa. El director se negó a revelar dónde se había descubierto exactamente la obra maestra desaparecida, pero más tarde trascendió que alguien la había dejado en una habitación de hotel de Ámsterdam. El cuadro no había sufrido ningún daño durante su largo cautiverio. De hecho, declaró el director del museo, parecía en mejor estado que en el momento de su sustracción. El mérito de su recuperación recayó públicamente en el jefe de la policía holandesa, a pesar de que no había tenido nada que ver en el asunto. Julian Isherwood, presidente del Comité para la Protección del Arte, publicó en Londres una hiperbólica declaración afirmando que aquel era «un gran día para la humanidad y para todo cuanto hay de bello y decente en este mundo». Esa misma noche se le vio cenar en su mesa de costumbre en el Green's, acompañado por Amanda Clifton, de Sotheby's. Todos los presentes convendrían después en que Amanda parecía embelesada. Se comentaba que Oliver Dimbleby estaba que rabiaba de envidia.

Solo Julian Isherwood, el encubridor de espías (de un espía en particular), sabía que los tesoros iban a seguir llegando. Pasaría otra semana, tiempo suficiente, se dijo con posterioridad, para que remitiera la euforia por la aparición de *Los girasoles*. Después, el general Cesare Ferrari, de la Brigada Arte, descubrió en un *palazzo* de color crema del centro de Roma tres cuadros perdidos hacía tiempo y recuperados ahora: *La Sagrada Familia* de Parmigianino, *Jóvenes en el campo* de Renoir y *Retrato de mujer* de Klimt. Pero el general no había acabado. Anunció también la recuperación de *Playa de Pourville* de Monet y de *Mujer con abanico* de Modigliani, junto con diversas obras de Matisse, Degas, Picasso, Rembrandt, Cézanne, Delacroix y una que podía ser o no un Tiziano. La conferencia de prensa se llevó a cabo con todo el efectismo y el buen hacer por los que era conocido el general Ferrari, pero puede que lo más memorable de ella fuera lo que el sabueso italiano se calló: concretamente, dónde y cómo se habían encontrado aquellas obras. Ferrari habló solapadamente de una extensa y sofisticadísima red de ladrones, contrabandistas y peristas y dio a entender que aún quedaban más cuadros por aparecer. Luego, escudándose en que la investigación seguía abierta, se dirigió a la salida, pero se detuvo el tiempo justo para responder a la pregunta de rigor acerca de qué perspectivas había de encontrar el objetivo prioritario de la Brigada Arte: la *Natividad con san Francisco y san Lorenzo* de Caravaggio.

—Detesto emplear la palabra «nunca» —declaró en tono melancólico antes de marcharse.

Lo sucedido en Ámsterdam y Roma contrastaba vivamente con las noticias que llegaban de Austria, cuyas autoridades estaban intentando resolver un misterio de otra índole: la desaparición de dos personas, un hombre de poco más de cincuenta años y una mujer de treinta y nueve, afincados ambos en Linz, la antigua urbe comercial del Danubio. El hombre era Walid al Siddiqi, socio minoritario de un pequeño banco privado. La mujer, Jihan Nawaz, jefa de cuentas del banco. El hecho de que los dos fueran de origen sirio alimentó las especulaciones acerca de sus posibles actividades delictivas, al igual que los movimientos de Jihan el día de su desaparición. Según las autoridades austriacas, había viajado de Linz a Ginebra, donde las cámaras de seguridad del hotel Métropole la habían fotografiado entrando en la habitación de Kemel al Faruk, viceministro sirio de Asuntos Exteriores y estrecho colaborador y consejero del presidente del país. Inevitablemente, ello indujo a pensar que la señorita Nawaz era una agente del gobierno sirio. En efecto, una revista alemana antaño respetable publicó un extenso artículo acusándola de ser una espía del servicio de inteligencia sirio. La historia se vino abajo dos días después, cuando un familiar de Hamburgo reconoció que los datos que figuraban en los impresos de inmigración de la mujer desaparecida no eran del todo exactos. No había nacido en Damasco, como se había afirmado previamente, sino en la ciudad de Hama, donde las fuerzas del régimen habían masacrado a toda su familia en febrero de 1982. Jihan Nawaz no era una agente del régimen, afirmó su familiar, sino una opositora comprometida con su causa.

La noticia suscitó de inmediato nuevas especulaciones que esta vez acusaban a Jihan Nawaz de haber actuado en nombre no del gobierno sirio, sino de un servicio secreto occidental. Esta teoría ganó fuerza cuando, poco a poco, se fue filtrando a la prensa información adicional sobre la biografía de su jefe, también desaparecido, información que sugería que Al Siddiqi se dedicaba a la ocultación y gestión de activos financieros del gobernante sirio. Más tarde, una respetada empresa de seguridad informática hizo público un informe relativo a una serie de transacciones financieras que se habían detectado en el curso de un barrido rutinario en Internet. Al parecer, varios miles de millones de dólares habían sido retirados de diversos bancos de todo el mundo y trasladados a un solo lugar en un periodo de tiempo extraordinariamente corto. La empresa no fue capaz de ofrecer una estimación precisa de la cantidad de dinero comprometida en la operación, ni tampoco de identificar a los responsables. Logró, en cambio, encontrar rastros de código dispersos por todo el mundo. Todos aquellos que analizaron el código quedaron asombrados por su sofisticación. No era obra de *hackers* corrientes, afirmaron, sino de profesionales al servicio de algún gobierno. Un experto lo comparó con el gusano informático Stuxnet que se había introducido en la red informática del programa de armas nucleares iraní.

Fue entonces cuando el resplandor de un foco inoportuno recayó sobre el servicio secreto alojado en un anónimo bloque de oficinas de Tel Aviv. Los expertos vieron una pistola todavía humeante, un nexo perfecto entre móvil y capacidad de ejecución, y por una vez no se equivocaban. Pero ninguno de ellos vincularía jamás aquel sospechoso movimiento de capitales con la reciente recuperación de numerosas obras maestras robadas, ni con aquel hombre de estatura y complexión medias, aquel sol entre astros menores, que el tercer miércoles de agosto regresó a una iglesia de Venecia. La plataforma de madera de su andamio seguía tal y como la había dejado un par de meses antes: frascos de productos químicos, algodón, un montón de tacos de madera, una lupa y dos potentes lámparas halógenas. Tras introducir una versión de *La Bohème* en el equipo de música portátil manchado de pintura, se puso a trabajar. *Mojar, girar, desechar. Mojar, girar, desechar...*

———————

Había días en que estaba deseando terminar y días en que deseaba que el trabajo se prolongara eternamente. Su veleidoso estado de ánimo se desplegaba ante el lienzo: unas veces trabajaba con la parsimonia del Veronese; otras, con la premura nerviosa de Vincent, como si intentara plasmar la esencia del objeto retratado antes de que se marchitara y muriera. Por fortuna, no había nadie allí que pudiera presenciar sus vaivenes de humor, semejantes al movimiento de un péndulo. Los otros miembros del equipo habían acabado su tarea durante su larga ausencia. Se hallaba solo en la casa de otro dios, de otro pueblo.

Rara vez conseguía olvidarse de la operación mucho tiempo. Mentalmente, la veía como un ciclo de bodegones, paisajes y retratos: el espía caído en desgracia, el ladrón de cuadros, el asesino a sueldo, la hija de Hama escribiendo su nombre en el agua del lago. «La chica de los ocho mil millones de dólares...». No se arrepintió ni una sola vez de su decisión de entregar el dinero a cambio de su liberación. El dinero podía ganarse y perderse, encontrarse y congelarse. En cambio, Jihan Nawaz, la única superviviente de una familia asesinada, era irremplazable. Una pieza original. Una obra maestra.

Estaba previsto que la iglesia de San Sebastiano reabriera sus puertas al público el primero de octubre, lo que significaba que no tenía más remedio que trabajar de la mañana a la noche, sin descanso. La mayoría de los días, Francesco Tiepolo se pasaba por allí a mediodía con una bolsa de *cornetti* y un termo de café recién hecho. Si Gabriel se sentía caritativo, le permitía hacer algunos retoques, pero el italiano tenía que limitarse casi siempre a mirar por encima de su hombro y a suplicarle que se diera más prisa. Y siempre, invariablemente, le interrogaba con delicadeza sobre sus planes para el futuro.

—Estamos a punto de recibir un encargo muy bueno —comentó una tarde mientras una tormenta azotaba la ciudad—. Algo importante.

—¿Cómo de importante? —quiso saber Gabriel.

—No puedo decírtelo.

—¿Iglesia o *scuola*?

—Iglesia —respondió Tiepolo—. Y el retablo lleva tu nombre escrito.

Gabriel sonrió y siguió pintando en silencio.

—¿Ni siquiera te tienta?

—Es hora de que me vaya a casa, Francesco.

—Tu casa es esta —replicó Tiepolo—. Deberías criar a tus hijos aquí, en Venecia. Y cuando mueras, te enterraremos en San Michele, debajo de un ciprés.

—No soy tan viejo, Francesco.

—Tampoco eres joven.

—¿No tienes nada mejor que hacer? —preguntó Gabriel al pasarse el pincel de la mano derecha a la izquierda.

—No. —Tiepolo sonrió—. ¿Qué puede haber mejor que verte pintar?

Los días seguían siendo calurosos y cargados de humedad, pero por la noche la brisa que soplaba de la laguna hacía soportable la ciudad. Gabriel iba a buscar a Chiara a la oficina y la llevaba a cenar. A mediados de septiembre, cuando estaba de seis meses, se hizo imposible seguir ocultando su embarazo al resto de la pequeña pero habladora comunidad judía de Venecia. Su cutis resplandecía, sus ojos brillaban como polvo de oro y hasta cuando estaba incómoda parecía incapaz de adoptar otra expresión que no fuera una ancha sonrisa. Era una planificadora nata, una hacedora de listas, y cada noche, durante la cena, hablaba incesantemente de todas las cosas que tenían que hacer. Habían decidido quedarse en Venecia hasta la última semana de octubre o la primera de noviembre, como mucho. Luego regresarían a Jerusalén y prepararían el apartamento de Narkiss Street para el nacimiento de los niños.

—Van a necesitar un nombre, ¿sabes? —dijo Gabriel una tarde, al anochecer, mientras paseaban por el Zattere.

—Tu madre tenía un nombre precioso.

—Sí —contestó él—. Pero Irene no es nombre apropiado para un niño.

—Entonces quizá deberíamos llamar Irene a la niña.

—Buena idea.

—¿Y al niño?

Gabriel se quedó callado. Era demasiado pronto para empezar a elegir el nombre del niño.

—Esta mañana hablé con Ari —comentó Chiara momentos después—. Como era de esperar, está ansioso de que volvamos a casa.

—¿Le dijiste que primero tengo que acabar el Veronese?

—Sí.

—¿Y?

—No entiende por qué tenéis que estar separados en un momento como este por culpa de un cuadro.

—Porque puede que ese cuadro sea el último que restaure en mi vida.

—Puede ser —dijo Chiara.

Caminaron en silencio un momento. Luego Gabriel preguntó:

—¿Cómo te ha parecido que estaba?

—¿Ari?

Asintió con un gesto.

—No muy bien, la verdad. —Lo miró muy seria y preguntó—: ¿Sabes algo que yo no sepa?

—La *signadora* me dijo que no le quedaba mucho tiempo.

—¿Te dijo algo más que yo deba saber?

—Sí —contestó Gabriel—. Me dijo que el cuadro estaba cerca.

Para entonces estaban ya a finales de septiembre y Gabriel iba muy retrasado. Tiepolo tuvo la amabilidad de ofrecerle un aplazamiento, pero Gabriel se negó tercamente: no quería que la última restauración que hacía en su amada ciudad de agua y pinturas fuera recordada por el solo hecho de que había sido incapaz de completarla a tiempo. Así pues, se atrincheró en la iglesia sin ninguna distracción y trabajó con un ímpetu y una velocidad que no habría creído posibles. Retocó la Virgen y el Niño en un solo día, y la última tarde reparó el rostro de un ángel niño de cabello rizado que, asomado por encima de una nube celestial, contemplaba el sufrimiento que se desarrollaba abajo, en la Tierra. El ángel se parecía tanto a Dani que Gabriel lloró en silencio mientras trabajaba. Cuando acabó, secó los pinceles y su cara y contempló el alto lienzo con la mano en la barbilla y la cabeza un poco ladeada.

—¿Está acabado? —preguntó Francesco Tiepolo, que lo observaba desde el pie del andamio.

—Sí —contestó Gabriel—. Creo que sí.

59

VENECIA

En la esquina noroeste del Campo di Ghetto Nuovo hay un pequeño y tosco monumento en honor de los judíos de Venecia que en diciembre de 1943 fueron apresados, internados en campos de concentración y aniquilados en Auschwitz. El general Cesare Ferrari se hallaba ante él cuando Gabriel entró en la plaza a las seis y media de esa tarde. Llevaba la mano mutilada, la derecha, metida en el bolsillo del pantalón. Su áspera mirada parecía más severa que de costumbre.

—No sabía que había ocurrido aquí, en Venecia —comentó cuando Gabriel se reunió con él—. Lo de Roma fue distinto. Tan tremendo que es imposible olvidarlo. Pero aquí... —Paseó la mirada por la tranquila plaza—. Parece imposible.

Gabriel guardó silencio. El general avanzó lentamente y pasó la mano mutilada por una de las siete placas en bajorrelieve.

—¿De dónde se los llevaron? —preguntó.

—De allí —respondió Gabriel señalando el edificio de tres plantas de su derecha.

El cartel de encima de la puerta rezaba CASA ISRAELITICA DI RIPOSO. Era una residencia para los ancianos de la comunidad judía.

—Cuando por fin vinieron por ellos —comentó pasado un momento—, la mayor parte de los judíos que quedaban en Venecia se había escondido. Los únicos que quedaban en la ciudad eran los viejos y los enfermos. Los alemanes y sus colaboradores italianos los sacaron a rastras de sus camas.

—¿Cuántos viven ahora ahí? —inquirió el general.

—Diez o así.

—No son muchos.

—No quedan muchos.

El general miró de nuevo el monumento.

—No sé por qué vives en un sitio como este.

—No vivo aquí —respondió Gabriel.

Luego preguntó al general por qué había vuelto a Venecia.

—Tenía que ocuparme de algunos asuntillos en la delegación de la Brigada Arte. Y también quería asistir a la reapertura de la iglesia de San Sebastiano. —Hizo una pausa y añadió—: Tengo entendido que el retablo es una maravilla. Evidentemente, has conseguido acabarlo.

—Con solo unas horas de margen.

—*Mazel tov.*

—*Grazie.*

—¿Y ahora? —preguntó Ferrari—. ¿Qué planes tienes?

—Voy a pasar el mes próximo intentando ser el mejor marido que pueda. Y luego voy a irme a casa.

—Los niños nacerán pronto, ¿no?

—Pronto, sí —repuso Gabriel.

—Como padre de cinco hijos, puedo asegurarte que tu vida no volverá a ser la misma.

En el rincón más alejado de la plaza se abrió la puerta del centro judío y Chiara salió de entre las sombras. Miró a Gabriel y desapareció otra vez por la entrada del museo de la judería. El general no pareció reparar en ella. Miraba ceñudo la garita metálica de color verde que había junto al monumento, en la que un *carabiniere* de uniforme montaba guardia sentado detrás de un cristal blindado.

—Es una vergüenza que hayamos tenido que poner un puesto de seguridad en medio de esta plaza tan bonita.

—Me temo que es inevitable.

—¿Por qué este odio eterno? —preguntó el general meneando la cabeza lentamente—. ¿Por qué no se acaba nunca?

—Dímelo tú.

Como el general no respondía, Gabriel le preguntó de nuevo por qué había vuelto a Venecia.

—Llevo mucho tiempo buscando una cosa —respondió el italiano— y confiaba en que pudieras ayudarme a encontrarla.

—Lo intenté —dijo Gabriel—. Pero por lo visto se me escapó entre los dedos.

—Me he enterado de que estuviste muy cerca. —Ferrari bajó la voz y añadió—: Más cerca de lo que crees.

—¿Cómo te has enterado de eso?

—Por los conductos habituales. —Miró a Gabriel con seriedad y preguntó—: ¿Hay alguna posibilidad de que aceptes presentar un informe antes de abandonar el país?

—¿Qué es lo que quieres saber?

—Todo lo que ocurrió después de que robaras *Los girasoles*.

—Yo no robé *Los girasoles*. Los tomé prestados por sugerencia del comandante de la Brigada Arte. Y por tanto la respuesta es no

—agregó Gabriel sacudiendo la cabeza—. No voy a presentar ningún informe, ni ahora ni en el futuro.

—Entonces quizá podamos comparar notas discretamente.

—Me temo que mis notas están clasificadas.

—Es una suerte —repuso Ferrari con una sonrisa—. Porque las mías también.

Cruzaron la plaza hasta el café *kosher* que había junto al centro judío y compartieron una botella de *pinot grigio* mientras la oscuridad iba congregándose a su alrededor. Gabriel comenzó exigiendo al general que le jurara *omertà* y amenazándole con represalias si alguna vez rompía su voto de silencio. A continuación le contó todo lo que había sucedido desde su último encuentro, empezando por la muerte de Samir Basara en Stuttgart y concluyendo con el descubrimiento y posterior devolución de ocho mil millones de dólares pertenecientes al presidente sirio.

—Imagino que algo tienen que ver esos dos banqueros sirios que desaparecieron en Austria —comentó el general cuando Gabriel concluyó su relato.

—¿Qué banqueros sirios?

—Me lo tomaré como un sí. —Ferrari bebió un poco de vino—. ¿Así que Jack Bradshaw se negó a entregar el Caravaggio porque los sirios mataron a la única mujer a la que había amado? ¿Eso es lo que me estás diciendo?

Gabriel asintió lentamente con la cabeza y miró a un par de estudiantes de *yeshivá* vestidos de negro que iban cruzando la plaza.

—Ahora ya sé por qué me hiciste jurar que no mencionaría el nombre de Bradshaw en la conferencia de prensa —estaba diciendo el general—. No querías que arrastrara póstumamente su nombre por el fango. —Hizo una pausa y agregó—: Querías que descansara en paz.

—Se lo merece.

—¿Por qué?

—Porque lo torturaron sin piedad y no les dijo qué había hecho con el cuadro.

—¿Crees en la redención, Allon?

—Soy restaurador —respondió Gabriel.

Ferrari sonrió.

—¿Y los cuadros que encontraste en la Zona Franca de Ginebra? —preguntó—. ¿Cómo conseguiste sacarlos de Suiza sin que nadie se enterara?

—Con ayuda de un amigo.

—¿Un amigo suizo?

Gabriel hizo un gesto afirmativo.

—No sabía que tal cosa fuera posible.

Esta vez fue Gabriel quien sonrió. Los estudiantes de *yeshivá* entraron en un *sottoportego* y se perdieron de vista. La plaza quedó desierta, salvo por dos niños pequeños, un niño y una niña, que jugaban a lanzarse una pelota bajo la atenta mirada de sus padres.

—La cuestión es —prosiguió el general mirando su copa de vino—, ¿qué hizo Jack Bradshaw con el Caravaggio?

—Supongo que lo guardó en algún sitio donde pensó que nadie lo encontraría.

—Puede ser —repuso el general—. Pero no es eso lo que se dice en la calle.

—¿Qué es lo que se dice en la calle?

—Que se lo dio a alguien para que lo pusiera a buen recaudo.

—¿A alguien del lado turbio del negocio?

—Es difícil saberlo, pero, como era de esperar —agregó Ferrari rápidamente—, ya hay otras personas buscándolo. Lo que significa que es imprescindible que lo encontremos antes que ellos.

Gabriel se quedó callado.

—¿Ni siquiera te tienta la idea, Allon?

—Mi implicación en este asunto ha terminado oficialmente.

—Da la impresión de que esta vez lo dices en serio.

—Así es.

La familia de los dos niños se marchó discretamente, dejando el *campo* desierto. El denso silencio pareció turbar al general. Miró las luces que brillaban tras las ventanas de la Casa Israelítica di Riposo y sacudió la cabeza lentamente.

—No me explico por qué has elegido vivir en un gueto —comentó.

—Es un barrio bonito —respondió Gabriel—. El más bonito de Venecia, en mi opinión.

60

VENECIA

Durante los días siguientes, Gabriel apenas se apartó de Chiara. Le hacía el desayuno cada mañana, pasaba las tardes con ella en la oficina del centro judío y por las noches se sentaba junto a la encimera de la cocina y la miraba cocinar. Al principio, a ella le encantaron sus atenciones, pero poco a poco el peso de sus incesantes muestras de afecto comenzó a crisparle los nervios. Era, diría después, un poquito excesivo. Pensó fugazmente en pedirle a Francesco Tiepolo un cuadro para restaurar (algo pequeño y no muy dañado), pero decidió que les convenía más hacer un viaje. Nada demasiado extravagante, dijo. A un sitio adonde se pudiera ir sin tomar un avión. Dos días, tres como mucho. Gabriel tuvo una idea. Esa misma noche llamó a Christoph Bittel y pidió permiso para entrar en Suiza. Bittel, que conocía bien el motivo por el que su amigo y cómplice quería regresar a la Confederación, aceptó de inmediato.

—Quizá sea mejor que nos veamos —dijo.

—Confiaba en que dijera eso.

—¿Conoce la zona?

—No, nada —mintió Gabriel.

—Hay un hotel justo a las afueras del pueblo. Se llama Alpenblick. Le estaré esperando allí.

Y así, a primera hora de la mañana siguiente, Gabriel y Chiara dejaron su amada ciudad de agua y pinturas y partieron hacia aquel pequeño y hermético país de la riqueza y los secretos, que había desempeñado un papel tan importante en sus vidas. Era media mañana cuando cruzaron la frontera por Lugano y se adentraron en los Alpes, rumbo al norte. En los pasos de montaña soplaban ráfagas de nieve, pero cuando llegaron a las inmediaciones de Interlaken, el sol brillaba con fuerza en un cielo sin nubes. Gabriel llenó el depósito de gasolina y siguieron la marcha valle arriba, hacia Grindelwald. El hotel Alpenblick era un edificio rústico que se erguía, solo, al borde del pueblo. Gabriel dejó el coche en el pequeño aparcamiento y, acompañado por Chiara, subió las escaleras que llevaban a la terraza. Bittel se estaba tomando un café mientras contemplaba los imponentes picos del Monch y el Eiger. Se levantó y estrechó la mano de Gabriel. Luego miró a Chiara y sonrió.

—Sin duda tiene usted un nombre muy bonito, pero no voy a cometer el error de preguntar cuál es. —Miró a Gabriel y añadió—: No me había dicho que iba a ser padre otra vez, Allon.

—La verdad es que es solamente mi catadora —repuso Gabriel.

—Lo lamento por usted.

Bittel se sentó y con un ademán despachó a un camarero que había hecho amago de acercarse. Señaló luego hacia el otro lado de un prado verde, en dirección a las montañas.

—El chalé está justo allí —le dijo a Gabriel—. Es un sitio bonito, con buenas vistas, muy limpio y confortable.

—Tiene usted futuro como agente inmobiliario, Bittel.

—Prefiero dedicarme a proteger a mi país.

—Imagino que tiene un puesto de vigilancia constante en alguna parte.

—Tenemos alquilado el chalé de al lado —repuso Bittel—. Hay dos agentes apostados allí noche y día, y otros de refuerzo cuando es necesario. Nunca va a ninguna parte sin escolta.

—¿Algún visitante sospechoso?

—¿Del tipo sirio?

Gabriel asintió con la cabeza.

—Aquí, en Grindelwald, hay toda clase de gente sospechosa —respondió Bittel—, así que es difícil saberlo. Pero de momento nadie se ha acercado a ella.

—¿Cómo está de humor?

—Da la impresión de sentirse sola —respondió Bittel muy serio—. Los guardias pasan con ella todo el tiempo posible, pero...

—¿Pero qué, Bittel?

El policía suizo sonrió melancólicamente.

—Puede que me equivoque —prosiguió—, pero creo que le vendría bien un amigo.

Gabriel se levantó.

—Nunca podré agradecerle lo suficiente que se haya hecho cargo de ella, Bittel.

—Era lo menos que podíamos hacer para agradecerle el que resolviera ese engorro en la Zona Franca de Ginebra. Aunque debería habernos pedido permiso antes de llevar a cabo esa operación en el hotel Métropole.

—¿Me lo habrían dado?

—Desde luego que no —respondió Bittel—. Lo que significa que aún tendría ocho mil millones de dólares en dinero sirio en su cuenta corriente.

«Ocho mil doscientos», pensó Gabriel mientras regresaba a su coche. Pero, ¿quién llevaba la cuenta?

Dejó a Chiara y a Bittel en el hotel y cruzó el prado en coche, solo. La casa estaba al final de una callejuela. Era un edificio pequeño y pulcro de madera oscura, con el tejado apuntado y tiestos de flores en el balcón. Jihan Nawaz salió al balcón cuando Gabriel detuvo el coche en el camino de entrada lleno de hierba y apagó el motor. Llevaba vaqueros azules y un grueso jersey de lana. Tenía el pelo más largo y más claro. Un cirujano plástico había modificado la forma de su nariz, sus pómulos y su barbilla. Aunque seguía sin ser guapa, su rostro había dejado de ser vulgar. Un momento después salió corriendo por la puerta delantera, llevando consigo un leve olor a rosas. Le echó los brazos al cuello, lo estrechó con fuerza y lo besó en las mejillas.

—¿Tengo permitido llamarte por tu verdadero nombre? —le susurró al oído.

—No —contestó él—. Aquí no.

—¿Cuánto tiempo puedes quedarte?

—Todo el que quieras.

—Ven —dijo Jihan tomándolo de la mano—. He preparado algo de comer.

Por dentro, el chalé era cálido y confortable pero no contenía ni un solo indicio que diera a entender que la persona que vivía en él tenía familia o un pasado a sus espaldas. Gabriel sintió una punzada de pesar. Debería haberla dejado en paz. Walid al Siddiqi seguiría manejando el dinero del peor individuo del mundo y ella todavía viviría apaciblemente en Linz. Y sin embargo conocía el nombre del cliente especial de Al Siddiqi, se dijo, y se había quedado en el banco por alguna razón.

—Yo he visto antes esa mirada —dijo Jihan observándolo atentamente—. Fue en Annecy, cuando salí del coche. Te vi sentado en el café del otro lado de la calle. Parecías sentirte... —Dejó la idea inacabada.

—¿Cómo? —preguntó él.

—Culpable —respondió Jihan sin un instante de vacilación.

—Era culpable.

—¿De qué?

—No debí permitir que entraras en ese hotel.

—Mi mano ha curado muy bien —añadió ella levantando la mano a modo de demostración—. Y mis hematomas también. Además, no fue nada comparado con lo que han sufrido la mayoría de los sirios desde que empezó la guerra. Lo único que lamento es no haber podido hacer más.

—Tu guerra ha terminado, Jihan.

—Fuiste tú quien me animó a unirme a la rebelión siria.

—Y nuestra rebelión fracasó.

—Pagaste demasiado para recuperarme.

—No estaba de humor para una negociación larga —repuso Gabriel—. Fue una oferta irrechazable.

—Ojalá hubiera visto la cara del señor Al Siddiqi cuando descubrió que te habías llevado el dinero.

—Debo reconocer que disfruté de su sufrimiento quizá demasiado —dijo él—, pero la única cara que me apetecía ver en esos momentos era la tuya.

Jihan se volvió y lo condujo al jardín. Había puesto una mesita con café y bombones suizos. Se sentó de cara al chalé. Gabriel miraba hacia el imponente macizo gris. Cuando estuvieron acomodados, le preguntó por su estancia en Israel.

—Pasé las dos primeras semanas encerrada en un apartamento de Tel Aviv —contestó Jihan—. Fue espantoso.

—Hacemos todo lo posible para que nuestros visitantes se sientan bienvenidos.

Jihan sonrió.

—Ingrid vino a verme un par de veces —dijo—, pero tú no. Se negaron a decirme dónde estabas.

—Me temo que tenía otros asuntos que atender.

—¿Otra operación?

—En cierto modo sí.

Jihan llevó las tazas de café.

—Al final —agregó—, nos dejaron hacer un viaje juntas a Ingrid y a mí. Nos alojamos en un hotel, en los Altos del Golán. De noche oíamos los bombardeos y los ataques aéreos al otro lado de la frontera. Yo solo podía pensar en cuánta gente estaba muriendo cada vez que el cielo se llenaba de luz.

Gabriel no respondió.

—Esta mañana he leído en el periódico que los americanos están pensando en lanzar ataques militares contra el régimen.

—Yo he leído lo mismo.

—¿Crees que esta vez lo harán?

—¿Atacar al régimen?

Jihan hizo un gesto afirmativo. Gabriel no tuvo valor para decirle la verdad, así que le dijo una última mentira.

—Sí —respondió—, creo que sí.

—¿Y caerá el régimen si atacan los americanos?

—Podría ser.

—Si cayera —añadió ella al cabo de un momento—, volvería a Siria para ayudar a reconstruir el país.

—Esta es tu casa ahora.

—No —respondió Jihan—. Este es el lugar donde me escondo de los carniceros. Pero mi hogar siempre será Hama.

Una súbita racha de viento lanzó sobre su cara un mechón de pelo recién aclarado. Se lo apartó y miró más allá del prado, hacia el macizo. El pie de la montaña estaba envuelto en densas sombras, pero el sol poniente teñía de rosa sus picos coronados de nieve.

—Me encanta mi montaña —dijo de pronto—. Hace que me sienta segura. Como si no pudiera sucederme nada malo.

—¿Eres feliz aquí?

—Tengo un nuevo nombre, una cara nueva, un nuevo país. Es el cuarto. Eso es lo que significa ser sirio.

—Y judío —repuso Gabriel.

—Pero ahora los judíos tenéis un hogar. —Levantó la mano hacia el prado—. Y yo tengo esto.

—¿Puedes ser feliz aquí?

—Sí —contestó pasados unos instantes—. Creo que sí. Pero me gustó mucho el tiempo que pasamos juntos en el Attersee, sobre todo nuestros paseos en lancha.

—A mí también.

Jihan sonrió. Luego preguntó:

—¿Y qué me dices de ti? ¿Eres feliz?

—Desearía que no te hubieran hecho daño.

—Pero los vencimos, ¿verdad que sí? Al menos durante un rato.

—Sí, Jihan, los vencimos.

Las últimas luces se escurrieron entre los picos de las montañas y la noche cayó como un telón sobre el valle.

—Hay una cosa que nunca me has dicho.

—¿Cuál?

—¿Cómo me encontraste?

—No me creerías.

—¿Es una buena historia?

—Sí —respondió él—. Creo que sí.

—¿Cómo acaba?

Gabriel la besó en la mejilla y la dejó a solas con su pasado.

61

LAGO COMO, ITALIA

Gabriel y Chiara pasaron las dos noches siguientes en un hotelito a las afueras de Interlaken y después abandonaron Suiza siguiendo la misma ruta por la que habían entrado en el país. Mientras cruzaban los puertos de montaña, Gabriel recibió un mensaje de texto de King Saul Boulevard indicándole que encendiera la radio y, cuando cruzaron la frontera italiana en Lugano, se enteró de que Kemel al Faruk, viceministro de Asuntos Exteriores, exagente de la Mujabarat, amigo y consejero de confianza del presidente sirio, había fallecido en una misteriosa explosión en Damasco. La operación la había dirigido Uzi Navot, pero en muchos aspectos fue el primer asesinato selectivo de la era Allon. Gabriel sospechaba que no sería el último.

Estaba lloviendo cuando llegaron a Como. Deberían haber tomado la *autostrada* en dirección a Milán, pero Gabriel siguió la carretera que serpenteaba por encima del lago hasta que se halló de nuevo frente a las gruesas rejas de la villa de Jack Bradshaw. La puerta estaba cerrada. Junto a ella, un letrero avisaba de que la finca estaba en venta. Se quedó allí sentado un momento, con las manos sobre el volante, pensando qué hacer. Luego llamó al general Ferrari a Roma, le pidió el código de seguridad y lo marcó en el panel. Unos segundos después se abrió la puerta. Gabriel puso el coche en marcha y avanzó por la avenida.

La puerta de la villa también estaba cerrada. La forzó rápidamente con un fino utensilio metálico que solía llevar en la cartera y condujo a Chiara al vestíbulo. Un denso olor a abandono impregnaba el aire, pero el suelo de mármol estaba limpio de sangre. Chiara probó a encender la luz. La araña de la que habían colgado a Jack Bradshaw cobró vida. Gabriel cerró la puerta y se encaminó hacia el salón.

Las paredes, despojadas de cuadros, estaban recién pintadas, y habían quitado algunos muebles para dar una impresión de mayor amplitud. El bonito escritorio antiguo de Jack Bradshaw seguía, en cambio, allí. Se alzaba en el mismo sitio que antes, aunque las dos fotografías de Bradshaw anteriores a su caída habían desaparecido. El teléfono multilínea estaba cubierto por una fina capa de polvo. Gabriel se acercó el aparato al oído. No había tono de llamada. Lo devolvió a su sitio y miró a Chiara.

—¿Por qué hemos venido aquí? —preguntó ella.

—Porque estuvo aquí.

—Quizá —dijo ella.

—Quizá —reconoció él.

Durante los días posteriores al primer descubrimiento de Gabriel, la Brigada Arte del general Ferrari había registrado palmo a palmo la villa de Jack Bradshaw en busca de otros cuadros robados. Era muy improbable que hubieran pasado por alto un lienzo que medía dos metros trece por dos cuarenta y tres. Aun así, Gabriel quería echar un último vistazo, aunque solo fuera por quedarse tranquilo. Había pasado esos últimos meses buscando la obra maestra desaparecida más famosa del mundo y, de momento, el único resultado que había obtenido eran unos cuantos cuadros robados y el cadáver de un matón sirio.

Así pues, esa tarde de otoño, mientras se disipaba la última luz del día, registró la casa de un hombre al que nunca había conocido, acompañado por su esposa embarazada: habitación por habitación, armario por armario, aparador por aparador, cajón por cajón. Rincones, conductos de aire, el desván, el sótano... Inspeccionó las paredes en busca de yeso aplicado hacía poco tiempo. Inspeccionó la tarima en busca de cabezas de clavo limpias. Registró el jardín en busca de tierra recién removida. Hasta que, finalmente, fatigado, frustrado y polvoriento, se encontró de nuevo delante del escritorio de Bradshaw. Se acercó el teléfono al oído, pero, como era de esperar, seguía sin haber tono de llamada. Sacó entonces su Blackberry del bolsillo de la chaqueta y marcó un número de memoria. Segundos después, una voz de hombre contestó en italiano.

—Aquí el padre Marco —dijo—. ¿En que puedo ayudarlo?

BRIENNO, ITALIA

L a iglesia de San Giovanni Evangelista, pequeña y blanca, destacaba vivamente en medio de la calle. A la derecha se extendía una valla de hierro forjado detrás de la cual se hallaba el jardincito de la rectoría. El padre Marco estaba esperando en la verja cuando llegaron Gabriel y Chiara. Era joven, treinta y cinco años a lo sumo, y tenía una buena mata de pelo oscuro peinado con esmero y una cara que parecía ansiosa por perdonar todos los pecados.

—Bienvenidos —dijo al estrecharles la mano—. Acompáñenme, por favor.

Los condujo a lo largo de la pared del jardín, hasta la cocina de la rectoría. Era una habitación limpia y ordenada, de paredes encaladas, con una tosca mesa de madera y latas de comida colocadas en estanterías abiertas. El único lujo era una cafetera automática que el padre Marco usó para hacer tres tazas de café.

—Recuerdo el día que me telefoneó —comentó al poner una taza delante de Gabriel—. Fue dos días después de que mataran al *signor* Bradshaw, ¿verdad?

—Sí —contestó Gabriel—. Y por alguna razón me colgó dos veces antes de responder.

—¿Alguna vez ha recibido una llamada de un hombre al que acaban de asesinar brutalmente, *signor* Allon? —El sacerdote se sentó frente a él y se puso azúcar en el café—. Fue una experiencia inquietante, como poco.

—Por lo visto estuvo usted en contacto frecuente con él en la época en que murió.

—Sí.

—Antes y después.

—A juzgar por lo que leí en los periódicos —explicó el párroco—, seguramente llamé a la villa mientras colgaba muerto de la lámpara. Es una imagen espantosa.

—¿Era feligrés de su parroquia?

—Jack Bradshaw no era católico —repuso el padre Marco—. Fue educado en el seno de la Iglesia de Inglaterra, pero no estoy del todo seguro de que fuera creyente.

—¿Eran amigos?

—Supongo que sí. Pero yo actuaba principalmente como su confesor. No en el verdadero sentido de la palabra —agregó rápidamente—. En realidad, no pude darle la absolución por sus pecados.

—¿Estaba preocupado en el momento de su muerte?

—Profundamente.

—¿Le dijo por qué?

—Me dijo que tenía algo que ver con su empresa. Era una especie de consultor. —El sacerdote esbozó una sonrisa de disculpa—. Lo siento *signor* Allon, pero no soy muy docto en materia de negocios y finanzas.

—Ya somos dos.

El cura sonrió de nuevo y removió su café.

—Solía sentarse donde está usted ahora. Traía una cesta con comida y vino y hablábamos.

—¿Sobre qué?

—Sobre su pasado.

—¿Qué le contó?

—Lo suficiente para saber que estuvo implicado en labores de espionaje para su gobierno y que ocurrió algo hace muchos años, cuando vivía en Oriente Medio. Mataron a una mujer. Creo que era francesa.

—Se llamaba Nicole Devereaux.

El sacerdote levantó la mirada bruscamente.

—¿Se lo dijo el *signor* Bradshaw?

Gabriel sintió la tentación de responder afirmativamente, pero no quería mentir a un hombre vestido con sotana y alzacuellos.

—No —contestó—. No nos conocíamos.

—Creo que le habría caído bien. Era muy inteligente, muy mundano y divertido. Pero también le agobiaba el peso de la culpa por lo que le ocurrió a Nicole Devereaux.

—¿Le habló de su relación con ella?

El padre Marco titubeó. Luego asintió con un gesto.

—Por lo visto la quería mucho y nunca se perdonó su muerte. No se casó, ni tuvo hijos. En cierto modo, llevaba la vida de un sacerdote. —Paseó la mirada por la austera cocina y añadió—: Aunque con mucho más lujo, claro está.

—¿Ha estado usted en la villa?

—Muchas veces. Es muy bonita. Pero no dice gran cosa de cómo era de verdad el *signor* Bradshaw.

—¿Y cómo era de verdad?

—Generoso a más no poder. Mantenía a flote esta iglesia él solo. También donaba dinero para nuestras escuelas, hospitales y programas para proporcionar comida y ropa a los pobres. —Sonrió con tristeza—. Y luego está nuestro retablo.

Gabriel miró a Chiara, que pellizcaba distraídamente la tabla de la mesa como si no estuviera escuchando. Miró de nuevo al joven párroco y preguntó:

—¿Qué pasa con el retablo?

—Lo robaron hace cosa de un año. El signor Bradshaw pasó mucho tiempo intentando recuperarlo. Más tiempo que la policía —agregó el sacerdote—. Me temo que nuestro retablo tenía muy poco valor artístico o monetario.

—¿Consiguió encontrarlo?

—No —contestó el padre Marco—. Así que lo cambió por uno de su colección personal.

—¿Cuándo fue eso? —inquirió Gabriel.

—Unos días antes de su muerte, desgraciadamente.

—¿Dónde está ahora el retablo?

—Allí —dijo el cura inclinando la cabeza hacia la derecha—. En la iglesia.

Entraron por una puerta lateral y cruzaron la nave deprisa hasta el presbiterio. Un grupo de velas votivas proyectaba su luz roja y trémula sobre la hornacina que contenía una imagen de san Juan, pero el retablo quedaba oculto por la penumbra. Aun así, Gabriel vio que sus dimensiones eran más o menos las correctas. Oyó el chasquido de un interruptor y, al encenderse súbitamente las luces, vio una crucifixión al estilo de Guido Reni, ejecutada con destreza pero sin inspiración, poco valiosa en apariencia. El corazón le dio un vuelco. Luego, con calma, miró al párroco y preguntó:

—¿Tiene una escalera?

En una empresa de suministros químicos de una zona industrial de Como, compró acetona, alcohol, agua destilada, unas gafas protectoras, un vaso de precipitados de cristal y una mascarilla. Paró a continuación en una tienda de arte y manualidades del centro de la ciudad y allí compró varios tacos de madera y un paquete de algodón. Cuando regresó a la iglesia, el padre Marco había encontrado una escalera de seis metros y la había colocado delante del cuadro. Gabriel mezcló rápidamente una solución básica de disolvente y, con un taco de madera y un trozo de algodón en la mano, se encaramó a la escalera. Mientras Chiara y el cura miraban desde abajo, abrió una ventana en el centro del lienzo y vio la mano de un ángel, muy dañada, asiendo una cinta de seda blanca. Abrió luego una segunda ventana aproximadamente treinta centímetros más abajo y unas pulgadas a la derecha y vio el rostro de una mujer agotada por el parto. La tercera ventana reveló otra cara: la de un niño recién nacido iluminado por una luz celestial. Gabriel acercó suavemente los dedos a la tela y, para su sorpresa, comenzó a llorar incontrolablemente. Cerró luego los ojos con fuerza y lanzó un grito de alegría que retumbó en la iglesia vacía.

La mano de un ángel, una madre, un niño...
Era el Caravaggio.

NOTA DEL AUTOR

he Heist es una obra de entretenimiento y debe leerse como
tal. Los nombres, personajes, escenarios e incidentes refle-
jados en la historia son fruto de la imaginación del autor o
han sido utilizados con fines exclusivamente literarios. Cualquier
parecido con personas vivas o muertas, negocios, empresas, acontecimientos o lugares reales es del todo accidental.

Hay, en efecto, una iglesia de San Sebastiano en el *sestiere* de
Dorsoduro (consagrada en 1562, se la considera una de las cinco
iglesias venecianas de la época de la gran peste) y la pieza principal
del retablo, la *Asunción de la Virgen con los santos*, obra de Veronese,
aparece descrita con exactitud en el libro. Los turistas que visiten
la ciudad buscarán en vano la empresa de restauración propiedad
de Francesco Tiepolo, así como a un rabino apellidado Zolli en la
antigua judería. En la calle Narkiss de Jerusalén hay varios edificios de apartamentos no muy grandes construidos en piedra caliza,
pero, hasta donde yo sé, no vive en ellos ningún Gabriel Allon. La

sede del servicio secreto israelí ya no se encuentra en King Saul Boulevard, en Tel Aviv. Si he decidido mantener allí el cuartel general de mi servicio de espionaje ficticio, es en parte porque siempre me ha gustado el nombre de la calle.

Hay muchas tiendas de antigüedades y galerías de arte excelentes en la Rue de Miromesnil de París, pero Antiquités Scientifiques no es una de ellas. Maurice Durand ha aparecido ya en tres de las novelas de Gabriel Allon, y sin embargo sigue sin existir, como tampoco existe Pascal Rameau, su cómplice de los bajos fondos de Marsella. La División para la Defensa del Patrimonio Cultural de los *carabinieri*, más conocida como Brigada Arte, tiene en realidad su sede en un delicado *palazzo* de la Piazza di Sant'Ignazio de Roma. Su jefe es Mariano Mossa, un hombre muy capaz, y no el tuerto Cesare Ferrari. Mis más sentidas disculpas al Rijksmuseum Vincent van Gogh de Ámsterdam por haber tomado prestados *Los girasoles* de su magnífica colección, pero a veces el mejor modo de encontrar una obra maestra robada es robar otra.

No hay ninguna iglesia de San Giovanni Evangelista en Brienno, Italia. Por tanto, la espléndida *Natividad* de Caravaggio, sustraída del Oratorio di San Lorenzo de Palermo en octubre de 1969, no puede haberse descubierto colgando sobre su altar y disfrazada de crucifixión al estilo de Guido Reni. El relato de la turbulenta vida de Caravaggio que aparece en la novela es del todo verídico, aunque tal vez haya quien discrepe en cuanto a las fechas y pormenores de ciertos acontecimientos, ocurridos hace cuatro siglos y sujetos, por tanto, a interpretación. Las circunstancias exactas de la muerte de Caravaggio siguen envueltas en el misterio todavía hoy, al igual que el paradero de la *Natividad*. Cada año que pasa las posibilidades de encontrar intacto el gran lienzo se vuelven más y más remotas. La importancia de su pérdida no debe subestimarse. Caravaggio vivió apenas treinta y nueve años y dejó menos de un centenar de obras que puedan atribuírsele sin sombra de duda. La desaparición de uno solo de sus cuadros deja un hueco en el canon del arte occidental que nunca podrá llenarse.

No hay ninguna empresa llamada LXR Investments registrada en Luxemburgo, ni tampoco un banco privado en Linz, Austria, llamado Weber Bank AG. Pero en mayo de 2013, gracias a las presiones de la Unión Europea y Estados Unidos, los bancos austriacos accedieron a empezar a compartir información sobre sus depósitos con las autoridades fiscales de otros países. Para bien o para mal, entidades tales como el Weber Bank (bancos semejantes a *boutiques* de lujo, propiedad de una sola familia y con clientes extraordinariamente ricos) se están convirtiendo rápidamente en una especie en vías de extinción. En el momento de escribir este libro, la nómina de bancos privados suizos se había reducido a 148 entidades, y se esperaba que la posterior consolidación empresarial y el desgaste redujeran aún más su número en un futuro. Está claro que, con la promulgación por parte de los gobiernos europeos y americanos de medidas más agresivas para combatir la evasión fiscal, las oscuras camarillas bancarias tienen los días contados.

Hubo, en efecto, una masacre en la ciudad siria de Hama en 1982 cuyo horror he intentado describir con exactitud sirviéndome de numerosas fuentes. La persona que ordenó la destrucción de la ciudad y el asesinato de más de veinte mil de sus residentes no era el dictador anónimo retratado en *The Heist*. Era Hafez el Assad, gobernante de Siria desde 1970 hasta su muerte en 2000, cuando su hijo mediano, Bachar, educado en Londres, asumió el control del país. Hubo entonces algunos expertos en Oriente Medio que tomaron a Bachar por un reformador. Pero en marzo de 2011, cuando la llamada Primavera Árabe llegó por fin a Siria, El Assad reaccionó con una brutalidad que incluyó el uso de gas venenoso contra mujeres y niños. Más de 150.000 personas han muerto en la guerra civil siria y otros dos millones se han quedado sin hogar o han tenido que huir a los países vecinos, principalmente a Líbano, Jordania y Turquía. Se espera que el número de refugiados sirios supere pronto los cuatro millones, convirtiéndose así en la mayor población de refugiados del mundo. Ese es el legado de cuatro décadas y media de gobierno de la familia El Assad. Si la masacre y la destrucción continúan a este ritmo, puede que los El Assad acaben gobernando un país deshabitado.

Pero, ¿por qué siguen luchando cuando la mayoría de su pueblo quiere claramente su derrocamiento? ¿Y por qué esa olímpica indiferencia hacia las normas de la civilización? Sin duda algo tiene que ver en ello el dinero. «Es el típico negocio familiar», contaba a la CNBC en septiembre de 2013 Jules Kroll, investigador internacional y especialista en recuperación de capitales. «Con la diferencia de que, en su caso, el negocio familiar es un país». Las estimaciones que se han publicado acerca de la fortuna de los El Assad varían enormemente. Se dice que Bachar ha acumulado más de mil millones de dólares, aunque algunos expertos estiman la fortuna total de la familia en unos veinticinco mil millones. El caso de Egipto resulta ilustrativo. Se calcula que el expresidente Hosni Mubarak, beneficiario durante más de treinta años de la liberalidad fiscal norteamericana, amasó una fortuna de unos setenta mil millones de dólares en un país donde el ciudadano medio subsiste con apenas ocho dólares al día.

Los Estados Unidos y sus aliados europeos han congelado una fracción minúscula de los activos financieros del régimen sirio, pero miles de millones de dólares continúan cuidadosamente escondidos. En el momento de escribir este libro había cazadores de capitales profesionales embarcados en la búsqueda de ese dinero, al igual que Steven Perles, un abogado de Washington DC que representa a víctimas del terrorismo financiado por los sirios. Los expertos están de acuerdo en que, para tener éxito en su empeño, los cazadores de capitales necesitarán sin duda la ayuda de alguien que forme parte del entramado de El Assad y Cía. Quizás esa persona haya comprado parte de un banco privado austriaco. Y quizás haya una joven valiente, una hija de Hama, vigilando cada uno de sus movimientos.

AGRADECIMIENTOS

Esta novela, como los trece libros anteriores de la serie protagonizada por Gabriel Allon, no sería lo que es sin la ayuda de David Bull, indudablemente uno de los mejores restauradores de arte del mundo. Cada año, David dedica muchas horas de su valioso tiempo a asesorarme en cuestiones técnicas relacionadas con el oficio de la restauración y a revisar la exactitud de mi manuscrito. Su conocimiento de la historia del arte solo se ve sobrepasado por el placer de su compañía. Su amistad ha enriquecido a nuestra familia en lo grande y en lo pequeño.

Hablé con numerosos agentes y mandos del espionaje israelí y estadounidense mientras preparaba este manuscrito. Les doy desde aquí las gracias a todos ellos de la manera que prefieren: anónimamente. Gracias también al brillante Patrick Matthiesen, propietario de una encantadora galería de arte de Maestros Antiguos en Mason's Yard, muy cerca de la de Julian Isherwood. Aparte de esto, lo único que tienen en común es la honradez, una virtud que escasea actualmente, en Londres y en todas partes.

Estoy en deuda con T, un empresario e inversor internacional con amplia experiencia en Oriente Medio que me habló de esos discretos ayudantes de los dictadores que van por ahí con listas de cuentas bancarias metidas en los bolsillos. Louis Toscano, mi querido amigo y editor personal desde hace tiempo, hizo incontables mejoras al manuscrito, al igual que mi correctora, Kathy Crosby. Evidentemente, la responsabilidad de cualquier equivocación o error tipográfico que se haya colado en los libros acabados recae sobre mis hombros, no sobre los suyos.

Consulté centenares de libros, periódicos, artículos de revistas y páginas web mientras preparaba este manuscrito, demasiados para mencionarlos aquí. Cometería una injusticia, sin embargo, si no mencionara las extraordinarias aportaciones de Andrew Graham-Dixon, Helen Langdon, Edward Dolnick, Peter Watson, Patrick Seale, Thomas L. Friedman, Francine Prose, Jonathan Harr, Simon Houpt y Fouad Ajami. Mi respetuoso agradecimiento también para los reporteros y fotoperiodistas que se han aventurado valientemente en Siria durante esta época de guerra y destrucción. Son un poderoso ejemplo de por qué el mundo sigue necesitando un periodismo de calidad.

Tenemos la suerte de contar con muchos amigos que llenan nuestras vidas de afecto y buen humor en momentos críticos del año literario, especialmente Betsy y Andrew Lack, Andrea y Tim Collins, Enola y Stephen Carter, Stacey y Henry Winkler, Mirella y Dani Levinas, Elsa Walsh y Bob Woodward, Jane y Burt Bacharach, Nancy Dubuc y Michael Kizilbash, Joy y Jim Zorn, Caryn y Jeff Zucker, Elliott Abrams y Fred Zeidman. Mi más sincero agradecimiento a Michael Gendler y Linda Rappaport por su apoyo y sabios consejos. Gracias también al excelente equipo de profesionales de

HarperCollins, y en especial a Jonathan Burnham, Brian Murray, Michael Morrison, Jennifer Barth, Josh Marwell, Tina Andreadis, Leslie Cohen, Leah Wasielewski, Mark Ferguson, Kathy Schneider, Brenda Segel, Carolyn Bodkin, Doug Jones, Karen Dziekonski, David Watson, Shawn Nicholls, Amy Baker, Mary Sasso, David Koral, Leah Carlson-Stanisic y Archie Ferguson.

Por último, quiero hacer extensivos mi cariño y agradecimiento más profundos a mis hijos, Nicholas y Lily, y a mi esposa, Jamie Gangel, que me escuchó pacientemente mientras construía la trama y más tarde editó el manuscrito con todo cuidado. De no ser por su paciencia y atención por el detalle, *The Heist* no habría estado acabado a tiempo. Mi deuda para con ella es inconmensurable, al igual que mi amor.